Für meine wundervollen Töchter

Olivia und Emilia

»Wie die Welt von morgen aussehen wird, hängt in
großem Maß von der Einbildungskraft jener
ab, die gerade jetzt lesen lernen.«
-Astrid Lindgren-

Lest, träumt und bereichert uns mit eurer
Fantasie, ihr wunderbaren Herzensmenschen.

Über die Autorin

Romana Stauffer wurde 1988 in Halle/Saale (Deutschland) geboren. Heute lebt sie mit ihren zwei Töchtern und ihrem Mann im Kanton Bern in der wunderschönen Schweiz. Ein idyllischer Skiort inmitten der Schweizer Alpen inspirierte sie zu ihrem Debütroman "Liebe, Schnee & Pflaumenlikör – Mit dir durch jeden Sturm". Wenn Romana nicht gerade romantische Liebeskomödien liest oder schreibt, vertreibt sie sich die Zeit am liebsten, indem sie mit ihrer Familie im Wohnmobil quer durch Europa reist.

Romana Stauffer

Liebe, Schnee & Pflaumenlikör

-

Mit dir durch jeden Sturm

Bibliografische Information der Deutschen Nationalbibliothek: Die Deutsche Nationalbibliothek verzeichnet diese Publikation in der Deutschen Nationalbibliografie. Detaillierte bibliografische Daten sind im Internet über www.d-nb.de abrufbar.

Herstellung und Verlag:
BoD – Books on Demand, Norderstedt

Lektorat: Deborah Tschickardt
Korrektorat: Barbara Schäfer
Coverdesign und Umschlaggestaltung: Florin Sayer-Gabor
www.100covers4you.com
Grafiken: pixabay.com, Restaurant Nussbüel

ISBN: 978-3755717126

Kapitel 1

Sonntag, 22. Dezember

Lizzy

»Das. Passt. Da. Nicht. Rein!«, zischte ich mit zusammengepressten Zähnen ins Telefon. Obwohl ich, unter Einsatz aller Kräfte, auf meinem uralten Koffer kniete, saß und letztlich sogar stand, war es mir unmöglich, den Reißverschluss zu schließen. Ich zog an dem verkratzten Griff, bis ein lautes *Ping* mein Vorhaben beendete und das Teil quer durchs Zimmer flog. *Nein! Bitte nicht! Mir bleibt heute aber auch gar nichts erspart.*

Langsam erhob ich mich von dem malträtierten Trolley und fluchte leise. Mein Smartphone hatte sich aus der Umklammerung zwischen Schulter und Kopf gelöst und krachte mit einem dumpfen Knall zu Boden. *Das ist ja mal wieder typisch.*

»Lizzy? Hallo? Bist du noch dran? Was veranstaltest du denn da?«, hörte ich Hannahs Stimme zu meinen Füßen. Ich befürchtete das Schlimmste und wagte es kaum, nach meinem Handy zu greifen. *Bitte, bitte nicht schon wieder die Spider-App. Hatte ich letztens erst. Hat mich über hundert Euro gekostet.* Ein Griff zum Telefon und ich atmete erleichtert auf. Auf den ersten Blick waren keine Risse zu erkennen und auch bei näherer Betrachtung schien nichts kaputt zu sein.

»Dieses Miniaturding von Koffer ist viel zu klein!«, fauchte ich.

»Dann nimm halt weniger mit«, antwortete Hannah trocken. Meine Freundin brachte es mal wieder auf den

Punkt. Wie immer. Sie war eine clevere Frau mit jeder Menge Meinung über jedes erdenkliche Thema, die sie jedem auf die Nase band, ob die Leute es hören wollten oder nicht. Wir kannten uns, seit sie vor einigen Jahren aus der Schweiz nach Berlin ausgewandert war. Alles fing damit an, dass Hannah beim Bäcker um die Ecke eine Stelle angenommen hatte und für mich jeden Morgen zwei dieser sauleckeren Schoko-Croissants vor den gierigen Rentnerinnen unserer Straße rettete. Ja, ich weiß, das mochte fies klingen. Aber es war genau das, was diese grauhaarigen Ladys waren: gierig. Bevor Hannah dort gearbeitet hatte, waren die heißgeliebten Hörnchen meist schon in aller Herrgottsfrühe vergriffen gewesen. Unsere Freundschaft stand also von Beginn an auf einer soliden Basis aus jeder Menge Kohlenhydraten.

Wie oft hatten wir uns gegenseitig aus vermeintlich ausweglosen Situationen gerettet? Zum Beispiel damals, als in der Tierpraxis unter Hannahs Wohnung zwei Meerschweinchen eingeschläfert werden sollten. Nach tagelanger Dauerheulerei adoptierte ich Clap und Nancy. Seitdem teilte ich meine Dreizimmerwohnung im Herzen von Berlin mit den zwei Stinkern.

»Weniger einpacken? Genialer Witz, ich lache später.«

»Was? Wäre doch nur logisch. Wenn der Koffer zu voll ist, musst du halt was auspacken.«

»Was soll ich denn bitte schön hierlassen? Die Skiklamotten ja wohl kaum!« Laut schnaubend ließ ich mich aufs Bett fallen. »Schämst du dich für mich, wenn ich mit Plastiktüten anreise?«

»Nur ein klitzekleines bisschen.« Hannah lachte. »Wie wäre es, wenn du ein, zwei Bücher zu Hause lässt? Schalt mal ab, Süße.«

»Aber ich kann mich beim Lesen ganz wunderbar entspannen, ich brauche meine Romane.«

»Wie du meinst.« Hannah atmete hörbar ein, wie eine gestresste Mutter, deren Teenagertochter sich mal wieder allen Regeln widersetzte. »Hauptsache du und deine Tüten seid heute Nacht pünktlich bereit. Ich freue mich tierisch, dass du mitkommst. Die Zeit wird wie im Flug vergehen.«

Wie im Flug. Der war gut. Die Fahrt würde mindestens neun Stunden dauern. Eine Ewigkeit. Meine Begeisterung hielt sich in Grenzen, denn ich konnte Autofahren nicht ausstehen. Noch nie. Da saß ich ewig herum, der Hintern tat mir weh und das Gedankenkarussell in meinem Kopf drehte sich feuchtfröhlich um die eigene Achse. Erst vorwärts, dann rückwärts und weil es so lustig war, am Ende noch im Schleudergang. Dabei wünschte ich mir nichts sehnlicher, als diese ewige Grübelei abzustellen und zur Ruhe zu kommen. Nicht mehr an *ihn* denken zu müssen und *das Bild* aus dem Kopf zu bekommen. Das war alles, was ich wollte. Das Bild, das meinen Freund dabei zeigte, wie er die Mundhöhle seiner sexy Arbeitskollegin erforschte. Das Foto, das mir ebendiese blonde Hexe per *WhatsApp* zugeschickt hatte. Per *WhatsApp*! Der Gipfel der Dreistigkeit!

Sofort blockierte ich Elias, so hieß der frisch gekrönte Staatsfeind Nummer eins, und verbarrikadierte mich in meiner Wohnung. Seit knappen vierundzwanzig Stunden klingelte er in regelmäßigen Abständen an meiner Tür Sturm. Doch ich würde einen Teufel tun und mir seine Heuchelei und fadenscheinigen Ausreden anhören. Nein, nicht mit mir. On-Off-Beziehungen und Intrigen lagen mir nicht. Ich stand auf ehrliche Männer.

Vielleicht war ich altmodisch, aber in meiner Idealvorstellung hüpfte ein richtiger Kerl nicht durch fremde Betten und beglückte die Frauenwelt wie ein Hirsch zur Brunftzeit.

Der Stein auf meiner Brust wog schwer. Beim bloßen Gedanken an die beschmutzte Beziehung verkrampfte sich mein Magen und saure Flüssigkeit stieg mir die Kehle hinauf.

»Keine Angst«, beruhigte mich Hannah. Einmal mehr wusste sie genau, was in mir vorging. »Du wirst gar nicht bemerken, wie lange wir unterwegs sind. Wir drehen das Radio so laut auf, bis du deine Sorgen vergisst. Alles wird gut, Süße. Glaub mir, eine Auszeit von der doofen Kanzlei und *ihm* wird dir guttun.«

Ich seufzte. Es blieb mir nichts anderes übrig, als Hannah zu vertrauen. Wäre nicht das erste Mal, dass sie besser wusste, was gut für mich war, als ich selbst.

Ich, Felicia König, zarte zweiunddreißig Jahre jung, war schon über die Brooklyn Bridge in New York spaziert und hatte die perfekte Welle an der Küste vor den Philippinen gesurft . Aber das Chalet in den Schweizer Alpen, das sich seit Jahrzehnten im Besitz von Hannahs Familie befand, hatte ich nie besucht. Und genau das, so fand meine beste Freundin, galt es schleunigst nachzuholen. Sie nannte es *Auszeit*, doch für mich war es eine Flucht. Die Flucht vor den Problemen mit Elias, die Flucht vor meinem eigenen Leben.

Joel

Eine Viertelstunde zu spät. Das liegt noch völlig im Rahmen, stellte ich zufrieden fest. Jetzt noch einen Parkplatz erhaschen. Doch zu früh gefreut. Vor dem festlich geschmückten *Ristorante Tredici* reihte sich ein Fahrzeug an das nächste. Kein einziger freier Platz war in Sichtweite. Die ganze Stadt schien Marios typisch italienische Gaumenfreuden zu genießen, bevor sich, pünktlich zu Weihnachten, die Laienköche an den aufwendigsten Festtagsrezepten versuchten. Mario war der Inhaber meines Lieblingsitalieners in unserer idyllischen Kleinstadt, mitten in den Schweizer Alpen. Hier war ich geboren und aufgewachsen. Wie viele Abende ich in diesem Lokal zeit meines Lebens bereits verbracht hatte, vermochte ich nicht zu zählen. Der kleine graue Liefer-Flitzer mit der *Tredici*-Aufschrift wurde quasi von mir finanziert.

Im Schneckentempo tuckerte ich die menschenleere Straße entlang, entdeckte trotz größter Bemühungen weiterhin keine freie Parkmöglichkeit und entschied, die Lücke zwischen einem blauen Kleinwagen und dem Gehweg zu nutzen. Die rechte Hälfte meines Pick-ups thronte auf dem Bürgersteig. Passt. Not macht eben erfinderisch.

Ein Blick auf die Uhr verriet, wieder waren wertvolle Minuten verstrichen. *Warum schaffe ich es denn nie, halbwegs pünktlich zu sein?* Eilig schaltete ich den Motor aus, öffnete die Tür meines Geländewagens und stieg aus. Noch bevor der zweite Fuß den Asphalt berührte, drang eine heitere Stimme an meine Ohren.

»Wow, nur fast eine halbe Stunde zu spät. Ich bin begeistert!« Die zum belustigten Klang gehörende Frau schlenderte mir entgegen und umarmte mich herzlich.

»Als ob ich je unpünktlich war«, erwiderte ich mit verschmitztem Grinsen und handelte mir sogleich einen liebevollen Klaps auf den Hinterkopf ein.

»Es ist arschkalt und du lässt mich warten. Hätte ich dich nicht so gerne, würde ich dir den Hals umdrehen, Mister!«

»Ja, ich weiß. Zum Glück bist du meinem Charme aber schon vor Jahren verfallen und liebst mich.«

»Total.« Mona rollte mit den Augen. »Lass uns reingehen. Ich bin ein Eiszapfen. Du zahlst heute, nur damit das klar ist«, schmetterte sie mir vorwurfsvoll entgegen. So war Mona und dafür liebte ich sie. Wir kannten uns seit Ewigkeiten und fast genauso lange verband uns eine tiefe Freundschaft. Mona war die kleine Schwester, die ich nie gehabt hatte. Sie wohnte mit ihren Eltern gleich nebenan und so wuchsen wir gemeinsam auf. Sie war die gute Seele, meine bessere Hälfte. Auf rein platonische Weise. Als einer der wichtigsten Menschen in meinem Leben hielt ich sie stets aus allen Liebeleien heraus. So handhabe ich das schon immer und so sollte es auch bleiben.

Wenn wir bei Mario verabredet waren, wurden maßgebliche Lebensschritte eingehend besprochen, diskutiert und analysiert. Das bürgerte sich schon früh ein. Die *Focaccia di Recco, ein Fladenbrotgebäck,* unseres aus Ligurien stammenden Gastgebers, half uns bei manch schwerwiegender Entscheidung. Heute aber war der Grund des Besuches ein anderer. Wir feierten den vorerst letzten Abend in unserer geliebten Heimatstadt. Mona verbrachte die Wintermonate seit Jahren in den Bergen, um dort Skiunterricht zu geben. Und genauso lange versuchte sie, mich zu überreden, es ihr gleichzutun und ebenfalls eine Saison in der örtlichen Skischule auszuhelfen. Doch bisher hatte eine derart lange Auszeit schlichtweg nicht in meine Lebensumstände gepasst.

Als gelernter Schreiner hatte ich mir vor einiger Zeit den Traum einer eigenen kleinen Werkstatt erfüllt. Ich integrierte sie in eine Hälfte von Omas altem Haus, in dem ich lebte. Zudem errichtete ich auf dem Hof ein Atelier, in dem ich die gefertigten Möbelstücke und Skulpturen aus Holz ausstellte. Die kreative Arbeit erfüllte mich. Wer konnte schon von sich behaupten, sein eigener Herr zu sein und damit ausreichend Geld zu verdienen? Ich liebte meinen Job sehr, aber das letzte Jahr hatte Spuren hinterlassen. Auf einmal hatte eine Bestellung die nächste gejagt, der Terminkalender war stets prall gefüllt und eng bemessen gewesen. Sogar schon dann, als wir noch zu zweit waren. Vor dem großen Knall. Bevor ich meinen eigentlich besten Freund und Geschäftsteilhaber Marco vor die Tür hatte setzen müssen. Die Tatsache, die Firma fortan allein führen zu müssen, trug nicht gerade zur Entspannung der Lage bei.

Nebenbei renovierte ich das in die Jahre gekommene Haus, was sich schnell als Zeitfresser sondergleichen entpuppte. Ich war müde und brauchte eine Pause. Die Zeit war reif. So waren Monas Überredungsversuche, sie in die Berge zu begleiten, dieses Jahr endlich auf fruchtbaren Boden gestoßen. Zähneknirschend heuerte ich Handwerker an, die mir bei dem Großprojekt unter die Arme greifen sollten. Mit der Zeit fand ich Gefallen an der Sache, zwei Fliegen mit einer Klappe zu schlagen: Zu Hause renovierten Handwerker ungestört Bäder und Böden, während ich unerfahrenen Skihäschen den Umgang mit den parallelen Brettern beibringen würde. Beim Gedanken an die jungen Ladys stieg die Vorfreude auf das Abenteuer ins Unermessliche. Mein Plan sah vor, die anstehende Wintersaison in vollen Zügen zu genießen, und zwar auf allen Ebenen. Ich war vierunddreißig Jahre alt und seit Ewigkeiten Single. O ja, ich würde die nächsten Wochen auskosten. Und wie ich das würde.

»Hey. Hey!« Mona schnippte mit den Fingern und fuchtelte wild in meinem Sichtfeld herum. »Bist du okay? Du warst irgendwie kurz weggetreten.«

»Ja, klar. Alles in Ordnung«, erwiderte ich schnell.

Mona legte den Kopf schief. »Warum grinst du so?«

»Ich grinse?«

»Wie ein Teenager.«

Anstatt einer Antwort schob ich sie durch die Tür, an der knackigen Kellnerin vorbei in Richtung unseres Stammplatzes. Das kleine, urige Restaurant war rappelvoll. Durch das Stimmengewirr hörte ich Mario nach uns rufen. Genau genommen schrie er Monas Namen.

»Ciao, bellissima! Come stai?«

»Sto bene. Grazie.«

»Eure Tisch iste bereite. Gehte einfach nache obe«, schmachtete er meine Begleitung an, ohne mich eines Blickes zu würdigen. Ich nahm es ihm nicht übel, habe ich nie. Mona war ein Blickfang, das würde jeder Mann mit Augen im Kopf bestätigen.

Wir verstauten unsere Mäntel auf dem Weg zur Galerie in der Garderobe und stiegen die imposante Holztreppe hinauf. Obwohl ich sie schon unzählige Male betreten hatte, bewunderte ich die massiven Holzstufen bei jedem Besuch aufs Neue. Meine Hände glitten ehrfürchtig über den edlen, mahagonifarbenen Handlauf. Neben wohlgeformten, sexy Frauenkörpern gehörte für mich kunstvoll verarbeitetes Naturholz zu den Dingen, die mir immer wieder eine Gänsehaut bescherten.

Seufzend sank ich auf die mit Echtleder bezogene Eckbank, von wo aus ich der heißen Kellnerin unsere Bestellung entgegenhauchte. Mona schmunzelte und eröffnete den gemütlichen Teil des Abends.

»Alles gepackt, Herr Walser?«

Ich nickte. »Du weißt doch, ich komme mit wenig aus.«

»Wunderbar.« Mona rutschte von einer Pobacke auf die andere. »Hör zu, es gibt ein klitzekleines Problem mit der Unterkunft«, sagte sie mit gedämpfter Stimme, sodass ich Mühe hatte, sie zu verstehen. Im Stimmenwirrwarr der Gäste filterte ich die Worte *klitzekleines Problem* und *Unterkunft* heraus und ahnte Schlimmes. Mona las abermals meine Gedanken und beeilte sich fortzufahren.

»Laut meinem Vater mussten sie dich umquartieren«, sagte sie gehetzt. »Er hat mich gebeten, dir das mitzuteilen. Die Unterlagen schickt er per E-Mail.« Ihr auf Verständnis hoffender Blick ruhte auf mir, sie wartete ganz offensichtlich auf meine Reaktion.

»Hm, ich weiß nicht, ob ich das gut oder schlecht finden soll«, murmelte ich. Vor meinem inneren Auge erschien ein Jacuzzi, in dem ich mich mit einer rassigen Schönheit vor der Kulisse schneebedeckter Berge von den Strapazen eines anstrengenden Skitages erholte. Eine verlockende Vorstellung, die meine Mundwinkel nach oben schnellen ließ.

»Du Schmutzfink! Welche Schweinerei ist dir denn jetzt schon wieder in den Sinn gekommen? Halt, nein. Behalt es für dich. Ich will es gar nicht wissen.« Mona winkte ab. Sie hatte, wie so oft, meine Gedanken gelesen. »Die Unterkunft liegt nahe der Gondelstation. Du fährst von der Piste direkt zur Wohnung und sparst dir damit den Transfer. Kein übler Tausch, wenn du mich fragst.«

»Wo ist der Haken?« Wenn jemand nicht müde wurde, dir die Vorzüge von etwas aufzuzählen, dann folgte dem immer ein *Aber*, das hatte mich die Vergangenheit gelehrt.

»Gemeinschaftsküche und ein Wohnzimmer für mehrere Parteien.« Sie kniff die Augen zusammen und kräuselte die Nase.

»Mona! Ich brauche Privatsphäre!« Flehend sah ich sie an und hoffte, sie könne an der Situation noch etwas ändern.

»Ich weiß, mein Großer. Ich weiß. Tut mir leid, ich bin nur der Überbringer der Nachricht.« Meine beste Freundin zuckte mit den Schultern.

»O Mann«, entfuhr es mir. Glücklicherweise schoss just in diesem Moment die Kellnerin mit unserer Bestellung um die Ecke und ich ertrank meinen Unmut in einem köstlichen italienischen Primitivo.

Der restliche Abend verlief gewohnt entspannt. Die Hiobsbotschaft, die mir Mona zu Beginn überbracht hatte, nahm ich vorerst hin. Was blieb mir auch anderes übrig?

Als wir uns gegen dreiundzwanzig Uhr voneinander verabschiedeten, stand der volle Mond direkt über uns und tauchte die Umgebung in geheimnisvolles Licht.

»Wir sehen uns spätestens am Dienstag, zum Willkommensmeeting.« Mona trat auf mich zu und drückte mich an sich. Ich nickte und hob zum Abschied die

Hand. Kurz vor meinem Auto hörte ich sie erneut nach mir rufen.

»Joel?«

»Hm?«

»Es wird dir echt guttun, glaub mir. Endlich kommst du mal wieder raus. Du warst nicht oben, seit ... na ja, seit ...«

»Ja. Ja, ich weiß«, unterbrach ich sie schnell, damit sie es nicht aussprach. Ihr angespannter Ausdruck wich einem hoffnungsvollen Lächeln.

»Das wird schon! Ich freue mich darauf. Wirklich«, gab ich übertrieben fröhlich von mir und es klang schriller als beabsichtigt. Warum ich Mona etwas vormachte, war mir selbst nicht klar. Sie kannte mich besser als jeder andere Mensch und wie es in mir aussah, wusste sie haargenau. Dennoch spielte ich dieses Theaterspiel seit Jahren und es fühlte sich miserabel an. Ein weiteres Mal hob ich den Arm zum Abschied und trottete davon.

»Was zum Henker?« Schon von Weitem leuchtete mir das weiße, in durchsichtiger Folie verpackte Stück Papier im Schein der Straßenlaternen entgegen. Mit einer schnellen Bewegung riss ich den vierzig Franken teuren Fetzen unter dem Scheibenwischer hervor und stieg schnaufend in mein Auto.

Kapitel 2

Montag, 23. Dezember

Lizzy

Das sanfte Brummen unseres Kleinwagens ließ meine Lider schwer werden. Die Nacht war zu kurz und an Schlaf war nicht zu denken gewesen. Wieder und wieder waren die Ereignisse der letzten Tage hochgekommen. Mein Gehirn hatte die wildesten Geschichten konstruiert und mir Elias in eindeutiger Pose mit einem engelsgleichen *Victoria's Secret* Model präsentiert. Stundenlang hatte ich mich im Bett umhergewälzt. Letztlich war ich schweißnass aufgestanden und hatte mich weit vor dem Weckerklingeln unter die heiße Dusche begeben, um die schmutzigen Bilder zusammen mit meinem üblen Körpergeruch den Abfluss hinunterzuspülen.

Das Positive an dieser mitternächtlichen Duschorgie war, dass ich pünktlich und nach Kokosnuss duftend bereitstand, um mit Hannah Richtung Schweiz aufzubrechen.

Seitdem fuhren wir, nur von kurzen Pinkel- und Essenspausen unterbrochen, gen Süden, quatschten und hörten, je nach Radioempfang, mehr oder weniger peinliche Evergreens. Hannahs Kopf wippte im Takt der Musik, bis er urplötzlich stillstand und ich im Augenwinkel ihren Blick wahrnahm. Sie starrte mich regelrecht an, nur um dann kopfschüttelnd wieder die Straße zu fixieren.

»Was?«, fragte ich und begann brav, mit dem Kopf von der einen in die andere Richtung zu wippen. Das war irgendwie unser Ding.

»Ich fasse es immer noch nicht!«, rief sie.

Genervt stöhnte ich auf. »Jetzt geht das wieder los.«

»Ich wollte ja eigentlich nichts mehr dazu sagen, aber … Nicht zu glauben, dass du *die da* mitgenommen hast!« Sie deutete mit dem Daumen über ihre Schulter.

»*Die da* haben Namen«, sagte ich vorwurfsvoll. Bei meinen Tierchen war ich heikel. »Dürfte ich dich daran erinnern, warum Clap und Nancy überhaupt bei mir wohnen?«

»Ja, schon gut.« Hannah winkte trocken ab. Sie wirkte plötzlich kleinlaut. »Ich finde es trotzdem verrückt. Wer nimmt denn bitte schön seine Hamster mit in den Urlaub?«

»Meerschweinchen, verdammt! Es sind immer noch Meerschweinchen!«

»Schon gut. Schon gut. Reg dich ab. Mein Gott, bist du aber reizbar heute.«

»Ich bin einfach müde.« Achselzuckend sank ich tiefer in das bequeme Leder, bevor mich ein herzhaftes Gähnen von einer Erklärung abhielt. Sie wusste ganz genau, dass ich die beiden nicht über Tage hinweg alleine lassen würde.

Die behagliche Wärme der ersten, zarten Sonnenstrahlen und die wohltuende Nähe meiner Freundin ließen mich zufrieden ausatmen. *Vielleicht war es doch eine gute Idee, in die Berge zu reisen.* Für den Moment war ich damit im Reinen, von Hannah überredet worden zu sein. Es gab Schlimmeres, als die Festtage mit einem geliebten Menschen zu verbringen. Und wer wusste schon, was die kommende Woche für mich bereithielt?

Womöglich war ich ein verkanntes Skitalent und ich würde der nächste Sven Hannawald werden. In weiblich, versteht sich. Nee, springen würde ich ganz sicher nicht. Bestenfalls rutschen oder gleiten, aber nicht springen. Kopfschüttelnd zog ich die Jacke hoch bis unters Kinn und nahm gerade noch wahr, wie Hannah zu einem Überholmanöver ansetzte, bevor ich in einen traumlosen Schlaf abdriftete.

Etwas pikste mich in die Seite und holte mich, begleitet von einer unzumutbar schmalzigen Ballade, aus der erholsamen Ruhe.

»Aufwachen, Dornröschen. Du verpasst das Beste!«, hörte ich Hannah wie durch Watte sagen. Langsam öffnete ich meine schweren Lider und war sofort sprachlos. »Wow!«, entfuhr es mir heiser. Zu mehr war mein lahmgelegtes Sprachzentrum nicht fähig. Unmittelbar nach dem Tiefschlaf habe ich noch nie durch Eloquenz bestechen können. Der überwältigende Ausblick verhinderte, dass sinnvolle Worte meine Kehle verließen. Mit offenem Mund starrte ich aus dem Fenster und richtete mich im Sitz auf.

Zu Hause hatte ich unser Urlaubsziel gegoogelt. Natürlich, das machte man schließlich heute so. Ich hatte den Bildschirm betrachtet und die malerische Landschaft bewundert. Aber das, was einem hier geboten wurde, hatte mit den Computerbildern nichts gemein und raubte mir schier den Atem. Vor uns erstreckten sich endlose, schneebehangene Berge, die wie diamantbesetzte Riesen in der Sonne glänzten.

»Gefällt es dir?«

»Das ist ja … Wow«, stammelte ich, kaum Herr meiner Sinne.

Hannah lachte heiter.

»Gefallen? Es ist traumhaft schön. Ich hatte ja keine Ahnung!«

»Und es wird noch besser.« Hannah deutete mit dem Kopf über ihre Schulter. Nach einer scharfen Kurve bot sich ein Bild, das mich ehrfürchtig erstarren ließ. Mein Blick fiel auf einen friedlich im Tal eingebetteten Bergsee, der wirkte, als würde er in diesem Moment durch die Sonne zum Leben erweckt. Er lag halb im Schatten, verdeckt durch die gigantischen Gipfel hinter ihm. Die vordere Hälfte war lichtgetränkt und erhellte die Umgebung mit den gespiegelten Strahlen. Ein wahrhaftiges Naturschauspiel. Schnell kramte ich im Handschuhfach nach meiner Sonnenbrille.

»Siehst du die vielen, rechteckig angeordneten Häuser mit den farbigen Dächern? Dort, wo der See sich zuspitzt?« Hannah deutete mit dem Finger auf eine Ansammlung kleiner Häuschen. »Das ist meine Heimatstadt. Von dort stamme ich.«

Nach dieser Offenbarung drängte sich mir nur eine Frage auf: »Wieso?«

»Wieso ich dort aufgewachsen bin, meinst du? Das musst du wohl meine Eltern fragen«, sagte Hannah schmunzelnd.

»Nein, wieso verlässt man diese Idylle? Und zieht dann ausgerechnet in die Großstadt?« Ich schüttelte ungläubig den Kopf und wartete gespannt auf Hannahs Reaktion. Doch ihre Miene verfinsterte sich und die ausgelassene Stimmung wich bedrücktem Schweigen. Ich rechnete nicht mehr mit einer Antwort, als sie kaum hörbar murmelte: »Es ging nicht anders.«

Ich kannte Hannah gut genug, um zu wissen, dass ich dieses Thema lieber auf sich beruhen lassen sollte. Obwohl wir uns echt nahestanden, die intimsten Details miteinander teilten, blieb der Grund ihrer Auswanderung nach wie vor ein Geheimnis, das sie nicht bereit war, preiszugeben. Was immer dazu geführt hatte, dass Hannah diese malerische Landschaft damals verlassen hatte, es bewegte sie auch heute noch zutiefst. Sanft legte ich meine Hand auf die meiner Freundin und drehte gleichzeitig die Musik lauter.

Unsere Laune stieg mit jedem überwundenen Höhenmeter, während wir die Serpentinen hinauffuhren und den Alltag hinter uns ließen. Wir sangen laut und auch ein wenig schräg und wippten wild im Takt der Musik. Und ganz vielleicht wirkten wir damit auf die entgegenkommenden Autofahrer ein wenig befremdlich. Ein junges Pärchen hatte sogar die Daumen in die Luft gestreckt und uns freudestrahlend applaudiert. Aber das war mir egal. *Mich kennt hier eh niemand,* dachte ich und zappelte noch ein bisschen wilder.

Der schrille Signalton meines Telefons riss mich aus meinem Tanzflash. Auf der Vorschau erschienen die Worte: »*Hey, seid ihr schon …*«

Schnell entsperrte ich mein Smartphone und öffnete Jonas' Nachricht.

Hey, seid ihr schon unterwegs? Fahrt vorsichtig! PS: Bin wieder Single. Abserviert.

Dahinter prangte ein lachendes Smiley, gefolgt von einem Männchen, das beide Arme fragend in die Höhe streckte. *Besonders traurig scheint mein werter Herr Bruder über die Trennung nicht zu sein,* dachte ich schmunzelnd. Beide Königskinder binnen achtundvierzig Stunden wieder auf dem Markt. Schien ein Familiending zu sein. Zumindest war mir der Galgenhumor geblieben.

Ein schüchternes Lächeln schlich sich auf Hannahs Lippen, nachdem ich ihr von den neuesten Ereignissen meines Bruders berichtet hatte.

Joel

Gedankenverloren drehte ich den Schlüssel. Das war sie also, die letzte Amtshandlung. Ab jetzt war ich offline, *out of order*, wie man so schön sagte. Für die nächsten zwölf Wochen ließ ich die Schreinerei, das Atelier und ein Stück meiner Vergangenheit zurück. Eine verdammt lange Zeit. Doch auch wenn mir dadurch Kunden abhandenkamen und zig Aufträge durch die Lappen gingen, ich brauchte dringend eine Pause. Tief in mir nörgelte der innere Zweifler, doch die Vorfreude überwog. Ein Gefühl, das mir zu verstehen gab, dass es Zeit war. Zeit, vorwärtszublicken und Neues zu wagen.

Es war früh am Morgen. Auf dem Hof herrschte bedächtige Stille. Meine Eltern hatte ich bereits gestern verabschiedet, wohl wissend, dass ich sie heute nicht zu Gesicht bekommen würde.

Die ersten hellen Flecken am Horizont verrieten den nahenden Sonnenaufgang. Der Himmel war klar, es stand ein heiterer Tag bevor. Gut so. Denn mein Plan sah vor, die nächsten Stunden auf der Piste zu verbringen. Allein. Nur ich, meine Skier und die Berge, bevor ich mich am nächsten Tag in die Arbeit stürzen würde. Obwohl ich nach wie vor nicht verstand, wie man Skifahren als Arbeit bezeichnen konnte. Mal ehrlich, ich durfte den ganzen Tag auf den Brettern stehen, heiße Frauen kennenlernen, und bekam dafür auch noch Geld. Paradox, doch mir war es recht. Wie ein Seitenhieb schoss mir Monas Drohung ins Gedächtnis: »*Skischülerinnen sind tabu, Joel!*« Sie hatte dabei so ernst ausgesehen. Fast hatte ich den Eindruck, sie glaubte tatsächlich, ich würde mich daran halten. Ich schmunzelte. Dabei hätte sie es besser wissen müssen.

Gleichzeitig wurde mir unwohl bei dem Gedanken, auf *unseren Berg* zu fahren. Ich war nicht mehr oben gewesen seit ... fast vier Jahren. Seit dieser verhängnisvollen Nacht, die mein früheres Leben komplett über den Haufen geworfen hat.

Ich streifte die schweren Gedanken ab und fokussierte mich auf das vor mir liegende Abenteuer. Nachdem ich kontrolliert hatte, ob sämtliche Türen verriegelt und alle Taschen im Auto verstaut waren, schwang ich mich in meinen Pick-up und durchquerte die breite Ausfahrt. Es würde eine kurze Reise werden, denn ich lebte unweit des Skigebietes in einer ländlichen Kleinstadt mit dörflicher Atmosphäre. Die schrägen Menschen mit ihren skurrilen Marotten und witzigen Eigenarten lagen mir sehr am Herzen. Den Drang, die große weite Welt zu sehen, hatte ich nie verspürt.

Schon nach kurzer Zeit erblickte ich das Ortsausgangsschild und verließ die leere Landstraße, um meinen Wagen die Serpentinen hinauf zu manövrieren. Die steile Fahrbahn schlängelte sich die nächsten dreißig Minuten den Berg entlang.

Obwohl ich seit Jahren nicht mehr hier gewesen war, erkannte ich jeden Felsen. Die alten Bauernhäuser am Wegesrand erinnerten mich an damals und es war, als hätte ich erst gestern diesen Pfad passiert.

Die Vorfreude wich einer melancholischen Schwere, die allmählich in Beklemmung umschlug. Mein Hals war trocken, mein Herz schlug unangenehm fest in meiner Brust. Schweißperlen bildeten sich auf meiner Stirn. Ich nahm erst die linke, danach die rechte Hand vom Lenkrad und wischte sie an meiner Jeans ab, um das kalte Nass loszuwerden. *Okay, Joel. Tief einatmen, vier Sekunden lang. Anhalten und gedanklich bis sieben zählen.*

Dann auf acht ausatmen. Eins ... zwei ... drei ... vier ... fünf ... sechs ... sieben ... acht. Wiederholen.

Wie ein Mantra leierte ich die Vorgehensweise der vier-sieben-acht-Atmung herunter, befolgte sie und begann von vorne. Bedauerlicherweise hielt das die sich anbahnende Panikattacke nicht davon ab, mir mit Eiseskälte den Nacken hinaufzukriechen.

»Verdammte Scheiße, nein!« Ich schlug auf das Steuerrad, bevor ich eine Haltebucht ansteuerte, das Auto abrupt zum Stehen brachte und es fluchtartig verließ. Die frische Luft klärte meine vernebelten Gedanken. Ich umrundete den Wagen und blickte ins Tal hinab. *So geht das nicht weiter! So vieles habe ich schon geschafft, ich bekomme das hin! Das, was ich hier mache, ist ein Schritt in die richtige Richtung. Ich weiß es genau.*

Nachdem sich mein Geist etwas beruhigt hatte, stieg ich fest entschlossen in den Geländewagen und fuhr los. Bereit für das, was vor mir lag.

Minuten später blaffte mich eine arrogante Frauenstimme an. »Bitte wenden! Wenden Sie jetzt!«

»Ja, wie denn? Blöde Kuh!«, gab ich genervt zurück. Das hier war eine Sackgasse. Es gab keine Wendemöglichkeit. Langsam ließ ich den Wagen rückwärts rollen. Bei einer Fahrbahnbreite von mehr als zwei Metern und einem Riesenkoloss von Auto unter dem Hintern machte das so gar keinen Spaß. Dass sich der Schnee am Fahrbahnrand türmte, trug auch nicht zur Entspannung der Lage bei. Dabei hätte ich wissen müssen, wie bescheiden ein Wendemanöver hier oben, am Ende dieser Straße, war. Ich kannte diese Gegend. Mit flauem Gefühl im Magen betrachtete ich das Chalet zu meiner Rechten.

»Sie haben Ihr Ziel erreicht.«

O nein. Bitte nicht. Lass das nicht meine Unterkunft sein.

Ich verglich die Hausnummer des Chalets mit der, die mir Monas Vater geschickt hatte, und jegliche Hoffnung auf einen Irrtum schwand. Ich seufzte.

Ich wusste, wem dieses Chalet gehörte und die Vorstellung, sie wiederzusehen, brachte mich für einen Moment aus dem Konzept. Doch wie hoch mochte die Wahrscheinlichkeit schon sein, dass sie genau dann hier auftaucht, wenn ich da bin? Der Gedanke beruhigte mein aufgebrachtes Gemüt. Ich zwang mich zur Ruhe. Bloß nicht überreagieren. Ein flüchtiger Blick zum verwitterten Häuschen nebenan ließ Kindheitserinnerungen wach werden.

Vor mir prangte ein Chalet mit fantastischem Ausblick auf das Tal. Es handelte sich um ein rustikales Holzhaus, das ... mindestens seit dem letzten Schneefall leer stand. Die Einfahrt war nicht vom kalten Nass befreit worden. Sie war zugeschneit. Und wenn ich zugeschneit sagte, dann meinte ich zugeschneit. Mindestens anderthalb Meter weiße Pracht zierten die schmale Zufahrt und warteten darauf, beiseite geschaufelt zu werden. Kurz überlegte ich, diese Aufgabe zu übernehmen, entschied mich aber wenig heldenhaft dagegen und legte den Rückwärtsgang ein. *Dann eben doch zuerst auf die Piste und später das Chalet beziehen. Ihr Chalet.*

Nach fünfzig Metern Rückwärtsrollen folgte endlich eine Einfahrt, die genug Platz bot, um meinen Pick-up wieder in Fahrtrichtung zu manövrieren.

Zwei wild gestikulierende Damen in einem orangenen Kleinwagen kreuzten meinen Weg. Erst sah es aus, als stritten sie heftig. Eine der Frauen hielt sich etwas vor den Mund und benutzte es als ... Mikrofon? Sie sang. In eine ... Flasche. Die andere schwang filmreif den rechten Arm in die Höhe und verzog das Gesicht, als würde sie von starken Schmerzen geplagt. Der Anblick war zu witzig und entlockte mir einen tiefen Lacher.

Ich hielt an, um den leuchtenden Mini vorbeizulassen. Eine dumpfe Basswelle rollte an mir vorüber. Interessiert sah ich den Frauen nach, bis ich sie aus den Augen verlor.

***

Meine Hände umfassten die hölzerne Absperrung, während ich in die endlose Weite blickte. Die Sicht war klar, der Wind kühl. Er peitschte mir, trotz des herrlich sonnigen Wetters, erbarmungslos ins Gesicht. Ich zog den Schal bis zur Nasenspitze hoch. Lächelnd nahm ich einen tiefen Atemzug, bis mich aufkeimende Glücksgefühle überwältigten. Ich fühlte mich so lebendig wie schon lange nicht mehr, denn ich war zu Hause. Hier gehörte ich hin. Wie hatte ich mich so lange dagegen wehren können?

Ich schwang mich auf die Skier und da war es. Freiheit. *Verdammt nochmal, ich bin frei.* Und ich hatte es nicht verlernt. Wie auch? Ich war sozusagen mit Skiern an den Füßen auf die Welt gekommen, hatte jede freie Minute meiner Kindheit hier oben verbracht. Skifahren war mein Leben.

Eine nasse Haarsträhne hatte sich unter dem Helm hervor geschlängelt und klebte nun auf meiner Stirn. Ich parkte die Skier und bewegte mich auf die Menschentraube zu, die sich vor meiner ehemaligen Stammbar tummelte. Ausgelassenes Lachen und Wortfetzen in den unterschiedlichsten Sprachen hallten mir entgegen. Eine Gruppe junger Männer, einer davon im pinken Einhornkostüm, stieß mit einem lauten *»Cheers!«* die Becher aneinander.

Durch die Panoramafenster sah ich ins Innere der Bar, wo sich gerade zwei ältere Damen von ihren Barhockern erhoben und damit den Blick auf den Barkeeper dahinter freigaben. Ich erschauderte, denn ich erkannte ihn sofort und auch ihm war bewusst, wer ich war. Seine Miene gefror, während ich entschlossen auf ihn zuging.

Lizzy

»Endspurt!«, verkündete Hannah feierlich und rieb ihre Hände aufgeregt aneinander. Ein letzter Partyhit dröhnte aus den Boxen, bevor sie die Lautstärke drosselte. Wir schlängelten uns eine schmale Zufahrtsstraße entlang, bis wir das Ende des steilen Weges erreichten und vor einem in die Jahre gekommenen Holzhaus zum Stehen kamen.

»Nein!«, hörte ich meine Freundin rufen und folgte ihrem geschockten Blick geradewegs durch die Scheibe. Schnee. Nichts als Schnee. Das bedeutete Arbeit.

***

»Geschafft!« Ich pustete mir eine Locke aus dem Gesicht. Fast eine Stunde hatten wir damit verbracht, die Einfahrt zu räumen. Dem Schnee nach zu urteilen, stand das Haus schon eine ganze Weile leer. Mein Blick fiel auf geschwungene, hölzerne Lettern, die den Schriftzug *Chalet am Bach* formten. So hatte Hannahs Familie das Häuschen getauft.

»Jetzt aber schnell hinein!«, befahl Hannah und hauchte warme Luft an ihre knallroten Fingerkuppen.

Wenig später musste ich meine Augen mit beiden Händen vor dem grellen Sonnenlicht abschirmen, um einen Blick aus dem Fenster zu werfen. Der Anblick ließ mich innehalten. *Beeindruckend.* Das abfallende Terrain war von vereinzelten Holzhäusern geziert, die sich verwunschen in die malerische Landschaft einbetteten. Die schneebedeckten Dächer der umliegenden Häuser funkelten geheimnisvoll in der Sonne und hinter dem Tal erstreckte sich eine Bergkette, an deren östlicher Spitze die Sonne frech hervortrat.

Ich öffnete das große, in verwittertes Holz eingefasste Fenster und steckte meinen Kopf hinaus. Frische, klare Luft strömte mir entgegen. Meine Lungen füllten sich mit der sanften Brise und beim Ausatmen schickte ich weiße Wölkchen gen Himmel. Es hatte etwas Meditatives hier zu stehen, die Augen geschlossen und tief einatmend.

Urplötzlich wurde es still. Nicht da draußen, wo der Tag seinen Lauf nahm, sondern in mir. Die Getriebenheit, der Kummer und die Wut der letzten Tage waren wie weggeblasen.

Tief unter uns war das Land nach einer langen, dunklen Nacht längst zu neuem Leben erwacht und in der Luft schwebte das Versprechen, dass die kommenden Stunden wärmer und heller würden, als die vergangenen. Die Erkenntnis traf mich mit voller Wucht. In der Ferne, inmitten dieser mir fremden Umgebung, begann etwas Besonderes. Ende und Neubeginn gleichermaßen. Kribbelnde Erregung durchflutete meine Adern und mir wurde wohlig warm. Überrascht von meiner eigenen Rührseligkeit, schüttelte ich den Kopf und schloss rasch das Fenster.

»Puh, ist das kalt!« Ich rieb mir über die Arme, als sich Hannah zu mir gesellte.

»Du siehst glücklich aus«, stellte ich fest, nachdem ich sie einen Moment beobachtet hatte. Wir standen nebeneinander und sahen verträumt aus dem Fenster.

»Ja, ich bin gern hier oben. Es ist so friedlich.«

Ich legte die Arme um Hannah und zog sie an mich. Die Berge wirkten wie ein Beruhigungsmittel auf mich. Inmitten dieser Idylle würden wir zauberhafte Tage verbringen.

»Komm, ich zeige dir alles«, unterbrach Hannah die Stille, nahm mich an die Hand und führte mich in die Küche.

»*Das*, meine Liebe, ist die Küche. Tataaa.« Dabei deutete sie einen Hofknicks an und zeigte mit beiden Armen in den liebevoll eingerichteten Raum, in dem sich die Küchenzeile samt integrierter Sitzecke befand. Von da aus blickte man auf den offenen Wohnbereich, was das Chalet hell und weiträumig erscheinen ließ.

Das Haus war seit Generationen im Besitz von Hannahs Familie, was durch die vielen persönlichen Einrichtungsgegenstände nur allzu deutlich wurde. An den Wänden hingen Skier aus längst vergangenen Zeiten. Stilvoll in Szene gesetzte Luftaufnahmen des Chalets, schätzungsweise in den Achtzigerjahren aufgenommen, zierten die Holzvertäfelungen. Im Flur hing ein Foto, das vor dem Hauseingang geschossen worden war. Zu sehen waren zwei Mädchen. Das Kleinere saß eingewickelt in Decken auf einem Schlitten, das andere stand dahinter und lächelte derart breit in die Kamera, dass diverse Zahnlücken sichtbar wurden. Eine Frau in den Vierzigern und ein etwas älterer Herr standen daneben und grinsten ebenfalls zufrieden. Sie waren umgeben von Schneemassen und der Sonnenschein schien sie zu blenden.

Den Wohnbereich erreichte man durch mehrere, von der Küche aus herabgehenden Stufen. Als Kernstück stach die L-förmige, anthrazitfarbene Sitzlandschaft ins Auge. Von ihr aus konnte man den aus dunklem Naturstein gemauerten Kamin bewundern. *Ein Blickfang!* Meine Hände fuhren über die kalten Steine, während ich mir gedanklich eine Notiz machte, in den nächsten

Tagen die lodernden Flammen bei einem Glas Wein zu genießen.

Auf einem schweren Glastisch in der Ecke stand ein Fernseher und es lagen jede Menge alter Zeitschriften darauf. Hier ließ es sich aushalten.

»Da geht's zur unteren Etage, zu den Schlafräumen«, drängte Hannah und dirigierte mich einen schmalen Gang hinunter.

Auf halber Ebene befand sich ein geräumiges Bad. Ich spähte kurz hinein und erkannte eine Dusche, einen stilvollen Doppelwaschtisch, sowie diverse kleinere Schränkchen und Ablagemöglichkeiten. Alles stilvoll in dunklem Holz gehalten und aufgelockert durch helle Deko-Elemente. Und, oh là là, was sahen meine müden Augen, als ich die Tür weiter öffnete und eintrat? Ehrfürchtig glitten meine Finger über die vielen Knöpfe der Eckbadewanne. Sie sah neu aus.

»Massagefunktion.« Hannah zwinkerte verschwörerisch. »Geil, oder?«

Mein Grinsen wurde immer breiter. Bald würden mir die Mundwinkel einreißen.

»Hannah, das ist wirklich genial. Alles, was ich bisher gesehen habe, ist einfach toll.«

Auf gleicher Ebene wie das Badezimmer zeigte sie mir das erste Schlafzimmer. Spartanisch, aber stilvoll eingerichtet mit einem Doppelbett, zwei Nachtschränkchen und einem massiven, hölzernen Einbauschrank. Der Blick durch das Doppelfenster bot Sicht auf die anliegenden Holzhäuschen unter uns. Der Schnee auf den benachbarten Dächern glitzerte wie abertausend Kristalle und zog mich erneut in seinen Bann. Ein magisches Bild, das ich nie müde werden würde, zu bestaunen.

In der untersten Etage lagen drei Schlafzimmer.

»Wow, hier ist ja Platz für eine Großfamilie. So viele Räume.«

»Ja, nicht wahr? Mein Uropa hat das Haus damals für seine Frau und die vier Jungs gebaut.« Hannah blies die Backen auf und schüttelte unweigerlich ihren Kopf. »Vier Jungs!«

»Besser er, als ich«, entfuhr es mir und wir beide lachten.

Nachdem wir uns wieder gefangen hatten, führte Hannah ihren Rundgang fort.

»Das Zimmer«, sagte sie und deutete mit dem Finger auf eine verschlossene Tür, »gehört meinen Eltern. Wie du weißt, reisen sie kurz vor Silvester an.« Stimmt, ich erinnerte mich daran, dass Hannah etwas Derartiges erzählt hatte.

»Da ist noch ein kleines Bad. Toilette, Waschbecken, Dusche. Nicht riesig, aber es ist alles da, was man so braucht. Und hier sind noch zwei kleinere Zimmer.« Hannah stieß die angelehnten Türen auf. »Das mit dem Einzelbett ist untervermietet. Habe ich dir ja schon gesagt. Das andere ist frei. Wir können also das obere Zimmer und das hier beziehen. Du hast die Wahl, such dir eines aus.«

Die Entscheidung fiel mir nicht schwer, obwohl alle Räume etwas für sich hatten, wählte ich den oberen. Die Aussicht hatte mich überzeugt. So, das war geklärt.

Schnaufend holten wir Koffer um Koffer, Tüte um Tüte und meine zwei Freunde aus dem Auto und richteten uns in unserem temporären Zuhause ein. Nach und nach hauchten wir dem, bis vor wenigen Stunden verlassenen Häuschen Leben ein und erweckten es aus dem Winterschlaf.

Im Hintergrund trällerte ein Schweizer Musiker ein Liedchen. Ich verstand nur Bahnhof, aber das störte mich nicht. Der Klang war melodisch und so betätigte ich den Lautstärkeregler des nostalgischen Radios. Meine Glieder zuckten und ich kreiste die Schultern im Takt der Musik, drehte mich schwungvoll um und ...

»AHH!« Erschrak fast zu Tode. Vor mir, direkt an der Scheibe, kauerte ein Eichhörnchen auf dem Fenstersims und beobachtete mich. Es starrte mich aus seinen absurd weit aufgerissenen Augen an. Ein seltsamer Anblick. Noch nie hatte ich eines aus der Nähe betrachten können. Auf Zehenspitzen schlich ich mich heran, um nach dem Griff zu tasten und das Fenster zu öffnen, da sprang der Nager mit rekordverdächtiger Geschwindigkeit auf einen dünnen Ast der Blautanne direkt vor mir und weg war mein pelziger Freund.

»Du hast Alvin vergrault!« Mein Kopf schnellte herum, schon wieder rutschte mir das Herz in die Hose, denn ich hatte Hannah nicht kommen hören. Gespielt frustriert stand sie da, mit verschränkten Armen und trauriger Miene. Nur das Zucken ihrer Mundwinkel verriet, dass sie sich köstlich amüsierte.

»Ich habe was? Im Gegenteil! Das Vieh hat mich fast zu Tode erschreckt. Hast du gesehen, wie der geglotzt hat? Das war gruselig.«

»Das Vieh«, sagte Hannah und zog das zweite Wort dabei unnatürlich in die Länge, »ist ein Eichhörnchen und heißt Alvin. Und der glotzt nicht, er guckt. Und zwar sehr niedlich.«

»Du kennst ihn?«, fragte ich leicht irritiert.

»Klar, er wohnt hier. Und jetzt schau nicht, als wärst du einem Schlossgespenst begegnet, sondern füttere ihn.«

»Füttern?«

»Ja, habe ich doch gesagt. In der Schachtel unter dem Radio sind Sonnenblumenkerne. Ich koche uns derweil einen Kaffee.«

Und da sagen immer alle, ich sei verrückt, dachte ich und schüttete eine Handvoll Kerne auf das Fensterbrett. Noch kurz hielt ich Ausschau nach unserem kleinen Mitbewohner, doch der hatte sich für den Moment verkrümelt.

Den Reisekäfig meiner Meerschweinchen, Clap und Nancy, stellte ich neben dem weißen Sideboard am Fenster ab.

»Ein neuer Freund für euch. Super, oder?« Ich steckte den Finger durch das Gitter und kraulte Nancys Ohr.

Der Duft nach frisch gemahlenen Kaffeebohnen zog mich wie an einer unsichtbaren Schnur in die Küche. Hannah war damit beschäftigt, zwei bis zum Rand gefüllte Tassen mit kunstvollen Sahnehauben zu verzieren, um sie dann mit Schokoladenpulver zu bestreuen.

»Hmm«, klang es aus meiner Kehle. Es roch köstlich und sah lecker aus.

»Kaffee mit Pflaumenlikör oder wie man es hier nennt: *Schümli-Pflümli*.« Hannah streckte mir das Heißgetränk entgegen und grinste breit.

»Auf unseren Urlaub!«, sangen wir im Einklang und stießen die Tassen aneinander.

Joel

Mein Herz raste. So viele Jahre hatte ich mich davor gedrückt. Die Vorstellung, wieder hier zu sein, all die mir bekannten Gesichter zu sehen, war schmerzhaft. Zumindest bildete ich mir das ein.

Ich hatte immer gewusst, der Tag würde kommen, an dem ich mich all dem stellen musste. Heute war dieser Tag. Ich nahm all meinen Mut zusammen und setzte behutsam einen Fuß vor den anderen über die Schwelle zur Panorama-Bar.

Kilian verharrte kurz, dann warf er das Handtuch achtlos beiseite und lief mit großen Schritten um den Tresen herum, genau auf mich zu. Ehe ich mich versah, zog er mich in eine feste Umarmung und schob mich anschließend eine Armlänge von sich weg. Waren das Tränen? Schwer zu erkennen, denn auch bei mir sammelte sich salzige Flüssigkeit, die mich nur noch verschwommen wahrnehmen ließ.

»Joel! Mein Freund! Willkommen zurück. Wo warst du nur so lange?«

Damit hatte ich nicht gerechnet. Auf Vorwürfe hatte ich mich eingestellt. Darauf, ignoriert zu werden. Ich war verwirrt.

Gekünstelt blickte ich zur Seite, er sollte nicht sehen, dass ich mit aufkeimenden Emotionen kämpfte.

Kilian fing den Blick der Aushilfskraft ein und gab ihr durch Handzeichen zu verstehen, dass er einen Moment nicht gestört werden wollte. Zusammen setzten wir uns in eine ruhige Ecke außerhalb des Getümmels.

Sein wacher Blick ruhte auf mir, wartete auf eine Erklärung.

»Ich … ich weiß nicht, was ich sagen soll. Danke.«

»Danke? Für was denn? Mann, wieso bist du einfach abgehauen? Wir hier«, sagte er und deutete mit den Armen einen Halbkreis an, »wir wären doch für dich da gewesen.«

»Es ging nicht. Ich konnte dir, euch, nicht in die Augen sehen. Ich wollte alles vergessen. Aber das hat auch nicht funktioniert.« Schnaubend stützte ich meine Ellbogen auf den Tisch vor mir.

»Natürlich nicht.« Kilian musterte mich eindringlich. »Wie geht es dir?«

»Es geht. Die Zeit heilt Wunden, nicht wahr?« Ich lächelte gequält.

»Hör zu, niemand hier macht dir einen Vorwurf. Verstehst du? Die meisten haben sich nicht getraut, sich bei dir zu melden. Und die, die es doch getan haben, haben spätestens nach dem dritten unbeantworteten Anruf aufgegeben.«

Was sollte ich dazu sagen? Er hatte recht. Nachdem ich abgehauen war, ignorierte ich sämtliche SMS und Anrufe meiner ehemaligen Freunde. Ich musste allein sein. Im Nachhinein betrachtet, wollte ich mich wohl selbst bestrafen.

»Ich freue mich, dass du wieder da bist. Und … gesund aussiehst.« Ich musste ihn nicht ansehen, um zu verstehen, was genau er ansprach. Er hatte meinen ungesunden Lebenswandel mitbekommen. Natürlich hatte er das. Das hatten alle. »Du hast uns allen gefehlt! Mona hat gar nicht erzählt, dass du kommst«, lenkte er ab, als er realisierte, dass ich *darüber* nicht reden wollte.

Dankbar ruhte mein Blick auf ihm. »Und dass ich die ganze Saison bleibe, hat sie dir ebenfalls verschwiegen?« Endlich normalisierte sich mein Herzschlag und ein wenig Fröhlichkeit keimte auf. Mein verschmitztes Lächeln überzeugte ihn, dass ich okay war.

»Was für geile Neuigkeiten! Welcome home!« Kilian klopfte mir beherzt auf die Schulter. Sein prüfender Blick wanderte zur Barbedienung. Er wurde ganz offensichtlich dringend gebraucht.

»Komm, ich mache uns einen Tee. Amélie dort drüben«, flüsterte Kilian und zeigte zur Bar, »sie ist noch neu. Die bekommt einen Herzinfarkt, wenn ich ihr nicht gleich zu Hilfe eile.«

Ich nickte und folgte ihm.

Der massive Bartresen weckte Erinnerungen. Die zahlreichen Einkerbungen im Nussbaumholz zeugten von vergangenen Zeiten, von wilden Partys, an denen wir auf ebendieser Theke zu fragwürdigen Après-Ski-Hits die Nächte durchgetanzt hatten. Das Kopfkino brachte mich zum Schmunzeln. Das Eis war schnell gebrochen. Von der hölzernen Unterhaltung am Anfang war bald nichts mehr übrig. Kilian brachte mich auf den neuesten Stand. Wer mit wem, seit wann und warum. *Genau wie früher*, dachte ich. Als wären die vergangenen, einsamen Jahre nur in meiner Einbildung geschehen.

Die Bar füllte sich zusehends. Kein Wunder, die Sonne gab heute alles und der eisige Wind von heute Morgen hatte sich ebenfalls gelegt. Ein Skitag wie aus dem Bilderbuch. Da zog es jeden Bergbegeisterten hier hoch.

Gemütlich nippte ich an meinem Tee. Schon der Dritte, wohlgemerkt. Doch trotz der Wassermassen im Bauch, knurrte mein Magen. Vielleicht sollte ich mir etwas zu essen bestellen.

Gerade als ich Luft holen wollte, um der immer noch hoffnungslos überforderten Amélie meine Bestellung entgegenzuschreien, kam mir eine schrille Stimme zuvor.

»Ich bekomme zwei Aperol-Spritz. Danke.«

Eine unfreundlichere Bestellung war mir noch nie zu Ohren gekommen. Unauffällig drehte ich meinen Kopf, um einen Blick auf die Furie zu erhaschen. *OHA!* Mir gefiel, was ich sah. Die harschen Worte kamen aus einem sinnlichen, rot geschminkten Mund. Die vollen Lippen formten sich zu einem entzückenden Lächeln. Wahrscheinlich starrte ich einen Moment zu lange. Ich war eben auch nur ein Mann. Wir unterlagen evolutionsbiologischen Bedürfnissen, das wurde durch zahlreiche Studien belegt. Ihre hellblauen Augen blitzten auf und ihr Blick blieb an mir hängen. Schwungvoll warf sie ihre platinblonde Mähne in den Nacken, nahm ihre bestellten Getränke und schritt hüftschwingend davon. *Grrr.*

»Nicht übel, was?«

Ertappt drehte ich mich zu Kilian herum, nur um meine Aufmerksamkeit sofort wieder auf das mir dargebotene sexy Schauspiel zu richten.

»O ja.« Langsam stellte ich meine Tasse auf dem Tresen ab, mein Blick klebte nach wie vor an ihrem wohlgeformten Hintern.

»Ist aber ’ne doofe Schnepfe.« Kilian zuckte mit den Schultern und trocknete teilnahmslos ein Bierglas ab.

»Ich suche ja auch keine Ehefrau.«

»Du bist eben schlauer, als ich es war.« Er zwinkerte mir zu.

Kilian war ganze anderthalb Jahre verheiratet gewesen – mit Mitte zwanzig. Seitdem war das Thema *Heiraten* bei ihm unten durch. Überhaupt hatte ich ihn nie wieder an der Seite einer Frau gesehen.

Lizzy

Ein Schümli-Pflümli, zwei Schümli-Pflümli.

»Stopp!«, schrie ich Hannah entgegen. »Wenn du mir nochmal so ein Teufelsgesöff einflößt, gehe ich heute nirgendwo mehr hin!«

Wir lümmelten auf dem Balkon und streckten die Gesichter in die Sonne. Unsere Beine lagen auf dem Geländer und in den Händen hielten wir unser neues Lieblingsgetränk. Wenn das so weiterging, würde nicht nur meine Leber bald die weiße Flagge hissen, sondern auch sämtliche Hosen aus den Nähten platzen. Puh, mir war schwindelig. Schnell bereitete ich uns ein Sandwich zu, das den Alkohol in unseren Mägen aufsaugen sollte. Der Tag war zu bilderbuchmäßig, um ihn ausnüchternd in der Horizontalen zu verbringen.

Unser Gegacker hallte durchs Haus und setzte der Ruhe definitiv ein Ende. Mein Blick fiel auf das Chalet gegenüber, etwas erregte meine Aufmerksamkeit. *Bewegte sich da die Gardine? Ich hätte schwören können, einen weißen Haarschopf ausgemacht zu haben. Oder spielte mir der Alkohol in meinen Adern einen Streich?* Hannah klatschte auffordernd in die Hände und lenkte mich von dem geheimnisvollen Etwas ab. »So, Abmarsch! Wir holen jetzt unsere Skier und dann geht es auf die Piste! Ich freue mich so, dir alles zu zeigen. Du wirst begeistert sein!« Ihre Euphorie glich der eines Kindes an Heiligabend. Und sie färbte auf mich ab.

»Aye, aye, Kapitän. Gib mir ein paar Minuten, dann brechen wir auf«, sagte ich, obwohl ich an unserem Vorhaben aufgrund genannter Umstände so meine Zweifel hegte.

Schnell packten wir das Nötigste zusammen und schon kurze Zeit später zog ich die Tür hinter mir ins

Schloss. Der Weg zur Talstation führte über eine Brücke, die die Straße, in der unser Chalet lag, mit einer roten Piste verband. Von dort aus gelangten wir direkt zur Gondelstation. Im Skiverleih, der auch Snowboards, Schlitten und allerlei Zubehör und Kleidungsstücke anbot, deckten wir uns mit den notwendigen Sachen ein. Nachdem eine nette, ältere Dame unsere Skier eingestellt hatte, verließen wir vollbepackt das Geschäft.

***

»Wieso ruckelt das denn so?« Mir waren Gondeln nie geheuer gewesen.

»Entspann dich mal! Es passiert schon nichts. Das Schlimmste, was geschehen könnte, wäre ein Absturz.« Sie zuckte gleichgültig die Schultern. Hinter uns drehte sich eine junge Frau ruckartig um und funkelte Hannah finster an. Ich war wohl nicht die Einzige, die drei Kreuze machte, wenn die Gondel endlich oben ankam.

Der Anblick, der gigantischen weißen Berge, die im Sonnenschein glitzerten, war atemberaubend. Das Panorama gehörte auf eine Postkarte, auf Werbeplakate und Bildschirmhintergründe.

Überall wuselten glückliche Menschen in bunten Schneeklamotten umher. Okay, außer die, die Kleinkinder bei sich hatten. Eine Mutter zog ihr kreischendes Baby auf einem Schlitten hinter sich her. Nur wenige Meter vor mir lag ein etwa Dreijähriger mit triefender Rotznase wie eine Schildkröte auf dem Rücken und trat nach seinem Vater. In diesem Moment war ich heilfroh, kinderlos zu sein. Obwohl ich mir sehnlichst welche wünschte. Leider war bisher nie der richtige Zeitpunkt gekommen und aufgrund neuester Ereignisse fehlte mir für dieses Vorhaben auch noch das passende männliche Gegenstück.

Ich nahm einen tiefen Atemzug und sog das sorgenfreie Treiben in mich auf. Hier, auf der Plattform in etwas über tausendfünfhundert Metern Höhe, genoss man das Leben.

»So, auf geht's. Ich bin gespannt, ob ich es noch kann.« Die Tatsache, dass ich alles andere als sicher auf Skiern unterwegs war, verschwieg ich Hannah vorerst.

»Ach was, das ist wie Fahrradfahren, das verlernt man nicht«, gab sie salopp zurück.

Tatsächlich kam mir die erste Abfahrt aber nicht wie Fahrradfahren vor, sondern wie der wackelige Versuch, auf einem Einrad einen vereisten, rutschigen Abhang hinunterzurollen. Also doch kein verkanntes Skitalent. Schade eigentlich.

Ein Skilehrer grinste in meine Richtung. Lachte der mich etwa aus? Dürfen Skilehrer über andere lachen? Oder gibt es da so ein Ehrenkodex-Ding? Das war sicher nur so ein aufgeblasener Gockel. *Obwohl ... Er musste Skilehrer sein. Erkennt man die nicht an den roten Jacken mit der weißen Aufschrift?*

Egal, ich ließ mir die Laune von dem hochnäsigen Heini nicht verderben.

Nach ein paar Abfahrten wurden meine Bewegungen geschmeidiger. Einen Preis würde ich für meine Schwünge aber dennoch nicht gewinnen. Ich genoss den Tag in vollen Zügen. Leider wollten meine Beine schon bald nicht mehr so, wie ich mir das vorgestellt hatte. Sie schrien nach einer Pause.

»Hannah, Erbarmen! Ich kann nicht mehr! Ich brauche eine Auszeit, bitte.« Meine Oberschenkel hatten plötzlich verdammt viel mit Wackelpudding gemeinsam. Über kurz oder lang würde mich ein gemeiner Muskelkater plagen. Das war so sicher, wie das Amen in der Kirche.

»Gute Idee!« Hannah ließ kess ihre Brauen tanzen. Ihr süffisantes Geblinzel zeigte mir nur allzu deutlich, dass wir unter *Pausieren* nicht dasselbe verstanden.

»Schümli-Pflümli wir kommen!«, sang sie melodisch vor sich hin.

»Habe ich es doch geahnt!«

Ich war unsicher, ob ich bei diesem Tempo mit ihr mithalten konnte. Und ich meinte gewiss nicht das Skifahren. Resignierend folgte ich Hannah in die halbrunde Hütte, die auf dem schneebedeckten Plateau der Mittelstation prangte.

Panorama-Bar stand dort in leuchtroten, wunderschön geschwungenen Buchstaben.

An nahezu jedem Tisch der prallgefüllten Bar verweilten Gruppen von Jugendlichen, Frauen und Männern aller Altersgruppen. Die Stimmung war ausgelassen, von überall her drangen Gesprächsfetzen, Lacher und Partymusik zu uns herüber.

Geschäftig schlängelte sich ein Barmitarbeiter mit einem Riesentablett durch die Menge. Ohne auch nur einen Tropfen zu verschütten, balancierte er eine unglaubliche Anzahl Biergläser an uns vorbei. In einem Affentempo und mit breitem Lächeln im Gesicht. Ich war ehrlich beeindruckt.

Wie es wohl wäre, hier zu arbeiten?

In der Kanzlei hatte ich nur sehr wenig direkten Kundenkontakt. Und wenn doch, dann war den Leuten für gewöhnlich nicht zum Lachen zumute. *Es ist ein langweiliger Job. Geisttötend!* Meine innere Stimme meldet sich aus der Versenkung. Der Job ist sicher, es wird immer und ewig Menschen geben, die Rechtsauskünfte benötigten. Wer weiß, wer Barbesuchern in zwanzig Jahren ihre Drinks zubereitete? Eine vollelektrische Cocktailmaschine vielleicht.

»Lizzy! Komm mal her, ich möchte dir da jemanden vorstellen!«, holte mich Hannah aus meiner abstrusen Zukunftsfantasie. Sie hatte sich währenddessen an den Tresen gesetzt und klopfte auf den Barhocker zu ihrer Linken.

»Lizzy, das ist Kilian, der Barbesitzer. Kilian, das ist Lizzy, meine beste Freundin aus Berlin.«

»Ciao, Lizzy, freut mich«, sagte Kilian und zog mich beherzt an sich. Küsschen links, Küsschen rechts, Küsschen links. Dass drei Wangenküsse in der Schweiz Begrüßungsstandard waren, davon hatte ich gehört. Dass damit auch völlig Fremde willkommen geheißen wurden, hatte sich bisher meiner Kenntnis entzogen. Ich fand es erfrischend.

»Hey, Kilian. Freut mich auch, dich kennenzulernen. Schön hast du es hier. So ... urig.« Ich deutete mit einer ausladenden Handbewegung auf seinen Arbeitsplatz.

»Ja, ich hätte es wahrlich schlechter treffen können!« Kilian wirkte glücklich.

»Woher kennt ihr euch?«, fragte ich neugierig.

»Von früher«, antworteten beide fast zeitgleich.

»Ja, von damals eben.« Hannah empfand es wohl als notwendig, die spärliche Erklärung zu wiederholen.

»Ah ja, von früher. Wie schön. Und ... spannend.« Der sarkastische Unterton in meiner Stimme war nicht zu überhören. Zumindest dachte ich das. Aber die beiden übergingen meinen Kommentar geflissentlich und so blieb mir nichts anderes übrig, als Hannah über

46

den hübschen Barbesitzer auszufragen, sobald wir allein waren.

Nach zwei Schümli-Pflümli und etlichen Anekdoten von Kilian über die gemeinsame Schulzeit mit Hannah, verspürte ich den Drang, wieder auf die Piste zu gehen. Langsam erhob ich mich, um zu testen, wie es um die Standhaftigkeit meiner Beine bestellt war. *Okay, sollte gehen.*

»Ich drehe noch eine Runde, bleib du ruhig hier«, wandte ich mich an meine Freundin.

Es war gar nicht so einfach, in dem Durcheinander aus Skiern und Stöcken die meinen herauszufischen. Dann, nach ein paar bangen Minuten, war ich schließlich erfolgreich, stieg in die Bindung und begab mich auf den Weg zum Sessellift.

Die Schlange war lang, schnaubend reihte ich mich zuhinterst ein. Kurz vor dem Drehkreuz allerdings, wurde ich unsanft zur Seite gedrängt und hielt mich in allerletzter Sekunde am Grund meines Taumelns fest.

»Na hören Sie mal! Können Sie nicht aufpassen?«, motzte ich.

»Ich? Sie sind mir doch auf die Skier getrampelt!«

»Ja klar!« Genervt wandte ich mich ab. Mit Idioten zu diskutieren brachte nichts, das hatte schon Einstein erkannt. Ich rückte auf als … sich die rote Skijacke an mir vorbeischob und das Drehkreuz als erste passierte.

Joel

Ich blinzelte unauffällig über die Schulter und verkniff mir ein herzhaftes Lachen. Ihr entsetztes Gesicht, als ich mich an ihr vorbeischlängelte, sprach Bände. Ich glaube, sie war kurz sprachlos. Geschah der kleinen, süßen Kratzbürste ganz recht.

Meistens lebte ich strikt nach Ladies-First-Manier, aber bei dieser braun gelockten Giftspritze schien mir eine Ausnahme durchaus angebracht. Vielleicht war ich auch einfach ein bisschen in Stänker-Laune. Genau genommen war ich es nämlich, der sie aus Versehen angerempelt und dadurch beinahe zu Fall gebracht hatte. Ich hätte schleunigst um Verzeihung gebeten, wirklich, wenn Madame nicht sofort eine bitterböse Miene aufgesetzt und ihre Motztirade gestartet hätte.

Hinter meinem Rücken schimpfte sie leise vor sich hin. Ich amüsierte mich köstlich. Da hatte jemand Temperament. Das gefiel mir. Heutzutage gab es zu viele Menschen, die nur das sagten, was andere von ihnen hören wollten. Bloß nicht auffallen, nur keine eigene Meinung haben. Damit konnte ich nichts anfangen. Umso mehr faszinierte mich die Lady hinter mir, die nicht müde wurde, munter vor sich hin zu meckern.

Oh, das wird eine lustige Fahrt.

Zwei Meter neben mir passierte die Motzequeen die kleine Schranke, sodass wir unweigerlich in denselben Sessel einsteigen mussten.

Wohl wissend, sie damit zu provozieren, rutschte ich einen weiteren Sitz nach links, wodurch wir direkt nebeneinandersaßen. Der Bügel schloss sich und ich verlor den Boden unter den Füßen. Wortwörtlich. Sie zog ihre Brille nach oben und fixierte mich. Wenn Blicke töten könnten.

»Im Ernst?« Ihre Lider verengten sich bedrohlich. Ups, die war ja richtig sauer.

»Ich ... Ähm ... Ich«

»Ich ... Ähm ... Ich«, äffte sie mich nach. »Was ist? Hat es Ihnen die Sprache verschlagen? Typisch, erst den dicken Maxe markieren und dann kommt nur heiße Luft raus.«

Hatte ich etwa einen Herzinfarkt? Oder gar einen Schlaganfall? Damit wäre der Spontanausfall meines Sprachzentrums wenigstens medizinisch erklärbar gewesen. Verächtlich schnaubend drehte sie sich von mir ab.

Ihre Augen! Sie waren es, die mir sämtliche Worte aus dem Kopf fegten. Im Sonnenlicht wirkten sie wie funkelnde Smaragde, durchzogen von hellen Goldsplittern.

Faszinierend.

Dann sickerten ihre Worte durch die paar noch funktionierenden Hirnwindungen in mein Bewusstsein.

»Den dicken Maxe?« *Woher sie wohl kam?* Ich hatte den Ausdruck noch nie gehört.

»Ja, oder auch große Klappe, nichts dahinter. Schon mal gehört?« Sie musterte mich höhnisch. Oha, die war wirklich auf Krawall gebürstet. Doch ihre Augen ... Abermals stolperten meine Worte beim Anblick der grünen Edelsteine. *Konzentrieren, Joel! Sonst denkt sie womöglich noch, ich bin total verblödet.*

»Entschuldige! Ich wollte dich nicht ärgern. So bin ich eigentlich gar nicht.« Kamen vorhin nur zögerlich Worte über meine Lippen, rasten sie jetzt in Lichtgeschwindigkeit aus meinem Mund.

»Ach, sind wir schon beim Du? Ich kann mich nicht erinnern, mit Ihnen Brüderschaft getrunken zu haben.«

Ohne darüber nachzudenken, entledigte ich mich meines rechten Handschuhs und reichte der Fremden versöhnlich die Hand.

»Ich bin Joel. Und … sorry nochmal.«

Argwöhnisch musterte sie mich und sah unentschlossen in meine Richtung. Sie rang mit sich, mein Friedensangebot anzunehmen, das war ihren Augen anzusehen. *Ihre Augen – funkelnde, grüne Schätze.*

Ich musste die Luft angehalten haben, während ich gespannt auf ihre Reaktion gewartet hatte. Denn mein Brustkorb senkte sich ein wenig zu schnell, als sie ihren Handschuh abstreifte, meine Hand nahm und die Entschuldigung damit annahm.

»O nein!« Ihr Blick verfolgte ihren, vom Schoß gerutschten Handschuh, der jetzt an einer dünnen, mit der Jacke verbundenen Schlaufe baumelte.

»Nix passiert! Ich zieh ihn rauf.« So ihr Plan. Leider verhinderte mein Eingreifen dessen Umsetzung. Als ich nach dem Handschuh griff und daran zog, verfing sich das blöde Teil zwischen den Sitzen. Die Schlinge riss und das pinke Ungetüm fiel geschätzte zwanzig Meter in die Tiefe. Schuldbewusst sah ich zu Boden.

»Sag mal, machst du das mit Absicht?« Trotz des Verlustes klangen ihre Worte belustigt. Die Frau gab mir Rätsel auf. War ich höflich, zeigte sie mir die kalte Schulter, zerstörte ich ihr Eigentum, war sie nett.

»Jetzt guck nicht wie ein Auto. Halb so wild, ich sammle ihn bei der nächsten Abfahrt auf«, sagte sie schnell.

Leider kündigte der sich öffnende Bügel das Ende unserer gemeinsamen Fahrt an. Dabei hätte ich mich gerne noch ein wenig mit ihr unterhalten.

»Na dann, Herr Skilehrer. Bis bald.« Unweit ihres rechten Mundwinkels bildete sich ein Grübchen. Sie lächelte. Schäkerte sie etwa mit mir? Und vor allem: Warum flirtete *ich* nicht mit *ihr*, sondern stammelte herum, als sähe ich zum ersten Mal in meinem Leben eine hübsche Frau? Was war heute mit mir los? Ich sollte doch noch einmal über die Theorie mit dem Schlaganfall nachdenken.

Schon fuhr sie davon.

»Wie heißt du eigentlich?«, rief ich ihr nach. Doch außer einem süffisanten Grinsen bekam ich keine Antwort.

Da stand ich, starrte einer völlig Fremden hinterher und war irgendwie … durcheinander. Wann war ich zuletzt so sprachlos gewesen? Es war lange her, denn ich erinnerte mich an keine ähnliche Situation. Natürlich war ich schon öfter attraktiven, interessanten Frauen begegnet, aber diese flüchtige Bekanntschaft war besonders, und sie löste etwas anderes in mir aus. Etwas, von dem ich glaubte, es vor vielen Jahren verloren zu haben: Den Wunsch, eine Frau näher kennenzulernen. Warum, das erschloss sich mir nicht. War es das Funkeln in ihren Augen? Ihre Vehemenz, mir die Stirn zu bieten? Ich hatte keine Ahnung, aber ich hatte vor, es herauszufinden. Ein Skigebiet war wie ein abgeriegelter Kosmos. Früher oder später würden wir uns wieder über den Weg laufen.

Gedankenverloren nahm ich die Abfahrt in Angriff und ohne es beabsichtigt zu haben, führten mich meine müden Beine danach auf den Weg zu Kilian in die Panorama-Bar.

Sie war natürlich, wie fast immer, prall gefüllt mit den unterschiedlichsten Leuten aller Altersklassen. Einmal mehr bewunderte ich den gemütlichen Treffpunkt, den Kilian hier vor Jahren geschaffen hatte.

Es war bereits später Nachmittag. Der Wind frischte deutlich auf und in der Ferne bildeten sich schwere, schneebehangene Wolken. Das Wetter schlug um. Das geschah hier oben in den Bergen urplötzlich und war nicht ungewöhnlich. Es würde sehr bald zu schneien beginnen.

Der Wind wehte mir eisig um die Nase, als ich die schwere Eingangstür zur Bar öffnete und mir prompt ein bunter Mix aus Stimmengewirr und Partymusik entgegenschlug. Es war sogar noch voller, als es von draußen den Anschein machte.

Kein einziger freier Platz war zu sehen, sogar stehend reihten sich die vielen Besucher aneinander. Danach war mir überhaupt nicht, sodass ich auf dem Absatz kehrtmachte und ... geradewegs Kilian in die Arme lief. Er war mit mehreren Kästen alkoholischer Getränke beladen und japste unter deren Last.

»Hey, Joel. Gott sei Dank. Hilf mir mal.«

Eilig nahm ich ihm den obersten Kasten ab und folgte ihm ins Innere der Bar, bis in den kleinen Abstellraum hinter der Theke.

»Wow, echt voll heute!«

»Du sagst es, und das schon seit Stunden. Der Laden ist eine Goldgrube.« Kilian wirkte zufrieden.

»Du, ich würde ja gerne bleiben, aber ich bin echt müde und ...«

»Ach komm, ein Bier trinkst du doch sicher, oder? Ich kann 'ne kurze Pause vertragen.« Erschöpft knetete er seine Schläfen.

»Also gut, aber kein Bier. Gib mir eine Cola«, gab ich mich geschlagen und folgte meinem alten Freund aus dem Lagerraum hinaus zur Theke.

Er deutete auf eine freigewordene Sitznische und zapfte sich ein Bier, während ich mich meiner Jacke entledigte.

»Wie läufts mit Amélie?« Ich schielte unauffällig zu der jungen Aushilfe an der Bar. Sie wischte sich mit einem Taschentuch die Schweißperlen von der Stirn, sah hektisch in die Richtung, in der ein Mann eine Bestellung aufgab, um sich dann zu einer älteren Dame zu drehen, die Amélie ebenfalls etwas zuschrie. »Tja, was soll ich sagen. Sie gibt sich Mühe.«

»Armes Ding!« Sie tat mir leid.

»Wie war dein erster Tag auf der Piste?«

»Mega! Das Wetter war super, die Pisten nicht allzu voll, der Schnee optimal.« Ich ließ den Tag vor meinem inneren Auge Revue passieren und ein wohlig warmes Gefühl breitete sich in meiner Magengegend aus. Geistesabwesend träumte ich vor mich hin, meine Gedanken blieben an einem Grübchen hängen …

»Ah ja, das Wetter. So, so.« Kilian grinste.

Ich winkte ab, wollte nicht darüber reden. Den Gedanken an das süßeste Grübchen der Welt war ich nicht bereit zu teilen. Nicht heute. Nicht jetzt.

Ich blieb noch lange, nachdem Kilian Amélie wieder unter die Arme gegriffen hatte. Den Trubel, das Leben, all das hatte ich über Jahre gemieden und stellte nun wider Erwarten fest, dass ich es schrecklich vermisst hatte. Zufrieden ließ ich den Blick durch die Menge schweifen, bis er an einem Paar hellblauer Augen hängenblieb. Die Augen einer gefährlichen Raubkatze. Sie steuerte geradewegs auf mich zu.

Kapitel 3

Dienstag, 24. Dezember

Lizzy

»Wäre ich doch im Bett geblieben!« Bei jedem Schritt wetterte ich leise vor mich hin. Meine Muskeln nahmen mir die Verwandlung von der Couch-Potato zur Leistungssportlerin übel und es gab keine Anzeichen dafür, dass sie in absehbarer Zeit würden Gnade walten lassen.

»Aua!« Ich stand vor der ersten von zwei Treppen, die mich von der Küche und somit von der lebensrettenden Kaffeemaschine, trennten. Sechzehn Stufen reinste Höllenqualen. Ich nahm sie in Kauf, denn für das schwarze Gold würde ich einen Mord begehen. *Augen zu und durch.* Verkrampft schleifte ich meinen ramponierten Körper durch das Wohnzimmer, vorbei an Clap und Nancy, die mich mitleidig ansahen. »Ihr habt es gut, ihr müsst nicht Skifahren«, rief ich ihnen vorwurfsvoll entgegen, schaltete das danebenstehende Radio ein und sammelte mich für die nächsten acht Stufen. Fast geschafft.

Am silberglänzenden Vollautomaten klebte ein hellblauer Notizzettel. Ich schmunzelte. Hannah wusste, wenn man mir eine Nachricht zukommen lassen wollte, die ich wirklich las, dann klebte man *Post-its* über den Power-Knopf der Kaffeemaschine.

Süße, ich muss was erledigen. Hab' einen schönen Morgen. Bis später! Gut, dann würde ich den Vormittag über in Ruhe meine Wunden lecken. War mir auch ganz recht so.

Gedankenverloren stand ich mit dem rettenden Elixier in der Hand am Fenster und sah in die Ferne. Die Sicht war verhangen und vom Himmel fielen dicke Flocken. Sie hatten einen beachtlichen Schneeteppich in unserer Einfahrt gebildet. Der Blick nach oben ließ meine Hoffnung auf einen weiteren Sonnentag im Nu schwinden. Wenigstens passte das Wetter zum heutigen Datum. Heiligabend im Schnee – etwas, was ich erst ein einziges Mal erlebt hatte. Als kleines Kind, da muss ich sieben oder acht Jahre alt gewesen sein. Berlin war ein Garant für Wind und Nieselregen, Schneefall war eher die Ausnahme.

Meine Gedanken glitten fließend über zu geschwungenen Lippen, die eine Reihe weißer Zähne freilegten. Nicht perfekt wie aus der Zahnpasta-Werbung, sondern mit einer schmalen Lücke zwischen den oberen zwei Schneidezähnen. Ein dunkelblonder Dreitagebart suchte immer wieder den Weg in meine Gedanken, seit dieser Fahrt im Sessellift. Ich ärgerte mich, dass mir die obere Hälfte seines Gesichts verwehrt geblieben war. Er hatte seine Skibrille während der gesamten Fahrt nicht abgesetzt. Ob seine Augen sein vorwitziges Wesen widerspiegelten? Waren sie so geheimnisvoll und markant wie sein Auftreten? *Schluss jetzt!* Diese Schwärmerei sah mir gar nicht ähnlich. Ich wollte Abstand von der Männerwelt gewinnen. Denn von ebendieser hatte ich die Nase gestrichen voll.

Ich öffnete das Fenster und gespenstische Stille hallte mir entgegen. *Schon verrückt, wie laut Ruhe sein kann,* sinnierte ich, als sich im Chalet nebenan die Gardine bewegte und ich einen Schatten dahinter erahnte. Vor Schreck knallte ich das Fenster zu und flüchtete mit einem Hechtsprung nach links, aus dem Sichtfeld von

… ja wovon eigentlich? In Zeitlupe schob ich den Kopf zurück, um einen Blick auf die Nachbarn zu erhaschen. Doch da war nichts. Hatte ich mir das nur eingebildet? Übersäuerte starker Muskelkater das Gehirn? Verwundert über meine eigenen Gedanken schüttelte ich den Kopf und nahm hastig einen großen Schluck meines Kaffees.

»Igitt!«, entfuhr es mir lautstark. Zucker vergessen. Ich humpelte zurück in die Küche und rührte drei Würfel unter meinen liebsten Wachmacher. »Hmm, schon besser.« Hannah fand süßen Kaffee widerlich. Genau genommen trank niemand, den ich kannte, seinen Kaffee so wie ich. Aber das war mir egal, ich liebte meine morgendliche Zuckerbombe. Sie weckte mich und steigerte die Laune.

Beim Blick aus dem Küchenfenster fiel mir auf, dass in der Einfahrt nach wie vor nur Hannahs Rostlaube parkte. Wo blieb unsere Mitbewohnerin? Sie hätte gestern Abend ankommen sollen. Das Zimmer, das sie bewohnen sollte, war zwar geschlossen, aber fremde Jacken oder Schuhe waren keine in Sicht. *Komisch*, dachte ich und zuckte die Schultern.

So langsam gewannen meine schmerzenden Muskeln an Geschmeidigkeit und die Lebensgeister erwachten. Ich benötigte heute einen klaren Verstand, denn die Liste der zu erledigenden Sachen war lang. Es war Heiligabend und auch wenn ich nicht in meiner Heimat war, wollte ich mich über die Festtage wie zu Hause fühlen. Hannah und ich hatten gestern gefühlte hundert Kisten Weihnachtsdekoration, Festtagsbeleuchtung und Christbaumschmuck vom Dachboden geholt. Heute Abend würde das Chalet in festlicher Stimmung erstrahlen, dafür würde ich schon sorgen. Denn ich liebte Weihnachten wie kein anderes Fest. Diese Zeit im Jahr war magisch, hatte etwas Besinnliches und Geheimnisvolles. Genau das würde dieses Chalet spätestens heute Abend ausstrahlen.

Auf dem Weg ins Bad schlich ich leise in Hannahs Zimmer. Der dringend benötigte Einwegrasierer lag unverrichteter Dinge bei mir zu Hause in Berlin. Doch an einem derart wichtigen Festtag musste der Urwald wohl oder übel einem getrimmten Vorzeigegarten weichen. Eigentlich hatte Hannah mir versichert, sie hätte einen Rasierer dabei und ich könnte ihn getrost benutzen, doch stattdessen fand ich eine Packung Enthaarungswachs in ihrer Waschtasche. *Ob das mal gut geht?* Doch ich hatte keine Wahl und griff tapfer zum rosaroten Päckchen.

»Herrgott!« Mir entfuhr ein lauter Schrei, als mein Smartphone ein schrilles Glockenläuten von sich gab. Ich sollte endlich mit der Zeit gehen und irgendeinen Pop-Song als Rufton einstellen. Wieder ein Punkt für meine imaginäre To-do-Liste.

»Gott, hast du mich echt erschreckt!«, hauchte ich atemlos ins Telefon.

»Gott? Schwesterherz. Du darfst mich gerne Jonas nennen.«

Nahm er mich auf den Arm?

»Wie geht es dir, Liz?«

»Ähm, es geht mir … gut?« Seit wann rief mein Bruder an, um sich nach meinem Befinden zu erkundigen? Nicht, dass wir uns nicht mögen würden, ganz im Gegenteil! Wir hatten von jeher eine enge Bindung, unternahmen regelmäßig etwas zusammen. Nicht zuletzt, weil unser Freundeskreis sich teilweise überschnitt. Doch diese subtile Frage passte nicht zu meinem Jonas. Er war ein Lebemann, nahm die Dinge, wie sie kamen. Er war der Inbegriff von jemandem, der darauf vertraute, dass sich das Leben schon richtete.

»Dann ist ja gut. Ich wollte nur nachfragen.«

Stille.

»Jonas, was willst du?« Jetzt lachte ich. »Du rufst doch nicht an, um zu fragen, wie es mir geht.«

»Man wird sich doch nach dem Wohlbefinden der eigenen Schwester erkundigen dürfen.« Mein Bruder gab sich gespielt empört.

»Na, das hast du ja jetzt. Ich erfreue mich bester Gesundheit. Also, raus mit der Sprache. Was ist los?«, drängte ich mit dem klebrigen Wachsstreifen in der Hand.

»Ich … möchte euch an Silvester besuchen. Meinst du denn, das wäre in Ordnung?« Seine hoffnungsvolle Stimme war durch die Leitung greifbar.

»Du willst uns besuchen?«, fragte ich vorsichtshalber nach. Vielleicht war mein Gehör durch die allgemeine Übersäuerung der verkümmerten Muskeln in meinem Körper ebenfalls in Mitleidenschaft gezogen worden.

»Das wäre doch was, wenn wir zwei zusammen ins neue Jahr rutschen. Was meinst du?«

»Es sind über achthundert Kilometer.«

»Ich weiß.«

»Viele Stunden Fahrt.«

»Hab' ich gehört.«

»Es schneit und die Straßen sind vereist.«

»Auch dessen bin ich mir bewusst. Ich fahr langsam, habe ja Zeit.«

»Warum?« Ich wurde den Verdacht nicht los, dass mehr als Geschwisterliebe hinter dem Spontanbesuch steckte.

»Ich muss einfach mal raus. Und ich würde mich freuen, dich zu sehen.«

»Ich frage Hannah, wenn sie wieder hier ist, okay? Alleine kann ich das nicht entscheiden, es ist ihr Haus.«

»Ist gut, Schwesterlein. Dann genieß den Tag und melde dich, sobald du mehr weißt. Bis später!«

»Ja, das mache ich. Ciao.« Ich betätigte das rote Hörersymbol und blieb verwundert zurück. Das alles kam mir höchst seltsam vor.

Fürs Erste schob ich meine Zweifel beiseite, denn ein anderes Projekt wartete auf mich. Ein schmerzhaftes, aber äußerst notwendiges Großprojekt. Ich straffte meine Schultern und verschwand im Badezimmer.

Joel

Genervt zog ich mir das Kopfkissen über mein schmerzendes Haupt. *Was ist das für ein Lärm? Heiliger Strohsack! Ruhe da draußen! Wo bin ich überhaupt?* Vorsichtig blinzelte ich unter dem flauschigen Federkissen hervor und tröpfchenweise kehrten die Erinnerungen zurück. Chalet in den Bergen. Panorama-Bar. Gestern. Party. Schümli-Pflümli. Frau mit unendlich langen Beinen. Hellblaue Augen. Wie hieß sie doch gleich? Fabienne, genau. Das war der Name der blonden Schönheit.

Ich erinnerte mich dunkel, dass wir bei ihr gelandet waren, bevor ich durch den Schnee in mein Zuhause auf Zeit getorkelt war. Die Stimmung in der Bar war grandios, der Alkohol floss in Strömen und es wurde spät. Das erklärte meinen dröhnenden Schädel.

Am Tag danach bereute ich durchzechte Nächte immer. Aber das nahm ich in Kauf, es war der perfekte Auftakt für die Zeit hier oben. Kilian, ich und ein paar andere alte Freunde, quatschten und lachten die ganze Nacht. Mir wurde bewusst, wie sehr ich das alles vermisst hatte. Das Zusammensein mit Menschen, die ich mochte und die mich mochten.

Ich war glücklich, und das, obwohl heute Heiligabend war. Ein schrecklicher Tag. Der dunkelste in meinem vierunddreißigjährigen Leben. Zumindest seit vier Jahren, seit sich das Leben von seiner erbarmungslosen Seite gezeigt hatte und mich grässliche Albträume plagten. Träume, in denen gleißendes Scheinwerferlicht auf mich zuraste und aus denen ich jedes Mal schweißgebadet aufschreckte. Jedes verdammte Mal.

Stopp! Nicht heute! Ich will nicht darüber nachdenken!

Mariah Carey kam mir zu Hilfe. Sie trällerte in Affenlautstärke von irgendwoher ihren altbekannten Weihnachtssong.

Und dann schrie jemand.

Hastig setzte ich mich auf. Einen Tick zu schnell, was mein pochender Schädel prompt bestrafte. Eilig presste ich meine Finger gegen die Schläfen, um dem stechenden Schmerz Einhalt zu gebieten. Ohne Erfolg.

Da! Wieder dieses Schreien. Jemand brauchte Hilfe!

Schnell warf ich die Decke zur Seite, sprang aus dem Bett und trat auf den Flur hinaus. Wieder ein Schrei. Er kam aus dem Badezimmer. Ich rannte, riss die Tür auf, stolperte hinein und … fand eine dunkelbraune Lockenpracht auf dem Badewannenrand sitzen.

»AHH!«

»Ähm, sorry. Ich wollte nicht …«

»Raus! Sofort!« Sie sprang vom Wannenrand und fuchtelte mit einer Art Pinsel vor meiner Nase herum. Was zur Hölle hatte sie im Gesicht? Sie sah aus, als wäre sie mit dem Kopf voran in der Sahnetorte meiner Oma gelandet. Lediglich ihre Augen waren von der klebrigen Masse verschont geblieben, die unter ihrem Gefuchtel Spritzer um Spritzer durchs Bad flog.

Ihre Augen. Grün. Wie Smaragde. Eine Vorahnung beschlich mich. War das möglich?

Trotz der Kriegsbemalung entging mir ihr Blick nicht. In der Eile hatte ich mir kein T-Shirt angezogen, sodass ich hier nur in Boxershorts vor ihr stand. Sie musterte mich von oben bis unten und ich wurde das Gefühl nicht los, dass ihr gefiel, was sie sah.

»Ist gut, ich geh ja schon«, beschwichtigte ich sie.

Sie schubste mich regelrecht in den Flur hinaus und schloss die Tür hinter meinem Rücken. Ich hörte, wie sie tief einatmete.

»Was machst du da eigentlich? Dein Geschrei weckt ja die Toten auf«, suchte ich das Gespräch durch die geschlossene Tür.

»Was ich hier mache? Wonach sieht es denn bitte schön aus?« Sie schnaubte genervt.

»Ich weiß nicht. Selbstverstümmelung?«

»Sehr witzig! Waxing nennt man das. Und es tut scheiße weh!«

Jetzt tat sie mir leid. Wieso, um alles in der Welt, machten Frauen sowas? Gott sei Dank, blieb mir dieses Schicksal erspart. »Schon mal was von rasieren gehört? Ist wesentlich angenehmer.«

»Was du nicht sagst? Wäre ich nie draufgekommen!« Ihre Stimme triefte vor Ironie. »Hätte ich doch nur vorher davon gehört!«, sagte sie und ihre Stimme bebte. »Das doofe Teil liegt zu Hause!«

Da war ich mir sicher. Bei dem kleinen frechen Ding da drin handelte es sich um die Frau vom Sessellift. Sie besaß den gleichen schnippischen Ton in der Stimme. Ihre smaragdgrünen Augen hätte ich unter tausenden wiedererkannt.

Schnellen Schrittes verschwand ich in meinem Zimmer und erschien mit dem rettenden Werkzeug wieder im Flur. Mein Gepäck lag noch im Kofferraum meines Pick-ups, der nach wie vor unten an der Gondelstation parkte. Lediglich Necessaire, Handy und Brieftasche befanden sich in dem kleinen Rucksack, den ich in weiser Voraussicht mitgenommen hatte. Sie hatte also Glück.

Ich klopfte an die Badezimmertür.

»Hier, ich hab' was für dich. Mach mal auf.«

»Aufmachen? Ich habe kaum was an. Woher weiß ich denn, dass du mir nicht an die Wäsche willst?«, fragte sie durch die Tür.

»Kannst du nicht wissen. Aber wenn du dich nicht weiter quälen willst, riskierst du es.«

Stille.

»Und bei dem Blick vorhin, willst ja wohl eher *du mir* an die Wäsche«, murmelte ich leise.

»Das habe ich gehört!«

Ihre Neugierde war geweckt. Sie legte all ihre Hoffnung auf Schmerzfreiheit in meine Hände.

Langsam öffnete sie die Tür und ich schob den blauen Einwegrasierer durch den Türspalt.

»Danke!« Ich hörte, wie sie begeistert in die Hände klatschte.

Nachdem ich mir ein Aspirin reingepfiffen hatte, stand ich mit frisch gebrühtem Schwarztee in der Hand vor dem Metallgitter im Wohnzimmer. Wieso zur Hölle nahm jemand seine Hamster mit in den Urlaub? Ich legte den Kopf schräg und starrte einem der beiden Tiere direkt ins Gesicht. Das andere schlummerte friedlich in einer Ecke.

»Süß, nicht? Das sind Clap und Nancy. Sie sind Geschwister. Zwei Jahre alt. Ich habe sie adoptiert. Um ein Haar wären sie eingeschläfert worden«, plapperte der kleine Lockenkopf fröhlich. Ihre Mundwinkel bogen sich beachtlich nach unten, während sie mir vom Nahtod ihrer Freunde berichtete.

»Und warum hast du deine Hamster nicht zu Hause gelassen?«, fragte ich.

»Hamster?« Prüfend sah sie mich an, ihre Nase kräuselte sich. Die Hände stützte sie provokant in die Hüften. »Das sind Meerschweinchen, du Banause! Hamster, also echt!« Kopfschüttelnd wandte sie sich ab. »Noch einer, der in Biologie geschlafen hat!«

Ja, spätestens jetzt war ich mir hundertprozentig sicher. Das war die freche Schönheit vom Sessellift. Der unverwechselbare Ansatz des kleinen Grübchens, das ihren Mund umspielte, hatte sie verraten. Wusste sie denn wirklich nicht, wer ich war?

Sie drehte sich um und verschwand nach oben in die Küche. Warum humpelte sie? Hatte sie sich beim Skifahren verletzt? Bald darauf ratterte die Kaffeemaschine. Ich liebte den Geruch von frisch gemahlenen Kaffeebohnen, der Geschmack allerdings war mir zuwider. Zu bitter, da lobte ich mir meinen Schwarztee. Einen Schluck Milch dazu, fertig war der perfekte Muntermacher.

»Danke für den Rasierer«, sagte sie kleinlaut und linste hinter ihrer Kaffeetasse hervor.

»Kein Problem. Ich heiße Joel.« Gespielt gleichgültig streckte ich ihr die Hand entgegen. Also wirklich, jetzt sollte es doch Klick machen! Hatte ich denn so gar keinen bleibenden Eindruck hinterlassen?

»Felicia aus Berlin.« Sie legte ihre warme Hand in meine. »Aber eigentlich nennen mich alle Lizzy.«

»Freut mich, Lizzy aus Berlin.« Ich setzte mein charmantestes Lächeln auf. Für gewöhnlich verfehlte dieses seine Wirkung nie.

Sie war wunderschön, daran änderte nicht einmal die Tatsache etwas, dass sie aussah, als wäre sie gerade aus dem Bett gefallen. Ihre wilden Locken standen aus einem unordentlichen Dutt in alle Himmelsrichtungen.

Sie trug einen weißen Strickpullover und eine graue Schlabberhose. Ihre Kurven ließen sich unter den mindestens zwei, vielleicht sogar drei Nummern zu großen Schlabberklamotten nur erahnen. Sie bestach durch Natürlichkeit. Ihre Haut schimmerte und das Grübchen auf ihrer rechten Gesichtshälfte zeigte sich abermals vorwitzig, als sie mich verlegen ansah.

»Was ist?«, fragte sie.

Erst jetzt wurde mir bewusst, dass ich sie einen Moment zu lange angestarrt hatte. Wie peinlich.

»Ähm nichts. Gar nichts. Und was verschlägt dich hierher? Berlin ist ja nicht gerade um die Ecke.« Puh, gerettet.

»Meiner Freundin Hannah gehört das Chalet. Genau genommen gehört es ihrer Familie. Sie kommt von hier, wohnt aber seit Jahren in Berlin«, erklärte sie. »Wir sind zusammen hier.«

»Hannah?«

»Ja, Hannah. Hannah Klements.«

Ein Blitz fuhr mir durch Mark und Bein. Wie früher, als mein Mathelehrer zu einem unvorbereiteten mündlichen Test an die Tafel rief und ich meinen Namen hörte. Schlagartig verflog die Leichtigkeit der letzten halben Stunde und wich einer Schwere, die ich kaum auszuhalten vermochte. Ich setzte die Puzzleteile, die mir vor die Füße geworfen wurden, zusammen.

Fluchtartig verließ ich den Wohnbereich, raus aus der Situation. Geflohen, das war ich die letzten Jahre zur Genüge. Hier, hoch oben in den Bergen, sollte damit endlich Schluss sein. Hier wollte ich einen Neuanfang wagen. Eigentlich.

Das heiße Wasser prasselte auf mich herab und sorgte dafür, dass sich mein rasender Pulsschlag allmählich normalisierte. Hannah. Ich war im Chalet ihrer Familie gelandet, wir würden uns unweigerlich über den Weg laufen und mit unserer Vergangenheit konfrontiert werden. Das waren die harten Fakten, denen ich ins Auge blicken musste, ob es mir passte oder nicht.

Lizzy

Vom Eifer gepackt suchte ich die wichtigsten Putzutensilien zusammen. Lappen? Check. Glasspray? Check. Poliertuch? Check. Die Muskeln schmerzten bei jeder Bewegung fürchterlich. Ich war einfach nicht gemacht für derart sportliche Betätigungen. Aber es half alles nichts, irgendwie musste ich mich ablenken. Meine Gedanken kreisten seit Stunden um unseren mysteriösen Mitbewohner. Was war nur in ihn gefahren? War der immer so? Erst unbefangen Smalltalk betreiben und dann wie von der Tarantel gestochen verschwinden. Ohne Grund, und vor allem, ohne ein Wort. Hatte ich etwas Falsches gesagt? Im Geiste ging ich immer und immer wieder unser Gespräch durch. Aber wie ich es drehte und wendete, mir fiel beim besten Willen nicht ein, was ich Schlimmes von mir gegeben haben sollte.

Zuerst polierte ich den Glastisch auf Hochglanz, dann widmete ich mich den Panoramafenstern. Ich schrubbte, wienerte und kratzte mit den Fingernägeln jeden noch so kleinen, angetrockneten Fliegenmist weg. Das war so eine Marotte. Stress löste in mir den Drang aus, meine Umwelt auf Vordermann zu bringen. Wenn in meinem Kopf ein Chaos sondergleichen herrschte, so durfte wenigstens alles um mich herum schön geordnet und sauber erscheinen. So putzte ich still vor mich hin, doch die geheimnisvolle Bekanntschaft stahl sich trotz der Putzorgie pausenlos in meine Gedanken.

»Puh, das schneit wie gestört!« Hannah klopfte sich den Schnee von der Jacke. Ich hatte sie nicht hereinkommen hören.

»Immer noch?« Ich kroch unter dem Tisch hervor und schaute aus dem Fenster. »Ach du meine Güte!«

Der Schnee fiel in noch dickeren Flocken vom Himmel als heute Morgen, wenn das denn überhaupt möglich war. Die Einfahrt war nicht mehr als solche zu erkennen und die umliegenden Bäume ächzten schwer unter den Schneemassen.

»Was ist passiert?«, fragte Hannah, nachdem sie ihre Jacke an der Garderobe aufgehängt hatte. Sie deutete auf den Lappen und das Spray in meinen Händen.

»Hä?« Ich verstand nicht.

»Du bist im Putzwahn, das sehe ich doch. Also, was ist, Lizzy?«

»Nichts, gar nichts.« Ich zuckte mit den Schultern und ließ mich wieder auf die Knie fallen, um den Rest der Stuhlbeine, die im Übrigen seit Monaten nicht geputzt worden waren, vom Staub zu befreien. Da fasste Hannah mich am Arm und zog mich auf die Couch.

»Lizzy?« Sie neigte ihren Kopf leicht zu mir, als wartete sie darauf, dass ich ihr ein lang gehütetes Geheimnis verriet.

»Er hat mich im Bad überrascht! Und ich hatte nur diesen uralten Strickpulli an! Stell dir das mal vor!« Wie zum Beweis zog ich mit Daumen und Zeigefinger den Stoff meines Oberteils zu einem kleinen Zelt und ließ ihn sich dann wieder in seine Ursprungsform zurückziehen.

»Wer hat dich im Bad überrascht?«

»Und dann habe ich deine Wachsstreifen benutzt!« Verzweifelt drehte ich mich in ihre Richtung. »Du hast doch gesagt, ich kann deinen Rasierer benutzen. Aber da war keiner. Nur diese ... diese blöden Streifen!«

»Lizzy, wer hat dich im Bad überrascht?«

»Er sah so unglaublich sexy aus. In diesen schwarzen, enganliegenden Boxershorts. Ich sag dir, da war kein

Raum für Fantasie …« Geräuschvoll ließ ich meinen Atem aus den aufgeblasenen Wangen entweichen und fächelte mir Luft zu.

»Lizzy, konzentrier dich!« Sie griff meine Oberarme und schüttelte mich leicht. »Wer stand da nackt im Bad?«

»Nackt? Er war nicht nackt! Hörst du mir nicht zu?«

»Dann eben in Boxershorts. Also?«

»Unser Mitbewohner. Der, der das Zimmer unterm Balkon bewohnt. Er ist gestern Abend angekommen.«

»Ich habe gedacht, wir wären noch allein. Und ich war der festen Überzeugung, es handle sich um eine Frau?« Hannah runzelte die Stirn.

Ich beruhigte mich allmählich und berichtete Hannah, was heute Morgen vor sich gegangen war. Geduldig lauschte sie meiner Schwärmerei über seine sichtbar hervorstechenden Bauchmuskeln und fand einen äußerst geistreichen Kosenamen für unseren neuen Mitbewohner: Adonis. Sogar die Badewannen-Szene ließ ich detailgetreu Revue passieren und Hannah amüsierte sich köstlich.

Ein bisschen neidisch war sie schon, sein Armani-Werbeplakat-Gesicht mit dem Zahnpasta-Lächeln verpasst zu haben. Aber sie würde in den kommenden Tagen sicher noch Bekanntschaft mit ihm machen.

»Ich finde, du hast nichts Verwerfliches von dir gegeben«, sagte Hannah schulterzuckend, nachdem sie gründlich über meine Worte nachgedacht hatte.

»Ja, das sehe ich genauso. Erst als ich dich erwähnte, ist er schnurstracks in seinem Zimmer verschwunden und seitdem nicht wieder aufgetaucht.«

»Na danke!« Meine Freundin sah mich vorwurfsvoll an.

Ich verkniff mir ein Schmunzeln und auch Hannah lachte.

»So, Schluss jetzt mit der Schwärmerei. Wir haben jede Menge zu tun!« Ich nickte in Richtung der vielen Kartons mit Weihnachtsschmuck.

Bis in den Nachmittag hinein schmückten wir das Chalet mit jeder Menge Kerzen, künstlichen, aber täuschend echt aussehenden Tannenzweigen, Rentieraufstellern und kleinen Weihnachtswichteln mit flauschigen Rauschebärten. Über dem Esstisch drapierten wir eine rot-weiß-karierte Tischdecke, die an den Rändern mit Herzen und Sternen bestickt war. Mittig darauf platzierten wir ein Weihnachtsgesteck. Das längliche Stück Kiefernholz, versehen mit Tannenzweigen und einer weinroten Kerze, machte das Bild des festlichen Esstisches perfekt. Zufrieden nickte Hannah mir zu.

Im Augenwinkel sah ich unseren Mitbewohner aus der geöffneten Tür sausen. Ohne sich zu verabschieden, verschwand er hinaus in das Schneegestöber. *Wohin geht er bei diesem Wetter? Auf die Skier ja wohl kaum.* Wieder drängte sich mir die Frage auf, was ihn so verärgert hatte, dass er sich den ganzen Tag in seinem Zimmer verkrochen hatte.

Schluss jetzt! Ich bin nicht kilometerweit vor meinen Problemen davongelaufen, um mir hier neue aufzuhalsen. Ich schüttelte die Gedanken an die Männerwelt in Berlin oder sonst wo auf der Welt ab und überlegte, was als Nächstes zu tun war.

Der nervige Piepton meines Handys riss mich aus den Überlegungen. Ich zog es aus der Tasche und las Elias

Namen. Wie war das möglich? Hatte ich ihn nicht blockiert?

Fassungslos hielt ich die Nachricht wenig später Hannah vor die Nase.

»Was glaubt dieser Vollidiot eigentlich, wer er ist?« Hannahs Gesicht färbte sich puterrot. »Das soll er ja nicht wagen, diese … diese Arschgeige!«

»Ist ja gut, beruhige dich.« Ich fand es niedlich, wie sie sich aufregte. Er bat mit zig schmierigen Phrasen um Verzeihung, und, was das eigentliche Problem war, kündigte seinen Besuch an.

»Kennst ihn ja, viel Blabla und nichts dahinter. Der kommt niemals hierher!« Ich winkte ab und damit war das Thema für mich erledigt. Das Letzte, was ich wollte, war über diesen Betrüger nachzudenken, geschweige denn, über ihn zu reden. Stattdessen wandten wir uns wieder unserem Projekt zu.

Es fehlten nur noch die Außenbeleuchtung und ein Christbaum. Das Grundstück rund ums Chalet war reich an Tannenbäumen, sodass es uns nicht schwerfiel, den perfekten Baum zu finden. Wir wählten eine kleine, nadelreiche Tanne. Sie würde fantastisch aussehen, wenn wir mit ihr fertig waren.

Das Anbringen der Beleuchtung am Chalet war deutlich schwieriger. Es schneite weiterhin ohne Unterlass und die Tatsache, dass Hannah uns vorher mit reichlich Schümli-Pflümli versorgt hatte, vereinfachte die Angelegenheit nicht. Leicht schwankend befestigten wir die letzte Lichterkette an den Holzbalken und stießen unsere Gläser abermals aneinander. Am Ende dieser Ferien würde ich eine Entziehungskur brauchen.

Verträumt standen wir nebeneinander und bestaunten die bunte Beleuchtung. Der bedeckte Himmel verschluckte sämtliches Tageslicht, sodass die festliche Stimmung und die Lichter auch jetzt, mitten am Tag, zur Geltung kamen. Hannah verzog sich fröstelnd nach drinnen, der Wind wehte unerbittlich.

»Gefällt mir!«, ertönte es hinter meinem Rücken.

Erschrocken fuhr ich herum. Und endlich bekam die wackelnde Gardine ein Gesicht. Ein Gesicht, das so gar nicht zu der tiefen Stimme passte, die von jahrelangem, exzessiven Rauchen zeugte. Ihre Haut war von zahllosen Falten gezeichnet, sie wirkte zierlich und zerbrechlich. Die Unterarme auf den Fenstersims gestützt, musterte sie unser Werk. Sie war steinalt.

Ohne auf ihre Worte einzugehen, bewunderte auch ich abermals unsere Beleuchtung.

Als ich das nächste Mal nach ihr sah, war das Fenster geschlossen, die alte Frau nicht mehr zu sehen. Auch die Gardine hing an Ort und Stelle, als wäre sie schon ewig nicht mehr bewegt worden.

Joel

Missmutig stapfte ich durch den tiefen Schnee runter zur Talstation, meine Gedanken fuhren Karussell, seit Stunden. Seit ich erfahren hatte, das Hannah tatsächlich hier war. Sie wohnt in Berlin. Wie konnte es sein, dass sie gerade jetzt, da ich in den Bergen war, hier hoch kam? Rund um unser Skigebiet reihten sich unzählige Ferienwohnungen, Appartements und Hotels aneinander. Und wohin verschlug es mich? In das Chalet von Hannah Klements. Das Schicksal war halt doch ein mieser Verräter!

Klements. Der Name hallte in meinem Kopf nach. Jahrelang hatte ich ihn geschickt verdrängt oder es zumindest versucht.

Als Lizzy ihn dann erwähnte, klar und deutlich, löste er den altbekannten Fluchtreflex in mir aus. Ich musste weg. Raus aus der Situation, die ich nicht auszuhalten vermochte. Die alten Wunden wieder aufzureißen, die ich jahrelang geschickt unter Pflastern verborgen gehalten hatte, dafür fehlte mir die Kraft. Unter keinen Umständen wollte ich diese Schmerzen erneut durchleben.

Hannah in diesem kleinen Chalet auf Dauer aus dem Weg gehen zu können, war unmöglich. Ich suchte fieberhaft nach einer Strategie, um die nächsten Wochen zu überleben.

Beim Willkommensmeeting mit den anderen Skilehrern erwartete man mich erst in einer halben Stunde. Ich war früh dran.

Also verlangsamte ich meine gehetzten Schritte und zwang mich, tief einzuatmen. Mein Atem schickte weiße Wölkchen in die kalte Luft. Sie wurden vom tosenden Wind weggetragen und mischten sich unter die umherwirbelnden Schneeflocken.

Es war gespenstisch still hier draußen. Der heftige Schneefall hatte kaum Wintersportler auf die Piste gelockt, die meisten Urlauber verbrachten den Tag in den warmen Unterkünften, zusammen mit ihren Familien. Immerhin war heute Heiligabend, ein besonderer Tag, sogar für mich. Wenn auch ein besonders beschissener.

An der Talstation stieg ich in eine leere Gondel, die mich zur Mittelstation beförderte. Dort stand das Clubhaus der Skischule, eine Art halbrunder, hölzerner Pavillon, in dem sämtliche Utensilien untergebracht waren und der als Treffpunkt diente. Im hinteren Teil, an einer improvisierten Küchenzeile, bereitete sich Mona gerade einen Tee zu.

»Oh, danke! Wie aufmerksam von dir.« Noch bevor sie reagieren konnte, hatte ich ihr den Tee wegstibitzt. *Hmm, Eukalyptus und Honig.*

»Frechdachs!«, quittierte sie den Diebstahl, machte aber keinerlei Anstalten, sich ihr leckeres Heißgetränk zurückzuerobern. Stattdessen angelte sie sich einen weiteren Teebeutel aus der Verpackung.

»Wie geht es dir, mein Großer?«

Teilnahmslos zuckte ich die Schultern. Ich wollte sie nicht mit meinen Problemen belästigen. Wohl wissend, dass es mir nur äußerst selten gelang, mein Befinden vor ihr zu verheimlichen.

Sie wartete auf eine Antwort, drehte sich zu mir um und musterte mich eindringlich. »Du siehst ... scheiße aus.«

»Wie nett. Danke, ich habe dich auch lieb.« Lustlos nippte ich an meinem Tee.

»Irgendwas ist passiert, das sehe ich doch. Also, was ist los?«

Bevor ich die Möglichkeit bekam, etwas zu erwidern, trottete der Gruppenleiter herein und eröffnete die Saison. Zusammen erledigten wir die notwendigen Formalitäten, nahmen unsere Arbeitskluft und diverse Utensilien entgegen und ließen uns in die allerwichtigsten Abläufe einweisen.

Unsere Truppe bestand hauptsächlich aus Studentinnen und Studenten, die sich durch die Saisonarbeit ihr Studium finanzierten. Mona und ich wirkten dagegen wie Relikte aus alten Zeiten. Folglich kannte ich keinen meiner neuen Kollegen, was mich nicht im Geringsten störte, im Gegenteil. Hier war ich ein unbeschriebenes Blatt, von meiner Vergangenheit und all dem Mist, den ich durchlebt hatte und seitdem mit mir herumschleppte, wusste niemand. Ich war glücklich, dass mir die Leute hier fremd waren. Wenigstens in dieser Hinsicht fiel mir das Schicksal einmal nicht in den Rücken.

Die meisten von uns schlenderten nach dem offiziellen Teil in die Panorama-Bar hinüber. Auch Mona und ich beschlossen, den Nachmittag dort ausklingen zu lassen. Auf mich wartete niemand.

»Komm doch mit zu uns. Meine Mutter zaubert gerade ein herrlich gesundes Weihnachtsmenü«, sagte sie und zog die Brauen in die Höhe.

»O nein! Ist sie immer noch auf dem Veganertrip?« Ich empfand Mitleid mit meiner Freundin. Ich brauchte Fleisch. Nicht ständig, aber regelmäßig und dann auch nicht zu wenig.

»Hör auf, es wird immer schlimmer!« Theatralisch schlug sie die Hände vors Gesicht und schüttelte dabei leicht den Kopf.

»Was gibt es denn Leckeres?« Ich verkniff mir die Schadenfreude nur schwer und nippte an der Cola, die ich kurz zuvor bei Kilian an der Bar bestellt hatte.

»Mangoldroulade mit Quinoa-Füllung.«

»Igitt. Mona, das klingt … echt widerwärtig.« Ich zog die Nase kraus.

»Und vorher, zur Feier des Tages, leckere Rote-Bete-Suppe mit Kokosmilch und früher Pastinake.« Mona vollführte Würgegeräusche und ihre Worte trieften vor Ironie.

»O wäh! Dein armer Vater!«

»Mein armer Vater? Der macht doch voll mit. Die einzig Leidtragende bin ich! Wenn du dich selbst überzeugen willst, darfst du mich gerne begleiten.«

»Danke, aber ich gehe lieber zurück ins Chalet. Meine Lust, heute noch etwas zu unternehmen, hält sich in Grenzen.«

»Okay, deine Entscheidung. Apropos Chalet, gefällt es dir?«

»Ja, ist in Ordnung«, sagte ich und wiegte den Kopf.

»Aber?« Spitzfindig wie sie war, bemerkte Mona sofort, irgendetwas missfiel mir. Sie las andere wie ein offenes Buch. Ich zuckte mit den Schultern, hatte die Hoffnung, sie würde es darauf beruhen lassen. Doch ich hätte es besser wissen müssen.

»Joel, was ist los? Nun lass dir nicht alles aus der Nase ziehen. Ich sehe doch, dass dich irgendetwas bedrückt.«

Ich hob den Blick, es hatte ja doch keinen Sinn.

»Das Chalet, in dem ich untergebracht bin …« Ich machte eine Pause, sammelte mich.

»Ja?«

»… Es gehört Hannah. Sie wohnt ebenfalls dort. Zusammen mit einer Freundin.« So, jetzt war es raus.

»*Die* Hannah?« Ihre aufrechte Sitzhaltung verriet, dass auch sie die Neuigkeit wie ein Schlag traf.

»Natürlich *die* Hannah. Hannah Klements. Würde ich sonst so einen Wind darum machen?«

»O Kacke!«

»Ja, du sagst es. O Kacke.«

Eine Weile sprach niemand, jeder hing seinen Gedanken nach. Viel zu sagen gab es dazu ja auch nicht. Die Fakten lagen klar auf dem Tisch, eine andere Unterbringung in der Kürze der Zeit und mitten in der Saison zu finden, grenzte an ein Ding der Unmöglichkeit.

»Vielleicht musste es so kommen«, riss mich Mona aus den Gedanken.

»Was?«

»Ja, vielleicht musste das passieren. Ich meine, Joel, du hast dich so lange eingeigelt, dich von allem und jedem abgeschottet. Es ist an der Zeit, die Geschehnisse aufzuarbeiten. Dann kannst du endlich abschließen.«

Ihre warmen Augen lagen auf mir, doch ich wich ihrem Blick aus. Das, was sie von sich gab, traf mich.

»Ich weiß.« Wieder schwiegen wir. »Aber etwas Positives hat das Ganze …«

Monas Neugier war entfacht.

»Hannahs Freundin ist ziemlich heiß. Sie hat mich heute Morgen mit ihrer Weihnachts-Trällerei geweckt. Und später habe ich sie versehentlich im Bad überrascht.« Meine Stimmung hob sich, je länger ich an Lizzy dachte.

»Du wieder! War ja klar, dass es sich um eine Frau handelt, wenn dein Stimmungsbarometer so rasant in die Höhe schnellt!« Mona lachte und schlug mir mit dem Handrücken sanft gegen die Schulter.

»Sie ist wirklich süß«, sagte ich und grinste verhalten.

Lizzy

Neben dem Herd hing eine geblümte Küchenschürze, die mich an Oma Inge erinnerte. Ich hatte sie mir kurzerhand um die Hüften gebunden und kam mir furchtbar wichtig vor. Es dampfte und brutzelte, ein herrlicher Duft erfüllte den Raum. Trotz des heillosen Durcheinanders und der leicht in Unordnung geratenen Küche war ich sicher, der Braten, der da im Ofen vor sich hin schmorte, würde sogar noch besser schmecken als er duftete. Jawohl, mein erstes Festtagsgericht würde ein voller Erfolg werden.

Hannah verwies ich der Küche, nachdem wir uns gemeinsam in dem kleinen Dorfladen an der Ecke mit den wichtigsten Zutaten eingedeckt hatten. Es sollte eine Überraschung werden, mit der ich mich bei ihr bedanken wollte. Denn ich empfand es gar nicht als selbstverständlich, dass sie mich in diese Ferien eingeladen hatte. Gratis, wohlbemerkt.

Nachdem ich mich vergewissert hatte, dass das Fleisch im Ofen in genügend Flüssigkeit badete, widmete ich mich den Beilagen. Knödel und Rotkohl. Mit flinken Fingern formte ich die Kartoffel-Ei-Milch-Mischung zu kleinen Bällchen und legte sie auf einen Teller, um sie anschließend im Wasserbad zu garen. Den Rotkohl bereitete ich ebenfalls rezeptgetreu zu und war dabei sehr stolz auf mich. Endlich konnte ich beweisen, dass meine Kochkünste über das Aufwärmen von Fertiggerichten hinausgingen.

»Hmm, das riecht himmlisch. Wann ist das Essen fertig? Ich verhungere.« Hannah hatte sich unbemerkt in die Küche geschlichen und fingerte an einem der Töpfe herum.

»Hey, nimm deine Nase da raus! Ich habe doch gesagt, ich rufe dich, sobald ich fertig bin.« Bei aller Liebe zu meiner Freundin, ihre Ungeduld zerrte an meinem Nervenkostüm.

»Ich frag ja nur«, schmollte sie.

»Wie du siehst, läuft alles bestens. Wir können in …«, schnell blätterte ich im Rezept, »in einer halben Stunde essen.« Lässig warf ich mir das Küchentuch über die Schulter.

»Meinst du, der Neue isst mit?«, fragte Hannah.

Insgeheim wünschte ich mir, den sexy Neuzugang schnellstmöglich wiederzusehen, aber das würde ich vor Hannah niemals zugeben. Nicht einmal mir selbst gestand ich das ein und so winkte ich ab.

»Ich denke nicht.«

»Schade, ich dachte, ich könnte mir endlich selbst ein Bild von *Adonis* machen.« Hannah grinste frech.

»Untersteh dich, ihn in seinem Beisein so zu nennen!«, drohte ich ihr mit dem Kochlöffel. »Und jetzt raus hier!« Mit einer eindeutigen Handbewegung scheuchte ich sie vor die Tür.

Eine Weile stand ich verträumt am Fenster und bewunderte die Bergkulisse, die im Abendrot leuchtete. Bis mir ein bissiger Geruch in die Nase stieg.

O nein! Der Braten! Ich hätte ihn erneut mit Soße übergießen müssen. Und die Temperatur! Wer hatte denn zweihundertfünfzig Grad eingestellt? War ich das etwa?

Ruckartig öffnete ich den Ofen und eine dunkle Rauchschwade schlug mir entgegen. In Sekundenschnelle verteilte sich der beißende Nebel im gesamten Raum.

»Ähm, ich bin nicht vom Fach, aber muss das so riechen?« Ein viel zu gutaussehender Enddreißiger lehnte lässig im Türrahmen und sah mir dabei zu, wie ich hastig die Schwaden aus dem Fenster wedelte. War ja klar! Es reichte nicht, dass die Arbeit der letzten Stunden zu Kohle verkam. Nein, es gab auch noch Zeugen.

Beschämt wandte ich mich ab, um das Ausmaß zu begutachten. Da wurde ihm wohl bewusst, jetzt war nicht der richtige Zeitpunkt für Scherze.

»Hey, ist doch halb so wild. Vielleicht kann man noch was retten?« Er trat zum Ofen und fächelte den Qualm beiseite, um einen Blick auf das einstige Festmahl zu wagen. Nach der ersten Bestandsaufnahme verzog er die Lippen zu einem schmalen Strich.

»Hm, vielleicht auch nicht«, sagte er schulterzuckend. »Aber ich kenn die Telefonnummer eines zuverlässigen Lieferdienstes …«

Ich überlegte, was überwog, die Wut, dass sich mein hoch angepriesenes Festtagsrezept als Griff ins Klo entpuppte, oder die Scham, beim Scheitern von Mr. Sexy höchstpersönlich erwischt worden zu sein.

»Mach nicht so ein Gesicht. Das kann schon mal passieren. Ist doch nur ein Essen«, sagte er und lächelte mir aufmunternd zu. *Mein Gott ist der hübsch.* Schnell wischte ich mir mit dem Handrücken über die Lippen. Ich hätte schwören können, mir hingen Sabberfäden aus dem Mund. Adonis. Er wurde seinem Spitznamen mehr als gerecht. Verwirrt von meinen eigenen Gedanken schüttelte ich den Kopf und atmetet tief ein.

»Nur ein Essen? Das ist doch …«, ich rang nach einem vornehmen Ausdruck für meine Gefühle, »Scheiße!« Okay, das hat nicht funktioniert.

»Es brennt! Das Chalet brennt!«, schrie Hannah, die jetzt in die Küche stürmte. Ihre ohnehin schon weit aufgerissenen Augen weiteten sich noch ein beachtliches Stück mehr, als sie Joel neben mir stehen sah.

»Nichts brennt. Der Braten ist verkohlt. Tut mir leid. Ich habe es vermasselt«, nuschelte ich und sah beschämt zu Boden. Niemand sagte ein Wort. Vorsichtig hob ich den Blick, denn längst hätte ich Hannahs schallendes Gelächter erwartet. Doch sie starrte weiterhin still den Neuzugang an. Auch sein Blick war wie eingefroren. Was war denn hier los?

»Ich bestelle Pizza. Was nehmt ihr? Salami? Schinken? Margherita?«, fragte ich übertrieben fröhlich in die skurrile Situation.

Hannah drehte sich um und verließ fluchtartig die Küche. Joel sah ihr nach und schwieg.

Ich ließ ihn stehen und folgte Hannah in ihr Zimmer. Langsam öffnete ich die Tür.

»Hey, was hast du denn?« Behutsam legte ich den Arm um ihre Schultern. *Waren das Tränen?*

Sie wischte sich übers Gesicht. Dann sah sie mich an und lächelte.

»Ach nichts, es ist nur … der … das Essen, was ist denn passiert?«

Wohl wissend, ihr plötzlicher Abgang hatte nichts mit dem verpatzten Abendessen zu tun, stieg ich auf ihr Ablenkungsmanöver ein. Ich kannte sie. Wenn sie nicht reden wollte, dann wollte sie nicht. Da half auch kein Nachbohren.

»Verkohlt.« Meine Schultern sackten nach unten. Ein Wort genügte, um mein Versagen zu untermauern. Ich vernahm ein leises Kichern, das letztlich doch in geräuschvolles Lachen ausartete. Darauf hatte ich gewartet. Das war meine Hannah.

»Soll ich für dich mitbestellen?«, fragte ich den Neuzugang beim Betreten des Wohnzimmers.

»Quattro formaggi«, hallten mir seine Worte entgegen, ohne dass er mich ansah. Er hatte den Kopf schräg gelegt, saß auf dem Couchrand und guckte aus dem Fenster. »Ich hätte schwören können, dass da vorhin ein Eichhörnchen vorbeigeflitzt ist.« Sein suchender Blick wanderte durch die Kronen der Blautannen vor uns.

»Alvin!« Hannah streckte Joel ihre rechte Hand zur Begrüßung entgegen. »Also, das Eichhörnchen. Das heißt Alvin. Ich bin Hannah.«

»Ähm, Joel«, sagte ebendieser. In seinem Gesicht spiegelten sich tausend Fragezeichen. Beide schüttelten sich steif die Hände. Die Situation war seltsam, aber ich beließ es dabei. Nachdem ich unsere Pizzen bestellt hatte, machte ich mich daran, das Durcheinander in der Küche zu beseitigen.

***

»Die isch wirklisch gut«, nuschelte ich mit vollem Mund in die Runde. Das Chaos war mit Hannahs Hilfe schnell bereinigt gewesen und der Rotwein hob die Stimmung merklich an. Nun, da mein Kiefer endlich etwas zu tun hatte, war die Welt wieder in Ordnung.

Joel grinste, nachdem er mich einen Moment gemustert hatte. »Weißt du echt nicht, wer ich bin?«

»Was?« *Woher sollte ich ihn denn bitte schön kennen?* Ich hatte keine Ahnung, wovon er sprach. Er verließ die Küche, um nur Sekunden später wieder im Türrahmen zu erscheinen und mir etwas zuzuwerfen.

Erschrocken versuchte ich das unbekannte Flugobjekt zu fangen. Erfolglos. Ich sammelte es vom Boden auf und erkannte meinen verloren geglaubten, pinken Handschuh. Gestern bin ich extra noch da runtergefahren und habe ihn vergebens gesucht. Ich schlug die Hand vor den Mund. Er war mir gleich so bekannt vorgekommen!

»O mein Gott! Du bist der unverschämte Drängler vom Sessellift!«

»Ich habe aber nicht gedrängelt.« Zur Untermalung seiner Worte hob er beide Hände entschuldigend in die Höhe und schüttelte energisch den Kopf.

»Klar hast du. Und meinen Handschuh hast du ebenfalls auf dem Gewissen.« Ich hob ihn hoch, um die abgerissene Kordel als Beweisstück in die Runde zu zeigen.

»Nun hast du ihn ja wieder. Merry Christmas.«

Jetzt lachten wir beide – nur Hannah war merkwürdig still.

»Ich gehe ins Bett, bin ziemlich müde. War ein langer Tag.« Sie winkte ungelenk und verschwand hastig aus der Küche. Kurz überlegte ich, ihr zu folgen, um ihr auf den Zahn zu fühlen, verwarf die Idee aber schnell wieder. Sie wollte sicher in Ruhe gelassen werden. Morgen war auch noch ein Tag. Und vielleicht hatte ich gar nichts dagegen, noch ein bisschen länger neben Adonis zu verweilen.

Joels klingelndes Handy riss mich aus meinen Gedanken. Unbeabsichtigt las ich den Namen *Susi* auf dem aufleuchtenden Display. Er drückte die Anruferin weg. Doch sie ließ nicht locker und so schepperte es unmittelbar danach zum zweiten Mal.

»Ich muss da leider rangehen«, sagte er und verzog kläglich das Gesicht, bevor er sich das Telefon schnappte und nach unten in sein Zimmer eilte. Ein lautes *NEIN* hallte durch den Flur, dann wurde es still.

Kapitel 4

Mittwoch, 25. Dezember

Joel

Noch weit vor dem Weckerklingeln riss mich Lizzys schräger Gesang aus dem Schlaf. In viel zu hohen Tönen trällerte sie altbekannte Weihnachtslieder. Wie war es möglich, so früh am Morgen so ekelhaft wach zu sein?

Dösend lag ich im Bett, an Schlaf war nicht mehr zu denken. Die wirren Träume, die mich seit Jahren um die erholsame Nachtruhe brachten, hatten mich auch diese Nacht heimgesucht. Meistens erwachte ich mehrmals. Mit rasendem Puls. Unruhig. Schweißnass.

Ich dachte über die gestrige Begegnung mit Hannah nach. Es war Jahre her, seit wir uns das letzte Mal begegnet sind. Sie hatte sich kaum verändert, sah noch genauso aus, wie ich sie in Erinnerung hatte. Nur das Glänzen in ihren Augen suchte ich vergebens. Das sorglose Wesen, das ich so gut gekannt hatte, war nicht mehr zu entdecken. Wenn Menschen schwierige Zeiten durchmachten, ging das nicht spurlos an ihnen vorüber. Das Erlebte haftete an ihnen, zeichnete sie wie ein Brandmal. Genau wie bei mir.

Als Hannah sich vorgestellt und mir die Hand gereicht hatte, als wären wir uns zuvor nie begegnet, hatte ich beschlossen, das Spiel mitzuspielen. Ich verstand nicht, wieso sie so tat, als würde uns die Vergangenheit nicht fest zusammenschweißen. Wahrscheinlich war es für sie so etwas erträglicher, mit dieser überraschenden

Situation umzugehen. Ihre ganz genauen Beweggründe kannte ich nicht und ich suchte auch nicht danach. Wir alle entwickelten über die Jahre unsere ganz eigenen Strategien, um mit Schicksalsschlägen zu leben. Wenn das die ihre war, so würde ich sie akzeptieren.

Wesentlich leichter wurde mein Herz, als die Gedanken zu Hannahs braun gelockter Freundin übergingen. Ich mochte ihre chaotische Art. Ein wenig tat es mir schon leid, dass ihr gutgemeinter Koch-Exkurs so in die Hose gegangen war. Allerdings führte genau dieser dazu, dass wir den Abend bei Pizza und Rotwein zusammen verbracht hatten und ich die Gelegenheit bekam, sie besser kennenzulernen. In ihrer Nähe entspannte ich mich. Sogar mein Hirn blendete all die lästigen Gedanken für einen Moment aus, und das kam äußerst selten vor. Eine Unbeschwertheit lag in der Luft, wie ich sie schon lange nicht mehr verspürt hatte.

Bis … ja, bis das doofe Telefon geklingelt hat. Hätte ich es doch bloß ausgeschaltet. Wozu besaß es den Flugmodus, wenn ich ihn nie nutzte?

»Jemand hat versucht, in deine Werkstatt einzubrechen! Die Tür, die Fenster, alles beschädigt!«, hatte Susi mir völlig aufgelöst entgegengeschrien.

Obwohl es glücklicherweise beim Einbruchsversuch geblieben war, wollte ich am Abend zum Hof zurückkehren, um nach dem Rechten zu sehen.

Höchste Zeit, aufzustehen. Wenn ich nicht schon am ersten Tag mit Unpünktlichkeit glänzen wollte, musste ich mich endlich aus den warmen Federn schälen.

Mona wartete bereits auf mich und deutete eine galante Verbeugung an. Schwungvoll hielt ich direkt vor ihr an und eine beachtliche Menge der weißen Pracht wehte ihr um die Nase.

»Pünktlich auf die Minute! Dass ich das noch erleben darf!« Ihre Mundwinkel klebten geradezu an ihren Ohren. Die Berge waren Monas Welt, das erkannte jeder, der sie hier oben erlebte.

»Was denkst du denn?« Ich stieg aus den Skiern und hob den Blick zum Himmel. »Das wird ein perfekter Tag!«

Keine Wolke trübte die Sicht. Nach dem Schneegestöber von gestern zeigte sich Petrus heute von seiner versöhnlichen Seite. Wenn man dem Wetterbericht Glauben schenken durfte, blieb es so.

»Ja, und zwar nicht nur wegen des Wetters«, sagte Mona und streckte mir die für mich vorgesehene Teilnehmerliste entgegen.

»Jackpot!« Die Liste war kurz. Ich las zwei Namen. Frauennamen. Das wurde ja immer besser. Manuelle und oh, oh … Fabienne. Inständig hoffte ich, es handelte sich nicht um *die* Fabienne. Doch all meine Hoffnungen zerschlugen sich, als eine stark geschminkte Blondine auf mich zuschritt. Ehe ich wusste, wie mir geschah, zog sie mich in eine überschwängliche Umarmung und drückte mich fest an ihre Brüste. Pralle, wohlgeformte Brüste, die ich nur zu gut kannte. Aus erster Hand, sozusagen.

Monas verwirrter Blick entging mir nicht und mir war klar, das würde ich ihr erklären müssen. Aber alles zu seiner Zeit. Jetzt galt meine Aufmerksamkeit den beiden Skischülerinnen.

Bis auf die für meinen Geschmack zu offensiven Annäherungsversuche meines One-Night-Stands, verlief der Vormittag planmäßig. Das sonnige Wetter und der präparierte Pulverschnee boten perfekte Pistenverhält-nisse. Wo ich hinsah, erblickte ich glückliche Gesichter und hörte das Lachen von Familien. Alles war lebendig. Ich hatte es so vermisst.

Als ich die Damen gegen Mittag verabschiedete, sah ich Mona bereits in der Panorama-Bar auf mich warten.

»Wollen wir zusammen etwas essen gehen?«, wagte Fabienne einen letzten Versuch. Dabei nestelte sie am Reißverschluss meiner Jacke. Möglichst unauffällig schob ich ihre Hand beiseite, während mein Blick zu Mona wanderte. Sie tippte auf ihrem Smartphone herum und hatte Fabiennes Fingerei glücklicherweise nicht mitbekommen.

»Ich, ähm, bin verabredet. Tut mir leid«, redete ich mich heraus und steuerte geradewegs auf Mona zu, ohne Fabiennes Antwort abzuwarten. Was hatte ich mir da nur eingebrockt? Das mit den unkomplizierten Bekanntschaften ging schon jetzt gründlich nach hinten los. Ich hoffte inständig, dass sie meine harsche Abfuhr als das ansah, was es war. Ein Zeichen, dass es bei einer Nacht bleiben würde.

»Ciao, mein Großer, hast du die Feuerprobe bestan-den?«, fragte mich Mona und schob mich ins Innere der Bar.

»Klar, nichts leichter als das.« Ich nickte ihr zu und riskierte einen flüchtigen Blick über meine Schulter, ob uns der blonde Teufel nicht doch folgte. Tat sie nicht. Sie hatte den Wink also verstanden.

»Sag mal, was war denn das heute Morgen mit der Schminktussi?«

»Zwei Bier, gehen aufs Haus.« Kilian stellte die Ge-tränke, die wir nicht bestellt hatten, vor uns auf den Tisch und warf uns im Vorbeieilen ein »Schön, dass ihr da seid!« entgegen. So schnell wie er aufgetaucht war, war er auch wieder verschwunden.

»Also?«, bohrte Mona nach.

Ich ordnete meine Gedanken. Ach ja, wir hingen bei dem leidigen Fabienne-Thema fest. Sie würde ja doch keine Ruhe geben, also weihte ich sie in die Geschehnisse von vorletzter Nacht ein.

»Ich habe dich gewarnt! Aber du hörst ja nicht auf mich.« Schulterzuckend nippte sie an ihrem Bier. Ihr Blick sprach Bände. Teil eins der Dilogie trug den Namen *selbst schuld,* Teil zwei hieß *Jetzt hast du den Salat.*

»Und mir hat sie erzählt, ihr seid alte Freunde. Tss, mit allen Wassern gewaschen. Hätte ich das gewusst, hätte ich sie niemals in deine Gruppe gesteckt.« Mona schnalzte mit der Zunge.

»Was? Dann war das kein Zufall?«

»Nö.«

»Ich habe ihr verklickert, dass ich null Interesse an ihr habe und dass ich …« Meine Konzentration ging flöten, denn jetzt betraten die schönsten Locken, die ich je gesehen hatte, die Bar. Meine Augen verfolgten sie unauffällig. Zumindest hoffte ich, mein Gegaffe wirke halbwegs diskret.

»Hey! Hallo! Erde an Herrn Walser?« Mona schnippte mit den Fingern in meinem Sichtfeld herum.

»Ja?«, fragte ich verwirrt.

»Und wer ist *das* jetzt schon wieder?« Sie zeigte mit dem rechten Daumen über ihre Schulter in Richtung Tresen.

»Felicia. Sie ist Hannahs Freundin«, rutschte es mir ein wenig zu schnell heraus.

»Ah ja. Na, dann weiß ich ja jetzt, an wem du stattdessen interessiert bist.« Mona grinste.

»Was soll das?«, fragte ich.

»Häh?«

»Das da.« Ich deutete auf ihre rechte Braue. »Das Gewackel. Das ist … merkwürdig.«

»Lenk nicht ab!«

Wie bestellt klingelte just in diesem Moment Monas Telefon und verschaffte mir eine Verschnaufpause.

Warum trug Lizzy ein T-Shirt mit dem Logo der Bar? Arbeitete sie etwa hier? Davon hatte sie gar nichts erzählt. Es gab so einiges, was ich nicht von ihr wusste. Aber das würde ich ändern. Irgendetwas an dieser Frau faszinierte mich. Ich musste sie unbedingt näher kennenlernen.

»Wir sehen uns morgen, Joel. Danke für den … intensiven Vormittag«, hauchte Fabienne mir plötzlich ins Ohr, beugte sich herunter und gab mir einen Kuss auf die Wange. Es ging so schnell, dass mir weder Zeit blieb irgendetwas zu sagen, noch sonst wie zu reagieren. Das Einzige, das ich wahrnahm, war Lizzy, die sich hastig von uns abwandte.

Lizzy

Igitt! Erst fummelte sie wie blöd an ihm herum und jetzt küsste sie ihn auch noch. Nicht genug, dass sie ihn seit geschlagenen fünfunddreißig Minuten anhimmelte, wie ein haariger Vierbeiner seinen Lieblingsknochen. Ja, ich hatte auf die Uhr geguckt, nur so zum Spaß. Joel genoss die Aufmerksamkeit offensichtlich, was ich gar nicht lustig fand. Männer! Unterm Strich waren sie alle gleich. Kaum klimperten falsche Wimpern und tauchten rot geschminkte Lippen vor ihnen auf, verwandelten sie sich in Lemminge. Wenn das Objekt der Begierde dann obendrein noch lange Beine, einen knackigen Hintern und lächerlich feste Brüste vorzuweisen hatte, schaltete ihr Hirn automatisch in den Paarungsmodus.

Wut stieg in mir auf. Die Tatsache, dass ich mich wegen eines völlig fremden Mannes derart ärgerte, steigerte meinen Frust zusätzlich. Herrgott! Was war mit mir los? Wieso regte ich mich überhaupt auf?

Einen Tick zu fest knallte ich das frisch polierte Glas auf den Tresen. Der dumpfe Knall sorgte dafür, dass sich die Köpfe der an der Bar sitzenden Männergruppe zu mir herumdrehten. Ich hob die Hand zu einem lautlosen *Sorry*.

Und wie war ich eigentlich *hinter* dem Tresen, statt davor gelandet? *Dein loses Mundwerk hat dir das eingebrockt*, erinnerte meine innere Stimme und behielt recht. Hannah und ich hatten zwei Cola und jeweils einen Hamburger bestellt. Nichts Außergewöhnliches und auch nichts, worauf man eine ganze Stunde hätte warten sollen. Genau damit konfrontierte ich Kilian, der mich daraufhin freundlich einlud, ihm zur Hand zu gehen. Obwohl ich keinerlei Erfahrungen in diesem Bereich vorzuweisen hatte, hatte ich eingewilligt, wohl um mir keine Blöße zu geben. So genau weiß ich das nicht.

Tja, und hier stand ich nun. In einem grässlich unförmigen T-Shirt, als Aushilfe hinter dem Tresen und mit perfekter Sicht auf den Womanizer des Jahrtausends.

Ich wandte mich der Kaffeemaschine zu, um sie mit frischen Bohnen zu befüllen. Zwar nicht die spannendste aller Aufgaben, aber ich musste wenigstens niemandem beim Knutschen zugucken.

Wenige Meter von mir entfernt lehnte Kilian am Tresen und kritzelte etwas auf seine Bestellliste. Vorhin war er mit Joel und dieser anderen Skilehrerin zusammengesessen. Sie wirkten vertraut, kannten sich allem Anschein nach. Obwohl ich die Sache auf sich beruhen lassen wollte, witterte ich meine Chance und rutschte zu Kilian auf, bis ich direkt neben ihm stand.

»Hey.« Ich lächelte ihn freundlich an. Okay, das mit dem *unauffällig* bedurfte definitiv noch etwas Übung.

»Hey«, antwortete er übertrieben fröhlich. Jeder Blinde hätte gesehen, dass ich ihn nicht ohne Grund ansprach.

»Es … macht Spaß hier.«

»Danke für deine Unterstützung. Ich wollte dich vorhin eigentlich nur aufziehen. Ich hatte ja keine Ahnung, dass du mein Angebot annehmen würdest.«

»Ja, das wusste ich auch nicht, bis ich mich habe sprechen hören.« Nun lachten wir beide. Das war schon immer mein Problem gewesen, ich redete, bevor ich nachdachte. Das Gute an der Sache war, ich war mir selbst treu geblieben. Zu meinem Leidwesen brachte mich diese semi-charmante Charaktereigenschaft zunehmend in, na ja, sagen wir mal, verstrickte Situationen.

»Du kannst ruhig wieder abhauen, Essen und Trinken gehen für den Rest der Woche aufs Haus. Ich bin dir echt richtig was schuldig. Amélie hat sich noch nicht … ähm … na ja, so gut eingearbeitet.«

Wie abgesprochen wanderten unsere Blicke zeitgleich zu der neuen Aushilfe hinüber. Sie klimperte auf ihrem Telefon herum, obwohl ganz offensichtlich jede Menge leere Gläser auf den Tischen zum Abräumen bereitstanden.

»Nichts für ungut, Kilian, aber Amélie ist nicht gerade ein Glücksgriff.«

Er schnaubte. »Was du nicht sagst.«

»Ich komme gern morgen wieder, dann greif ich dir zur Rush Hour ein bisschen unter die Arme. Zumindest bis die da«, ich nickte in Richtung des Telefon-Junkies, »eingearbeitet ist.«

»Ernsthaft?« Kilian beäugte mich ungläubig.

»Klar, wieso nicht? Ist mal was anderes.«

Sichtlich froh über meine Hilfsbereitschaft, zog er mich in eine feste Umarmung.

»Aber …« Ich schielte unauffällig zu *ihm* herüber.

»Ah, es gibt einen Haken.« Kilian zog die Stirn kraus.

»Kein Haken. Ich habe nur eine Frage.«

»Schieß los.«

»Was weißt du über Joel?«

»Walser?«

»Ähm, ja. Nein. Keine Ahnung, ehrlich gesagt.« Wieder zuckte ich mit den Schultern. Soweit ich mich erinnerte, hatte er seinen Familiennamen nie erwähnt.

»Groß, dunkelblonde, zerzauste Wuschelhaare, stechend blaue Augen, Schwiegermutter-Liebling?«

»Ja, so könnte man ihn beschreiben.« Schon jetzt bereute ich, ihn auf Joel angesprochen zu haben. Mein

Kopf verwandelte sich in etwas Tomatenähnliches. Er hielt mich sicher für eine von diesen sabbernden Obertussis, die scharf auf ihn waren. Dabei stimmte das gar nicht.

Aber hallo! Wir sind scharf auf ihn, meldete sich meine innere Stimme. *Ach, halt die Klappe!* warf ich ihr grimmig entgegen.

»Was willst du denn wissen?«

»Ach, nichts Besonderes. Er wohnt in Hannahs Chalet, da muss man sich doch vergewissern, dass er kein Serienmörder ist«, sagte ich grinsend und hoffte inständig, dass mein Witz lustiger rüberkam, als er sich jetzt, laut ausgesprochen, anhörte.

»Wenn ich für eines bürge, dann dafür, dass Joel keiner Menschenseele etwas zuleide tun würde.«

»Du kennst ihn schon länger?«, bohrte ich weiter.

»Bereits seit er mir im Sandkasten die Schaufel über die Rübe gezogen hat.« Kilian lachte. »Damals war er noch weitaus weniger charmant.«

»Schau dir das an!« Am Tisch neben Joel saßen drei ältere Damen, die allen Ernstes tuschelten wie verliebte Teenager und immer wieder verstohlene Blicke an den Skilehrer richteten, der locker ihr Enkel hätte sein können.

»Sogar die Generation Sechzigplus himmelt ihn an. Ich fasse es nicht!« Ungläubig starrte ich Inge, Rosi und Bärbel an. Keine Ahnung, ob das ihre Namen waren, gepasst hätten sie allemal.

»Eifersüchtig?« Kilian stieß mir sanft in die Seite.

»Was? Ich? Ganz bestimmt nicht. Ich habe genug von Männern. Erst vor ein paar Tagen habe ich erfahren, dass mein Freund, nein, Ex-Freund, sich im String seiner Arbeitskollegin verirrt hat.« Ich vollführte eine abwehrende Handbewegung. »Da lache ich mir doch nicht sofort den nächsten Frauenhelden an. Nein, danke!« Schnell schnappte ich mir ein weiteres Glas, um es zu polieren. Wenn es etwas gab, wozu ich keine Lust hatte, dann war es, über meinen miesen Ex-Freund nachzudenken. Nicht, weil es mich schmerzte, das tat es erschreckenderweise überhaupt nicht, sondern weil mir das Thema die Laune verdarb.

»Das ist ja Kacke. Tut mir echt leid, die Sache mit deinem Ex.« Seine warmen Augen betrachteten mich. Er war ein durchaus attraktiver Mann.

»Muss es nicht. Jetzt weiß ich wenigstens, woran ich bin.«

»Joel würde sowas nie machen.«

»Nein?«

»Nein.« Da war aber jemand überzeugt.

»Was macht dich so sicher? Sieh ihn dir doch an. Er könnte an jeder Hand fünf Frauen haben. So einen hat man nie für sich allein«, sagte ich, während ich die Gläser abtrocknete, die Kilian mir reichte.

»Ja, das Image verfolgt ihn. Ich sage dir trotzdem, er ist eine treue Seele. Er hat in den letzten paar Jahren viel … Mist erlebt, hatte es nicht immer leicht.« Mitgefühl schwang in seiner Stimme.

»Was …« Weiter kam ich nicht, denn wir wurden von Amélie unterbrochen.

»Kilian, schnell! Draußen gibt's Probleme. Ich glaube, der Kleine in der gelben Jacke hatte zu viele Schümli-Pflümli.« Amélie hob beide Arme, sie war offensichtlich ratlos, wie sie den Streithahn besänftigen sollte.

Kilian eilte hinaus und meine Frage blieb unbeantwortet. Leider.

Joel

Als ich vor wenigen Tagen in die Berge aufgebrochen war, hätte ich nicht im Traum vermutet, mich nur kurze Zeit später wieder auf den Weg ins Tal begeben zu müssen.

Gerne hätte ich den Mädels Bescheid gegeben, doch das Chalet war leer, als ich von der Piste zurückkam. Klar, es war ein traumhafter Skitag. Vermutlich waren Hannah und Lizzy noch auf der Piste oder in der Bar. Meine Gedanken blieben an Letzterer hängen. Wie eng sie neben Kilian stand und wie sie getuschelt hatten. Ob zwischen den beiden etwas lief? Merkwürdig, dass sie dort plötzlich aushalf, immerhin war sie als Urlauberin hergekommen und nicht als Saisonkraft. Das hatte sie mir selbst erzählt. Beim Gedanken daran, die beiden könnten miteinander anbandeln, machte es sich ein schwerer Stein in meinem Magen bequem. Ich schüttelte die Bedenken ab. Immer schön ein Problem nach dem anderen angehen.

Konzentriert steuerte ich den Pick-up die schmale Bergstraße hinunter, achtete dabei genau auf meinen Atem. Tief einatmen, anhalten, ausatmen. Auf meiner Stirn bildete sich kalter Schweiß, während ich das Auto immer weiter die Serpentinen hinabführte.

Wie ein Blitz durchfuhren mich die alten Bilder, meine Hände begannen zu zittern und mir wurde übel. Es gelang mir kaum mehr, das Lenkrad ruhig zu halten, meine Arme gehorchten nur widerwillig. Eine Haltebucht! Ich brauchte dringend frische Luft.

Ich entdeckte eine Nische und fuhr hastig hinein. Mein Atem ging stoßweise. Ich musste schleunigst hier raus. Gott sei Dank waren heute nicht allzu viele Fahrzeuge auf den Straßen unterwegs, denn ohne auf andere

Autos zu achten, riss ich die Tür auf und flüchtete ins Freie.

Am Rand der Leitplanke schweifte mein Blick ins Tal. Die bunten Dächer des Dorfes, in dem ich aufgewachsen war, lagen in weiter Ferne. Von hier oben wirkten sie winzig. So klein wie ich mich seit langer Zeit fühlte.

Allmählich normalisierte sich mein Puls und die Übelkeit flaute ab.

Vier Jahre war es her, seit auf dieser Straße mein Leben seine Richtung geändert und das Schicksal mich auf die bisher härteste Probe gestellt hatte. Eine Probe, an der ich beinahe zerrissen wäre und es vielleicht sogar teilweise bin. Ich hatte gelitten, alles schien sinnlos. Ich war einsam und allein. Obwohl sich immer wieder Frauen angeboten hatten, mir über die Trauer hinwegzuhelfen, waren es letztlich nur Trostpflaster. Verbände auf eine schmerzende Wunde gelegt, die bisher niemand zu heilen vermochte. Am Ende ließen sie mich nur für einige Stunden den Schmerz vergessen. Sobald ich allein war, übermannte mich die Trauer in Form einer dunklen Wand immer wieder aufs Neue.

Meine Eltern waren mir in dieser Zeit eine enorme Stütze, hatten, wie in frühester Kindheit, an meinem Bett gewacht. Doch auch sie waren irgendwann ratlos. Verzweifelt hatte ich Halt in illegalen Substanzen gesucht. Und für eine kurze Weile hat das tatsächlich funktioniert. Sie ließen mich meine Probleme vergessen, wenn auch nur für kurze Zeit. Es war ein Teufelskreis, in dem ich schnell versank und dessen Ausstieg ich meiner einzigen Freundin verdankte. Mona. Sie war mein Fels in der Brandung. Selbst wenn ich mich nicht in akuter Lebensgefahr befunden hatte, sie rettete mir das Leben. Sie schleifte mich zu

Psychologen, Psychiatern und Selbsthilfegruppen für Hinterbliebene. Ein Schritt, für den ich allein nie den Mut aufgebracht hätte. Ihr verdankte ich, dass ich jetzt hier stand. Der Rucksack, den ich zu tragen hatte, war noch immer derselbe, doch meine Schultern waren unterdessen gestärkt und ich wusste, dass Menschen, die mich liebten, sehr wohl ein Teil der Lasten bereit waren mitzutragen.

Seit dem Unfall war ich nicht mehr hier auf dieser Straße unterwegs gewesen. Mir hatte die Kraft gefehlt, mich den Schatten der Vergangenheit zu stellen. Zu schmerzhaft waren die Erinnerungen, zu frisch die Wunden. Tränen drohten sich ihren Weg zu bahnen. Die Panik wich der Wut. Endlich wieder ein normales Leben führen, das war es, wonach ich mich sehnte. Ich wollte lieben, mit ganzem Herzen, nicht nur mit dem besten Stück. Wohl wissend, keine andere Wahl zu haben, straffte ich die Schultern. Da musste ich jetzt durch. Das war ich mir und meinem Leben schuldig.

Als ich durch die meterhohen, steinernen Pfeiler unserer Auffahrt fuhr, erwartete mich Susi bereits. Wie lange sie da wohl schon gestanden hatte? Erschöpft stieg ich aus dem Auto. Sie umarmte mich herzlich.

»Mein Junge! Es tut mir so leid! Da hast du dich endlich aufgerafft, wieder hochzufahren und dann das!« Zerknirscht hielt sie sich die Hände vors Gesicht.

»Schon gut, Mama.« Ich nahm sie in den Arm und strich ihr beruhigend über den Rücken. Ihre Haare standen in alle Richtungen, die Augen waren gerötet. Es war ihr mehr als deutlich anzusehen, wie sehr sie diese Sache mitnahm.

»Das war dieser, dieser *Gauner*!«

»Mama, das wissen wir doch gar nicht genau«, sagte ich, erstaunt über ihre Wut.

»Blödsinn! Wir haben keine Beweise, aber ich weiß es! Ich habe geahnt, dass er es nicht auf sich beruhen lässt!«

Mit *Gauner* meinte sie meinen ehemaligen Mitarbeiter Marco. Er hatte meinen Lebenswandel, raus aus den Drogen, zurück in ein selbstbestimmtes Leben, nicht verstanden. Seine Sucht und mein neues Leben waren mit der Zeit immer weniger miteinander zu vereinen gewesen. Hilfe wollte er nicht annehmen und nachdem die Leute angefangen hatten zu tuscheln und mein Geschäft mit zwielichtigen Machenschaften in Verbindung zu bringen, zog ich die Reißleine und kündigte ihm. Schon damals warnte er mich und schwor Rache. Dass er seine Drohung tatsächlich wahrmachen würde, hätte ich ihm allerdings nicht zugetraut.

Ich legte meiner Mutter den Arm um die Schulter und führte sie zum Eingang der Schreinerei. Schon von Weitem fiel mir buchstäblich die Kinnlade herunter. Sie hatte am Telefon von einem versuchten Einbruch berichtet, aber was ich jetzt sah, war viel mehr als das. In riesigen roten Buchstaben prangte das Wort VERRÄTER an der Frontseite der Werkstatt. Wie ein Mahnmal. Es versetzte mir einen Stich ins Herz. Meine Schreinerei, mein Lebenswerk. Sie war alles, worauf ich stolz war. Und jetzt war sie beschmutzt worden. Durch ein Wort, das mich bis ins Mark erschütterte. Weil es die Wahrheit war.

Lizzy

»Hmm, lecker.« Ich stopfte mir eine weitere Hand voll Popcorn in den Mund. Der mit Smarties, Chips, Schokolade und Erdbeeren gedeckte Couchtisch vor uns verhieß nur eines: einen gemütlichen Filmabend mit meiner besten Freundin – und Bauchschmerzen. In der in die Jahre gekommenen Kiste flimmerte ein alter Weihnachtsklassiker. Schon gefühlte hundert Mal gesehen, aber das tat der Stimmung keinen Abbruch. Im Kamin loderte ein Feuer, das den Raum mit Holzgeruch erfüllte. Ich genoss das leise Knistern der brennenden Holzscheite und beobachtete die geheimnisvollen Schatten, die die Flammen an die dunklen Holzdielen schickten. Hannah sank tiefer in das gemütliche Sofa und kuschelte sich in die weichen Kissen.

»Danke, dass du mich mitgenommen hast. Es ist einmalig. Das war der perfekte Tag. Die Sonne und die netten Leute, sogar das Skifahren hat Spaß gemacht. Und jetzt sitzen wir beide hier in diesem Traum von Haus, stopfen uns mit Süßigkeiten voll und schauen diese Schnulze.« Ich nickte zum Fernseher, in dem Rosalie gerade ein Ballkleid aus der zweiten Haselnuss gezaubert hatte. »Ein schöneres Weihnachtsfest hätte ich nicht einmal gehabt, wenn Elias nicht … na, du weißt schon.«

Hannah legte ihren Kopf an meine Schulter.

»Vermisst du ihn?«

Die Frage traf mich unvorbereitet. Seit ich Hannah von Elias' Fremdgehen erzählt hatte, hatten wir kaum über ihn gesprochen.

»Ich … bin mir nicht sicher«, antwortete ich ehrlich. »Ich bin verletzt. Und ich bin wütend. Aber ob ich ihn vermisse?« Mein leerer Blick richtete sich auf das Feuer, in dem die Flammen nun weniger hektisch züngelten.

»Er ist nicht der Richtige.« Hannah verschränkte die Arme vor der Brust. »Wenn du ihn nicht vermisst, dann ist er nicht *der Eine*!«

Ich wusste, worauf Hannah hinauswollte. Sie war, trotz ihrer ausgeflippten Art, eine hoffnungslose Romantikerin. Harmonie allein genügte ihr nicht. Für sie mussten es Feuerwerk, Herzchen und das ganz große Kino sein.

»Ach, Hannah. Nicht das schon wieder!« Entnervt starrte ich zur Decke. Sie sprach sich nie direkt gegen Elias aus, aber insgeheim war mir klar, dass für sie keine Partnerschaft infrage käme, die nur *okay* war. Und genau das war die Beziehung zwischen Elias und mir gewesen: okay. Im besten Fall. Das Feuerwerk, die umherschwirrenden Herzchen, die Sehnsucht, wenn er auf Geschäftsreise war, das alles hatte ich in den letzten Jahren vergebens gesucht. Hannah mochte diese Art von Beziehung langweilig finden, ich empfand sie als beruhigend. Elias war ein zuverlässiger Partner gewesen, immer hilfsbereit und nett. Meine innere Stimme schlug die Hände über dem Kopf zusammen. Das tat sie immer, wenn ich über uns sinnierte. *Wir führen keine Liebesbeziehung, wir haben eine Zweckgemeinschaft!*, schnauzte sie mich an.

»Ist doch wahr! Er hat dich betrogen und dich juckt das nicht einmal. Das spricht für sich.«

»Schon möglich.« Ich angelte mir Gummibärchen aus der Schüssel in meinem Schoß. Tröstend.

»Dein Mr. Right wartet hinter irgendeiner Ecke, das spüre ich.«

»Amen«, sagte ich und kuschelte mich wieder an Hannah.

Die wohlige Wärme lullte uns beide ein und meine Lider wurden schwer. Wie aus der dritten Haselnuss ein Brautkleid purzelte, nahm ich nur durch einen verhangenen Schleier wahr.

Das leise Knarren der Dielen ließ mich hochschrecken. Da! Ein Schatten, der den Flur entlang schlich und nun das Wohnzimmer betrat. Er kam auf mich zu. Das Feuer war unterdessen erloschen, genau wie der Fernseher.

Ich tastete schnell nach Hannah. Sie schlief friedlich. Natürlich. Was sonst. Neben ihr könnte ein Traktor durchs Zimmer rattern, es würde sie nicht stören.

Die Umrisse der schwarzen Gestalt kamen näher und mir entfuhr ein schriller Laut.

Geweckt von meinem Geschrei schreckte Hannah nun doch hoch und packte schlaftrunken meinen Arm.

»Hey, wow, alles gut! Keine Angst, ich bin es, Joel.« Er knipste die Stehlampe neben der Couch an.

Das grelle Licht blendete mich. Ich brauchte einen Moment, um mich an die plötzliche Helligkeit zu gewöhnen. Als ich ihn erkannte, gab mein Hirn Entwarnung. Es handelte sich tatsächlich um unseren Mitbewohner.

Hannah saß stocksteif und leichenblass neben mir. Sie sagte kein Wort, umklammerte weiterhin krampfhaft meinen Arm. Der Schreck stand ihr ins Gesicht geschrieben.

Joels dunkelblonde Wuschelhaare ragten mir frech entgegen. Wie konnte jemand, mit derart unordentlichen Haaren so verboten sexy aussehen? In jedem

Hochglanzmagazin benötigten Stylisten Ewigkeiten, um solche Frisuren zustande zu bringen. Und dieses Exemplar hier vor mir, fährt sich einmal durch die von Helm, Mütze oder weiß der Kuckuck was, plattgedrückten Haare und hat den perfekten Out-Of-Bed-Look. Das Leben war unfair.

»Gott, hast du uns erschreckt!« Mein Herz raste, als wäre ich soeben einen Marathon gelaufen.

Verwundert sah er auf uns herab. »Entschuldigt, das war keine Absicht. Ich bin auch schon wieder weg«, sagte er und stiefelte in Richtung der Schlafzimmer.

Nach ein paar Schritten drehte er sich noch einmal um, als wollte er noch etwas loswerden.

»Gute Nacht«, hauchte er.

»Gute Nacht«, antwortete ich, nicht ganz sicher, was da gerade passiert war. Für einen Moment stand die Zeit still. Ich wurde in die endlosen Weiten des Joel-Universums gesogen und zweifelte daran, jemals wieder den Weg hinauszufinden.

Dann verschwand er im dunklen Flur und ein leises Klacken verriet, dass er im Zimmer angekommen war.

Nachdenklich blickte ich ihm hinterher. Er wirkte erschöpft, in seinen Augen spiegelte sich Traurigkeit. Wie hatte er den Abend verbracht? War er allein oder mit jemandem zusammen gewesen? Warum wirkte er so deprimiert?

Ich drehte meinen Kopf zu Hannah, die mich unverhohlen anstarrte. Und dann grinste sie, als wüsste sie ein Geheimnis, von dem ich keine Kenntnis hatte. Na, die hatte sich ja schnell erholt.

»Was?«, fragte ich sie ehrlich ahnungslos mit hochgezogenen Schultern.

»Was war denn das?« Ihr Zeigefinger schnellte zwischen mir und der Stelle, an der Joel bis eben noch gestanden hatte, hin und her.

»Was meinst du?«

»Ich meine das Lodern in seinen Augen, während er dir gute Nacht gewünscht hat. *Dir* wohlgemerkt. Sehr charmant!« Hannah lachte.

»Ach, spinn nicht. Er meinte natürlich uns beide.« Ich winkte ab. »Ich weiß genau, worauf du hinauswillst, und sage dazu nur: Nein, danke.«

»Also, so wie *ihn* hast du Elias nie angesehen.«

»Ich habe ihn ganz normal angeguckt, wie ich jeden anschaue.«

Hannah zog ihre rechte Braue unnatürlich in die Höhe. Ich hatte bis eben keine Ahnung, dass sie zu diesem Kunststück überhaupt in der Lage war.

»Hannah, ist dir aufgefallen, wie er heute in der Bar angehimmelt wurde? Jedes weibliche Wesen zwischen sechzehn und sechsundsiebzig hat sich nach ihm umgedreht. So einer wechselt die Mädels häufiger als seine Unterhosen. Nee, danke. Den will ich nicht geschenkt.« Um meine Worte zu unterstreichen, schüttelte ich angewidert den Kopf.

»Du kennst ihn doch gar nicht. Oft täuscht das Äußere über den Charakter hinweg. Ich finde es ganz schön oberflächlich, ihm das zu unterstellen. Nur seines Aussehens wegen.« Hannahs Stimme zitterte.

»Ähm, nein. So meinte ich das nicht. Ich wollte doch nur ...«

»Außerdem kannst du nicht wissen, was er in seinem Leben erlebt hat. Dass er heute so ist, wie er eben ist, hat sicher seine Gründe«, unterbrach mich Hannah.

Für einen Moment hielt sie meinem fassungslosen Blick stand, dann erhob sie sich und ging ohne ein weiteres Wort in ihr Zimmer.

Was war denn plötzlich in sie gefahren? Ich hatte doch nur von seiner Wirkung auf die Frauenwelt gesprochen und ihn nicht beleidigt oder dergleichen. Verwirrt und ratlos blieb ich zurück im dunklen Wohnzimmer, das mir urplötzlich eiskalt vorkam.

Joel

Das Bild der beschmierten Schreinerei hatte sich tief in mein Hirn eingebrannt und hinderte mich in den wohlverdienten Schlaf abzudriften. Ich ahnte, wer für diese Sauerei verantwortlich war und was ihn dazu bewegt hatte, mein Lebenswerk zu beschmutzen. Er wusste haargenau, wie wichtig mir diese Hallen waren und hatte sie bewusst gewählt, um mich zu verletzen. Sein Plan funktionierte. Auf meiner Brust lagerte eine zentnerschwere Last. Die dunkle Vergangenheit holte mich abermals ein.

Wäre es besser, die Polizei hinzuzuziehen? Trotz des Unverständnisses meiner Mutter entschied ich mich dagegen. Ich hatte meine Gründe, auch wenn sie diese niemals verstehen würde.

So schnell wie möglich würde ich mich um die Beseitigung der Schmiererei kümmern. Die Worte mussten verschwinden. Ich lebte in einer kleinen Stadt, in der so ein Vorfall im Nullkommanichts zum Hauptgesprächsthema wurde und es so lange blieb, bis es durch etwas Spannenderes abgelöst wurde. Was unter Umständen ewig dauern konnte. Nein, die besudelte Wand musste zeitnah überstrichen werden, andernfalls fungierten meine Familie und ich bald als Dorfklatsch Nummer eins. Darauf konnte ich getrost verzichten. Das war ich lange genug gewesen.

Die Fahrten ins Tal hinab und wieder hinauf auf den Berg, hatten an meinen Kräften gezehrt. Jetzt, da ich endlich im Bett lag, brannte mein Körper vor Erschöpfung. Der sehnlichst benötigte Schlaf stellte sich dennoch nicht ein. *Ein Tee würde helfen*, dachte ich und schlich leise den Flur entlang.

In dem kleinen Schrank oberhalb der Kaffeemaschine fand ich eine beachtliche Sammlung verschiedenster Teesorten. Sie reichte von herkömmlichem Pfefferminz- und Kamillentee, über extravagante Teemischungen wie Sonnengruß und White Anastasia. *Was es nicht alles gibt.*

Ich griff zu einem Beruhigungstee mit Lavendel, Melisse und Orangenblüten. Nicht die leckerste Mischung, aber wenn er hielt, was sein Name versprach, würde ich bald zur Ruhe kommen und friedlich einschlummern.

Mit einer dicken, grünen Wolldecke bewaffnet öffnete ich die schwere Holztür und stieg hinaus auf den Balkon. Der Himmel zeigte sich sternenklar. Hier oben in den Bergen schienen die Sterne zum Greifen nah. Weder Straßenlaternen noch andere Lichtquellen lenkten vom unendlichen Nachthimmel ab. Die tiefschwarze Dunkelheit war allgegenwärtig. Gespenstisch oder beruhigend, das durfte jeder für sich entscheiden. Ich empfand sie als tröstend. Sie half mir, den Kopf zu lüften und meine Gedanken zu ordnen.

So lehnte ich mit dem hoffentlich schlaffördernden Tee in den Händen am Geländer und sah hinauf in den Himmel. Ich nahm ein paar tiefe Atemzüge und sofort befreite mich die klare Nachtluft von den erdrückenden Gefühlen der letzten Stunden. Es war, als würde jedes kleine weiße Wölkchen, das mein Atem in die Luft sandte, die düsteren Gedanken davontragen. Einen nach dem anderen.

Schritte durchbrachen die Ruhe und nur Sekunden später wurde die Balkontür leise geöffnet.

»Hey«, hauchte meine Mitbewohnerin in die Nacht.

»Hey, Felicia.«

»Lizzy. Meine Freunde nennen mich Lizzy«, sagte die einst so kratzbürstige Frau und wirkte gar nicht mehr kampfeslustig. »Darf ich?« Sie deutete hinaus auf den Balkon.

Ich nickte still und richtete meinen Blick wieder in die Ferne. Trotz der Dunkelheit erkannte man die Umrisse der Alpen, die uns umgaben.

»Alles okay?«, fragte sie. »Du wirkst irgendwie traurig.« Ihr Blick ruhte auf mir. Ich vermied es, sie anzusehen.

»Ja. Klar. Alles bestens. Ich kann nur nicht schlafen.« Ich lächelte, obwohl mir nicht danach zumute war.

»Okay.« Sie lehnte sich ebenfalls gegen das Geländer.

Nichts war okay, schon seit vier Jahren nicht mehr. Obwohl Lizzy mich nicht kannte und ich ihr meine Sorgen gewiss nicht auf die Nase binden würde, war ich mir sicher, dass sie diese wahrnahm. Wortlos standen wir nebeneinander. Es war kein unangenehmes Schweigen. Wir hingen einfach unseren Gedanken nach und ihre pure Anwesenheit wärmte mich.

»Wie kommt es, dass du Weihnachten nicht mit deiner Familie verbringst?«, fragte ich. »Das Fest scheint dir wichtig zu sein, wenn man bedenkt, dass du das hier«, er deutete mit der Hand auf unser Chalet und tippte an eine Lichterkette, deren Ende lose herunterhing, »in ein Weihnachtsdorf verwandelt hast.«

»So schlimm? Ich finde es … angemessen.«

»Nein. Nein. Das wollte ich damit nicht sagen. Es zeigt nur, wie sehr dir Weihnachten am Herzen liegt. Also?«

Sie überlegte einen Moment und nestelte an ihrer Jacke herum.

»Einen Tag vor Hannahs Abreise habe ich erfahren, dass mein Freund, mein Ex-Freund, mich betrügt. Genauer gesagt, habe ich ein Foto bekommen, auf dem seine Zunge rein zufällig im Mund seiner Arbeitskollegin steckte.« Sie schnaubte. »Ich habe ihn zur Rede gestellt und er hat alles gebeichtet.«

Okay, das war nicht die Antwort, die ich erwartet hatte. Bevor ich darüber nachdenken konnte, ob ich sie bemitleiden oder beglückwünschen sollte, sich von diesem Mistkerl getrennt zu haben, erzählte sie weiter.

»Igitt! Ich darf gar nicht darüber nachdenken, wie Elias mit dieser doofen, doofen Kuh feuchtfröhlich herumgeknistert hat ...«

Ich konnte nicht an mich halten und prustete los. Ein Schwall Tee, der Sekunden zuvor noch in meinem Mund herumgeschwommen war, schoss über das Geländer und ein Teil davon tropfte nun die Fassade hinunter.

»Rumgeknistert?«, fragte ich. »Hast du eben ernsthaft *rumgeknistert* gesagt?«

»Nenn es, wie du willst. Du weißt, was ich meine.«

»In der Tat. Knister-Elias hat fremdgevögelt.«

Lizzy nickte. »Als Hannah davon erfuhr, zwang sie mich, sie zu begleiten. Sie wollte mich nicht alleine lassen, gerade über die Feiertage. Meine Eltern sind nämlich gerade auf Reisen und mein Bruder ...« Sie schlug sich vor die Stirn, fischte hastig ihr Handy aus der Jackentasche und notierte sich etwas. »Jonas anrufen«, murmelte sie vor sich hin. »Das hätte ich fast vergessen. Ähm, wo war ich?«

»Dein Bruder?«, half ich ihr, den Faden wieder aufzunehmen.

»Ja, genau. Danke. Also Jonas, na ja, er ist eben Jonas. Mal hier, mal da. Versteh mich nicht falsch, ich liebe ihn, aber als Weihnachtsgesellschaft ist er nicht mein Wunschkandidat.«

Himmel, wir standen hier erst seit wenigen Minuten und ich wusste mehr von ihr und ihrer Familiengeschichte als von Mona nach jahrelanger Freundschaft. Ihre spontane und offene Art war erfrischend, wenn auch etwas gewöhnungsbedürftig.

»Sorry, dass ich so drauflosquatsche.«

Irrte ich mich, oder sah sie irgendwie traurig aus? Als ob sie die Geschehnisse der letzten Tage erst jetzt realisierte, da sie sie laut aussprach.

»Sei froh, dass du ihn los bist. So Typen braucht doch kein Mensch«, sagte ich und sah sie dabei an. Im Ernst, wer würde eine so humorvolle und sympathische Frau betrügen?

Sie rieb ihre Hände aneinander. Sie fröstelte wohl. Ich rutschte zu ihr auf und legte ihr meine Decke um die Schultern. Sie war groß genug für uns beide. Eine flüchtige Berührung und mir wurde noch ein bisschen wärmer.

»Danke«, murmelte sie und zog den angeheizten Stoff fest um sich. »Woher willst du wissen, dass er keinen Grund dazu hatte?«

»Es gibt nichts, was Fremdgehen rechtfertigt. Entweder man ist mit jemandem zusammen, oder nicht. Wenn ja, ist man treu. Und wenn es nicht mehr passt, muss man eben Schluss machen. So einfach ist das.«

»Klingt logisch, wenn du es so sagst.«

»Es *ist* logisch!«

Lizzy nickte nachdenklich.

Genug der tristen Themen. Irgendetwas Aufmunterndes musste her.

»Außerdem bist du erfrischend und herrlich chaotisch«, sagte ich und lachte auf. »Mit dir wird es sicher nicht langweilig. Und du siehst sexy aus, wenn du dir die Beine wachst, das kann man wahrlich nicht von jeder Frau behaupten.« Schmunzelnd nippte ich an meinem Tee und beobachtete, wie sie Luft einzog und mir einen sanften Stoß in die Rippen verabreichte. Wurde sie etwa rot?

»Ich nehme das als Kompliment«, sagte Lizzy.

»Das war auch eines.« Ich sah sie an, doch sie hielt meinem Blick nicht stand, ließ ihn stattdessen wieder in die Dunkelheit schweifen. Mein Plan, sie aufzuheitern, war fehlgeschlagen.

»Im Ernst, vergiss den Kerl. Wenn der Richtige vor dir steht, wirst du es merken.« Erst als das letzte Wort meine Lippen verlassen hatte, wurde mir dessen Tiefgang bewusst. Ein Blitz durchfuhr mich. Felicia schaute mich verträumt an. Und damit verabschiedete sich jede Rationalität und ich tat das, wonach mein Innerstes schrie seit Lizzy zu mir auf den Balkon gekommen war und wir nebeneinander am Geländer standen.

Langsam stellte ich die Tasse auf dem wackeligen Tischchen ab, drehte mich zu Lizzy und umfasste ihre Hüften. Behutsam zog ich sie an mich, bis ich ihren warmen Körper an meinem spürte. Ein sanfter Windhauch wehte mir den Geruch von Rosenblüten und Kardamom in die Nase. Ja, das passte zu ihr. Es passte zu diesem Ort. Frei, unbefangen, ursprünglich. Langsam beugte ich mich zu ihr und überwand die letzten qualvollen Zentimeter. Unsere Nasenspitzen berührten sich. Wir waren uns so nah. Schnell und schwer tanzte ihr Atem über meine Lippen. Die Hitze, die von ihr ausging, vernebelte meinen Verstand. Sanft legte ich meine Lippen auf ihre. Sie lehnte sich an mich, ihre Hände verfingen sich in meinen Haaren. Mein wild pochendes Herz verriet, das hier war nicht nur ein Kuss, es war eine Befreiung. Als erwache ich aus einem unendlich langen Schockzustand.

Die Heftigkeit meiner Gefühle übermannte mich, in mir schrillten plötzlich alle Alarmglocken. *Nein! Was tue ich hier? Das ist nicht richtig!* Lizzy war etwas Besonderes, das war mir klar, seit ich sie das erste Mal gesehen hatte. Sie verdiente etwas Besseres als einen One-Night-Stand, als eine schnelle Nummer. Sie verdiente einen Mann, der sie liebte, sie beschützte, sie auf Händen trug. Etwas, was ich ihr niemals würde bieten können, so sehr ich auch wünschte, es wäre anders.

Die Erkenntnis durchzog mich schmerzhaft. Schnell schob ich sie eine Armlänge von mir und sah ihr tief in die Augen. Die Wärme von eben verflog und machte eisiger Kälte Platz. Unfähig, auch nur ein Wort zu sagen, tat ich, was ich immer tue. Ich flüchtete aus der Situation und rannte geradewegs in mein Zimmer.

Kapitel 5

Donnerstag, 26. Dezember

Lizzy

Was war das denn? Nur das Geräusch der ins Schloss fallenden Tür bewies, dass ich diesen Kuss nicht geträumt hatte, dass Joel wirklich hier gewesen war und seine weichen Lippen bis vor wenigen Sekunden noch die meinen berührt hatten. Ich versuchte, zu begreifen, was eben geschehen war.

Ich hatte ihm meine jüngsten Erlebnisse anvertraut, obwohl bisher, abgesehen von Hannah und Jonas, niemand darüber Bescheid wusste.

Da passierte es. Meine Offenheit ihm gegenüber veränderte etwas zwischen uns. Er sah mich an und seine eisblauen Augen blickten mir geradewegs in die Seele. Dann war da nichts mehr. Leere. Absolute Stille. Kein Gedankenkarussell, kein Grübeln, keine Zweifel. Nur er und ich. Und ein Kuss, der mit nichts bisher Erlebtem zu vergleichen war.

Noch immer spürte ich den sanften Druck auf meinen Lippen, fühlte seine Wärme. Der Geruch von Sandelholz und von Ursprünglichkeit, hing wie ein unsichtbarer Zeuge in der Luft. Es war der Geruch, der mich fortan an Joel erinnern würde, egal was die Zukunft für mich bereithielt.

Ich schüttelte den Kopf in der Hoffnung, meine Gefühle und Gedanken damit ordnen zu können. Ohne Erfolg. Ich hatte einen völlig unbekannten Mann geküsst, in einem fremden Land, kurz nachdem ich hintergangen worden war. Ich sollte Tagebuch führen, mein Leben bot das perfekte Drehbuch für den nächsten Hollywood-Blockbuster. Fehlte nur noch die Leiche im Keller.

Mir schwirrte der Kopf und langsam fuhr mir die Kälte dieser klaren Nacht in die Glieder. Leise schlich ich ins Haus und verschwand in meinem Zimmer.

Bis zur Nasenspitze eingewickelt in die dicken Daunen lag ich da und ließ die letzte Stunde Revue passieren. Dieser Mann brachte mich durcheinander. Wieso verlor ich in seiner Gegenwart die Fähigkeit, klar zu denken?

Und was zur Hölle war in ihn gefahren, inmitten dieses magischen Moments wie von der Tarantel gestochen abzuhauen, als hätte ich ihm in die Zunge gebissen? Immerhin war er es, der mich geküsst hatte. Nicht andersherum.

Herrgott, meine Gedanken fuhren nicht Karussell, sie waren gefangen in einer Achterbahn. Eine der wilden Sorte, mit Looping und Steilkurve.

Um mich abzulenken, nahm ich den neuesten Schmöker meines Lieblingsautors vom Nachtschrank und las. Trotz des Kribbelns in der Magengegend, das mich immer wieder übermannte, sobald Joels blonde Wuschelmähne vor meinem inneren Auge erschien, schlief ich wenig später ein.

***

Müde angelte ich mein Handy vom Nachttisch, um nach der Uhrzeit zu sehen. Der graue Briefumschlag am linken Bildschirmrand zeigte eine eingegangene E-Mail an. Ich öffnete sie und Elias' Name sprang mir

115

entgegen. *Was will der schon wieder?* War es so schwer zu verstehen, dass ich nach dieser Aktion erst einmal Abstand brauchte? Widerwillig las ich seine Nachricht und hätte die Wörter am liebsten geradewegs wieder aus meinem Hirn verbannt.

***

Es war früher Morgen, die ersten Sonnenstrahlen schlängelten sich durch die verwitterten Fensterläden und tauchten das Zimmer in samtiges Licht. Staubkörnchen schwebten durch die Lichtstreifen, die sich quer durch den Raum erstreckten. Schlaftrunken schlug ich die Decke zurück und setzte erst ein Bein, dann das andere auf den knarrenden Dielenboden. Nach und nach prasselten die Erinnerungen der letzten Nacht auf mich ein. Eisblaue Augen, Sandelholz, ein Kuss. Wie sollte ich ihm gegenübertreten? Warum wurde schon wieder alles kompliziert? Ich war doch extra aus Berlin geflüchtet, um in männerfreier Umgebung meine Wunden zu lecken. Okay, zugegeben, einem unkomplizierten Urlaubsflirt war ich nicht abgeneigt. Aber das, was sich hier anbahnte, war für mich keine Kleinigkeit und so gar nicht nach meinem Plan. Sollte ich nach den letzten Tagen nicht am Boden zerstört sein? Als Häufchen Elend in der Ecke kauern und meiner Beziehung nachtrauern? Die Wahrheit war, ich hatte bis zu der Nachricht kaum mehr an Elias gedacht.

Nein, meine doofen Gedanken galten unordentlichen, blonden Haaren, die zu einem mehr als attraktiven, männlichen Wesen gehörten. Das musste aufhören. Ich würde diesem Herzensbrecher aus dem

Weg gehen, jawohl. Abstand gewinnen war immer gut, um einen klaren Kopf zu bekommen.

Mein Vorhaben fest im Hinterstübchen, ging ich nach oben, wo Hannah ein beachtliches Frühstück vorbereitet hatte.

»Guten Morgen.« Sie lächelte und sah dabei so frisch aus wie schon lange nicht mehr. Ihre Wangen schimmerten rosa, sie leuchtete mit der Sonne um die Wette. Man hätte meinen können, sie hätte letzte Nacht rumgeknutscht, nicht ich. Aber das behielt ich für mich. Sie wusste nichts von dem mitternächtlichen Kuss und das sollte auch so bleiben – beste Freundin hin oder her.

»Aham«, sagte ich, lehnte mich an die Küchenkombination und schob mir das zweite Stück Banane in den Mund. Nur Sekunden später war ich froh um die Wahl des Snacks, denn wäre es ein Apfel gewesen, wäre er mir im Halse stecken geblieben.

Seine Pyjamahose saß tief auf seinen Hüften. Mit nackten Füßen und, was ich wesentlich irritierender fand, bloßem Oberkörper, spazierte unser männlicher Mitbewohner in die Küche und kam geradewegs auf mich zu. Ich hielt den Atem an. Unmittelbar vor mir blieb er stehen.

»Darf ich?« Sein lasziver Blick durchbohrte mich, bevor er auf den Schrank über mir deutete. Sandelholz kroch mir in die Nase und vernebelte meine Sinne. Verwirrt folgte ich seinem Blick. Ehe ich begriff, angelte er sich eine Tasse, füllte sie mit Kaffee und verschwand damit so schnell, wie er gekommen war.

»Das macht der doch mit Absicht!« Geschockt sah ich zu Hannah hinüber und zeigte in Joels Richtung.

Die aber grinste nur, winkte ab und ging zu unverfänglicheren Themen über, ganz so, als spaziere hier regelmäßig ein halbnackter Adonis umher.

***

Auf dem Weg in mein Zimmer blieb ich vor der Badezimmertür stehen, weil ich das Plätschern der Dusche vernahm. Die Vorstellung des heißen Wassers, das Joels muskulösen Körper hinunterrann, fesselte meine Gedanken.

»Na, gefunden, wonach du suchst?«

Ertappt schreckte ich herum und lehnte mich geräuschvoll gegen die Badezimmertür.

»Hannah! Ich wollte … also eigentlich habe ich …«, stammelte ich. *Ja was? Was wollte ich denn eigentlich?*

»Schon klar.« Hannahs süffisantes Grinsen nahm ungeahnte Ausmaße an. Dieses Biest amüsierte sich köstlich.

»Die Damen. Wie kann ich euch helfen?« Joel öffnete, nur mit einem weißen Frotteetuch um die Hüften, die Tür. Blitzschnell und in letzter Sekunde verlagerte ich mein Gewicht, um ihm nicht in die Arme zu fallen. Er sah zwischen Hannah und mir hin und her.

»Sieh mich nicht so an, *ich* bin nur zufällig hier.« Hannahs Blick richtete sich auf mich und deutete stumm an, das eben Gesagte galt nicht für mich. Wie konnte sie nur? Ich würde sie erwürgen, sobald wir allein wären.

»Na dann.« Wieder ging Joel an mir vorbei und ließ mich zurück wie ein Groupie, dessen Lieblingsband den Backstagebereich verließ.

Was war nur los mit mir? Wieso brachte ich schon wieder keinen Ton heraus, wo ich doch sonst durch Schlagfertigkeit glänzte?

Joel

Ich wusste, mein Verhalten Lizzy gegenüber diente nicht dem eigentlichen Vorhaben. Sie war keine Frau für eine Nacht, niemand, für eine bedeutungslose Affäre. Sie war mehr. Sie hatte das Potential, *die Eine* zu sein. Eine Frau, mit der man sein Leben teilen und die Höhen und Tiefen des Alltags bewältigen konnte. Wenn nur mein Herz endlich losließe, endlich frei wäre von den Schmerzen der Vergangenheit.

Ich sollte es gut sein lassen. Es war nicht fair, ihr falsche Hoffnungen zu machen. Und es war nicht in Ordnung, meinem Herzen vorzugaukeln, dass da jemand existierte, dem ich meine volle Aufmerksamkeit widmen, meine aufrichtige Liebe schenken könnte. Der Schmerz, die bis ins Mark tief sitzende Angst, erneut verlassen zu werden, allein zurückbleiben zu müssen, hatte mein Herz verschlossen. Das Risiko war zu groß. Wie ein Notfallknopf, der automatisch betätigt wurde, sobald ich mich jemandem annäherte. Mein Plan, mich von ihr fernzuhalten, hatte nicht einmal über den Morgen hinaus funktioniert. Ihr Lachen, ihre erfrischend ehrliche und ungestüme Art und nicht zuletzt ihr Hintern in diesen knallengen Bluejeans zogen mich an wie ein verdammter Magnet. Ich gebe zu, meine Obenohne-Küchenaktion war ein wenig übertrieben. Aber ich war auch nur ein Mann. Ein Mann, der schon lange alleine war und die Aufmerksamkeit einer Frau genoss. Vor allem dann, wenn es sich um jemanden mit derartigem Sexappeal handelte. Ich hatte Spaß an ihrer Reaktion auf meinen durchtrainierten Körper, als ich mich in der Küche mit dem Kaffee versorgt hatte, den ich gar nicht hatte trinken wollen.

Pünktlich auf die Minute erreichte ich den Treffpunkt. Es wimmelte von Leuten und ich brauchte einen Moment, bis ich Mona vor der alten Holzhütte stehen sah. Sie unterhielt sich mit einer Gruppe junger Frauen, denen sie irgendetwas erklärte. Als sie mich erkannte, winkte sie mir zu und deutete an, mich sprechen zu wollen.

Langsam entledigte ich mich meiner schweren Skier und trottete auf meine Freundin zu. Mona verabschiedete sich von der Truppe und kam mir mit ausgebreiteten Armen entgegen.

»Hey, guten Morgen«, rief sie mir zu und zog mich in eine herzliche Umarmung. Sie strahlte.

»Morgen«, gab ich zurück. Nicht, dass ich schlecht gelaunt gewesen wäre, aber neben Mona würde jeder Normalsterbliche als depressiv durchgehen.

»Eine deiner Teilnehmerinnen hat für heute abgesagt. Warte kurz, ich habe mir den Namen aufgeschrieben.« Mona zog einen zerknüllten Notizzettel aus ihrer Hosentasche. »Manuelle. Ja genau, das war ihr Name.«

»Och nee«, murmelte ich vor mich hin. Das hieß, dass ich mit Fabienne alleine unterwegs sein würde. Darauf hatte ich so gar keine Lust. Ihre übertriebenen Annäherungsversuche waren schon im Beisein anderer nicht auszuhalten, kaum vorstellbar, wozu sie ohne Zeugen fähig sein könnte. Unter anderen Umständen wäre die Vorstellung, den heutigen Tag mit dieser heißen Frau zu verbringen, äußerst aufregend. Momentan aber hingen meine Gedanken woanders. Bei dunkelbraunen, kaum zu bändigenden Locken.

»Du hast Barbie ganz schön den Kopf verdreht«, sagte Mona belustigt.

»Ach was. Ich hab' gar nichts gemacht.« Ich zuckte mit den Schultern.

»Das sieht *die da* wahrscheinlich anders.« Monas Kopf deutete auf Fabienne, in deren Gesicht die Vorfreude zu erkennen war und die sich uns schnellen Schrittes näherte.

»Viel Glück, Casanova!«, gluckste Mona und klopfte mir auf die Schulter, bevor sie sich zu einer kleinen Gruppe wartender Frauen herumdrehte.

Erst jetzt erkannte ich, wer die ganze Zeit unmittelbar hinter uns gestanden hatte. Lizzy. Ich hoffte inständig, unsere Unterhaltung war nicht bis zu ihr vorgedrungen. Flüchtig streifte mich ihr Blick, bis sie sich Mona zuwandte und sich ihr vorstellte. Mehr bekam ich nicht mit, denn der wandelnde Schminktisch streckte seine Arme aus und zog mich an sich. Eine Spur zu lang und einen Tick zu intim. Ich hüstelte die penetrante Vanillewolke fort. Was hatte ich da nur getan? Änderten sich Geschmäcker innerhalb weniger Tage? War es die Einsamkeit? Oder die Euphorie, wieder in meiner alten Heimat zu sein, die Fabienne an dem Abend in der Bar so attraktiv für mich erscheinen ließ?

Egal, ich würde mich jetzt meiner Arbeit widmen. Ich wurde dafür bezahlt, Skiunterricht zu geben. Das war es, was ich tun würde, nicht mehr und nicht weniger.

»Ach, sowas aber auch!«, schimpfte Fabienne leise. »Das kann auch nur mir passieren«, säuselte sie affektiert und legte dabei theatralisch den Handrücken an ihre Stirn. Sie hatte Talent. Ich würde sie bei Gelegenheit mal nach ihrem Job fragen. Ich tippte auf Schauspielerin. Oder Model. Denkbar war beides.

»Kann ich helfen?« Eigentlich interessierten mich ihre Problemchen nicht, aber ich war ein höflicher Mann.

»Ich habe mein Handy in der Unterkunft vergessen.«

»Musst du jemanden anrufen? Ich habe mein Telefon dabei«, sagte ich und klopfte mir demonstrativ auf die Jackentasche.

»Oh, du bist ein Schatz. Dürfte ich es wohl schnell benutzen? Dauert auch nicht lange, versprochen.« Sie klimperte mit ihren schwarz getuschten Wimpern und sah mich aus stechend blauen Augen an, als ginge es um Leben und Tod.

»Ähm, klar. Hier.«

»Bin gleich wieder dahaaa!«, trällerte sie, verschwand hinter einer Hausecke, kam aber gleich darauf wieder zurück.

»Leider niemand erreichbar. Vielleicht habe ich die Nummer falsch im Gedächtnis. Ich habs nicht so mit Zahlen«, sagte sie und lachte dabei ohrenbetäubend. So laut, dass sich Mona und ihre Gruppe, die noch immer am Treffpunkt warteten, zu uns umdrehten. Gott, war diese Frau immer so? Lizzys Blick sprach Bände. Ich glaubte sogar gesehen zu haben, wie sie den Kopf schüttelte. Ihr Anblick hielt mich gefangen. Diese Frau zog mich immer mehr in ihren Bann.

Plötzlich knuffte mich jemand in die Seite, ich drehte hastig den Kopf und realisierte sofort, Fabienne stand erwartungsvoll neben mir. Mist, die hatte ich beinahe ausgeblendet.

»Ich muss wirklich dringend jemanden sprechen«, sagte sie. »Könnten wir bei mir vorbeifahren? Liegt direkt an der Piste, wie du ja weißt.« Sie zwinkerte.

»Okay, klar. Kein Problem«, antwortete ich. Mir sollte es recht sein. Ich wollte schnellstmöglich weg hier und diesen Vormittag hinter mich bringen.

Auf dem Weg zur Gondel riskierte ich einen unauffälligen Blick über die Schulter. Genau in dem Augenblick, als Lizzy zu mir sah. Unsere Blicke verhakten sich ineinander. Keiner war bereit, den Blickkontakt zu unterbrechen. Bis Fabienne ihren Arm um mich schlang. Zu tief. Ich fühlte den Druck ihrer Finger an meinem Hintern. Lizzys enttäuschtes Gesicht entging mir nicht. Eilig drehte sie den Kopf und beendete abrupt diesen Moment, der nur uns gehört hatte.

Viel zu schnell näherten wir uns Fabiennes Unterkunft. Schon im Dunkeln war es eine Wucht, bei Tageslicht aber verschlug es mir regelrecht den Atem. Das alte Nordmann-Chalet war für mich in meiner Kindheit *der* Blickfang der gesamten Bergnordseite gewesen. Hier hausierte die Crème de la Crème. Jedem Normalo war es nicht vergönnt, auch nur einen Fuß in diese Residenz zu setzen. Unvorstellbar, was die Wochenmiete dieses Häuschens kostete. Ich würde es mir nie leisten können.

»Ich warte hier«, sagte ich.

»Ach, komm doch mit rein. Es ist wahnsinnig kalt hier draußen«, säuselte sie.

Das empfand ich zwar anders, aber ich tat, wie mir geheißen. Dann würde ich eben im Flur warten. Es gab wahrlich Schlimmeres, als den Eingangsbereich dieses historischen Holzhauses zu betrachten. Vor allem für bekennende Holzliebhaber wie mich.

Begeistert ließ ich meinen Blick schweifen, bewunderte die kunstvoll verarbeiteten Balken. Bis ... Holy Shit! Fabienne in einem Hauch von nichts vor mir stand. Eine schwarze Corsage presste ihre prallen Brüste fest gegeneinander. Der Stoff endete auf Hüfthöhe, ihre Beine steckten in seidenen Netzstrümpfen.

Ich schluckte. So hatte mich bisher keine Frau überrascht. Sie zog alle Register und entgegen meinem Willen reagierte meine Körpermitte auf diesen durchaus atemberaubenden Anblick. In Zeitlupe schritt sie auf mich zu.

»Gefällt dir, was du siehst?« Lüstern sah sie mich an und ihre Hand suchte den Verräter in meiner Hose.

»Oh, ja. Natürlich gefällt es dir«, hauchte sie an die empfindliche Stelle hinter meinem Ohr. Ihre Lippen wanderten meinen Hals hinab, während sie mich rückwärts in den Wohnbereich drängte. Ich war willenlos, ließ mich in ihren Bann ziehen, obwohl mich mein Herz lautstark zum Gehen aufforderte.

Sie stieß mich auf die graue Eck-Couch und glitt langsam zwischen meinen Beinen auf die Knie. Erst als sie den Reißverschluss meiner Hose öffnen wollte, erwachte ich aus der Trance und packte ihre Hände.

»Fabienne, ich kann das nicht.« Ich sah ihr fest in die Augen und schüttelte den Kopf. Sie hatten die falsche Farbe.

»Natürlich kannst du. Du wirst es nicht bereuen«, flüsterte sie und machte sich erneut an meiner Hose zu schaffen.

»Nein! Ich muss gehen!« Hastig stieß ich sie von mir und eilte zum Ausgang.

»Es ist wegen dieser braunhaarigen Tussi von vorhin, nicht wahr? Ich habe eure Blicke gesehen«, spuckte sie mir hinterher. Das Lodern in ihren Augen war erloschen.

Ich antwortete nicht.

»Als ob die an einem jämmerlichen Versager wie dir interessiert wäre!«, lachte sie. »Niemand will etwas mit einem Nichtsnutz wie dir zu tun haben!«

Lizzy

Spontan rang ich mich dazu durch, einen eintägigen Skikurs zu buchen. Meine Sturheit hatte sich lange Zeit dagegen gewehrt, doch die letzten Tage hatten deutlich gezeigt, es war längst überfällig. Ich konnte und wollte es nicht auf mir sitzen lassen, dass mich Vierjährige auf der Piste überholten. Noch dazu mit einer Leichtigkeit und einem Anmut, die ihresgleichen suchen. Es wäre doch gelacht, wenn ich das nicht hinbekäme.

Heute Morgen hatte ich das Chalet im Glauben verlassen, ein wenig Abstand zu Joel und meinen aufkeimenden Gefühlen für ihn zu bekommen. Als ich dann sah, welche Skilehrerin sich meiner annahm, zerschlug sich die Hoffnung. Zerplatzt wie eine Seifenblase. *Peng.* Denn da stand niemand Geringeres vor mir als die Frau, mit der Joel in der Bar so innig beisammengesessen hatte. War sie womöglich mit ihm zusammen? Ich verwarf den Gedanken. Sie wirkten vertraut, aber nicht wie ein Liebespaar. Möglicherweise waren sie früher mal liiert gewesen und waren nun befreundet? Wenn dem so war, dann bewunderte ich ihren Umgang miteinander. Unvorstellbar, dass ich mich jemals mit Elias so locker quatschend an einen Tisch setzen würde.

Bevor ich mein Bild über diese Frau zu Ende gezeichnet hatte, steuerte sie auf mich zu und streckte mir freudestrahlend die Hand entgegen.

»Hey, ich bin Mona und heute für dich zuständig. Du musst Felicia sein. Freut mich, dich kennenzulernen!« Ihr Händedruck war fester, als ich bei einer zierlichen Frau wie ihr erwartet hätte. Hellere und dunklere Strähnen durchzogen ihr langes, mittelblondes Haar, das ihr lässig über die Schultern hing. Ihr leicht gebräuntes

Gesicht brachte ihre hellblauen Augen perfekt zur Geltung. Befänden wir uns nicht mitten in den Schweizer Alpen, hätte ich sie in die Kategorie *Surferbraut* eingestuft. Sie war wirklich attraktiv. Es wäre Joel nicht zu verdenken, wenn er mit ihr zusammen gewesen wäre.

»Ähm, ja, ich bin Felicia«, stotterte ich. Woher kannte sie meinen Namen? Hing im Skihäuschen etwa ein Plakat mit meinem Foto und dem Vermerk *Vorsicht! Allgemeine Pistengefahr!,* um die hiesigen Wintersportler vor meinen Fahrkünsten zu warnen? Denkbar wäre es …

»Ich bin gleich bei dir. Gib mir eine Minute«, sagte Mona und machte auf dem Absatz kehrt.

Wow, die Frau besaß Energie für zwei. Ob sie mir wohl ein bisschen abgab? Ihre offene Art stieß bei mir direkt auf Anklang. Mit ihr würde der Vormittag sicher nicht langweilig werden.

Während ich desinteressiert durch die neuesten Beiträge meines Instagram-Accounts scrollte, vernahm ich in meinem Rücken eine Stimme, die mir eine angenehme Gänsehaut bescherte. Das Stimmengewirr der Meute verhinderte, dass ich verstand, worüber Mona und Joel redeten. Lediglich Wortfetzen wie *Barbie, Kopf verdrehen* und *Casanova* drangen an mein Ohr. Was hatte das zu bedeuten? Sprachen die etwa über mich? Nein, sicher nicht. Weder sah ich aus wie Barbie – schön wärs! Ich würde töten für ihre Beine – noch wären die beiden so dämlich, sich unmittelbar hinter mir über mich zu unterhalten. Aber um wen ging es dann? Neugier zählte nicht unbedingt zu meinen liebenswürdigsten Charaktereigenschaften, dessen war ich mir bewusst. Dennoch konnte ich es auch diesmal nicht lassen. Sollte ich einen Blick riskieren?

Schnell verwarf ich das Vorhaben und schüttelte meine Gedanken ab. Nein, ich würde heute nicht nachdenken, nicht grübeln und mir über ungelegte Eier den Kopf zerbrechen. Das hatte ich oft genug getan. Gebracht hatte es mir selten etwas. Es war an der Zeit für einen Kurswechsel. Ich würde den Tag in vollen Zügen genießen und die Atmosphäre und das perfekte Wetter in mich aufsaugen.

Monas sonniges Gemüt war ein Garant für supergute Laune und Leichtigkeit. Geduldig frischte sie meine verkümmerten Grundlagen auf und verriet Tricks, mit denen ich schon bald etwas weniger steif die Pisten hinunterdüste. Kaum zu glauben, es machte sogar Spaß. Mona konnte zaubern. Da schaute ich sogar darüber hinweg, dass mir der Muskelkater meines Lebens drohte. Schon wieder.

»Ich glaube, du hast für heute genug«, sagte sie lachend. Mona hatte beobachtet, wie ich meine Oberschenkel knetete.

»Du sagst es. Meine Beine fühlen sich an wie Wackelpudding. Wie machst du das bloß, den ganzen Tag auf Skiern unterwegs zu sein?« Ungläubig schüttelte ich den Kopf.

»Alles Übungssache. Ich bin es gewohnt, von früh bis spät zu fahren. Das ist das ganze Geheimnis.« Sie zwinkerte mir zu. »Lust auf ein leckeres Mittagessen in der Panorama-Bar? Ich habe einen Bärenhunger!«

»Ja, wieso nicht?«, antwortete ich, ohne lange darüber nachzudenken. »Ich habe Zeit. Und Hunger.« Ich lächelte sie an. Ich mochte es, Zeit mit ihr zu verbringen.

»Na dann, wer als erste unten ist.«

»Sehr witzig! Ich breche mir den Hals!«

Lachend begaben wir uns auf den Weg in die Bar.

Sie war, wie auch schon die Tage zuvor, gut besucht. Wie durch ein Wunder ergatterten wir einen freien Zweier-Tisch in der hinteren Ecke der Terrasse.

»Perfekt!« Mona strahlte und entledigte sich ihrer Jacke. Es war windstill, die Sonne brannte vom Himmel.

Kilian grüßte von Weitem und deutete an, dass er gleich bei uns sein würde.

»Wo kommst du eigentlich her?«, fragte ich Mona, nachdem wir am Tisch Platz genommen hatten.

»Aus einem Dorf ganz in der Nähe. Das ist sozusagen mein Hausberg.«

Diese schöne Frau mit den traumhaften Haaren und dem freundlichen Lächeln imponierte mir. Sie stand auf der Sonnenseite des Lebens. Aber das Gras war auf der anderen Seite nur scheinbar grüner, das hatte ich im Laufe der letzten Jahre gelernt. Hinter all den makellosen Fassaden steckten Vergangenheiten mit ebenso facettenreichen Gefühlen gespickt wie die meinen. Da machte ich mir nichts vor.

»Wow, du bist echt zu beneiden. In Berlin gibt's nicht einen anständigen Hügel.« Ich schmunzelte.

»Dafür ist dort immer etwas los. Das ist hier anders.«

Kilian kam mit gewohnt schnellen Schritten auf uns zu und legte seine Hände auf Monas Schulter.

»Was darf ich den hübschesten Frauen in meiner Bar anbieten?« Prompt erntete er vernichtende Blicke von der Ü-Sechzig-Fraktion am Nachbartisch. Ich kicherte schadenfroh.

Wir bestellten das Tagesmenü: Rösti mit Bratwurst und Zwiebelsoße. Unkompliziert und sowas von lecker!

»Seit wann bist du Skilehrerin?«, fragte ich Mona zwischen zwei Bissen.

»Ach, eigentlich schon seit …«

Ich hörte ihre Worte nicht. Meine Augen verfolgten Joel, der soeben die Bar betrat. Er setzte sich an den Tresen und warf mir einen flüchtigen Blick zu, bevor er sich Kilian zuwandte.

»Hallo? Hallohoo?« Mona schob ihr Gesicht in mein Blickfeld und musterte mich amüsiert.

»Ähm, entschuldige. Ich … ich habe nicht …« Herrgott, was war das nur mit dieser Wortfindungsstörung?

»Casanova hat zugeschlagen, was?«, stellte Mona lachend fest.

»Was? Nein, sicher nicht!« Ich winkte ab.

»Nein? Ach, hör auf. Ich bin doch nicht doof. Was läuft zwischen euch?«

Monas direkte Art überforderte mich. Ich hatte keine Ahnung, wie ich darauf reagieren sollte. Ich kannte die Antwort ja selbst nicht.

»Da läuft gar nichts. Erst letzte Woche hat mich mein jetziger Ex mit seiner Arbeitskollegin betrogen. Nein, danke. Ich bin nicht an Männern interessiert.« Super. Noch jemand, dem ich diese peinliche Geschichte auf die Nase gebunden hatte. Das war so nicht vorgesehen!

Monas Miene wurde ernst. »Das tut mir leid.« Dann hellte sich ihr Gesicht schlagartig auf. »Zum Glück sind nicht alle Männer so.«

»Na, der da scheinbar schon!« Ich deutete auf Joel und die zahlreichen Frauenköpfe, die sich immer wieder nach ihm umdrehten. Ich verübelte es ihnen nicht, er war wahrlich ein Hingucker. Sogar verschwitzt. Und zerzaust. Oder gerade deswegen.

»Der Schein trügt. Ich kenne ihn schon mein Leben lang. Er ist einer von den Guten, glaub mir.«

Joel

Ich genoss es, jederzeit mit meinem alten Freund Kilian zu plaudern. Das tat ich wirklich, auch wenn ich unserer Unterhaltung diesmal nur halbherzig folgte. Immer wieder verlor ich den Faden, fragte peinlich berührt nach, was er gesagt hatte. Es war mir unmöglich, mich zu konzentrieren. Das Aufmerksamkeitsdefizit war nicht etwa auf meine verlorengegangene Intelligenz zurückzuführen. Nein. Der wahre Grund saß draußen auf der Terrasse und aß zusammen mit meiner besten Freundin zu Mittag. Was würde ich dafür tun, zu wissen, worüber sie sich unterhielten. Verstohlen spähte ich abermals zu ihnen hinüber. Immer in der Hoffnung, sie würden nicht Notiz davon nehmen, dass ich sie beobachtete. Die Sonnenstrahlen spiegelten sich im Fenster, spielten mir also in die Karten. Ich wog mich in Sicherheit. Sie würden mich schon nicht erkennen. Herrje! Ich kam mir vor wie ein Voyeur. Sollte ich mich einfach zu ihnen setzen? Eigentlich war nichts dagegen einzuwenden, Mona einen kurzen Besuch abzustatten. Doch ich entschied mich dagegen. Das Letzte was ich wollte war, mich ihnen aufzudrängen.

Nervös knetete ich meine Finger. Dieser Tag, das Desaster mit Fabienne und ihre Worte, hatten mir aufs Äußerste zugesetzt.

Erst als Kilian das feuchte Geschirrtuch vor mir auf den Tresen klatschte, wurde ich mir meiner eigenen Abwesenheit bewusst.

»Sag mal, ist irgendwas? Geht es dir nicht gut?«

»Was? Nein, alles in Ordnung. Wieso?«

»Vielleicht weil du seit 'ner geschlagenen halben Stunde zu den Ladys dort stierst?« Kilian riss die Augen auf, sodass sich auf seiner Stirn zahllose Falten bildeten.

Ertappt trommelte ich mit den Fingern auf dem Tresen.

»Nein. Ich …« Mein Kopf schnellte abermals zu den beiden Frauen hinüber. Es brachte ja doch nichts. Leugnen war zwecklos. »Ich fürchte, sie hat mir den Kopf verdreht.« Meine Schultern sackten nach unten, als würde mein Körper aufgeben. In gewisser Weise war es genau das. Ich gab auf, meine Gefühle für Lizzy verbergen zu wollen. Bisher hatte ich niemandem von dem Kribbeln in der Magengegend erzählt, sobald diese braunen Locken in meinem Sichtfeld erschienen. Dass es Kilian war, dem ich mich anvertraute, bewies nur, wie innig unsere Freundschaft gewesen ist und noch immer war. Er verurteilte mich nicht für das, was geschehen war. Ich konnte mich glücklich schätzen, ihn als Freund zu haben. Vor allem, weil ich den Kontakt so lange gemieden hatte.

»Was du nicht sagst.« Kilian lächelte.

»So offensichtlich?«, fragte ich ihn und kratzte mich dabei verhalten an der Schläfe.

»Nur für die, die Augen im Kopf haben.«

Sein amüsierter Gesichtsausdruck entmutigte mich zusätzlich. Na toll, ich war ein offenes Buch.

»Wieso so deprimiert? Sie ist nett, keine affektierte Schnepfe wie sie hier zuhauf herumtingeln. Ich versteh dein Problem nicht?«

»Es ist nur … Seit … seit dem Tod von Mia habe ich mich nie wieder … na ja, verliebt eben. Es kommt mir falsch vor.« Achselzuckend trank ich einen Schluck meines Tees. Er war mittlerweile kalt.

Kilian unterbrach seine Arbeit, umrundete den Tresen und setzte sich auf den freien Barhocker zu meiner Linken. Der laute Trubel der letzten Stunden hatte sich unterdessen gelegt und gab ihm Zeit für ein paar freundschaftliche Ratschläge. Beruhigend legte er mir eine Hand auf die Schulter, um sich zu vergewissern, dass seine Worte tatsächlich bei mir ankamen.

»Dann wird es höchste Zeit.«

Stille.

Unfähig, etwas zu sagen, sah ich ihn an.

»Hör zu, Joel. ES. WAR. EIN. UNFALL!« Er machte eine Pause, fixierte aber weiterhin meinen Blick. »Ich weiß, es gibt ein paar Spinner, die anderes behaupten. Aber ganz ehrlich? Scheiß drauf! Es war nicht deine Schuld! Es war tragisch, ja. Mias Tod riss ein riesiges Loch in unser aller Herzen. Sie fehlt. Noch heute. Aber du bist noch da.« Kilian rüttelte an meinem Oberarm. »Du hast überlebt. Und du hast es verdient, glücklich zu werden. Das würde Mia genauso sehen.«

Tränen sammelten sich in meinen Augen. Tränen, die längst überfällig waren, die viel zu selten geweint worden waren. Aber hier war nicht der richtige Ort, um ihnen freie Bahn zu lassen. Ich blinzelte schnell, in der Hoffnung, sie würden sich verflüchtigen. Kilians Worte trafen mich tief. Ich war ihm unendlich dankbar, auch wenn ich das in diesem Moment nicht gebührend zeigen konnte.

»So, Tiger und jetzt geh und setz dich zu ihnen. Das kann ja keiner mitansehen!« Kopfschüttelnd verzog er sich zurück hinter seinen Tresen. Da war er wieder, Kilian wie ich ihn kannte. Locker, lässig und immer bereit für eine kleine Stichelei.

»Danke, Mann. Danke.« Ich war kein Mann vieler Worte, doch mein Freund verstand sie.

Ich drehte mich zu den beiden um und suchte Monas Blick. Wie durch ein Wunder sah sie in dem Moment herüber und schenkte mir ihr typisches Mona-Lächeln.

Sie konnten mich also doch sehen. Mona wartete einen Augenblick, bis Lizzy nicht hinsah, dann winkte sie mich heran. Ihre Lippen formten ein lautloses »Komm her!«

Es war zum Totlachen. Komplizen überall. In mir breitete sich eine tröstende Wärme aus. Solche Freunde an meiner Seite zu wissen, überwältigte mich. Vor allem, wenn man bedachte, wie selten ich mich in den letzten Jahren gemeldet hatte. Also straffte ich die Schultern, nahm einen tiefen, mutmachenden Atemzug und begab mich auf den Weg nach draußen, zu dem Zweiertisch am Rande der schneebedeckten Terrasse.

»Ladys«, sagte ich nickend und zog mir einen freien Stuhl vom Nachbartisch heran, auf den ich mich rittlings setzte. »Hattet ihr einen schönen Vormittag?«

»Ja, danke«, sagte Lizzy und tätschelte dabei Monas Arm. »Sie hat eine Engelsgeduld bewiesen. Ich werde mit meinen Fahrkünsten nicht Karriere machen oder so, aber ich schaffe es inzwischen unfallfrei den Berg hinunter. Bis jetzt.« Ein mitreißendes Lachen entwich ihrer Kehle.

»Jetzt mach dich nicht so schlecht. Das war doch schon ganz ordentlich.« Mona nickte zur Bestätigung.

Ein lautes Handyklingeln zog unsere Aufmerksamkeit auf sich.

»Oh, entschuldigt. Das ist meins.« Mit roten Wangen fischte Lizzy ihr Telefon aus der Innenseite ihrer Skijacke. »Ich geh da schnell ran.« Sie schob den Stuhl zurück und eilte die Terrasse hinunter. In der Ferne erkannte ich tiefe Furchen auf ihrem Gesicht. Sie gestikulierte derart wild, dass ich für einen Moment versucht war, ihr zu folgen und sie zu fragen, ob alles in

Ordnung war. Doch Monas breites Grinsen hielt mich davon ab.

»Ich freu mich so für dich!«, zwitscherte sie und zog mich in eine feste Umarmung.

»Wovon redest du?«

»Ich bin so glücklich, dass das da«, sie tippte mit dem Zeigefinger auf meine Brust, »aus dem Winterschlaf erwacht ist.«

»Ach, Mona, mach kein Ding draus. Ich … finde sie nett. Mehr nicht«, gab ich extra gleichgültig von mir und wollte Mona ein Stück von der Bratwurst auf ihrem Teller klauen. Sofort kassierte ich dafür einen Klaps auf die Hand.

»Finger weg, Freundchen! Da verstehe ich keinen Spaß. Das weißt du.« Sie musterte mich finster, bevor wir beide in Gelächter ausbrachen.

»Was habe ich verpasst?« Lizzy hatte das Telefonat beendet und setzte sich wieder zu uns an den Tisch.

Mona holte gerade Luft, um auf Lizzys Frage zu reagieren, als mir jemand von hinten an die Schulter fasste.

Ich vernahm den alles einhüllenden Vanilleduft und erkannte die Trägerin dieses abscheulichen Parfums. Fabienne. Scheiße.

»Joel, Schätzchen. Du hast deine Schlüssel bei mir liegen lassen«, flötete sie, streichelte meinen Hals und gab mir einen Kuss auf die Wange. Jetzt wäre der perfekte Zeitpunkt gewesen, ihr zu sagen, dass sie endgültig zu weit ging. Doch ich saß, wo ich saß. Versteinert. Zu überrumpelt, um überhaupt irgendwie reagieren zu können.

»Ach ja?«, fauchte Mona.

»Ja, vorhin. Als wir … na ja, eine wohlverdiente Pause eingelegt haben. In meinem Chalet.« Sie zog die letzten Worte affektiert in die Länge. Wie konnte ich diese Frau jemals attraktiv gefunden haben? Sie widerte mich an.

Lizzys Miene gefror und ich konnte es ihr nicht verübeln.

»Ich ... ich muss jetzt leider los. Ich ... bis später«, stammelte Lizzy, nahm ihre Jacke und eilte davon.

Ich starrte ihr hinterher, unfähig sie zurückzuhalten und die Sache aufzuklären.

Lizzy

Tränen benetzten meine Augen und meine Unterlippe zitterte. Ich musste weg. Raus aus der Bar und dieser Situation. Weg von diesem Mann. Weit, weit weg. So schnell mich meine Beine trugen, rannte ich zu den Skiern, die ich unweit der Bar in der dafür vorgesehenen Vorrichtung abgestellt hatte. Wieso nur war ich so dumm? Warum hatte ich geglaubt, dieser wahnsinnig attraktive Mann wäre ernsthaft an mir interessiert? Er konnte jede haben. Wieso sich also für eine einzige Frau entscheiden? Ich hatte es von Anfang an geahnt. Nie wieder wollte ich auf mein dummes Herz hören, es ließ mich ja doch im Stich. *Auf dein Herz hören ist das einzig Richtige*, predigte meine innere Stimme und streckte mahnend den Zeigefinger in die Höhe. Ich für meinen Teil antwortete mit stolz erhobenem Stinkefinger. Der Vorfall eben bewies klar und deutlich, wie sehr ich mich auf sie verlassen konnte – nämlich gar nicht.

Auf Autopilot geschaltet steuerte ich den nächsten Sessellift an. Überraschenderweise zog es mich hinauf auf den Berg, anstatt ins Chalet. Oben angekommen nahm ich einen tiefen Atemzug. Ich trat an die Absperrung heran und ließ meinen Blick über das Tal schweifen. Musste denn immer alles so kompliziert sein? Hatten nur andere ein Recht auf Liebe und Glück?

Von hier oben betrachtet wirkten die Dörfer am Rande des Tals winzig. Felder erschienen wie ordentlich abgetrennte Papierschnipsel und Fahrzeuge waren kaum auszumachen. So unbedeutend. Die Geschichten, die Erfahrungen und die Probleme der Menschen, die in diesen Ortschaften lebten, waren weit weg. Eine beruhigende Vorstellung. Wie es sein mochte, dort zu leben? Entfernt vom Lärm der Stadt, vom Trubel der Geschäftigkeit? Hier tickten die Uhren anders, das hatte ich in den wenigen Tagen bereits festgestellt. Nicht, dass die Menschen hier nicht hart arbeiteten, nein, das war es absolut nicht. Es war die Einstellung, die tiefe Überzeugung der Leute, die sich von denen der Großstädter unterschied.

Fast schon meditativ, dieser Ausblick. Doch kaum wandte ich den Blick von der malerischen Landschaft ab, schwenkten meine Gedanken zu dieser Barbie. Wie selbstgefällig sie vor uns gestanden und damit geprahlt hatte, kurz zuvor weiß Gott was mit Joel veranstaltet zu haben. Schön für sie. Sollte sie doch. Es war mir egal. Zumindest redete ich mir das ein.

Das Mantra versagte und Eifersucht kroch meine Kehle empor wie ätzende Säure. Wieso war ich neidisch auf sie? Ich kannte Joel ja kaum.

Ich beschloss, mich abzulenken. Konzentriert auf das, was ich vor wenigen Stunden erlernt hatte, sauste ich den Berg hinab. Mona! Schoss es mir durch den Kopf und es versetzte mir abermals einen Stich ins Herz. Wenn ich mit Joel brach, würde ich sie nicht wiedersehen. Immerhin waren sie eng miteinander befreundet. Ein weiterer Punkt auf der Liste der Dinge, die ich zum Kotzen fand.

Ich beschleunigte mein Tempo, um vor den lästigen Gedanken zu flüchten, die mich quälten.

Obwohl ich wusste, ich war viel zu schnell unterwegs, verringerte ich mein Tempo nicht. Ich hoffte inständig, dass mir niemand in die Quere kam. Denn abrupt bremsen oder gar ausweichen war bei dieser hohen Geschwindigkeit eher schwierig. Mona hatte sich zwar wirklich Mühe gegeben, aber der Fortschritt nach nur ein paar Stunden Skischule war leider minimal.

Meine Beine brannten, als ich wiederholt den Skilift betrat und nach oben ratterte. Ehrfürchtig betrachtete ich die rasant vorbeiziehenden Wolken. Sie hatten sich in den letzten Stunden verdunkelt und waren dichter geworden. Mittlerweile verdeckten sie die Sonne komplett. Die Atmosphäre wechselte von heiter und ausgelassen zu düster und bedrückend. Es sah aus, als würde es in absehbarer Zeit anfangen zu schneien.

Siedend heiß kam mir in den Sinn, dass ich Kilian versprochen hatte, erneut in der Bar auszuhelfen. Es war bereits später Nachmittag. Höchste Zeit also, in Bewegung zu kommen und die Bar anzusteuern.

Sie war wieder einmal rappelvoll. Sogar die Terrasse war, trotz des zunehmend kühlen Windes, bis auf den letzten Stuhl besetzt. Die Besucher warfen sich die bereitgelegten Wolldecken über und lachten munter weiter. *Es war so einfach.*

Ich spähte nach links und rechts, kam mir dabei vor wie ein Detektiv auf geheimer Mission. Doch weder Joel noch Mona waren zu entdecken. Erleichtert trottete ich zu Kilian hinüber. Er stand, wie konnte es anders sein, hinter seinem heißgeliebten Tresen.

»Hey, Bella. Alles klar? Du bist vorhin so Knall auf Fall verschwunden«, sagte er, während er mich kritisch beäugte. Wie aufmerksam. Für ihn war ich lediglich eine flüchtige Bekannte und trotzdem sorgte er sich um mich. Hier oben achtete man aufeinander. Ein schöner Gedanke.

»Ich … musste hier raus«, antwortete ich ausweichend und schälte mich aus meiner Jacke. »Du brauchst Hilfe? Hier bin ich. Immer zu Diensten.«

»Du bist mir eine Nummer! Solltest du nicht deinen Urlaub genießen, anstatt zu schuften?« Kilian legte den Kopf schief. Er verbrachte den ganzen Winter hier oben. Die Bar war sein tägliches Brot. Ich erwartete nicht, dass er verstand, wie sehr ich diese Umgebung mochte und wie beruhigend dieses kleine, halbrunde Häuschen mit seinen indirekten Lämpchen und flauschigen Fellen auf mich wirkte. Ganz zu schweigen von der behaglichen Nähe seiner selbst.

»Ich mache das gern, wirklich. Komm schon, irgendetwas gibt es für mich sicher zu tun«, drängelte ich, nachdem ich den heiligen Tresen umrundet hatte, und stieß sachte mit meiner Schulter an seine.

»Daran solls nicht hapern, meine Hübsche. Arbeit haben wir immer genug.« Er räumte seinen Platz hinter der Theke, was für mich einem Vertrauensbeweis gleichkam, und begab sich nach draußen, um der überfordert umherirrenden Amélie unter die Arme zu greifen.

Geschäftig füllte ich den Inhalt der vor mir stehenden Thermoskannen in Pappbecher und wippte dabei im Takt der Musik. Die sorglosen Gesichter der Menschen, die mit roten Nasen die Bar betraten, beflügelten mich. Draußen verdunkelte sich der Himmel zusehends. Es würde nicht mehr lange dauern, bis dicke Flocken vom Himmel segelten.

Irgendwo klingelte ein Handy. Der gleiche Ton, wie der von Elias. Meine Gedanken drifteten zu der Nachricht, die ich von ihm erhalten hatte und in der er ankündigte, alles wieder in Ordnung bringen zu wollen. Nur gut, dass er nicht wusste, wo genau ich mich derzeit aufhielt.

Vor der Tür erblickte ich Mona und Hannah in eine Unterhaltung vertieft. Sie wirkten vertraut. Es fiel mir schwer, zu glauben, dass sie sich erst kennengelernt hatten.

»Wow, da draußen geht es richtig zur Sache«, sagte Mona wenig später und klopfte sich den Schnee von den Schultern. Sie steuerte geradewegs auf mich zu. Die Terrasse war unterdessen wie leergefegt. Die Besucher, die dort gesessen hatten, tummelten sich jetzt in der Bar. Dicht an dicht drängten sich die Feierwütigen, während vor der Tür der Schneesturm an Fahrt aufnahm. Hannah schickte mir von Weitem einen Luftkuss, bevor sie und eine junge Frau sich umarmten und gestenreich unterhielten.

Die letzten Stunden hatte ich keinen Gedanken an Joel verschwendet, was mir jetzt, da Mona vor mir stand, bewusst wurde. Ich war unsicher, wie ich ihr nach meinem überstürzten Abgang heute Nachmittag gegenübertreten sollte. Doch ich sorgte mich umsonst. Ihre lockere Art löste meine Bedenken binnen Sekunden in Luft auf.

Erst als der Macho himself die Bar betrat, wurde mir mulmig zumute. Er steuerte ebenfalls den Tresen an, was Mona zum Anlass nahm, zu verschwinden. Sie war offensichtlich der Ansicht, wir hätten etwas zu bereden.

»Hi«, sagte er, setzte sich direkt vor mich und stützte die Ellbogen auf den hölzernen Tresen.

»Hallo«, erwiderte ich, ohne ihn eines Blickes zu würdigen. *Jetzt ganz cool bleiben. Wieso aufregen? Das hier ist ein unbedeutender Urlaubsflirt ohne Tiefgang.*

»Seit wann arbeitest du hier?«

»Kilian braucht Hilfe, ich habe Zeit. Voilà, da bin ich«, sagte ich und es klang garstiger als beabsichtigt.

»Hör zu, Lizzy, das mit Fabienne ...«, begann Joel. Doch ich unterbrach ihn hastig.

»Hey, lass gut sein. Du bist mir keine Rechenschaft schuldig. Das gestern Abend war ein Versehen, hatte nichts zu bedeuten. Ich wollte dich aufheitern, mehr nicht. Also entspann dich, alles ist gut.«

Bam. Das hatte gesessen. Seine Augen weiteten sich. War das Traurigkeit in seinem Blick? Eher nicht, da spielte mir meine Einbildung bestimmt nur einen Streich.

War es möglich, versehentlich jemanden zu küssen? Sogleich sickerten die Worte in mein Bewusstsein, aber es war zu spät. Zurücknehmen konnte ich das Gesagte nicht.

»Du verstehst das nicht. Es war ganz anders als du denkst«, startete er einen zweiten Versuch, die Situation zu erklären. Aber ich war nicht gewillt, ihm zuzuhören.

»Du kannst so viele Betthäschen haben, wie du willst. Da sind neue Anwärterinnen.« Ich nickte in Richtung zweier fröhlich gackernder Mittzwanzigerinnen am Nebentisch.

Das Vibrieren seines Handys unterbrach seinen ohnehin ins Stocken geratenen Erklärungsversuch. Auf dem Kopf stehend las ich den Namen *Susi* auf dem Display.

»Da will jemand wissen, ob du heute Nacht frei bist.« Ich deutete auf sein Smartphone und drehte ihm den Rücken zu, um einen Kaffee zuzubereiten, der gar nicht bestellt worden war.

Joel

»Was? Nein!«, brüllte ich ins Telefon. Nach den ersten Worten meiner Mutter hatte ich die Bar eilig verlassen. Mit gespreizten Fingern fuhr ich mir durch die Haare. Der Puls raste, in meinem Mund breitete sich eine unangenehme Trockenheit aus. Wie war das nur möglich? Erst der Einbruch und nun auch noch ein Brand! Mir blutete das Herz bei dem Gedanken an mein beschmutztes Lebenswerk. Es reichte endgültig! Jetzt ging er einen Schritt zu weit. Er würde nicht aufhören, mir mein Leben zur Hölle zu machen, wenn ich ihn nicht sofort in die Schranken wies. Zu lange war ich bisher davor zurückgeschreckt, wohl wissend, dass er einen Trumpf im Ärmel versteckt hielt.

Die Vergangenheit sollte ruhen. Zu lang hielt sie mich in ihren Krallen gefangen, hinderte mich am Atmen. Daran, ein würdiges Leben zu führen. Bis zu dem Zeitpunkt, als Lizzy auf der Bildfläche erschienen war und mein unterkühltes Herz aus einem hundertjährigen Schlaf geweckt hatte. Ich würde den neu gewonnenen Lebenswillen nicht kampflos aufgeben. Auch wenn das bedeutete, den Geschehnissen erneut tief in die Augen blicken zu müssen.

Das Räuspern meiner Mutter holte mich zurück ins Hier und Jetzt.

»Ich komme. Sobald sich das Unwetter gelegt hat, bin ich da.« Ohne eine Antwort abzuwarten, beendete ich das Gespräch und ließ das Telefon in der Jackentasche verschwinden.

Meine Augen wanderten gen Himmel, der über und über mit schneebehangenen Wolken versehen war. Es schneite seit Stunden unaufhörlich, die Terrassentische waren inzwischen mit einer beachtlichen Menge der weißen Pracht überzogen. Wer heute sicher den Berg hinunterzukommen gedachte, machte sich besser bald auf den Weg. Ein Blick in die überfüllte Bar zeigte mir deutlich, dass ich scheinbar der Einzige war, der diese Sorge teilte.

Es war aussichtslos, heute die Serpentinen passieren zu wollen. Die Talstraße war sicher längst gesperrt. Bei derartigen Wetterverhältnissen waren die engen Kurven viel zu gefährlich. Ich würde die Heimfahrt auf morgen verschieben müssen, sofern die Fahrbahnen bis dahin geräumt waren. In meinem Inneren wütete eine Unruhe, ähnlich dem Sturm hier draußen. Mutter hatte mir am Telefon keine Einzelheiten berichtet. Ihre Stimmlage hatte jedoch erahnen lassen, das Ausmaß war verheerend. Aber wie ich es auch drehte und wendete, es blieb mir keine andere Wahl, als den morgigen Tag abzuwarten. Das lief alles gar nicht nach Plan. Es sollten doch entspannte zwölf Wochen werden.

Entschlossen, Lizzy die Wahrheit über meinen kurzen Besuch in Fabiennes Unterkunft zu erzählen, betrat ich erneut die Bar. Eine Affenhitze schlug mir ins Gesicht, sobald ich einen Fuß über die Schwelle gesetzt hatte. Wann war es hier so heiß geworden? Ich hatte das Gefühl, in einer Sauna gelandet zu sein.

Lizzys Blick brannte auf mir. Als sie bemerkte, dass ich sie im Auge behielt, drehte sie mir demonstrativ den Rücken zu. Gott, wie süß sie war. Mein Ärger verflog blitzartig. So war das immer, wenn ich in ihre Nähe kam. Sie hatte die Gabe, jegliche trüben Gedanken aus meinem Hirn zu verbannen. Eine echt beneidenswerte

Fähigkeit, von der ich noch oft Gebrauch zu machen gedachte.

Wäre ich ihr nicht wichtig, hätte sie die Sache mit Fabienne lockerer aufgenommen. Es hätte sie nicht derart verletzt, es wäre ihr egal gewesen. Dass sie so verärgert und eifersüchtig reagierte, zeigte doch, der Kuss gestern Nacht hatte sehr wohl eine Bedeutung für sie. Da konnte sie behaupten, was sie wollte. Ich hatte sie durchschaut und lächelte bei dem Gedanken, sie fände womöglich doch ein klitzekleines bisschen mehr Gefallen an mir, als sie zugab.

Meine Probleme schob ich für den Moment beiseite, denn heute Abend stand mir der Kopf nach Spaß. Danach, mit meinesgleichen zusammen zu sein und ausgelassene Stunden zu verbringen. Kilian drehte die Musik auf, was durch laute Zurufe belohnt wurde. Ich war nicht der Einzige in Feierlaune.

Lizzy hatte sich neben Hannah, unweit des Tresens, niedergelassen. Sie hatte das Arbeitsshirt von vorhin abgelegt und trug nun einen mintgrünen Rollkragenpullover. Im Schutz des Halbdunkeln beobachtete ich Lizzy. Sie war wunderschön. Wenn überhaupt, trug sie wenig Mascara. Der Rest ihres ebenmäßigen Gesichts bestach durch Natürlichkeit.

Faszinierend.

Kleine Lachfältchen säumten ihre Augen, umrandeten ihre geheimnisvoll smaragdgrün schimmernde Iris. Sie lachte oft und viel, das war mir schon am ersten Tag unserer Begegnung ins Auge gestochen. Selbst die Misere mit ihrem Ex hatte sie nicht sonderlich aus der Bahn geworfen. Wieder drängte sich mir die Frage auf, was für ein Typ dieser Frau so etwas antat. Ich war zeitlebens kein Kind von Traurigkeit gewesen, was Bekanntschaften zum weiblichen Geschlecht betraf. Wenn ich mich jedoch in einer Beziehung befand, dann war ich treu.

Immer.

Ohne Ausnahme.

Ich verstand Fremdgeher nicht. Sie ekelten mich an.

Eine Frau wie Felicia zu hintergehen … dieser Kerl war ein Vollidiot.

Lizzy legte den Kopf in den Nacken, hielt sich den Bauch und lachte lauthals. Worüber sie sich wohl amüsierte? Jemand legte mir die Hand auf die Schulter und ich fuhr hastig herum. Gott sei Dank! Ich hatte schon vermutet, wieder in den zweifelhaften Genuss von Fabiennes Annäherungsversuchen gekommen zu sein, doch es handelte sich um Mona. Sie setzte sich und lächelte mich aufmunternd an.

»Na, Casanova. Alle Wogen geglättet?«, fragte sie und orderte im selben Atemzug ein Pils.

»Nicht wirklich.« Verhalten friemelte ich am Etikett meiner Colaflasche. Ein flüchtiger Blick in Lizzys Richtung sagte alles, was es zu sagen gab. Gar nichts war geklärt.

»Ich freue mich so für dich!« Sie nahm mein Gesicht in beide Hände und grinste breit.

»Hä?«

»Du hast dich verknallt«, sagte sie und schlug sich gleich darauf die Hände vor den Mund, als hätte sie etwas ausgesprochen, was lieber ungesagt geblieben wäre.

Ich hatte dem nichts hinzuzufügen. Der Fall war klar. Ihre Worte animierten die frisch geschlüpften Schmetterlinge in meinem Bauch zum Sambatanzen.

147

»Es ist nie zu spät, das Richtige zu tun«, flüsterte sie mir ins Ohr. Dann nahm sie ihr Bier und steuerte auf die improvisierte Tanzfläche zu.

Bald erreichte die Stimmung ihren Zenit. In jeder Ecke quatschten Leute miteinander und lachten lautstark. Tanzen gehörte nicht zu meinen Qualitäten, dennoch wippte ich beschwingt im Takt der Musik. Hier, inmitten dieser gutgelaunten Meute, umgeben von Gesichtern, die ich seit Kindertagen kannte, war die Welt in Ordnung. Hier gehörte ich hin. Hier atmete mein Herz erleichtert auf.

Später am Abend lichtete sich das Meer an Besuchern und ein sorgenvoller Blick nach draußen verriet auch warum. Es schneite ohne Unterlass und mir drängte sich die Frage auf, wie, um alles in der Welt, wir heute noch heil ins Chalet gelangen sollten.

Lizzy

»Denkt der eigentlich ich bin doof und merke nicht, dass er mich beobachtet?«, nuschelte ich.

Hannah zuckte mit den Schultern, während sie vergeblich versuchte, den Strohhalm ihres fast leeren Cocktailglases zwischen die Lippen zu bekommen. »Isch weiß nisch. Is doch … niedlich.«

Ich sollte ihr den Drink wegnehmen. Sie hatte deutlich mehr intus, als gut für sie war. Obwohl, halt, das war *die* Chance. »Du, Hanni, ich hab' da mal 'ne Frage.«

»Schieß los, meine Hüb … Hübse.« Sie schielte an mir vorbei. Ich ließ mich davon nicht beirren und packte die Gelegenheit beim Schopf. »Jonas fragt, ob er Silvester mit uns verbringen darf.«

»Wer?«

»Jonas.«

»Hm?«

»Ach, komm schon. Jonas, mein Bruder.«

»Mr. Sexy?«

»O Gott, nein. Bitte nenn ihn nicht so.« Ich zog die Lippen kraus.

»Immer her mit den Männern. Isch bin bereit!« Hicks.

»Okay, dann kann ich ihm grünes Licht geben?«, fragte ich eilig nach.

Hannah schwankte bedrohlich nach links. Es war spät geworden. Die Musik dudelte wesentlich leiser aus den Boxen, als es vor einer Stunde der Fall gewesen war. Dieses unausgesprochene Feierabend-Zeichen hatten, bis auf eine Handvoll Jugendlicher sowie mein Mitbewohner und Mona, alle verstanden.

»Sag mal, der wievielte Cocktail ist das?«, fragte ich Hannah.

Rumps.

Huch, wo ist sie denn auf einmal? Mein Blick wanderte am Barhocker zu meiner Linken herunter, an dessen Fußende Hannah kauerte und mich aus halb geöffneten Augen angrinste wie ein Honigkuchenpferd. Höchste Zeit, aufzubrechen.

Das Geräusch der zu Boden segelnden Hannah hatte Joel aufschnellen lassen. In Windeseile stand er vor uns, ging auf die Knie und umfasste sanft Hannahs Schultern.

»Hey, Geier Sturzflug. Hast du dir wehgetan?«

Wieder vergab mein doofes Herz einen Pluspunkt auf der Joel-Skala. Verdammt! Ich wünschte, er wäre ein bisschen egoistischer, unhöflicher oder wenigstens weniger attraktiv.

»Isch? Nee! Alles in Butter, Jo«, lallte Hannah grinsend, als hinge ihr Leben davon ab. *Jo? Wieso nennt sie ihn Jo?* Das hatte ich aus ihrem Mund noch nie gehört.

Er lächelte milde und richtete sich auf. »Ich glaube, wir sollten sie nach Hause bringen«, stellte er fest.

»Was du nicht sagst«, antwortete ich. Es klang bissiger als beabsichtigt. Joel …

Joel quittierte meine schnippische Antwort mit einem zufriedenen Nicken. Jetzt verstand ich gar nichts mehr. Machte er sich etwa über mich lustig?

Eilig suchte ich Hannahs Klamotten zusammen und half ihr, in die Jacke zu schlüpfen.

»Herrgott, halt doch still!« Bevor es mir gelang, den Reißverschluss zuzuziehen, wandte sie sich ab und hüpfte zum Ausgang.

»Wie 'ne Vierjährige!«, witzelte Joel.

Schmunzelnd sah ich ihr hinterher. Mona, die neben mir stand und das Schauspiel offensichtlich genoss, lachte ebenfalls. Wir sahen uns an und brachen in schallendes Gelächter aus. Hannah so zu sehen war einmalig. Jemand sollte den Abend dokumentarisch festhalten, er würde sich so schnell nicht wiederholen.

Draußen angekommen verging uns das Lachen. Der Schneesturm hatte schlimmer gewütet als erwartet. Die Terrasse war nicht mehr als solche zu erkennen, nirgends mehr ein Mensch zu sehen. Einzig die halb abgebrannten Fackeln vor dem Eingang und das schummrige Licht, das aus dem Inneren der Bar nach draußen drang, leuchteten uns den Weg. Zum Glück hatten wir unsere Skier in einem der Gestelle nahe der Hauswand geparkt, wo sie vor den Schneemassen geschützt waren. Sonst wären wir ewig mit Suchen beschäftigt gewesen. In Anbetracht der Tatsache, dass meine Freundin schleunigst ins Bett gehörte, war das keine besonders verlockende Vorstellung.

Joel tauchte hinter mir auf.

Dicht hinter mir.

Zu dicht.

Sein heißer Atem streifte meinen Nacken.

»Bei den Pistenverhältnissen schaffen wir es niemals bis ins Chalet. Entweder wir laufen die Strecke, oder jemand bricht sich die Hacken«, stellte Joel fest. Und er hatte recht. Die Einzigen, die heil unser Zuhause auf Zeit erreichen würden, waren er und Mona. Hannah war zu betrunken und ich schlichtweg zu unerfahren, um mit diesen Schneemassen zurechtzukommen.

»Ich habe eine Idee«, durchbrach Mona unsere nachdenkliche Runde und klatschte in die Hände. »Das wollte ich schon immer mal machen. Kommt mit!« Ihr Grinsen wurde breiter und ich fragte mich, was sie vorhatte. Joel und ich stützten Hannah, während wir durch den sich türmenden Neuschnee stapften, um Mona hinterherzueilen. Sie steuerte auf den Hintereingang des kleinen Lifthäuschens zu. Ein bedrohlich wirkendes Schild, auf dem mit roten Buchstaben *Zutritt nur für Mitarbeiter* stand, zog meine Aufmerksamkeit auf sich. Mona fischte einen beachtlichen Schlüsselbund aus ihrem Rucksack und betrachtete ihn genau. Sie suchte den passenden Schlüssel.

»Ähm, Mona? Du arbeitest doch nicht hier, oder?«

»Nö«, antwortete sie, als würde das alle unausgesprochenen Fragen beantworten, die hinter meiner Aussage steckten.

»Ja ... aber ... Das können wir doch nicht machen!« Ich packte sie am Arm und wollte ihr meine Bedenken zuflüstern. Für Abenteuer war ich zu haben, aber das hier, das war verboten. Wir würden im Knast landen. Okay, das vielleicht nicht, aber Freunde machten wir uns mit dieser Aktion sicher keine.

»Entspann dich, Lizzy. Ich habe den Schlüssel doch nicht ohne Grund. Et voilà!« Mit leisem Klacken öffnete sich die Tür. »Nach euch.«

»Ich weiß nicht. Irgendwie ist mir das nicht geheuer«, wandte ich ein, doch niemand hörte mir zu. Vor allem nicht Mona. Sie kritzelte etwas auf einen Zettel und klemmte ihn in einen Spalt zwischen Fensterrahmen und Glasscheibe.

»Ich hinterlasse eine Nachricht«, sagte sie. »Dass wir die Schlitten morgen zurückbringen und so«, ergänzte sie dann, wohl aufgrund meines fragenden Blickes.

So einfach war das? *Verrückte kleine Bergwelt.* In Berlin wären spätestens beim Klicken des sich öffnenden Zylinders zwanzig muskulöse Security-Mitarbeiter um die

Ecke geschossen und hätten uns die Hölle heiß gemacht. Mir gefiel die unkomplizierte Art der Schweizer. Wir schnappten uns zwei Doppelschlitten und verließen das Depot.

Am Start der Schlittenpiste angekommen, ließ sich Mona auf eines der in die Jahre gekommenen Holzgefährte plumpsen. Ihre Arme legte sie schützend um Hannah, die unterdessen verdächtig still geworden war und den Platz vor ihr eingenommen hatte. Entweder sie war müde, oder sie würde sich jeden Moment übergeben. Wäre nicht das erste Mal. Es galt, keine Zeit zu verlieren, also fragte ich sie nicht. Blieb nur zu hoffen, dass sie die Fahrt überstand.

Unterdessen hatte sich Joel breitbeinig auf den anderen Schlitten geschwungen. Auffordernd sah er mich an und streckte mir seine Hand entgegen.

»Darf ich bitten, Madame?«

Durfte er? Ich war mir nicht sicher. Es stürmte, die Sicht war miserabel. Das Vorhaben war gefährlich. Aber irgendwie musste ich zum Chalet gelangen und wenn ich nicht Ewigkeiten durch die einsame Nacht wandern wollte, hatte ich keine Wahl. Dennoch zögerte ich und Joel musterte mich eindringlich.

»Ich passe auf, dass dir nichts passiert. Vertrau mir.« Seine Worte wurden vom Wind davongetragen und mit ihnen meine Zweifel.

Ich nahm seine Hand und setzte mich vor ihn auf den Schlitten. Er rutschte an mich heran und legte seine Arme um mich, um nach dem Seil zu greifen. Der Geruch seines Aftershaves wehte um meine Nase und vertrieb die letzten Bedenken.

»Wer zuerst unten ist«, spornte Joel sich und unsere ernannten Kontrahenten an und brachte den Schlitten mit einem kräftigen Ruck in Bewegung.

»Unfair!«, schrie Mona, doch ich hörte sie kaum mehr, denn unser Schlitten nahm an Fahrt auf und sauste blitzschnell durch die Nacht.

Meine Haare wehten im Wind, immer wieder landete das kalte Nass in unseren roten Gesichtern. Meinen Fingern drohte der Kältetod und meine Nase fühlte sich an, als mache sie allmählich der von Rudolph dem Rentier Konkurrenz. Doch das störte mich nicht. Ich wäre stundenlang mit Joel durch diese märchenhafte Kulisse gefahren.

Abermals legte er sich waghalsig in die Kurve und presste sich schützend an mich. Meinen Körper überzog eine Gänsehaut, die ganz sicher nicht der Kälte geschuldet war. Mein Ärger über sein Techtelmechtel verpuffte, während wir durch die Nacht sausten.

Atemlos bremste Joel, indem er die Fersen tief in den Boden rammte. Wir kamen vor der kleinen Holzbrücke zum Stehen, die die Piste von unserem Chalet trennte. Ab hier mussten wir laufen.

Wann hatte ich zuletzt solchen Spaß gehabt? Es war Ewigkeiten her …

Ich hielt mir den Bauch vor Lachen, rutschte vom Schlitten und sank in den Neuschnee.

Tief.

Und lachte nur noch lauter.

»Ich rette dich!«, rief Joel, hechtete vom Schlitten und lag kurz danach dicht neben mir, ebenfalls teils vergraben im kalten Nass.

»Das war echt verrückt.« Aufgeregt kicherte ich in meinen Schal. Es war die Nervosität, die aus mir sprach.

Schweigen.

Dieser Moment war perfekt, er bedurfte keiner Worte. Er streifte seinen Handschuh ab und tastete nach meiner Hand. Seine Haut war warm und weich. Für den Bruchteil eines Augenblicks blieb mein Herz stehen. Er drehte sich zu mir und rutschte näher an mich heran. Ich wagte kaum zu blinzeln. Zu tief saß die Angst, das alles wäre nur ein Traum.

Dieser Mann brachte mich um den Verstand. Seine eisblauen Augen verwandelten sich in eine stürmische See, in deren Tiefen ein Unwetter tobte. Ohne den Blick von mir zu wenden, bewegte er sein Gesicht langsam auf meines zu. Ich schloss die Augen, wohl wissend, dass seine warmen Lippen jeden Moment auf meine treffen würden.

Doch statt Joels weichen Mund nahm ich eine Vibration wahr.

»Jetzt nicht!«, stöhnte Joel genervt. Doch der Anrufer gab nicht auf und zwang Joel, sein Telefon aus der Tasche zu zerren.

Joel

»Joel! Hilfe!«, hörte ich Mona aus dem Telefon schreien.

»Was ist passiert?« Mein Pulsschlag erhöhte sich.

»Joel! Es geht um Hannah!«

»Hannah? Was ist mit ihr?«, fragte ich.

Lizzy wurde panisch. »Was ist passiert? Wo ist sie?« Ihre Stimme überschlug sich.

Ich presste mir den Zeigefinger auf die Lippen.

»Hannah …«, japste Mona. Sie holte tief Luft, bevor sie weitersprach. Das Geheule des Windes verschluckte ihre Stimme, ich verstand sie nur bruchstückhaft.

»… gestürzt. Steilkurve … Haus des alten Lüthi. Hannah … verletzt.«

»Mona, ich versteh dich kaum! Ihr seid beim alten Lüthi?«

Lizzy rannte los.

»Lizzy warte! Du weißt doch überhaupt nicht, wo sie sind!«, schrie ich ihr hinterher.

Sie wartete nicht. Natürlich nicht. Sie hetzte weiter und verschwand in der Dunkelheit der Nacht.

»Mona, bleib, wo du bist, ich komme!«, rief ich ins Telefon, stieß den Schlitten beiseite und sprintete Lizzy hinterher.

So zierlich diese Frau war, so schnell konnte sie rennen. Ich gab mir alle Mühe, sie einzuholen. Es gelang mir nicht.

Zum alten Lüthi benötigte man gute zehn Minuten. Es schneite nach wie vor ununterbrochen. *Wo ist sie hin? Sie muss hier doch irgendwo sein. Das gibt es doch nicht.* Jetzt suchte ich nicht nur Hannah und Mona, sondern auch noch Lizzy.

»Lizzy!«, rief ich in alle Richtungen. »Lizzy! Wo steckst du?«

»Ich bin hier«, hörte ich sie auf einmal. Wie aus dem Nichts stand sie vor mir. »Hast du sie gefunden?«

»Nein. Ich denke, wir müssen weiter hoch.« Ich zeigte den Weg hinauf, nahm sie an der Hand und zog sie hinter mir her.

Völlig außer Puste erkannte ich das alte Haus im Schein einer einzigen schummrigen Laterne. So kurz vor dem Ziel beschleunigten wir unsere Schritte.

Hoffentlich war Hannah nicht ernsthaft verletzt.

»Hannah? Mona?« Ich entdeckte sie nicht. Meine Schreie verhallten im Unwetter, die Spur des Schlittens war nirgends zu erkennen. Wie auch? Schnee und Wind verwehten alle Anzeichen von Leben binnen Minuten.

Jetzt müsste ich sie doch sehen!

Mittlerweile lag die Steilkurve hinter uns. Suchend blickte ich mich um. Bis auf das wilde Geheule des Windes hörte ich nichts. Vom Schlitten und den zwei Frauen fehlte jede Spur. Lizzy hob die Hände in die Höhe und die Falte auf ihrer Stirn wurde tiefer.

»Wo sind sie nur?«, fragte sie verzweifelt.

Abermals suchte ich die Umgebung mit meinen Augen ab und atmete dabei hörbar aus.

»Hannah! Mona!«, rief Lizzy in einem Anflug von Panik. Immer wieder schrie sie die Namen ihrer Freundinnen gegen den Sturm. Sie drehte sich um die eigene Achse, ihre Hände formte sie dabei zu einem Trichter. Sie stürmte auf mich zu und riss an meinem Arm. »Und wenn ein Wolf sie getötet hat? O Gott! Hannah und Mona sind tot!« Lizzys Augen weiteten sich auf ein Maximum.

»Hier ist kein Wolf. Und die beiden sind auch nicht tot.«

»Genau«, lallte es von schräg über uns.

Mein Kopf schnellte herum. *Woher kam das?* Ich folgte der Stimme und sah direkt in grelles Licht. Da erkannte ich ihn. Den lebenden Beweis dafür, dass die zwei Unglücksraben noch unter uns weilten.

Mona lehnte mit einer dampfenden Tasse in der Hand im Fensterrahmen des alten Lüthi-Hauses und sah aus wie das blühende Leben. Neben ihr kauerte Hannah. Noch immer stand ihr der übertriebene Cocktail-Konsum ins Gesicht geschrieben, ansonsten aber war sie allem Anschein nach wohlauf.

Wir umrundeten die Schneemassen und bestiegen die verschneiten Treppenstufen bis zur Haustür. Mona öffnete sie.

»Was ist denn passiert?«, krächzte Lizzy.

»Bin hingefallen. Guck.« Hannah deutete auf ihren linken Fuß. Er ruhte auf einem Holzhocker. Ihre Hose war bis zum Knie hochgekrempelt und auf ihrem Knöchel lag ein Beutel gefrorener Erbsen.

»Halb so schlimm. Nur verstaucht«, brummte uns eine tiefe Stimme entgegen. Sie zeugte von jahrelangem Zigarrenrauch, hatte dieses markante Knistern. Der *alte Lüthi*, wie er von allen hier oben genannt wurde, betrat auf seinen Stock gestützt den Flur. »Konnte die jungen Dinger ja nicht erfrieren lassen.« Er zuckte mit den Schultern.

»Ein komischer Kauz«, flüsterte Lizzy mir ins Ohr.

»Was du nicht sagst«, antwortete ich ihr, während Mona zeitgleich ein »Wenn du wüsstest« in Lizzys Richtung schickte.

Mir kamen die haarsträubenden Geschichten in den Sinn, die in meiner Kindheit über den alten Mann kursiert hatten. Heute war ich erwachsen und wusste es besser, aber ein Stück Unbehagen ihm gegenüber, war geblieben.

»Danke für alles. Wir sollten jetzt aufbrechen, bevor wir gar nicht mehr zu unserem Chalet durchdringen«, forderte ich unsere Runde zum Gehen auf.

»Dumme Idee, junger Mann. Zu gefährlich. Ihr bleibt hier. Könnt morgen früh zurück, wenn der Sturm vorüber ist.« Ohne uns anzusehen, drehte er sich um und verschwand in eines der Zimmer.

Verwirrt sahen wir uns an. Außer Hannah. Die war, auf ihre Unterarme gestützt, eingeschlafen und grunzte.

»Ich finde, er hat recht.« Mona zeigte in Hannahs Richtung. »Die kriegen wir doch nie im Leben heil nach Hause.«

»Stimmt«, pflichtete ich Mona bei.

»Aber der ist gruselig«, stammelte Lizzy, als ich sie weiter ins Innere des Hauses schob, um endlich die Tür schließen zu können. Es war saumäßig kalt.

Der alte Lüthi schmiss mehrere Decken auf die Schlafcouch in der Küche und verschwand dann wieder. Wahrlich eine komische Gestalt. Sein Haus allerdings war wohlig warm und durchaus gemütlich. Es war klein und in die Jahre gekommen, aber es bot uns Unterschlupf und das war das Wichtigste.

Mit Monas Hilfe verfrachteten wir Hannah in ein winziges Zimmer, das direkt an die Küche grenzte. Unsere betrunkene Freundin plumpste auf das knarzende Bett aus früheren Zeiten und stöhnte dabei.

»Ich bleibe bei ihr. Für den Notfall. Haare halten und so.« Mona zwinkerte.

»Du bist die Beste«, flüsterte ich tonlos.

Lizzy wärmte sich unterdessen an dem gefliesten Kachelofen in der Küche. Sie saß auf einem alten Schemel und hielt die Hände an die dunkelgrünen Platten.

Die Aufregung der letzten Stunde hatte sich gelegt. Die Wärme im Haus stülpte eine bleierne Müdigkeit über uns.

»Da wären wir«, sagte Lizzy.

»Da wären wir«, wiederholte ich wenig einfallsreich und fuhr mir durch die Haare. Ich konnte mich nicht erinnern, im Beisein einer Frau jemals so nervös gewesen zu sein. Bei dem Gedanken daran, heute Nacht ein Bett mit Lizzy zu teilen, wirbelte mein Mageninhalt umher wie ein Schiff auf hoher See.

Lizzys Blick schweifte im Zimmer herum. Ging es ihr genauso?

»Auf welcher Seite schläfst du?«, fragte ich und deutete auf die Miniaturausgabe von Matratze. »Lieber unten? Ähm, hinten?«, korrigierte ich mich eilig. *Peinlich! Das Paradebeispiel eines Freud'schen Versprechers.* »Oder beim Ofen?«

»Ja. Ja, gerne beim Ofen«, sagte sie, steuerte auf das alte Bettsofa zu und machte es sich darauf bequem.

Langsam setzte ich einen Fuß vor den anderen und überwand die endlos langen Schritte zwischen uns. Ungelenk kraxelte ich über sie zu meinem Schlafplatz.

Da lag ich und starrte an die Decke. Genau wie sie. Wir lauschten dem Knistern des Feuers, als unsere Hände sich streiften.

Zufällig.

Flüchtig.

Elektrisierend.

Weder sie noch ich beendeten die Berührung. Unsere Finger verschränkten sich ineinander. Ich drehte mich zu ihr, sah sie an. Sie betrachtete mich aus glänzenden Augen. Hoffnung lag in ihrem Blick. Die Hoffnung auf einen Kuss, den sie gar nicht wollte?

Was war das nur mit uns? Die Intensität meiner Gefühle ängstigte mich. Ich trug mein Herz fortan außerhalb des eigenen Körpers und fühlte mich deshalb unendlich verletzlich. Jetzt, da ich mit der Frau, die mein Innerstes so berührte, im Halbdunkeln lag, versagte jeder Verstand. Wir waren wie Magnete, hoffnungslos voneinander angezogen. Ihre Aura hüllte mich in eine Blase aus Trost und Geborgenheit. Heute Abend würde ich nicht nachdenken, nicht grübeln. Ich würde fühlen. Das erste Mal seit langer Zeit. Denn Mona hatte recht, *ich hatte es verdammt nochmal verdient!*

Die Hitze, die von Lizzy ausging, sprang wie lodernde Flammen auf mich über. Das Feuer war entfacht. Ob ich mir daran die Finger verbrannte, war mir egal. Ich beugte mich zu ihr und strich ihr sanft eine Strähne hinters Ohr.

Lizzy

Wie war ich nur in diese Situation geraten? Heute Morgen hatte ich mir geschworen, auf Abstand zu gehen. Es stand eine Menge zwischen Joel und mir. Die letzten Tage waren gespickt mit Höhen und Tiefen und facettenreichen Gefühlen. Alles ging so schnell, mir schwirrte der Kopf. Dabei war ich in die Berge geflüchtet, um zu entschleunigen und Zeit zum Nachdenken zu schaffen. Stattdessen hatte meine Lebensachterbahn an Geschwindigkeit zugelegt. Volle Kraft voraus! Ich hoffte inständig, dass ich die Kurve kriegte und nicht aus den Schienen flog.

Draußen tobte das Unwetter unentwegt, fegte geräuschvoll um die alte Hütte. Aus den Ecken knarzte es beängstigend. Der Sturm vor der Tür spiegelte unsere erhitzten Gemüter wider und brachte das Gebälk beängstigend zum Knarzen. Joel legte mir seine Arme um die Hüften und zog mich sanft an sich. Sein Körper glühte. Ich sah diesen geheimnisvollen Mann an und verlor mich in seinen ozeanblauen Augen. Sie schrien vor Verlangen. Sie schrien nach mir.

Bei diesem Gedanken zuckte mein Innerstes vor Aufregung. Sekunden vergingen, während sein durchdringender Blick auf mir ruhte. Er berührte meine Seele. Es war, als wollte er in meiner Iris lesen, ob ich diese unangetastete Grenze wirklich zu überschreiten bereit war. Ein zaghaftes Lächeln legte sich auf mein Gesicht. Ich war bereit. Mehr als das. Ich wollte diesen Mann. Mein Herz verlangte nach ihm.

Heute.

Hier.

Jetzt.

Sein Blick glitt hinunter, bis er an meinen Lippen hängen blieb.

»Du bist wunderschön, weißt du das?«, flüsterte Joel.

Unfähig zu antworten, versank ich immer tiefer in diesem Moment. Unsere Lippen berührten sich. Erst zaghaft und tastend, voller Ehrfurcht. Dann wilder, härter, fordernder.

Hände überall.

Die Hitze, die von ihm ausging, schlug mir entgegen. Langsam ergriff ich den Saum seines Pullovers und schob meine Finger unter die lästigen Lagen Stoff, bis ich endlich seine Haut berührte. Gierig erkundeten meine zittrigen Hände seinen Rücken, fuhren seine breiten Schultern entlang, um sich jeden ertasteten Zentimeter genau einzuprägen. Ich vergrub meine Nase in der kleinen Kuhle zwischen seinem Hals und seinem Schlüsselbein und sog seinen herben Geruch tief in meine Lungen.

Meine Finger glitten weiter hinauf bis in seinen Nacken. Heiser stöhnte er unter dem Druck meiner Nägel. »Oh, Felicia, was machst du mit mir?«

Ich rette dich.

Er umwickelte meine langen Locken mit seiner Hand, zog meinen Kopf daran sanft zur Seite. Die letzten Zweifel schmolzen mit jedem weiteren Kuss, den Joel auf meinen Hals hauchte. Jegliche Bedenken verflogen, schwebten nur mehr als winzig kleine, in Watte gehüllte Wölkchen in meinem Kopf. Seine Arme hielten mich, gaben mir das verloren geglaubte Gefühl von Geborgenheit zurück. Meine Hände verweilten auf seiner straffen Brust, unter der sein Herz wild galoppierte. Ein Herzschlag, im Einklang mit meinem.

Meine Finger fanden keine Ruhe, verselbstständigten sich abermals und fuhren seine Bauchmuskeln entlang. Immer tiefer. Sie folgten einer Linie feiner Härchen, die unterhalb seines Bauchnabels begann und im Bund seiner Boxershorts endete. Er stöhnte verheißungsvoll. Ich richtete mich auf und drehte ihn bestimmend auf den Rücken. Sein verschleierter Blick ruhte auf mir. Seine Lust stachelte mich an. Ich wollte ihn verwöhnen, ihm und mir beweisen, dass ich der Schlüssel für sein gefangenes Herz sein konnte.

Langsam schob ich erst seinen Pullover, dann sein Shirt nach oben. *Dieser Mann riecht himmlisch.* Von diesem Duft würde ich niemals genug bekommen. Meine Lippen berührten seine hitzige Haut, kosteten ihn. Er schmeckte noch besser als er roch. Wie war das möglich? Er legte den Kopf in den Nacken und schloss die Augen. »O Felicia.«

O ja. Ich stand darauf, wie er meinen vollen Namen in die dunkle Nacht raunte. Ungeduldig setzte ich die Abenteuerreise fort, ließ meine Lippen über seinen Bauch gleiten. Joel kam mir zu Hilfe und entledigte sich mit einer gekonnten Bewegung seiner Oberteile. Er fixierte mich und sein Blick traf mich wie ein Blitz.

Auf einmal schlang er seinen Arm um mich. Eine schnelle Bewegung und ich lag auf dem Rücken. Joel kniete über mir. »Ich bin dran.«

Quälend langsam glitten seine Hände unter sanftem Druck meinen Oberkörper entlang. Sein Kopf senkte sich auf den Saum meines Pullovers. Er nahm ihn zwischen die Zähne und zog ihn nach oben. Sein Dreitagebart hinterließ eine brennende Spur auf meinem Bauch.

»Du bringst mich um den Verstand«, murmelte er und die Vibration seiner tiefen Stimme ging mir sofort unter die Haut. Seine Augen wirkten dunkler denn je, wie flüssige Lava loderte es in ihnen.

Verlockend umkreisten seine Lippen meinen Bauchnabel. Ich räkelte mich lasziv in den Laken und hoffte inständig, es würde auch nur halb so sexy aussehen, wie es sich anfühlte.

Ob er die kleine Showeinlage mitbekam oder nicht, die verräterische Beule in seiner Hose, die sich fest an meinen Unterschenkel drückte, sendete eindeutige Signale.

Seine Küsse brannten heiß auf meinem Bauch. Gänsehaut. Meine Brustwarzen pressten sich schmerzhaft gegen ihr Gefängnis aus schwarzer Spitze. Joel half mir aus dem Pullover. Dann legte er seine Hand an den Verschluss meines BHs und machte sich daran zu schaffen.

Plötzlich erfüllte lautes Schnarchen den Raum. Und wenn ich laut sagte, dann meinte ich laut.

Richtig laut.

Joel hielt mitten in der Bewegung inne und sah zu mir auf. Leicht schüttelte er den Kopf, schmunzelte und setzte sein Vorhaben in die Tat um. Mit einem dumpfen Klacken sprang der BH auf und meine Brüste erlangten die langersehnte Freiheit.

Sein lüsterner Blick entging mir nicht.

Wieder dieses tiefe Grunzen von nebenan.

Als Joels Hände die Wölbungen meiner Brüste berührten, polterte es im Zimmer nebenan. Aus dem Raum, in dem Hannah und Mona schliefen, drang ein dumpfer Knall.

Ich sah Joel fragend an. »Was war das?«

»Keine Ahnung.« Seine Brauen zogen sich zusammen. »Klang, als wäre jemand aus dem Bett gefallen.«

Nur Sekunden später stürmte Hannah an uns vorbei. Sie presste eine Hand vor den Mund. Mit der anderen schirmte sie ihre Sicht zu uns ab.

»Hab' nichts gesehen!«, schrie sie über ihre Schulter, bevor die Badezimmertür krachend ins Schloss flog und wir lautstark Zeugen davon wurden, wie Hannahs Mageninhalt Bekanntschaft mit der Kloschüssel des alten Lüthi machte.

Wortlos ließ sich Joel neben mich fallen, sodass wir beide an die Decke starrten.

»Das ist … ein wirklich hellhöriges Haus«, sagte er.

»Ist ja auch alt.«

»Ja. Alt. Stimmt.«

Wir wandten unsere Köpfe einander zu. Sein Blick traf meinen. Dann prusteten wir los und lachten, bis uns die Bäuche schmerzten.

Wenig später drang erneut herzzerreißendes Röcheln aus dem Bad. Es war ebenso laut, wie das Gegrunze des alten Mannes nebenan.

»Das war so nicht geplant«, frotzelte Joel.

»Nein, ganz und gar nicht. Wer solche Freunde hat, braucht keine Feinde.«

»Ach, alles in allem haben wir es ganz gut getroffen, finde ich.«

»Wenn sie nicht gerade stockbetrunken anderer Leute Bad einsauen.« Ich stimmte in Joels erneut heranrollenden Lachanfall mit ein.

Es sollte nicht sein, nicht jetzt, nicht heute Abend. Und das war in Ordnung. Denn ich war glücklich.

Kapitel 6

Freitag, 27. Dezember

Joel

Bleierne Müdigkeit stand auf unseren Gesichtern, während wir, mehr tot als lebendig, am Frühstückstisch fläzten. Der Sturm war endlich vorübergezogen. Dichter Schneefall hatte sich in zarte Flocken verwandelt, die spartanisch vom Himmel rieselten. Noch im Morgengrauen waren wir ins Chalet aufgebrochen. Sogar Hannah und das Bad des alten Lüthi hatten die Nacht mehr oder weniger unbeschadet überstanden. Den alten Lüthi selbst hatte niemand von uns mehr zu Gesicht bekommen.

Ich nippte am Tee vor meiner Nase und sah verträumt aus dem Fenster. Der Wind ließ allmählich nach, doch die Wolken zogen weiterhin eilig an uns vorüber. Ein dichter, grauer Schleier hing über der Landschaft. Nur vereinzelt unterbrachen winzige dunkelblaue Stellen das düstere Geflecht. Der nächste starke Schneefall stand bereits in den Startlöchern, so meine Vermutung. Exakte Prognosen zu treffen war hier oben schwierig. Das Wetter in den Bergen überraschte durch Unbeständigkeit, genau wie mein Verhältnis zu Lizzy. Kaum hatte sich ihr Name in meinen Kopf geschlichen, durchzog mich ein nervöses Kribbeln. Beim Gedanken daran, wie wir gestern Nacht eng umschlungen eingeschlafen waren, zitterte mein Innerstes. Umso härter traf mich die Erkenntnis, heute Morgen mutterseelenallein aufgewacht zu sein. Lizzy hatte ich im Zimmer bei Mona und Hannah gefunden. Was war passiert? Hatte ich mir die Magie zwischen uns nur eingebildet? Bereute sie, wie nah wir uns gekommen waren? Ging es ihr zu schnell? All diese Fragen schwirrten in meinem Kopf umher. Ich zweifelte, verwarf die Bedenken allerdings umgehend. Eigentlich war es klar, ihre Augen hatten sie verraten. Sehnsucht hatte sich in ihnen gespiegelt. Wo lag also das Problem? Lizzys reserviertes Verhalten nach diesen alles verändernden Stunden brachte mein ohnehin auf wackeligen Beinen stehende Weltbild gehörig ins Wanken.

Meine Augen folgten der geschäftig umherwuselnden Mona. Aktuell stand sie am Herd und brutzelte Speck und Rührei in einer gusseisernen Pfanne. *Diese Frau hat Energie für fünf.* Und Antrieb. Etwas, das ich heute Morgen vergeblich suchte.

Der betörende Duft des knusprigen Fleisches kroch mir in die Nase und mir lief das Wasser im Mund zusammen. Angestrengt versuchte ich, mich daran zu erinnern, wann mir das letzte Mal ein Frühstück serviert worden war.

Während ich mich wie ein Kind auf das Essen freute, verzog Hannah angewidert das Gesicht. »Ist ja eklig!«, maulte sie. Unbemerkt hatte sie die Küche betreten und traktierte ihre Nasenflügel mit Daumen und Zeigefinger. »Mach das aus, sonst kotz ich!«

Sah nach einem waschechten Kater aus.

Lizzy bekam von all dem nichts mit. Sie saß stumm am Fenster, trank die dritte Tasse Kaffee und gab sich größte Mühe, meinem fragenden Blick auszuweichen.

»Mona, wann habe ich dir zuletzt gesagt, wie lieb ich dich habe?«, fragte ich.

»Kannst aufhören zu schleimen. Es gibt genug für alle.« Sie öffnete den Backofen und zum Vorschein kam eine zweite Pfanne mit jeder Menge Rührei und einigen knusprigen Streifen. Sie nahm sie heraus und schaufelte mir eine beachtliche Portion davon auf den Teller.

»Du bist die Beste.« Eilig steckte ich die Gabel in das dampfende Rührei. »Hmm, so lecker!«

Ich war ein Mann. Proteine waren für uns seit Anbeginn der Zeitrechnung überlebenswichtig. Das würden sämtliche Höhlenmenschen anstandslos unterschreiben.

Nach dem Essen hing jeder stumm seinen Gedanken nach. Wir waren wahrlich ein lahmer Haufen, der vorangegangene Tag hatte uns viel Energie gekostet.

»Aufwachen, Prinzessin!«, neckte mich Mona.

Grunzend erhob ich mich und steuerte zum zweiten Mal an diesem Morgen mein Schwarztee-Depot an. Ohne reichlich Koffein in den Adern war Monas Frohsinn nur schwer zu ertragen.

»Mona, was auch immer du heute Morgen eingeworfen hast, nimm weniger davon«, stichelte ich zurück.

»Ich gebe dir gleich …« Dann traf mich eine zerknüllte Serviette am Hinterkopf.

Lachend drehte ich mich zu ihr um und zeigte ihr den Vogel. Mit der heißen Tasse in der Hand setzte ich mich erneut zu den Mädels. Hannahs Fuß war kaum mehr geschwollen. Dafür machte ihr der Kater deutlich zu schaffen. Immer wieder massierte sie sich die Schläfen und fuhr sich mit der flachen Hand über das Gesicht.

Ich folgte dem Geschehen nur am Rande. Im Hinterkopf wütete die Sorge um meine Schreinerei und wie sie wohl aussah, nach allem, was passiert war. Mein

Blick wanderte zwischen den dreien hin und her. Es verlangte mir alles ab, Lizzy nicht unentwegt anzustarren. Wie wunderschön sie heute Morgen aussah. Ihr Gesicht leuchtete in einem hitzigen Rotton. Hin und wieder schweifte ihr Blick zu mir. Sobald ich den Augenkontakt allerdings erwiderte, wandte sie ihren Kopf ab und sah in die andere Richtung. Immer wieder benetzte sie die Lippen mit ihrer Zunge. Was war nur geschehen? Wieso war sie so reserviert mir gegenüber? Wieso so abwesend? Gestern war doch noch alles in Ordnung.

Meine Gedanken drifteten ab. Ich dachte daran, wie viel Spaß wir gestern Abend zusammen gehabt hatten. Wie aufregend es gewesen war, mit Lizzy auf dem Schlitten durch die Nacht zu sausen. Ihr ausgelassenes Lachen schallte in meinen Ohren. Die Wärme ihrer Küsse brannte nach wie vor auf meiner Haut. Es war berauschend zu sehen, wie sehr sie unsere gemeinsame Zeit genossen hatte. Bei dem Gedanken daran atmete mein Herz erleichtert auf. Gestern, in den Augenblicken der Zweisamkeit, waren die Probleme, die bedrückenden Gedanken der letzten Jahre verschwunden, nicht länger greifbar. Mich überkam eine Leichtigkeit, die ich von früher kannte und die ich gewillt war, wieder in mein Leben zu lassen. Eine Sorglosigkeit, so wohltuend wie wärmende Sonnenstrahlen mitten im Winter.

Kopfschüttelnd zwang ich mich ins Hier und Jetzt zurück. Ich beobachtete Lizzy dabei, wie sie sich Kaffee nachgoss und sich anschließend im Schneidersitz lässig auf den alten Holzstuhl setzte. Dann versenkte sie sage und schreibe *drei* Zuckerwürfel in der schwarzen Brühe.

»Echt jetzt? Drei?«, fragte ich ehrlich schockiert. Das kann doch niemand mögen.

»Ich frage mich, wie sie das macht«, motzte Hannah. »Die Frau ernährt sich zu sechsundneunzig Prozent von Zucker und ist schlank wie eine Gerte. Das Leben ist unfair.« Sie winkte resigniert ab.

»Er schmeckt mir so halt am besten«, sagte Lizzy schmollend und versuchte gar nicht erst, ihren exorbitanten Konsum schönzureden.

»Du bist keinen Deut besser, Jo. Ich erinnere mich an die Winterfeste, auf denen du …«, fing Hannah an, hielt dann aber mitten im Satz inne und verstummte.

Lizzy schaute verdutzt zwischen uns hin und her, sah mir das erste Mal an diesem Morgen direkt in die Augen. »Woher kennt ihr euch eigentlich?«

Sie hatte keine Ahnung. Bei unserer ersten Begegnung hatte Hannah so getan, als wären wir uns nie zuvor begegnet und ich hatte mitgespielt. So war die stillschweigende Vereinbarung entstanden, Lizzy nicht in die gemeinsame Vergangenheit einzuweihen. Wieso, das erschloss sich mir nicht und ich hatte auch nicht danach gefragt. Es würde schwierig werden, diese Fassade aufrechtzuerhalten. Ganz zu schweigen davon, dass es sich beschissen anfühlte, Lizzy zu belügen.

Ich musste mit den beiden reden. So ging das nicht weiter. Wenn Lizzy herausfand was hinter ihrem Rücken ablief, würde sie das zutiefst verletzen.

Zu meiner Erleichterung erzählte Mona lediglich, dass wir unsere Kindheit und Jugend zusammen verbracht hatten. Über meine Beziehung zu Hannah verlor sie kein Wort. Und Lizzy fragte glücklicherweise nicht nach.

Nachdem sich unsere Frühstücksrunde zerschlagen hatte, versuchte ich, Lizzy allein zu erwischen. Ich wollte unter vier Augen mit ihr reden. Wieselflink schlich sie durchs Chalet und entwischte mir ein ums andere Mal. Die Wogen glättende Chance blieb mir verwehrt.

»Joel! Schnell, komm her!« Monas schrille Stimme drang aus dem Wohnzimmer. Ich eilte zu ihr und fand sie vor dem Fernseher. Sie starrte abwechselnd auf den Bildschirm und in mein Gesicht, hielt sich sichtlich schockiert die Hand vor den Mund. In ihren Augen sammelten sich Tränen.

Ich setzte mich neben sie und schaute mir die Bilder an, die dort abgespielt wurden. Ein Lokalsender berichtete in den Nachrichten vom Brand einer Schreinerei. *Meiner* Schreinerei. Im Laufe der Ermittlungen, so der Nachrichtensprecher, habe man herausgefunden, was ich längst wusste: Es handelte sich um Brandstiftung.

Monas Blick lag drängend auf mir. Stumm ermahnte sie mich, Stellung zu beziehen. Ich nickte.

»Sobald die Straßen frei sind, fahre ich runter.«

»Du musst das endlich klären. Der zerstört dein Leben!«

Im Hintergrund informierte die Wetterfee nun über das andauernde Tiefdruckgebiet in den Alpen, während ich aufstand und mit einem kaum hörbaren »Ich weiß« das Wohnzimmer verließ.

Ich würde mein Vorhaben, ins Tal zu fahren, frühestens morgen in die Tat umsetzen können. Müde informierte ich meine Eltern darüber. Nachdem ich die Versicherung kontaktiert und mehrere Gespräche mit der Polizei geführt hatte, verließ mich sämtliche Kraft. Meine Laune sank unterirdisch tief. Nicht nur, dass mir schleierhaft war, wie ich Marco in die Schranken weisen konnte. Jetzt war das ganze Dorf in Aufruhr. Das würde Fragen aufwerfen, mit denen ich keinesfalls konfrontiert werden wollte.

Im Chalet herrschte reges Treiben, wir bereiteten uns auf den anstehenden Skitag vor. Eine halbe Stunde blieb uns, bis die Schüler Mona und mich erwarteten. Wir beschlossen, zusammen zum Treffpunkt zu fahren.

Ich verdrängte den Gedanken an die erdrückenden Probleme, die zu Hause auf mich warteten. Darin war ich unterdessen richtig gut geworden. In Anbetracht des Skifahrens meldete sich meine Laune aus dem Keller zurück und zog im Erdgeschoss ein.

Mit neuer Energie öffnete ich schwungvoll die Eingangstür und lief geradewegs in einen imposanten Strauß roter Rosen.

»Huch, für mich?«

»Wenn Sie Fräulein König sind, dann schon«, entgegnete mir das ausdruckslose Gesicht, das hinter den Blumen hervorschnellte.

»Sehe ich so aus?«

»Sagen Sie es mir«, frotzelte der Bote trocken.

Sehr witzig.

„Lizzy, für dich!", rief ich über meine Schulter in die Wohnung.

Sekunden später erschien Lizzy im Türrahmen und schob sich an mir vorbei.

»Dann sind Sie Fräulein König?«, fragte er an sie gewandt, ließ ihr aber keine Zeit zu antworten. »Bitte sehr. Mit den besten Grüßen von ...« Emotionslos drehte er den rosaroten Briefumschlag in seinen Händen und las den Namen des Absenders »Elias Vogt.«

Lizzy

»Das … Also … Ich fasse es nicht!« Endlich gelang es meinem trägen Geist, aus der eigens errichteten Schockstarre auszubrechen. Mittlerweile hatten sich auch Mona und Hannah zu uns in den Vorraum gesellt. Alle drei starrten mich an, keiner traute sich, etwas über die Überraschung in meiner Hand zu sagen.

»Dieser elende Hanswurst!«, entfuhr es mir. Hannah kicherte leise, was sogleich mit einem Seitenhieb von Mona quittiert wurde.

»Entschuldige«, murmelte Hannah und sah beschämt zu Boden. »Hanswurst«, wiederholte sie und hielt ein erneutes Lachen nur schwer zurück. Dann prustete sie lautstark los. Das Gelächter erfüllte den ganzen Raum und entlockte uns allen ein Schmunzeln.

»Gefällt dir *Arschgeige* besser? Optional hätte ich noch *Lackaffe* und *Ekelpaket* im Angebot.« Im Ernst, warum ließ er mich nicht einfach in Ruhe? Ich hatte ihm unmissverständlich klargemacht, ich würde auf ihn zukommen, sobald ich bereit für ein Gespräch war. Momentan hatte ich weder das Bedürfnis ihn zu sprechen, noch ihn zu sehen. Blumen wollte ich erst recht keine. Zu allem Überfluss auch noch Rosen! War es denn zu viel verlangt, nach einer dreijährigen Beziehung zu wissen, wie sehr ich diese dornigen Ungeheuer hasste?

Okay, ein klitzekleines bisschen hielt ich Elias zugute, dass er sich derart ins Zeug legte. Im beiliegenden, handgeschriebenen Brief entschuldigte er sich für das *Versehen* und beteuerte inständig, es habe nichts zu bedeuten gehabt. Versehen. VERSEHEN! Das muss man sich mal auf der Zunge zergehen lassen. Er liebe mich, schrieb er weiter, und könne meine Abwesenheit kaum ertragen. Er bat darum, mit mir reden zu dürfen, um mir diesen *dummen Ausrutscher* zu erklären. *Ausrutscher? Versehen? 'Entschuldige bitte, ich habe meinen Penis versehentlich in der Vagina meiner Kollegin versenkt' So in der Art?* Wut packte mich. Unter keinen Umständen würde ich zu ihm zurückkehren. Die letzten Tage hatten deutlich gezeigt, die Liebe zu Elias war nicht annähernd so stark gewesen wie ich angenommen hatte. Vielleicht war sie auch schon lange auf dem Highway des Lebens abhandengekommen und er hatte es schlichtweg früher bemerkt als ich. Ich hieß sein Fremdgehen nicht gut und fand keinerlei denkbare Rechtfertigung dafür. Dennoch, vielleicht musste uns das Schicksal diesen denkwürdigen Anlass vor die Füße werfen, damit einer von uns den Schlussstrich ziehen konnte. *Die Wege des Herrn sind unergründlich* – oder so.

Während meine Freundinnen sich köstlich amüsierten, fand Joel die Sache weniger lustig. In seinen Augen lag Traurigkeit. Ich hatte Schwierigkeiten, seinen Blick zu deuten, doch ihm war definitiv nicht zum Lachen zumute. Hatte er Angst, die beziehungsrettenden Versuche meines Ex-Freundes würden fruchten und meine Entscheidung ins Wanken bringen? Hegte er etwa ernste Absichten? Kaum vorstellbar, dass er etwas anstrebte, was über ein unkompliziertes Ferien-Techtelmechtel hinausging.

Genau diese Zweifel waren es, die mich heute Morgen so aufgewühlt hatten, als ich neben Joel aufgewacht war. Gestern, im schummrigen Licht des Feuers, eingehüllt in diese zauberhafte Holzhüttenatmosphäre, erschien mir alles so schlüssig. Ich mochte diesen Mann. Und er mochte mich. Wir hatten uns geküsst und eins hatte zum anderen geführt. Doch meine sorgenfreie

Seifenblase war mit dem Sonnenaufgang zerplatzt. Die Angst, mich auf jemanden einzulassen und am Ende wieder verletzt und allein zurückzubleiben, schnürte mir die Kehle zu. Also bin ich kurzerhand ins Nebenzimmer geschlichen und Halt suchend unter Hannahs Decke geschlüpft. Ich war nicht bereit, mich blind in etwas hineinzustürzen.

Noch nicht.

Doch wie in aller Welt sollte ich nach gestern Abend bloß auf ihn reagieren? Ich hatte keinesfalls vor, ihm absichtlich die kalte Schulter zu zeigen. So zu tun, als wäre nichts geschehen und als schwirrten nicht zahllose Fragezeichen in meinem Kopf umher, war ebenfalls unmöglich. *Kommt Zeit, kommt Rat.* Ich war zuversichtlich. Der Tag würde es schon irgendwie richten.

Der Gestank des roten Unkrauts in meinen Händen widerte mich an. Ich lief in die Küche und öffnete den Mülleimer. Ich mochte die Dinger nicht und spielte mit dem entzückenden Gedanken, sie mit dem stumpfen Küchenmesser zu traktieren und im Abfall verschwinden zu lassen. Doch irgendetwas hielt mich zurück. Ich konnte nicht. Die Blumen traf keine Schuld. Also stellte ich sie in eine Vase, befüllte diese mit Wasser und kehrte zu den anderen zurück, die brav an der offenen Tür auf mich warteten.

»Es kann losgehen«, sagte ich, lächelte breit und überspielte, wie durcheinander ich war.

***

Frau Holle hatte in dieser Nacht ganze Arbeit geleistet. Die Schneemassen türmten sich links und rechts entlang der präparierten Wege und Pisten.

Während die anderen grazil, wie Antilopen in der Savanne, durch den Neuschnee glitten, erinnerte meine Vorstellung an die eines schwerfälligen Flusspferdes. Die nebligen Sichtverhältnisse und zahlreichen Verwehungen verhinderten ein schnelles Vorankommen. Joel wartete an einer Gabelung auf mich.

»Alles okay?«, fragte er durch sein über Mund und Nase gezogenes Halstuch.

»Ja, geht schon«, sagte ich und fuhr an ihm vorbei.

An der Gondel reihten sich heute nur wenige Skibegeisterte in die Warteschlange ein. Kurz nachdem Mona, Hannah, Joel und ich die Kabine betreten und die Station verlassen hatten, schaukelte diese bedrohlich im stürmischen Wind. Sie schwankte von links nach rechts und schüttelte meinen Mageninhalt gehörig durcheinander. Ich hoffte inständig, die Fahrt wäre schnell vorüber. *Konzentrieren, Lizzy! Punkt in der Ferne fixieren, tief einatmen!* Wenn das Gebaumel nicht bald aufhörte, würde ich mir mein Frühstück erneut durch den Kopf gehen lassen.

Ich schaute zu Hannah hinüber, deren Gesichtsfarbe eine verblüffende Ähnlichkeit mit dem Schnee unter uns angenommen hatte.

»Geht's?«, fragte ich und legte behutsam meinen Arm um ihre Schulter. Wir gaben ein bemitleidenswertes Bild ab.

»Ganz schön wackelig«, antwortete sie und schaute verängstigt nach unten.

Mona nickte aufmunternd. »Ihr habt es ja gleich geschafft.«

Joels Blick schweifte in der Ferne umher. Was hätte ich dafür gegeben, zu wissen, worüber er nachdachte.

Er wirkte verändert und in sich gekehrt. Irgendetwas schien ihm auf dem Herzen zu liegen.

Die Gondel stoppte abrupt und riss mich aus meinen Gedanken. Unsere Skier krachten lautstark zu Boden.

»Was war das?«, schrie Hannah und sah entsetzt in die Runde. Sie kam zu mir und krallte sich an meinem Ärmel fest. Ich verhakte mich ebenfalls in ihren Armen, hatte mich nicht minder erschreckt.

»Keine Ahnung. Wie es aussieht, ist die Seilbahn stehen geblieben.« Mona zuckte mit den Schultern.

Wir waren nicht weit von der Endstation entfernt. Keine hundert Meter trennten uns von dem rettenden Holzhäuschen auf der Plattform. Joel presste das Gesicht gegen die Scheibe und versuchte zu erkennen, was dort oben vor sich ging.

»Ich fürchte, der Strom ist ausgefallen«, erklärte er betont ruhig.

Ich erstarrte. »Was? Das darf doch nicht wahr sein!« Haben die denn keinen Notstrom oder so?

»Beruhige dich. Es geht sicher gleich weiter«, beschwichtigte Mona und strich mir behutsam über den Rücken.

Trotz der niedrigen Temperaturen kroch eine unangenehme Hitze meinen Nacken empor. Ich öffnete die Jacke und lockerte den Schal. *Ruhig bleiben! Alles wird gut. Nur ein Stromausfall.*

Joel tippte derweil etwas in sein Handy. Erneut erwischte uns eine heftige Windböe und wiegte die Gondel bedrohlich umher. Hannahs Gesichtsfarbe wechselte von feinstem schneeweiß, zu adligem hellbeige und ging langsam in ein verwaschenes Grinch-Grün über. »O Gott! Ich kotz gleich«, jammerte sie leise.

»Schon wieder?«, stichelte Joel.

»Sehr witzig!«, fauchte Hannah.

Erneut eine starke Böe. Ich schrie auf. »Wir werden abstürzen und sterben!«

Drama kann ich.

»Dann bekommt der doofe Wolf doch noch seine Fleischportion!«, schrie ich gegen das Geheule des Windes an.

»Was ist das nur mit dir und dem Wolf?«, fragte Joel belustigt. »Gebrüder Grimm Trauma?«

Hannah lachte, während sie ihren Kopf über eine hastig geleerte Plastiktüte hielt. Sicher war sicher.

Nach weiteren bangen Minuten, in denen wir uns anschwiegen, setzte sich die Gondel mit einem plötzlichen Ruck wieder in Gang. Langsam nahm sie Geschwindigkeit auf, sodass wir kurze Zeit später festen Boden unter den Füßen hatten.

»Nie wieder! Ich steig da nie wieder ein!« Mein Finger richtete sich mahnend auf die *Gondel des Schreckens*, wohl wissend, dass es sich um eine leere Drohung handelte. Ein Schmunzeln zupfte an Joels Mundwinkeln, als er mich sanft aus der Station schob.

***

Während Mona und Joel unterrichteten, verbrachten Hannah und ich den Vormittag entspannter. Der Himmel war verhangen, ein kräftiger Wind wehte uns um die roten Ohren. Ideale Wintersportbedingungen erwarteten uns hier oben heute nicht. Doch es hätte schlimmer sein können. Wir nutzten die fast leeren Pisten um gemächlich hinunterzufahren. Zwischen zwei Abfahrten telefonierte ich mit Jonas. Ich freute mich darauf, ihn zu sehen. Er käme erst an Silvester. Eher würde er es nicht schaffen, hatte er gesagt. Man durfte gespannt sein, wann er tatsächlich aufschlug. So genau konnte man das bei ihm nie vorhersagen.

Gegen Mittag gönnten wir uns eine ausgedehnte Pause bei Kilian. Weitaus weniger geschäftig als sonst spazierte er zwischen den Tischen umher. Er empfing uns herzlich und servierte, kaum hatten wir Platz genommen, die obligatorischen Schümli-Pflümli.

»Mensch Lizzy, mir war gar nicht bewusst, wie sehr ich die Berge vermisst habe«, sagte Hannah, während sie gedankenverloren aus dem Fenster schaute.

Ich schmunzelte. »Wie war es denn so, hier aufzuwachsen? Für Kinder muss das doch traumhaft sein.«

»Es war in der Tat fantastisch. Wir sind jede freie Minute hier hochgefahren. Als wir klein waren mit unseren Eltern, später dann alleine. Vom Dorf her fährt stündlich ein Bus nach oben. Zumindest war das früher so.« Hannahs Blick wurde wehmütig. Wen meinte sie mit *wir*? Obwohl sie die liebenswerteste Person war, die ich kannte, hatte sie in Berlin keinen besonders großen Freundeskreis. Ob das damals anders war?

»Du kannst dir nicht vorstellen, was für wilde Partys wir hier oben gefeiert haben!« Hannahs Augen leuchteten. »Wir haben es einfach genossen. Das Leben, meine ich. Eine unvergessliche Zeit.«

Einmal mehr fragte ich mich, wieso um alles in der Welt Hannah diese Bergidylle gegen den Großstadtlärm eingetauscht hatte. Also nahm ich allen Mut zusammen und fragte: »Du hast mir nie erzählt, weshalb …«

»Aber das sind alte Kamellen, nicht wahr?«, unterbrach sie mich, klatschte in die Hände und schob ihren Stuhl zurück. »Ich … meine Tasse ist leer.« Sie deutete auf Kilian. »Ich sorge mal eben für Nachschub, bin gleich wieder da.«

Na das hat ja ganz wunderbar funktioniert … *O nein* … Mein Blick fiel auf die zur Tür herein stolzierende Fabienne. *Schon wieder diese aufgetakelte Schnepfe.* So was Ätzendes! Die übertrieben zurechtgemachte Kuh nahm zusammen mit zwei Komplizinnen am Tisch neben uns Platz.

»Die ist wie ein Verkehrsunfall. Furchtbar, aber man kann nicht weggucken«, nuschelte ich.

Hannah, die sich mit frischem Schümli-Pflümli neben mir niederließ, stieß ihre Tasse gegen meine.

»Auf unfallfreie Straßen!«

Hach, ich liebte meine Freundin.

»Joel ist so ein Gentleman«, säuselte das Supermodel derweil in meinem Rücken.

Täuschte ich mich, oder betonte sie seinen Namen unnatürlich stark? Als wollte sie sichergehen, dass mich ihre Worte auch hundertprozentig erreichten.

»Er hat mich bis zum Chalet begleitet«, schmachtete sie übertrieben theatralisch.

»Jetzt kotz *ich* gleich!« Ich verdrehte die Augen und steckte mir demonstrativ den Zeigefinger in den Rachen.

Hannah kicherte. »Du bist herrlich!«

»Ich? Herrlich? Wie meinst du das?«

»Ach, vergiss es. Ich amüsiere mich nur über dich.«

»Wie reizend«, murmelte ich, ohne meine Freundin anzusehen. »Wenn ich doch so lustig bin, sollte ich mich vielleicht als Entertainerin versuchen.«

»Nicht *du* bist lustig, dein eifersüchtiges Reviermarkieren aber schon«, sagte sie und fixierte mich mit Argusaugen.

»Ich? Ich markiere hier gar nichts. Die nervt einfach. Joel hier, Joel da. Blabla. Soll sie ihn doch haben!« Ich blies die Backen auf und sah aus dem Fenster.

»Ach, Mäuschen.« Hannah streichelte sanft meinen Unterarm. »Da hat es dich ja ganz schön erwischt.«

Joel

So langsam wurde mir die Geschichte mit Fabienne echt zu bunt. Was als aufregender One-Night-Stand begonnen hatte, entwickelte sich allmählich zu einer beängstigenden Stalker-Geschichte. Ich hätte die Fronten von vornherein klären sollen. Jetzt hatte ich den Salat. Wie ich aus der Nummer unbeschadet wieder herauskommen sollte, war mir ein Rätsel. Klar war nur eins: Wenn ich Fabienne nicht bald loswerden würde, machte sie mir die Sache mit Lizzy noch kaputt, bevor sie überhaupt begonnen hatte. Und wo zur Hölle war diese Manuelle abgeblieben? Sie war für die ganze Woche angemeldet, hatte sich aber nach dem ersten Tag nicht mehr blicken lassen. Das alles kam mir ziemlich spanisch vor.

Während ich mit Fabienne im Schlepptau die schneeverwehten Pisten hinabfuhr und verzweifelt versuchte, den Vormittag über die Runden zu kriegen, gehörten meine Gedanken allein Lizzy. Immer wieder tauchten die langstieligen roten Rosen vor meinen Augen auf. Ich hoffte inständig, Lizzys Ex würde sie mit seinen fadenscheinigen Entschuldigungsversuchen letztlich nicht doch noch um den Finger wickeln.

»Hallo? Hörst du mir überhaupt zu?«, rief Fabienne. Ihr Gekreische riss mich aus meinem Tagtraum.

»Hä?« Ich stoppte auf einer Anhöhe, um auf sie zu warten. Unterhaltungen während des Fahrens waren per se schon schwierig. Wenn die Gesprächspartnerin dann auch noch uninteressanten Stuss faselte, konnte man schon mal gedanklich abdriften.

Sie fuhr in elegantem Parallelschwung an mir vorbei und bremste kurz danach ab, sodass sie unmittelbar vor mir zum Stehen kam. Wieso diese Frau überhaupt Unterricht nahm, war mir schleierhaft. Sie schob ihre Brille nach oben und sah mich auffordernd an. »Du bist heute aber schnell unterwegs«, sagte sie und atmete hörbar ein und aus. »Ich finde, ich habe eine Pause verdient. Lass uns doch zu mir fahren und ein wenig entspannen.«

»Wir sollten für heute Schluss machen«, erwiderte ich stattdessen nach einem demonstrativen Blick auf die Uhr.

»Jetzt schon?« Sie setzte ihre dunkelrot geschminkten Schmolllippen gekonnt in Szene. Dabei erinnerte sie mich an einen Hundewelpen, dessen Herrchen ihn im Tierheim abgab. Oder an ein Schlauchboot. Über den Punkt, an dem diese Masche bei mir Wirkung zeigte, war ich längst hinaus.

»Die Zeit ist leider rum.« *Jetzt oder nie.* »Und ich finde, du solltest dein Geld lieber für andere Sachen ausgeben. Du brauchst keinen Unterricht. Die Warteliste ist lang. Lass uns Platz für jemanden machen, der ihn wirklich braucht.« So. Jetzt aber. Das war doch wohl klar und verständlich.

»Es interessiert mich nicht, ob andere auf einen Platz warten!«

Natürlich nicht.

»Und dich sollte es auch nicht kümmern. Sind doch eh alles talentfreie Durchschnittsweiber!«

»Wie nett. Und was bist du?« Endlich zeigte sie ihr wahres Gesicht.

»Jetzt hör mir mal zu. Ich bezahle dich, also wirst du mir gefälligst etwas bieten!« Ihre Skistöcke bogen sich bedrohlich, so fest presste sie sie in den Schnee. War ich ihr Callboy oder was? Mir platzte endgültig der Kragen.

»Ich soll dir was bieten?«, zischte ich. »Das habe ich schon, Schätzchen, und zwar einmal zu viel!«

Sie schnappte nach Luft. Ihre Augen funkelten vor Zorn. Dass sie jemand vor den Kopf stieß, war sie augenscheinlich nicht gewohnt. Fabienne war das Paradebeispiel eines Menschen, der glaubte, mit Geld könne man alles kaufen. Respekt- und maßlos bis unters Dach. Da war sie bei mir an der falschen Adresse. Ich konnte Snobs nicht ausstehen. Nichts gegen wohlhabende Leute, solange sie andere respektvoll und mit Würde behandelten. Was diese verzogene Göre hier abzog, war das Letzte.

»Wer hier wem etwas geboten hat, ist die Frage. Dass ich nicht lache! Taugenichtse wie dich gibt es an jeder Straßenecke, bilde dir bloß nichts ein«, spuckte sie mir entgegen.

Autsch, das hatte gesessen. Während mein Hirn fieberhaft nach einem besonders eloquenten Konter suchte, wurde mir klar, dass es völlig sinnlos war, überhaupt auf ihre Worte zu reagieren. Frauen wie sie waren nur durch eines zum Schweigen zu bringen: Durch blanke Ignoranz.

»Du tust mir leid«, sagte ich kopfschüttelnd, drehte mich um und fuhr davon.

Auf dem Weg nach unten nagten Fabiennes Worte an mir. *Taugenichts. Ich bin kein Taugenichts, verdammt nochmal.* Wieso löste dieses Wort solche Selbstzweifel in mir aus? Ich hatte Fehler begangen, ja, und zwar einige. Ich hatte nach Mias Tod dumme Entscheidungen getroffen.

Aber ich hatte mich zurückgekämpft und war stolz auf das, was ich seitdem erreicht hatte.

Ich fuhr eine Weile umher, um den Kopf zu lüften, als meine Gedanken durch ein dumpfes Grollen unterbrochen wurden. Es rollte vom Berg heran. Ich stoppte abrupt und wandte den Blick nach oben. Was war das? Markerschütternd vibrierte der Boden unter meinen Füßen. Das wird doch nicht …?

So schnell wie möglich fuhr ich nach unten und hielt unmittelbar vor dem Schneemobil der Bergwacht. »Was ist passiert?«

»Lawine am Nordhang«, schrie einer der Männer und sprang auf sein Mobil. Schnee wurde aufgewirbelt, als sich mehrere Fahrzeuge zeitgleich in Bewegung setzten und davonbrausten.

Im Augenwinkel sah ich Hannah aus der Bar eilen und auf mich zurennen.

»Mona ist noch oben!«, schrie sie. Ihr Gesicht verriet blankes Entsetzen.

»Was?«

»Mona ist mit ihren Schülern am Nordhang unterwegs. Ich habe sie vorhin auf der Piste gesehen, als ich Lizzy ins Chalet begleitet habe.«

Da war es wieder. Das altbekannte Gefühl der aufsteigenden Panik. *Nein! Nicht Mona!* Noch einen Verlust würde ich nicht überstehen. Ich zwang mich, Ruhe zu bewahren. »Ich gehe hoch.«

»Nein, Joel! Bleib hier!«, hörte ich Hannah rufen. Sie hielt meinen Arm fest, doch ich riss mich los, packte meine Skier unter den Arm und rannte zur Gondel. Die Angst um Mona ließ keinen klaren Gedanken zu. Ich wusste nur eines: Ich musste sie suchen. Ihr durfte nichts passieren. Sie war mein Halt, meine Familie.

So schnell ich konnte, eilte ich zur Station. Doch alle Gondeln standen still. »Schaltet den Betrieb ein! Ich muss da hoch. Jetzt!«

»Tut mir leid, aber das geht nicht. Solange wir nicht wissen, wie es dort oben aussieht, fährt hier niemand irgendwo hin.«

»Verdammt nochmal!« Ich haute mit der Faust an die Holzverkleidung der Station. Etliche geschockte Augenpaare richteten sich auf mich. Tränen sammelten sich in meinen Augen. Verzweifelt schaute ich in die Ferne.

»Was machen wir denn jetzt nur?« Hannah war mir gefolgt und stand nun mit angstverzerrter Miene direkt vor mir.

»Anrufen. Wir müssen sie anrufen«, sagte ich und griff mit zittrigen Fingern nach meinem Handy. »Es klingelt«, flüsterte ich Sekunden später. Es klingelte und klingelte. Aber Mona nahm nicht ab. »Verdammt nochmal, geh ran!«, beschwor ich sie. Doch nichts dergleichen geschah. Entmutigt legte ich auf.

»Und?«

»Sie nimmt nicht ab«, antwortete ich grimmig.

»Aber wieso denn nicht?«

»Hannah, sehe ich aus, als könnte ich hellsehen? Ich habe keine Ahnung.« Es klang lauter als beabsichtigt.

»Ist ja gut. Schrei mich nicht an.«

»Tut mir leid. Ich … kann nicht klar denken. Wenn ihr was passiert ist …« Meine Stimme brach.

»Wir müssen uns jetzt beruhigen. Komm mit.« Hannah nickte dem Mitarbeiter zu und zog mich mit sich. Etwas abseits der Station trafen wir auf weitere Kollegen von Mona und mir. Sie standen zusammen in einer wild durcheinander gestikulierenden Traube.

187

»Es fehlen nur Caroline und Mona, richtig?«, fragte plötzlich einer.

»Hier! Eine Nachricht von Caroline!«, rief eine kleine Braunhaarige, die ganz am Rand stand und ihr Handy zur Bestätigung nach oben reckte. »Caroline ist mit ihrer Gruppe an der oberen Gondelstation. Ich soll ausrichten, dass ihre Gruppe vollzählig ist und alle wohlauf sind.«

»Gott sei Dank«, murmelten einige.

»Was ist mit Mona? Hat irgendjemand etwas von ihr gehört?«, fragte ein anderer und blickte in die Runde.

»Sie geht nicht ans Telefon«, sagte ich.

Ein anderer meinte: »Bei mir ebenfalls nicht. Ich habe auch schon probiert, sie zu erreichen.«

Mein Herz klopfte wild. Ich hatte das Gefühl, keine Luft mehr zu bekommen und jeden Moment zu hyperventilieren. Womit hatte ich das verdient? *Wenn Mona etwas passiert, dann ...* Ja was dann? Dann war ich mutterseelenallein auf dieser beschissenen Erdkugel. Ich würde das kein zweites Mal aushalten. Mein Magen verkrampfte sich und Übelkeit stieg auf.

»Da!«, schrie die kleine Frau von vorhin und zeigte den Hang hinauf. »Seht mal!«

Alle Augen starrten in Richtung ihres Zeigefingers. In der Ferne erkannte man einen winzigen roten Punkt, dem in regelmäßigen Abständen vier weitere Punkte folgten.

»Ist sie das?«, fragte Hannah.

Ich nickte. »Das ist sie!« Und dann rannte ich ihr entgegen, so schnell mich meine Beine trugen.

»Mona!« Ich zog sie an mich. Umarmte sie. Lang. So lange, wie nie zuvor in meinem Leben. Wieso wurde einem immer erst bewusst, wie sehr man jemanden liebte, wenn man Gefahr lief, genau diesen Jemand zu verlieren? Erleichtert blinzelte ich das salzige Nass in meinen Augen weg. »Scheiße, hast du mir eine Angst eingejagt!«

»Ist ja nichts passiert«, keuchte Mona.

Ich nickte den Hang hinauf. »Ich dachte, du wärst noch da oben.«

»Waren wir auch bis vor einer halben Stunde. Wir haben auf dem Plateau oberhalb vom Waldeingang eine Pause eingelegt, als die Lawine an uns vorbeigedonnert ist. Da sieht es echt übel aus.« Monas Blick schwenkte besorgt zum Ort des Geschehens.

»Aber ihr seid alle okay?«, vergewisserte ich mich und schaute von ihr zu ihren Schäfchen.

»Wir hatten Glück.« Sie nickte. Abermals drückte ich meine Freundin fest an mich.

Sie verabschiedete sich von ihren Schülern und wir trotteten zur Panorama-Bar hinüber. Ich brauchte jetzt schleunigst einen Tee. Einen starken. Vielleicht auch zwei.

***

Erschöpft von den jüngsten Ereignissen nahm ich auf einer der Eckbänke Platz und legte die Finger wärmend um meine Tasse. Mona hing am Tresen bei Kilian fest.

»Hey.« Hannah schlenderte auf mich zu und plumpste neben mich auf die Bank.

»Hey«, grüßte ich müde zurück.

Wir schwiegen eine Weile. Hannah zeichnete mit den Schuhen kleine Kreise auf die Dielen. »Ich vermisse sie so schrecklich«, sagte sie leise und blickte von ihren Füßen auf in die Ferne. Ich drehte den

Kopf, um sie anzusehen. Sie war älter geworden. Kleine Fältchen zierten ihre Augen. Augen, die Mias so ähnlich waren.

»Ich weiß.«

»Ich … ich dachte, wenn ich fortgehen würde, wäre es leichter. Wenn mich nicht ständig alles an sie erinnert. Ich habe geglaubt, dann würde ich schneller darüber hinwegkommen.« Sie schüttelte kaum merklich den Kopf. »Aber das hat nicht funktioniert.« In ihren Augen sammelten sich Tränen. »Wieso hat das nicht funktioniert, Joel?« Hannah sah mich fragend an. In ihrem Gesicht spiegelte sich der Schmerz vieler Jahre.

»Weißt du, das Problem bei Gefühlen ist, man nimmt sie überall hin mit. Egal, wie weit man wegläuft. Egal, wie sehr man sich zu betäuben versucht«, wisperte ich meine damalige Verdrängungsstrategie.

Hannah nickte. Sie wusste um meine Vergangenheit.

»Wieso hast du Lizzy nichts davon erzählt?«, stellte ich die Frage, die mir schon so lange unter den Nägeln brannte.

»In Berlin weiß es niemand. Immer diese mitleidigen Blicke. Ich konnte sie einfach nicht mehr ertragen. Ich musste weg und komplett neu beginnen. Ganz von vorn, ohne Altlasten.«

»Wir müssen es ihr sagen«, mahnte ich. »Sie wird uns das nicht verzeihen, wenn sie herausfindet, was hier hinter ihrem Rücken abläuft.«

Lizzy

Ein dumpfer Knall. Müde öffnete ich ein Auge. Da! Noch einer. Diesmal etwas leiser. Wo war ich? Für einen Moment hatte ich Mühe mich zu orientieren. Doch dann fiel mir alles wieder ein. Berge. Chalet. Anstrengender Skimorgen. Ich musste eingeschlafen sein, nachdem ich mich fröstelnd in die dicke, grüne Wolldecke eingekuschelt und auf die Couch geworfen hatte. Erneut lautes Krachen. *Das kommt von draußen,* dachte ich und schreckte hoch.

Ich stand auf und wollte gerade nach oben zur Haustür laufen, als im Augenwinkel ein Schatten an mir vorbeihuschte. Ich drehte den Kopf, fixierte die Stelle vor dem Fenster, an der ich etwas zu sehen geglaubt hatte. Mein Herz klopfte wild gegen meine Rippen. Langsam schlich ich zum Fenster heran und schob die Gardine möglichst unauffällig zur Seite. Nichts.

Mein Blick schweifte wild umher. Direkt vor dem Wohnzimmerfenster fiel das Terrain gute drei Meter steil ab. Unten schloss eine Steinterrasse an das Chalet an. Das zeigten zumindest die Familienbilder, die im Eingang hingen. Momentan war die Terrasse nicht als solche zu erkennen, zu hoch lag der Schnee. Ich sah nichts, was den Lärm gerechtfertigt hätte und schlurfte in die Küche. Beim Blick auf die kleine Uhr am Backofen erschrak ich. Herrgott, hatte ich so lange geschlafen? Draußen wütete der Wind, wie die sich bedrohlich biegenden Tannen verrieten. Einzelne Flocken fielen vom Himmel.

Ich genehmigte mir eine Tasse des rettenden Wachmachers und bereitete mich das zweite Mal an diesem Tag darauf vor, die wohltuende Wärme des Chalets zu verlassen. Auch wenn die Vorstellung, den restlichen

Tag auf der Couch zu verbringen, verlockend war, so erschien mir die Zeit hier zu kostbar, um faul auf der Haut herumzuliegen.

Ich setzte die Tasse ein letztes Mal an meine Lippen, um die restlichen Tropfen des schwarzen Goldes zu erwischen. Dann hielt ich mitten in der Bewegung inne. Irgendetwas war hier seltsam. Ein ungutes Gefühl beschlich mich und ich trat zum Fenster. Sicher spielten mir meine Sinne einfach einen Streich.

Aber was war das? Da schlich jemand um Joels Auto herum. Ein Mann hatte die Seitenscheibe von Joels Pick-up vom Schnee befreit und spähte hinein. Ich erkannte ihn nicht richtig, denn er hatte seine Kapuze tief ins Gesicht gezogen.

Todesmutig ging ich zur Tür und öffnete sie, um den Typen anzusprechen. Es würde schon kein Einbrecher sein, mitten am Tag. Das redete ich mir zumindest ein.

Ich kam näher, während der Fremde noch immer damit beschäftigt war, ins Innere des Wagens zu starren. Seine zerschlissenen Klamotten fielen mir sofort ins Auge. Ihm musste entsetzlich kalt gewesen sein, er trug lediglich Jeans, ein fleckiges, dünnes Jäckchen und abgewetzte Turnschuhe.

»Suchen Sie was?«

Der Kopf des Mannes schnellte bei meinen Worten herum. Er sah mich an. Eine Sekunde nur, dann setzte er sich in Bewegung und rannte die Einfahrt hinauf.

Mühsam kämpfte ich mich kurze Zeit später durch den tiefen Schnee, über die kleine Holzbrücke, hoch zur Piste. Das Bild des Fremden erschien immer wieder vor meinen Augen. Sein verwirrter, angsteinflößender Blick gab mir Rätsel auf. Unser Chalet war das letzte in dieser Straße. Hier kam niemand rein zufällig vorbei. Es sei denn, man hatte sich verfahren. Aber er hatte kein Fahrzeug dabei gehabt. Wie ich es drehte und wendete, ein fader Beigeschmack blieb. Ich musste den anderen davon erzählen und sie fragen. Vielleicht hatten sie ja eine Ahnung, wer das gewesen sein könnte.

Ich betrat die Gondel, begleitet von einem mulmigen Gefühl. Es half nichts, sie war die einzige Verbindung zur Mittelstation. Augen zu und durch. Ein zweites Mal würde das doofe Ding bestimmt nicht steckenbleiben.

Ohne Zwischenfälle erreichte ich wenig später mein Ziel. Hier oben blies der Wind noch heftiger und ich bereute schlagartig, die wohlige Couch verlassen zu haben. Von Weitem erkannte ich Hannah. Sie stand vor der Bar und tippte auf ihrem Handy herum.

»Hey!«, rief ich ihr zu.

»Selber hey!«, antwortete sie lachend. »Wo warst du denn den ganzen Nachmittag?«

»Ich wollte mich kurz aufwärmen und einen Tee trinken. Dann hat diese furchtbar bequeme Couch nach mir gerufen …«

»Du Faulpelz«, unterbrach sie mich und knuffte mich in die Seite.

»Na hör mal, ich habe Urlaub! Da wird ein bisschen Ausruhen wohl erlaubt sein.«

Hannah hielt den Blick gesenkt, ihre Finger flogen über die Buchstaben auf dem Display. »Du hast ja recht. Verpasst hast du sowieso nichts. Ich war drinnen bei Kilian und …«

»Grundgütiger! Warum verschwindest du denn nicht einfach?«, rief ich.

»Wie bitte?«, fragte Hannah verunsichert und sah endlich von ihrem Telefon auf.

»Na, ist doch wahr!«

»Was habe ich denn getan?«, fragte sie.

»Hä?«

Ihr Blick folgte meinem. Ich starrte durch die Panoramafenster in das Innere der Bar.

Sie ließ ein langgezogenes »Aha« vernehmen. »Ich dachte, du meintest mich.« Dann lachte sie.

»Was? Nein! Natürlich nicht. Ich habe *die* da gemeint«, schimpfte ich und deutete mit dem Zeigefinger auf die Scheiben. Drinnen saß Joel am Tresen. Direkt vor ihm bäumte sich Fabienne auf und gestikulierte wild. Einige Besucher hatten sich zu den beiden umgedreht. Es schien sich um eine lautstarke Unterhaltung zu handeln.

»Wieso liebst du mich nicht?«, ahmte ich Fabienne nach. »Ich habe mir extra den feinsten Zwirn übergeworfen, um dich zu beglücken!« Die Imitation meiner Worte stimmte dabei beachtlich mit ihren Lippenbewegungen überein. Verrückt. Meine verborgenen Talente überraschten mich immer wieder.

»Aber Fabienne, du holdes Geschöpf. Wahrlich liebe ich dich. Dich und die gesamte Frauenwelt. Gott segne jedes weibliche Lebewesen«, synchronisierte ich Joels Antwort. Beim Wort *Frauenwelt* vollführte er eine ausladende Handbewegung. Hannah prustete los und hätte beinahe ihr Handy fallen lassen.

»Du hast einen Knall, Felicia König. Hat dir das schon mal jemand gesagt? Aber Talent hast du, das kann man nicht abstreiten.« Sie nickte anerkennend.

»Im nächsten Leben werde ich Synchronsprecherin.«

Joel

»Nein.« Klar und deutlich. Vier simple Buchstaben, die diese Frau einfach nicht akzeptieren wollte.

»Nein?«, fragte sie wiederholt.

»Du hast es erfasst. Such dir einen anderen Idioten. Ich habe echt Besseres zu tun, als mich ständig mit dir herumzuärgern.«

»Das ist ja … Also …«

Oh. Oh. Jetzt fing sie an zu stottern. Das war kein gutes Zeichen. Ihre Gesichtsfarbe leuchtete in den kräftigsten Rottönen und ihre Hände fuchtelten in der Gegend herum. Wenn ich nicht aufpasste, würde sie mir am Ende noch ein Auge auskratzen. Provokant verschränkte ich die Arme vor der Brust, lehnte mich zurück und setzte ein gleichgültiges Lächeln auf. Innerlich aber kochte ich. Eine Diskussion mit ihr war sinnlos, das hatte sie mehr als einmal bewiesen. Wenn ich sie nur lange genug ignorierte, würde sie schon abzischen. Im besten Fall sogar Einsicht zeigen. Und siehe da. Ihre Züge wurden plötzlich sanft. War es schon so weit?

»Ich weiß, die letzten Jahre waren nicht leicht für dich«, sagte sie. »Du bist im Moment ein bisschen … na ja … angespannt. Aber das wird wieder.«

»Es geht dich nichts, rein gar nichts an, was ich die letzten Jahre getan habe und wie es mir geht. Hast du verstanden?«

»Joel, ich kann dir helfen«. Sie näherte sich mir und strich mir über den Arm.

»Ich brauche keine Hilfe. Von dir schon gar nicht.« Ich wischte ihre Hand zur Seite. »Du hast echt nicht alle Tassen im Schrank, wenn du glaubst, dass jemals etwas zwischen uns sein wird. Niemals, Fabienne! Ich steh nicht auf intrigante Frauen.«

»Ach, das hat sich vor ein paar Tagen aber noch ganz anders angehört.«

»Ein Fehler. Der Größte, gleich nach dem Absetzen von *Akte X*!«

»Mia würde sich im Grab umdrehen, wenn sie sehen könnte, was aus dir geworden ist.«

»Wag es nicht, über Mia zu sprechen!«, sagte ich wütend.

»Ist doch die Wahrheit! Wenn die wüsste ...«

Ohne darüber nachzudenken, sprang ich von meinem Barhocker, der lautstark auf den Boden knallte, und schnellte zu ihr. Nur Zentimeter vor ihrem Gesicht blieb ich stehen. Es verlangte mir alles ab, sie nicht anzufassen. Am liebsten hätte ich sie ... Aber das tat ich nicht, stand stattdessen nur zitternd vor ihr. Mias Namen aus ihrem Mund zu hören, hatte einen regelrechten Kabelbrand in meinem Hirn verursacht. Niemand hatte so über sie zu reden. Schon gar nicht Fabienne.

»Nimm nie wieder ihren Namen in den Mund.«

»Sonst was, Joel, hm? Was passiert denn sonst?« Selbstbewusst stemmte sie die Hände in die Hüften. Doch ihr Blick flackerte.

»Sonst sorge ich dafür, dass du nie wieder einen Fuß hier reinsetzt«, sagte ich. »Und jetzt zisch ab!«

Fabienne schnappte fassungslos nach Luft. »Oh, wie schlimm«, sagte sie und verdrehte die Augen. »Glaub mir, ich habe den größeren Trumpf im Ärmel.« Sie drehte sich ab und stolzierte seelenruhig zu ihrem Platz. Dann schnappte sie sich ihre Jacke und stöckelte aus der Bar.

Mich beschlich eine beunruhigende Vorahnung. *Die blufft doch! Woher sollte sie wissen ...*

»Was für eine blöde Kuh.« Ich bemerkte Kilian, der neben mich getreten war und ihr kopfschüttelnd hinterhersah. »Alles klar bei dir?«

»Ja, bestens.«

»Ich hab' dich gewarnt«, sagte er. »Die Tante macht nur Ärger.«

»Habe ich gemerkt.«

»Komm, ich gebe dir einen aus«, sagte Kilian und begab sich hinter den Tresen.

Im Eifer hatte ich wohl nicht bemerkt, wie Lizzy und Hannah die Bar betreten hatten. Glücklicherweise hatten sie sich am anderen Ende an einen Tisch gesetzt und so hoffentlich nichts von der Auseinandersetzung mitbekommen. Das war mir mehr als unangenehm. Ich hob die Hand zur Begrüßung, als ich Hannahs Blick einfing. Lizzy drehte sich ebenfalls zu mir und nickte verhalten. Zurück auf meinem Stuhl sah ich, wie Kilian mit der einen Hand unsere Getränke eingoss, während er sich mit der anderen das Handy ans Ohr hielt.

»Das war Tom«, sagte er, nachdem er aufgelegt hatte. »Heute geht nichts mehr. Die Lifte bleiben geschlossen. Hoffentlich sieht es morgen besser aus.«

»So schlimm?«

»Weiter oben sind mehrere Lawinen runtergekommen. Zu gefährlich, sagt Tom. Morgen sehen wir weiter.« Kilian zuckte mit den Achseln.

»Scheißtag«, murmelte ich und registrierte, dass Lizzy nicht mehr an ihrem Platz saß. War sie gegangen?

»Kopf hoch, Tiger. Kann nur besser werden.« Kilian klopfte mir kameradschaftlich auf den Rücken, bevor ich mich auf den Weg zur Toilette machte.

Ich öffnete die Tür zu den Waschräumen und lief geradewegs Lizzy in die Arme.

»Oh, sorry!«, platzte es aus mir heraus und ich starrte in faszinierende, smaragdgrüne Augen. Augen, die mich alles vergessen ließen. Die schönsten auf der ganzen Welt. Binnen Sekunden machte die Wut in meinem Bauch behaglicher Wärme Platz. Der Ärger von eben war weit, weit weg.

»Lizzy.«

»Joel«, wisperte sie.

»Hör zu, Lizzy, es tut mir leid.« Sanft zog ich sie ein Stück zur Seite, damit wir den anderen Gästen nicht im Weg standen. »Ich weiß nicht, was in mich gefahren ist. Gestern Nacht, da … Das Feuer. Es war …« Lizzy sah mich gebannt an. Ich holte tief Luft und fuhr fort: »Gestern Nacht, das … Gott, wie sage ich das jetzt, ohne dass es kitschig klingt? Also, ich habe mich schon lange nicht mehr so wohlgefühlt. Aller Gegebenheiten und Nebengeräusche zum Trotz.«

Lizzys Mundwinkel zuckten.

»Es war ein besonderer Abend. Es hat … Spaß gemacht. Das Schlittenfahren, ich weiß nicht, wann ich zuletzt so gelacht habe. Mit dir im Arm einzuschlafen war einfach, *wow*. Ganz zu schweigen von den Sachen, die dazwischen passiert sind.«

Ein zaghaftes Lächeln legte sich auf ihr Gesicht.

»Ich hoffe nur, ich habe dich zu nichts gedrängt. Seit heute Morgen bist du so … reserviert«, sagte ich und hoffte inständig, sie würde die Frage nach dem *Warum* heraushören.

Ihre Augen weiteten sich und ich bemerkte, sie starrte gar nicht mich an, sondern an mir vorbei. Dann hob sie den Finger und zeigte auf etwas hinter mir.

»Das ist er!«, rief sie. »Das ist der Kerl, der an deinem Pick-up war!«

»Jemand war an meinem Auto?«

Ich drehte mich um und erstarrte. *Nein!* Sofort sprintete ich auf ihn zu und ... dann rumste es. Verdammt. Ich hatte die Kellnerin umgenietet. Wie in Zeitlupe flogen mehrere Biergläser samt Inhalt durch die Luft und landeten klirrend auf dem Boden. Amélie war filmreif ausgerutscht und auf ihrem Hintern gelandet. Alle Augen richteten sich auf uns. Ich hätte eine Verbeugung andeuten und lautstark »*Tataa*« rufen sollen, nachdem ich sie über den Haufen gerannt hatte.

Hastig suchten meine Augen die Bar ab. Aber er war verschwunden.

Ich beugte mich zu Amélie hinunter und streckte ihr die Hand entgegen, um ihr aufzuhelfen. Aber sie sah mich weder an, noch nahm sie meine Hand. Ihre Augen füllten sich mit Tränen. Dann ging alles ganz schnell. Sie riss sich die Schürze vom Leib und rannte mit einem »Ich kann das nicht länger! Ich kündige!« in den Personalraum hinter der Theke. Nur Sekunden später hastete sie mit einer Tasche in der einen und ihrer Jacke in der anderen Hand wieder heraus und stürmte aus der Bar.

»Ey Mann, du hast meine Bedienung vergrault«, motzte Kilian, lächelte dabei aber unverkennbar.

»Ich ... Entschuldige. Ich habe sie nicht gesehen.«

»Schon okay. Sie war jetzt nicht gerade das beste Pferd im Stall.«

»Wer war das?«, fragte Lizzy und zeigte auf die Stelle, an der Marco gestanden hatte.

»Niemand. Das war niemand«, sagte ich schnell und eilte hinaus. Ich brauchte dringend frische Luft. *Was wollte der an meinem Auto?*

Draußen wehte ein erfrischend kühler Wind. Genau das Richtige, um mein erhitztes Gemüt abzukühlen. *Was wollte er hier?* Leute kamen und gingen, doch ich nahm sie kaum wahr. Auch Hannah verließ die Bar und trottete an mir vorbei. »Ciao, Joel. Bis später.«

Stumm winkte ich ihr hinterher. Ein Blick nach drinnen verriet, Lizzy hatte sich kurzerhand Amélies Schürze umgebunden und half ein weiteres Mal in der Bar aus.

Der Schneefall wurde dichter, erneut braute sich ein Sturm zusammen. Wir würden bald den Nachhauseweg einschlagen müssen, bevor der Weg zum Chalet nicht mehr passierbar war. Nach einer weiteren Nacht beim alten Lüthi stand mir nicht der Sinn.

»Ja, wen haben wir denn da?«

Ich fuhr herum. Marco.

»Na, vermisst du deine Werkstatt? Wie schön sie gebrannt hat. Ein wahres Fest.« Seine glasigen Augen lagen angsteinflößend ruhig auf mir.

»Du warst es!«

Er grinste teuflisch »Ich? Wie kommst du denn darauf?«

»Spar dir dein scheinheiliges Getue!«

»Geh doch zur Polizei, wenn du dir so sicher bist.« Marco lachte schrill. »Na los, zeig mich an.« Sein schallendes Gelächter dröhnte schmerzlich in meinen Ohren. Er wusste genau, ich würde niemals zur Polizei gehen. Nicht mit meiner Vorgeschichte. Nicht unter diesen Umständen.

»Was willst du?«, fragte ich.

»Was ich will? Du weißt, was ich will!«

»Du kriegst die Schreinerei nicht. Niemals! Sie ist Mias Vermächtnis!«

Lizzy

»Wenn ich du wäre, würde ich schleunigst ins Chalet fahren. Sieht ziemlich übel aus da draußen«, sagte Kilian stirnrunzelnd und blickte aus dem Fenster. Er hatte meine besorgte Miene bemerkt.

»Ja, du hast vermutlich recht.« Ich öffnete die Schleife der Schürze, faltete sie sorgfältig zusammen und legte sie auf die Theke. Die Bar war unterdessen so gut wie leer, sodass Kilian sie für heute dicht machte. Es war noch nicht besonders spät, aber es dämmerte bereits und aufgrund der Lawinengefahr war wenig los.

Joel war seit dem Zusammenstoß mit Amélie wie vom Erdboden verschluckt. Seine Skier waren ebenfalls verschwunden. Ich vermutete, er war ins Chalet gefahren. Ein bisschen seltsam fand ich die Geschichte schon. Erst offenbarte er mir, was ihm der Abend mit mir bedeutet hatte, redete davon, dass er meine Nähe genoss, und dann verschwand er einfach. Welche Rolle die Begegnung mit dem Typen dabei spielte, blieb ein Geheimnis.

Nachdem ich mich von Kilian verabschiedet hatte, watete ich durch den peitschenden Wind, stieg auf meine Skier und fuhr los. Es verlangte mir mein ganzes Können ab, ohne mir die Knochen zu brechen zum Chalet zu kommen. Durch das Schneegestöber war der Weg nur schwer auszumachen. Die Dunkelheit zwang mich, mein Handy aus der Innenseite der Jacke zu fischen und es als Taschenlampe zu nutzen. Mit Telefon und Stöcken in der Hand kam ich nur im Schritttempo voran.

»Wer ist da?«, hallte es aus einigen Metern Entfernung.

Ich bremste. »Joel?«, rief ich in die Nacht. »Joel, bist du das?«

»Ich bin hier«, rief er. Vorsichtig glitt ich an den Rand des Weges, aus dessen Richtung ich seine Stimme vermutete. Dahinter fiel das Terrain steil ab. Tatsächlich. Da war er.

»Was machst du denn da unten?«

Seine Skier lagen neben ihm, er selbst kauerte auf einem angedrückten Schneehaufen und schirmte mit den Händen das blendende Licht ab, das ich auf ihn warf. In der Kapuze, am Helm, überall hafteten die erdrückenden Beweise eines Sturzes. Ich konnte es mir zwar beim besten Willen nicht erklären, aber er musste den Abhang vor mir hinuntergestürzt sein.

»Bin bloß abgerutscht.« Er zuckte mit den Achseln, als wäre ihm schleierhaft, wie das nur hatte passieren können. Er sah zerstreut, regelrecht verwirrt aus.

»Warte, ich helfe dir.« Ich stieg aus den Skiern, dann zog ich die Hand aus der Schlaufe und streckte ihm meinen Stock entgegen. Doch anstatt sich daran nach oben zu ziehen, reichte er mir seine Skier und kletterte anschließend allein hinauf.

Das hätte er auch alleine geschafft. Was ist mit ihm los?

Seine Skibrille hatte er abgenommen. Sie baumelte ihm am Arm und gab freie Sicht auf seine rot schimmernden Lider. Sein Blick wirkte verhangen. Hatte er etwa geweint?

»Ist wirklich alles in Ordnung? Du siehst …«

»Komm, wir sollten uns beeilen, bevor wir noch total eingeschneit werden.« Joel stieg in seine Skier und fuhr los, ohne sich nach mir umzudrehen. Ich tat dasselbe, hastete hinterher und binnen weniger Minuten erreichten wir das Chalet.

»Ist das vielleicht ungemütlich«, motzte ich. Die Tür fiel hinter uns ins Schloss. »Scheint denn hier nie die Sonne? Seit ich angereist bin, jagt ein Sturm den nächsten. Also abgesehen vom ersten Tag.« Augenrollend klopfte ich mir den Schnee von der Schulter.

»Böse Zungen würden behaupten, es liegt an dir.« Joel grinste schief. Es war zwar noch nicht das freche Schmunzeln, das ich an ihm so mochte, aber immerhin verbesserte sich seine Stimmung.

»Sehr witzig.« Treffsicher warf ich meinen Handschuh nach ihm.

»Hundert Punkte, voll auf die Zwölf.« Lachend rieb er sich die Stirn. Es war eine Wohltat, ihn wieder fröhlich zu sehen. Kurz spielte ich mit dem Gedanken, ihn nach der Begegnung mit diesem Typen zu fragen, verwarf ihn dann aber wieder. Wenn er bereit war zu erzählen, würde er es von sich aus tun. Während ich noch damit beschäftigt war, mich aus meinen Klamotten zu schälen, verschwand Joel in der Küche.

»Tee?«, fragte er.

»Liebend gern«, rief ich zurück.

Wo war eigentlich Hannah? Ich lief nach unten und fand sie in ihrem Zimmer. Sie lag auf dem Bett und starrte gebannt auf den Fernseher vor ihr. Darin lief irgendeine Netflix-Serie, in der Teenager auf einer einsamen Insel herumsprangen.

»Worum geht es?«, fragte ich sie.

»Die sind abgestürzt. Ähm, Flugzeug. Das Flugzeug ist abgestürzt.«

»Und jetzt?«

»Na, jetzt müssen sie irgendwie zurechtkommen und auf Hilfe hoffen.«

Schwungvoll hüpfte ich auf die weiche Matratze, sodass Hannah neben mir ordentlich durchgeschüttelt wurde. »Und niemand ist gestorben? Ich meine, ist ja eher ungewöhnlich, bei einem Flugzeugabsturz.«

Sie drückte auf die Pause-Taste und sah mich an. »Lizzy, nimm das jetzt bitte nicht persönlich, aber was willst du hier? Hier, bei mir, meine ich.«

»Ich?«

»Ja, du. Jetzt habe ich den Faden verloren!«, lamentierte sie.

»Sorry, ich wollte ja nur …«

»Lizzy?«

»Ja?«

»Geh zu ihm.«

Erwischt.

»Aber … aber er ist da oben.«

»Was du nicht sagst.« Hannahs Stimme triefte vor Sarkasmus.

»Ich kann nicht.«

»O Mann. Darf ich fragen, warum nicht?«

»Er … er riecht so gut. Hannah, ich verliere den Verstand. Er bringt mich total durcheinander. Wieso zum Geier bin ich denn nur dermaßen nervös? Ich meine, ich bin doch keine siebzehn mehr. Kann ich nicht einfach hier bleiben? Bei dir?« Ich klammerte mich an ihren Unterarm.

Wie gesagt, Drama kann ich.

»Lizzy, sieh mich an.« Sie umfasste meine Schultern. »Jeder hier weiß, wie vernarrt ihr ineinander seid. Ich weiß es, du weißt es …«

»Weiß *er* es?«

»O ja. Er weiß es.«

»Echt?«

»Lizzy, um Himmels willen, geh zu ihm! Das kann sich ja keiner länger mitansehen.«

Hannahs Worte sickerten langsam in meine grauen Zellen und ließen mich grinsen.

»Ich habe dich lieb«, sagte ich und drückte ihr einen dicken Kuss auf die Stirn.

»Ja, ja. Ich dich doch auch«, sagte sie, wedelte mich mit dem Handrücken zur Tür und griff bereits nach der Fernbedienung.

Auf meinem Weg dahin drehte ich mich noch einmal um. »Und ich darf doch nicht vielleicht noch ein paar Minuten …«

»Raus!«

Im Wohnzimmer ließ ich mich auf die Couch sinken, zog die Knie heran und umfasste meine Zehen. Sie waren eiskalt. Joel hatte sich unterdessen in eine lässige Jeans geworfen, zwei Tassen Tee auf dem Salontisch abgestellt und war dabei, Feuer im Kamin zu entfachen.

Sein Smartphone lag vor mir auf dem Tisch und gab plötzlich einen schrillen Ton von sich. Ich las die Worte *Wann kommst du nach Hause?* Und mein Herz setzte für einen Moment aus. *Susi. Das darf doch nicht wahr sein! Ich wusste es!* Er hatte eine Freundin. Oder noch schlimmer, er war verheiratet. Er trug zwar keinen Ring, aber was hatte das schon zu bedeuten? O Gott, hatte er womöglich sogar Kinder? Meine Fantasie ging mit mir durch, als ich mir vorstellte, wie Joel einen Zwillingswagen schob.

Erst als er auf mich zukam, beruhigten sich meine Gedanken. Er setzte sich zu mir auf die Couch. Neben mich. Sehr dicht neben mich. Seine Hand schnellte zum

Telefon, dass er kurzerhand in den Dauerschlaf beförderte und verkehrt herum auf den Tisch legte.

Es war Zeit für die ganze Wahrheit. Ich nahm allen Mut zusammen und … sah in die unendliche Weite des tiefblauen Ozeans. Es war, als würde der Blick in seine Augen all meine trüben Empfindungen, Ängste und Bedenken weit fortschwemmen. Als übertönte das Rauschen der Wellen die lärmenden Zweifel in meinem Kopf.

Tröstend.

Beruhigend.

Still.

Joel legte seine Hand an meine Wange und strich mit seinem Daumen sanft darüber. Wenn es so etwas wie den perfekten Moment gab, dann war es genau dieser. Im flackernden Schein der Flammen rückte er näher, nahm mein Gesicht in seine Hände und hauchte mir einen Kuss auf die Lippen. Ein zaghaftes Lippenbekenntnis, das die letzten umher tanzenden Fragezeichen in meinem Kopf auslöschte. Erneut schien er sich zu vergewissern, ob ich bereit war. Und ja, das war ich.

Meine Finger vergruben sich in seinen weichen Haaren, krallten sich darin fest. Langsam öffnete er die Decke, die ich um mich gewickelt hatte. Ich brauchte sie nicht mehr. Meine Wangen glühten und die Hitze, die von diesem Mann ausging, sprang lodernd auf mich über.

Er zog mich auf seinen Schoß und sah mir dabei tief in die Augen. Und dann war ich mir sicher, dass er ehrlich zu mir war. Dass er mich nicht belügen würde. Diese Erkenntnis jagte mir einen Schauer über den Rücken.

Meine Hand berührte sein perfektes Gesicht, prägte sich jede Unebenheit, jede noch so kleine Narbe genau ein. Seine Bartstoppeln kratzten unter meinen Fingerspitzen. Sein unverkennbarer Geruch kroch mir in die Nase und ich atmete ihn tief in meine Lungen. Egal was aus uns werden würde, ganz gleich wie das mit uns endete, ich würde mich ewig an diesen Moment erinnern.

Seine zarten Lippen wanderten zu meinem Ohrläppchen. Ein leises Stöhnen entfuhr ihm und sein Atem traf auf die empfindliche Stelle dahinter. Sofort stellten sich die feinen Härchen meiner Arme auf und meine Brustwarzen pressten sich hart gegen den BH. Spätestens jetzt war es vollends um mich geschehen. Mein Hirn schaltete ab. Kein Denken, nur noch Fühlen.

Die unendlich vielen, heißen Küsse, mit denen er meinen Hals benetzte, hinterließen eine brennende Spur. Seine Hände glitten unter mein Oberteil und strichen mir über Schultern und Rücken. Mit seinem Finger fuhr er den Ansatz meiner Hose nach. Gänsehaut. Die Luft zwischen uns brannte heißer als das Feuer im Kamin und ich wartete sehnsüchtig darauf, ihn endlich auf mir zu spüren. Ich packte den Bund seines T-Shirts und zog es ihm über den Kopf. Wow. Dieser Körper. Wie gemalt. Zum Dahinschmelzen. Meine Hände erkundeten seine straffe Brust, fuhren die Umrandung eines Tattoos nach, das direkt auf Höhe seines Herzens prangte. Ich betrachtete die Konturen eines Unendlichkeitszeichens, in welches die Buchstaben *M* und *E* kunstvoll eingearbeitet worden waren. M und E? Was hatte das zu bedeuten?

Meine Finger wanderten weiter, über seine Bauchmuskeln hinunter bis zu der verheißungsvollen Linie aus schwarzen Haaren, die in seiner Hose verschwand.

Ich glitt von seinem Schoß und als meine Knie den weichen Teppich berührten, öffnete ich den Reißverschluss seiner Jeans. Er warf den Kopf in den Nacken und sank tiefer in die Polster …

Meine Kopfhaut kribbelte. Mein ganzer Körper bebte, als wir später atemlos in seinem Bett lagen. Ich kuschelte mich in seine Arme, schmiegte mich fest an ihn.

Sanft fuhr er mit den Fingern über meinen Bauch und streichelte mich, während sein Atem immer gleichmäßiger wurde. *Wahnsinn*, dachte ich.

Ich ließ die letzten Stunden Revue passieren und ein Lächeln legte sich auf meine Lippen. *Das ist also das Feuerwerk, von dem ich schon so oft gehört hatte und von dem Hannah immer spricht.*

Verträumt bewunderte ich Joel, der schlafend neben mir lag. Erst betrachtete ich sein markantes Gesicht, dann wanderte mein Blick nach unten und blieb erneut an seinem Tattoo hängen. Die Schattierungen der Buchstaben waren perfekt in Szene gesetzt, verschmolzen mit den filigranen Linien. M und E. Fieberhaft versuchte ich zu ergründen, wieso mir das bekannt vorkam. Doch es gelang mir nicht. Meine Gedanken verschwammen, die Müdigkeit übermannte mich. Die Lider wurden schwer und ich driftete in einen ruhigen Schlaf.

Kapitel 7

Samstag, 28. Dezember

Joel

Helle Strahlen bahnten sich ihren Weg durch die maroden Fensterläden und kitzelten mich an der Nase. Ich lag schon eine Weile wach und ging in Gedanken den gestrigen Abend und diese Wahnsinnsnacht durch. Ein Dauergrinsen würde mein heutiger Begleiter sein.

Ich sah auf die Uhr und wow, der Vormittag war bereits weit vorangeschritten. Ungläubig starrte ich auf das Display. *Wie war das möglich?* So lange hatte ich seit Ewigkeiten nicht mehr schlafen können. Kein Aufwachen, keine Albträume, die mich sonst so oft plagten.

»Guten Morgen«, murmelte die bezaubernde Frau, die hinter mir im Bett lag. Sie schob ihre Hand unter die Laken und presste ihren warmen Körper an meinen. Quälend langsam fuhr sie die Konturen meiner Brust nach und mich überkam, wie so oft, seit wir dieses Zimmer betreten hatten, ein wohliger Schauer.

»Gut geschlafen?«, fragte sie und küsste meinen Nacken. Ihr warmer Atem streifte mein Ohr.

Der untere Teil meines Körpers erwachte ebenfalls und ließ mich aufseufzen. »Sehr sogar.«

Ich drehte mich zu ihr um und betrachtete sie.

Was ist das denn? Ganz eindeutig Kissenabdrücke. Dass man nicht noch die Mohnblumen auf ihrer Wange erkennen konnte, grenzte schier an ein Wunder. Zerknautscht, mit halb geöffneten Augen und den wilden

Locken, sah sie noch umwerfender aus als am Abend zuvor.

Langsam wanderte ihre Hand tiefer. »Oh, hallo. Du bist ja auch schon wach«, sagte sie frech.

Ich schüttelte den Kopf. »Du kriegst wohl nie genug?«

»Find es doch heraus.«

Das ließ ich mir bestimmt nicht zweimal sagen. Mit einer schnellen Bewegung zog ich sie auf mich. Ihre Brüste pressten sich gegen meinen Oberkörper, meine Hände glitten ihren Rücken entlang, bis ich ihren festen Hintern zwischen die Finger bekam. Langsam kreiste sie ihr Becken. Nächste Runde also. Nichts lieber als das.

***

Das heiße Wasser prasselte auf mich ein, genau wie die altbekannten Zweifel. Meine Gedanken verselbstständigten sich wieder einmal. Die starken Empfindungen Lizzy gegenüber jagten mir Angst ein. Das war nicht nur Sex. Das hier ging tiefer. In dieser Nacht hatten wir eine unsichtbare Grenze hinter uns gelassen. Eine Grenze, von der ich bis vor Kurzem geglaubt hatte, sie würde für immer bestehen bleiben. Mein Leben wurde abermals kräftig durcheinandergewirbelt und ich war mir nicht sicher, ob mir das gefiel. So viele Sachen, die mich beschäftigten. Das Zusammentreffen mit Marco, der Sturz, das Wiedersehen mit Hannah, das all die alten Wunden wieder aufgerissen hatte, Lizzy auf der Couch. Wie waren wir nur in meinem Zimmer gelandet?

Wenn ich ehrlich zu mir war, hatte sich das Ganze über die letzten Tage angebahnt. Seit ich ihren Handschuh aus dem Sessellift hatte fallen lassen, ging mir diese Frau nicht mehr aus dem Kopf. Irgendetwas an ihr zog mich an wie ein verdammter Atomkern seine Elektronen. Ständig suchte ich ihre Nähe. Ihre leichte und schwungvolle Aura war allgegenwärtig und schenkte mir das Gefühl, endlich wieder lebendig zu sein. Genau das, was mir vor Jahren abhandengekommen war.

Die letzte Nacht war *der* Beweis. Das war kein stoisches Rumgevögle, das war viel mehr. Für gewöhnlich hatte ich die Namen der Frauen, mit denen ich schlief, spätestens nach ein paar Tagen vergessen. Ganz zu schweigen von ihren Nummern. Meistens machte ich mir nicht einmal die Mühe, sie abzuspeichern. Ich hatte selten das Bedürfnis, sie danach wiederzusehen, obwohl es teilweise echt nette Bekanntschaften gewesen waren. Mein Herz zu berühren, das hatte keine von ihnen geschafft.

Lizzy hingegen … Ihre weichen Lippen, ihre Augen und ihre warme Stimme drangen in meinen Kopf. Ich sah ihr erhitztes Gesicht vor mir, spürte das Kribbeln im Bauch, das mich jedes Mal überkam, wenn sie mich anlachte. Sollte es das Schicksal endlich gut mit mir meinen?

Und dann durchfuhr es mich wie ein Blitz. Siedend heiß traf mich die Erkenntnis. Das zwischen uns, was immer es denn war, *konnte* gar nicht funktionieren. Es schmerzte wie ein Stich mitten ins Herz. Selbst wenn ich es schaffte, die Vergangenheit hinter mir zu lassen. Selbst wenn Lizzy ihren Ex absägte, standen wir noch immer vor einem schier unlösbaren Problem: Sie lebte in Berlin und ich hier. Eintausend unüberbrückbare

Kilometer. Ländergrenzen. Das würde niemals funktionieren. Ich war hier verwurzelt, ich konnte nicht weg. Und wollte es auch nicht.

Die ausgiebige Dusche hatte mein aufgebrachtes Gemüt beruhigt. Ich verließ das in Dampf gehüllte Bad und sah mich plötzlich Hannah gegenüberstehen. Sofort bohrte sie mir den Zeigefinger in die Brust, schob mich zurück in das feuchtwarme Zimmer und schloss geräuschlos die Tür.

»Ich. Fasse. Es. Nicht!« Sie hatte die Arme in die Hüften gestemmt. Ihr Blick war ernst und verunsicherte mich.

»Hannah … ich … hör mir zu …«

Und dann fiel sie mir um den Hals und tippelte anschließend auf der Stelle, wie ein Kleinkind, das dringend aufs Klo musste.

»Okaaaay«, sagte ich und zog dieses einfache Wörtchen dabei unnatürlich in die Länge.

»Das ist … hach, Joel. Ich freu mich so!«

»Ähm. Okay«, erwiderte ich wenig wortgewandt. Für einen besonders kreativen rhetorischen Erguss war ich schlicht zu erstaunt über ihre Reaktion.

»Woher weißt du es?«

»Ich habe Lizzy aus deinem Zimmer schleichen sehen.« Sie winkte ab. »Meine müden Augen sehen alles.«

»Und du freust dich?«, fragte ich vorsichtig.

»Aber sowas von!«

»Das hätte ich jetzt nicht erwartet.«

»Wieso?«

»Wieso? Na, weil … Du weißt wieso. Bitte zwing mich nicht, es auszusprechen.« Hannahs Gesichtszüge wurden weich. Ich hasste es, wenn mich die Leute so ansahen. Ihre mitleidigen Blicke hatte ich satt. Ich wandte mich ab und ging zum Fenster. Es verlangte mir auch nach über vier Jahren alles ab, über Mia zu sprechen. »Ich habe sie so geliebt«, sagte ich leise. »Und jetzt, das mit Lizzy ... Das ist nicht richtig. Also, irgendwie schon. Aber ich habe das Gefühl, Mia zu betrügen. Ich ... kann sie doch nicht einfach ersetzen.«

»Aber du ersetzt sie doch nicht. Du hast sie geliebt, das steht außer Frage. Aber Joel ...« Hannah nahm mich bei den Schultern, drängte mich, sie anzusehen »Du verdienst es, wieder glücklich zu sein. Du darfst glücklich sein. Das musst du sogar. Mia hätte es so gewollt, das weißt du genau.«

Ich konnte sie nicht ansehen. Nicht mit dem Wissen, das ich seit so langer Zeit mit mir herumtrug.

»Joel, sieh mich an. Weiß Lizzy von ihr?«

»Nein!«, sagte ich einen Tick zu laut. »Nein, sie weiß es nicht. Und ... ich kann es ihr auch nicht sagen. Noch nicht.«

»Hör zu, ob und wann du ihr von Mia erzählst, geht mich nichts an. Aber das mit uns«, sie zeigte zwischen sich und mir hin und her, »müssen wir ihr beichten. Das ... das ist nicht fair.«

»Aber dann muss ich alles auspacken. Ich bin noch nicht so weit.«

»Ja, dann würde ich mich an deiner Stelle beeilen. Lizzy wurde eben erst verarscht. Wenn sie erfährt, dass du sie belügst ...«

»Aber ich belüge sie doch nicht!«

»Okay, wenn sie erfährt, dass du, dass wir, ihr wesentlich wichtige, richtig wichtige Tatsachen vorenthalten, dann verliere ich meine Freundin und du die Chance auf dein Glück.«

Bam, der hatte gesessen.

»Wir dürfen Lizzy nicht länger belügen, Joel!«

Vor der Tür knarrten die Dielen und ein flüchtiger Schatten huschte unter der Tür hindurch.

»Verdammte Scheiße! Sie hat doch nicht etwa …?«

Lizzy

Ich hatte mich doch verhört. Ganz bestimmt. Hannah würde niemals ... und Joel auch nicht ... Oder?

Völlig aufgelöst sank ich an der Tür herunter, die ich soeben lautstark ins Schloss geworfen hatte. Nachdem ich die beiden versehentlich belauscht hatte, war mir sämtliches Blut aus den Adern gewichen und ich war in mein Zimmer gehastet. Im Zylinder steckte ein Schlüssel. Abschließbar. Perfekt. Prädestiniert zum Verstecken. Zum Flüchten. Darin hatte ich Erfahrung.

Ich atmete tief ein und zwang mich, Ruhe zu bewahren. Womöglich hatte ich etwas falsch verstanden, das leicht zu erklären wäre. Ein Irrtum, eine lächerliche Fehlinterpretation meinerseits, über die wir uns schon heute Abend alle herzhaft amüsieren würden. Ja, genau. So sah es aus. Oder? Doch, doch. So war es. O Gott, ich war mir alles andere als sicher. Im Grunde ließen die Wortfetzen, die ich vernommen hatte, keinen Interpretationsspielraum zu. Frustriert kauerte ich auf dem Fußboden und vergrub den Kopf in meinen Händen. Nur schwerlich unterdrückte ich ein Schluchzen.

Das Gespräch der beiden dudelte in Dauerschleife durch mein Gehirn. *Wollte das hinter mir lassen. Musste weit weg. Dürfen sie nicht länger belügen. Mia. Wer zum Geier war Mia?* Mein Kopf brummte.

Kaum hörbar klopfte es an der verschlossenen Zimmertür. Es war Hannah, die meinen Namen durch den Türschlitz schickte.

»Lizzy?« Ein leichtes Zittern begleitete ihre Worte. Doch mir stand nicht der Sinn danach, mit ihr zu sprechen. Ich ignorierte sie, denn ich war nicht bereit für das, was sie mir zu sagen hatte.

»Lizzy, bitte. Mach die Tür auf. Lass es mich dir erklären.«

»Hau bloß ab!«, schrie ich. Ignorieren war eindeutig nicht meine Stärke.

»Komm schon. Das führt doch zu nichts. Wir müssen das bereden.«

»Geh weg, Hannah!«

»Mach die Tür auf! Du kannst dich doch nicht die nächsten Tage in diesem Zimmer einsperren.«

»Klar kann ich!«, sagte ich mit der bockigen Stimme einer Vierjährigen.

»Das ... tut mir alles so schrecklich leid.«

»Ach ja?«

»Lizzy, ich würde dich nie absichtlich verletzen, das musst du mir glauben. Ich wollte es dir schon lange erzählen, aber es ist alles so furchtbar kompliziert.«

»Ihr habt mich angelogen! Ich weiß zwar nicht, um was es geht und es interessiert mich auch nicht, denn es spielt keine Rolle. Aber Fakt ist, ihr wart nicht ehrlich zu mir. Wie konntest du mir das antun? Von Männern verarscht zu werden ist das Eine, aber von meiner besten Freundin?«

Tränen stiegen auf. Die Erste kullerte heiß über meine Wange, bahnte den Weg für viele weitere Tropfen der salzigen Flüssigkeit. Ich war so unglaublich wütend. Am liebsten hätte ich irgendwo dagegen getreten. Stattdessen feuerte ich den Schlüssel in meinen Händen mit aller Kraft quer durch das Zimmer.

Plötzlich vernebelte sich mein Blick. Um mich herum begann sich die Welt zu drehen. Obwohl ich saß, hatte ich das Gefühl, jeden Moment umzukippen. Fenster öffnen, kam mir die rettende Idee. Frische Luft half immer. *Okay, Lizzy. Langsam aufstehen.*

Doch die grau-weißen Pixel vor meinen Augen verdichteten sich zu einem schwarzen Schleier. Dann wurde es still.

***

»Hey, Süße. Wach auf.« Irgendwer tätschelte meine Wange und klatschte mir etwas Kaltes auf die Stirn. Ich blinzelte und das anfänglich verschwommene Bild wurde allmählich schärfer. Meine Schläfen pochten. »Autsch.«

»Da bist du ja wieder. Gott, hast du mir einen Schrecken eingejagt.«

Ich blickte in Hannahs besorgtes Gesicht. Und dann sah ich ihn. Joel. Er hielt meine Beine in die Luft und sagte kein Wort. Schnell entriss ich sie ihm und rappelte mich auf, um ein halbwegs würdevolles Bild abzugeben. Mein Kopf pochte unterdessen schmerzhaft im Takt meines Pulses.

»Was ist passiert?« Alles, woran ich mich erinnerte, war, dass ich wütend vor der Zimmertür saß und durch die geschlossene Tür mit Hannah stritt. Dann, Filmriss.

»Ich glaube, du bist umgefallen«, sagte sie.

»Aber ich saß doch!«

Hannah zuckte ratlos mit den Achseln.

»Und überhaupt, wie seid ihr hier reingekommen? Ich hatte doch zugeschlossen.«

»Zweitschlüssel.« Schulterzuckend zog Joel einen abgegriffenen Lederbund aus seiner Jeans und ließ ihn lässig um den Zeigefinger kreisen. Ich beschenkte ihn mit dem düstersten Blick, den ich in dem Moment auf Lager hatte. Woraufhin er den Schlüssel schnell dahin zurücksteckte, wo er ihn hergeholt hatte.

War ja klar. Nicht mal verstecken kann man sich hier.

Hannah fixierte mich eindringlich. »Lizzy, bitte hör mir zu.«

»Was?« Ich war stinksauer und maßlos enttäuscht. Beleidigt verschränkte ich die Arme vor der Brust und starrte auf meine nackten Zehen, die auf die dunklen Dielen trommelten.

»Ich … wo fange ich nur an?« Hilfesuchend sah Hannah zu Joel. Er stand ratlos im Zimmer und wirkte irgendwie verloren.

»Wie wäre es mit ganz vorne?«, fragte ich schnippisch. Endlich fühlte ich mich kräftig genug, um aufzustehen. Langsam erhob ich mich und setzte mich auf das Bett. Dicht gefolgt von Hannah, die sich neben mir niederließ.

Fahrig fuhr ich durch meine Haare. »Ich will die Wahrheit wissen, Hannah. Die Ganze. Ich habe es verdient. Oder sieht das irgendjemand im Raum anders?« Provokativ fixierte ich Joel.

Er atmete tief ein »Kaffee? Das könnte länger dauern.«

»In zwei Minuten in der Küche!« Ich staunte selber, wie bestimmend ich auftreten konnte. Außergewöhnliche Situationen erforderten besondere Maßnahmen.

»Ich höre.« Trotzig verschränkte ich abermals die Arme und sah abwechselnd von Hannah zu Joel.

»Also«, begann Hannah und rutschte nervös hin und her. »Erst einmal, ich hatte nie vor dich anzulügen, Lizzy. Das musst du mir glauben.«

»Sagtest du bereits. Ich wüsste jetzt wirklich gern, was Sache ist.«

Sie nickte und fuhr fort. »Joel, Mona und ich … wir kennen uns seit dem Kindergarten. Erinnerst du dich an das kleine Dorf mit den bunten Dächern, das ich dir auf dem Weg hierher gezeigt habe?«

»Ja.«

»Dort sind wir aufgewachsen. Joel und Mona waren Nachbarn und seit jeher beste Freunde. Sie haben dieselbe Klasse besucht. Ich war zwei Jahrgänge unter ihnen. Ich … Meine Schwester war genauso alt wie die beiden und ebenfalls in ihrer Stufe. Joel und sie waren seit der Schulzeit ein Paar.« Hannahs besorgter Blick wanderte zu Joel. Er saß blass neben ihr und hatte bisher keinen einzigen Ton von sich gegeben. Doch er verstand ihre stille Aufforderung und holte tief Luft, um ihre Erklärung fortzusetzen.

»Ich … shit, Mann. Ich rede eigentlich nicht darüber.« Er stand auf und stellte sich mit dem Rücken zu uns ans Fenster. »Mia. Mia war ihr Name. Ich habe mich in der fünften Klasse Hals über Kopf in sie verliebt. Sie war viel cooler als die anderen Mädchen. Wir verbrachten den ganzen Sommer damit, auf dem angrenzenden Waldstück ein Baumhaus zu bauen. Holz war unsere gemeinsame Leidenschaft.« Er lächelte zaghaft. »Seit diesem Sommer waren Mia und ich unzertrennlich. Wir überstanden die Oberstufe, machten irgendwann unseren Schulabschluss und anschließend die Schreinerlehre. Sogar während ihres Austauschjahres in Amerika gab es nie eine andere Frau für mich. Wir heirateten, kurz nachdem sie von der Reise zurückgekehrt war. Ich habe sie geliebt.« Er wandte sich zu uns. Sein Gesicht wirkte eingefallen, dunkle Schatten prangten unter seinen Augen und mein Herz zerbrach mit jedem seiner Worte ein Stück mehr. Es schmerzte unendlich, dass der Mann, in den ich mich gerade im Begriff war zu verlieben, *so* von einer anderen Frau sprach.

»Was ist dann passiert?«, hakte ich nach. Jetzt gab es kein Zurück mehr.

»Wir bauten zusammen ein Geschäft auf.«

»Die Schreinerei«, hauchte ich.

Er nickte. »Und das Atelier. Wie gesagt, Holz war *unser* Ding.« Wieder suchte er Halt in der tröstenden Ferne, atmete tief ein und hörbar wieder aus.

»Eines Abends feierten wir in der Panorama-Bar. Es wurde später als beabsichtigt und Mia wollte nicht mehr ins Tal hinabfahren. Aber ich ... ich überredete sie, und auf dem Weg nach unten, da ...« Er schluckte und wischte sich hastig eine Träne aus dem Augenwinkel. »Da habe ich die Kontrolle über das verdammte Auto verloren. Ich ... konnte nichts dagegen tun. Der Wagen kam ins Rutschen.« Er hielt sich die Hände vors Gesicht, unterdrückte ein Schluchzen. »Und ich bekam dieses gottverdammte Scheißding einfach nicht unter Kontrolle!«

Ihn so zu sehen, brach mir das Herz. Niemand sollte so etwas durchleben müssen. Ohne darüber nachzudenken, ging ich zu ihm und legte ihm meine Hände auf die Schultern.

»Ich konnte nichts machen«, sagte er. »Sie ist tot, Lizzy. Tot.«

Hannah kam zu uns und umarmte Joel. Er hob den Kopf und schob sie eine Armlänge von sich, um ihr in die Augen sehen zu können. »Warum ist das verfluchte Auto nicht stehengeblieben? Es ist meine Schuld, Hannah. Ich hätte sterben sollen, nicht sie.«

Joel

Hannah packte mich bei den Schultern und zwang mich, sie anzusehen. »Nein, Jo. Sag sowas nicht. Es war ein Unfall. Ein tragischer Unfall. Niemand trägt die Schuld! Hörst du?«

Ich verstand Hannahs Worte, klar und deutlich. Das machte es aber nicht leichter, sie zu glauben. Seit Jahren hörte ich sie und dennoch nagte mein Gewissen an mir und meinem Lebenswillen. Denn ich wusste es besser. Ich kannte die ganze Wahrheit und hielt sie unter Verschluss. Sie herauszulassen würde nichts daran ändern, dass ich in dieser kalten Dezembernacht vor vier Jahren meine große Liebe verloren hatte und mit ihr einen Teil meiner selbst.

Was damals geschehen war, blieb mir und meiner Erinnerung vorbehalten. Und Marco.

Ich schüttelte erst die Gedanken und anschließend Hannahs Hände ab. Ihre tröstenden Berührungen waren kaum zu ertragen. Ich verdiente sie nicht.

Lizzy hatte sich unterdessen wieder auf einen der Holzstühle gesetzt und sah betreten zu uns hinüber. Ihre gekräuselte Stirn verriet, dass sie grübelte.

»Das Bild im Flur …«, begann sie. »Das kleine Mädchen auf dem Schlitten, das bist du.«

»Und das dahinter ist Mia, meine Schwester«, fuhr Hannah fort und nickte kaum merklich.

Lizzy eilte zu ihrer Freundin und zog sie in eine lange, feste Umarmung.

»Wieso hast du nie etwas gesagt?« Ungläubig schüttelte Lizzy den Kopf. »Ich wäre für dich da gewesen. Das ist alles ganz schrecklich.«

»Genau aus diesem Grund habe ich all die Jahre geschwiegen. Wegen Blicken wie deinen.« Hannah stand abrupt auf und lief aufgeregt umher. Lizzy schwieg und folgte Hannahs Zick-Zack-Bewegungen quer durchs Zimmer. Wie ein aufgescheuchtes Huhn lief sie auf und ab.

»Die Leute meinten es alle nur gut, wollten helfen, das war mir bewusst. Aber kannst du dir vorstellen, wie es ist, wenn dich jeder nur als *die Schwester der verunglückten Mia* sieht? Es fiel mir schwer, nicht vollends durchzudrehen. Die Trauer, der Schmerz. Mia war nicht bloß meine Schwester, sie war meine beste Freundin. Wann immer ich versucht hatte, mich abzulenken, spiegelte sich der Verlust in den Augen aller Menschen hier. Ihr Mitleid war allgegenwärtig. Es schnürte mir die Kehle zu, hat mir die Luft zum Atmen genommen. Ich habe es nicht länger ertragen.« Sie sah von Lizzy zu mir und wieder zurück.

»Das war also der Grund für deinen Umzug nach Berlin«, stellte Lizzy fest.

Hannah nickte schwach. »Wie sollte ich jemals darüber hinwegkommen und ihren Tod verarbeiten?« Sie machte eine kurze Pause, sank auf die Bank und wirkte augenblicklich kraftlos und unendlich müde. »Hier hat mich alles an sie erinnert. Dazu Mutter und Vater, die mit dem Verlust komplett anders umgegangen sind als ich.« Sie nahm einen tiefen Atemzug. »Ich wollte weg. Weit weg. Irgendwo neu anfangen. Als Hannah Klements und nicht als die Schwester der toten Mia.«

Hannah drehte sich Lizzy zu. »Dann sind wir uns begegnet. Weiß Gott wie das möglich sein konnte, aber plötzlich war da jemand, der gleich verrückt war wie ich. Du brachtest Licht an meinen dunklen Horizont. Glaub mir, ich habe lange überlegt, ob ich dir von Mia erzählen sollte. Aber ich wollte nicht riskieren, dass du mich so behandelst, wie all die anderen. Kannst du das nachvollziehen? Wenigstens ein winziges bisschen?«

Lizzy nickte und kaute auf ihrer Unterlippe.

»Ich hatte Mia verloren, aber dich bekommen. Du bist sowas wie die *Sister from another Mister*.« Hannah kicherte. »Das wollte ich schon immer mal laut sagen.«

Endlich hellte sich auch Lizzys Gesicht auf. Ein zaghaftes Lächeln umspielte ihren Mund und bald zeichnete sich das Grübchen, das ich so sehr mochte, über ihrem Mundwinkel ab.

»Ja, ich versteh dich. Aber ... Wieso, um alles in der Welt, habt ihr so getan, als ob ihr euch kaum kennt? Das kapiere ich nicht.« Lizzys Zeigefinger schwenkte zwischen Hannah und mir hin und her.

»Ja, das ... ähm, also.« Hannah fixierte mich hilfesuchend. Ich verstand ihre stille Bitte um Unterstützung und übernahm das Wort.

»Es war einfacher so.« Ich zuckte die Achseln, wohl wissend, ihr eine äußerst dürftige Erklärung vor die Füße zu werfen. Eine Erklärung, die mehr Fragen aufwarf, als sie beantwortete. »Wir hatten uns ewig nicht gesehen. Als sie dann plötzlich vor mir stand, war ich komplett überrumpelt. Ich hatte keine Ahnung, wie ich damit umgehen sollte. Jahrelang habe ich jeglichen Kontakt zu Mias Familie gemieden. Sogar auf dem Berg war ich seit dem Unfall nie wieder. Und dann, am ersten Tag hier oben, stand Hannah vor mir.«

Hannah fasste neuen Mut. »Ich war überfordert. Da stand er plötzlich und binnen Sekunden prasselten diese schmerzhaften Erinnerungen auf mich ein. Das war einfach zu viel für mich. Kurzschlussreaktion, vermute ich.«

Ich pflichtete ihr bei. »Ging mir ganz genauso. War irgendwie ein Selbstläufer.«

Lizzy haute sich vor den Kopf. »Und ich dachte schon, ihr hättet was miteinander gehabt.«

»Was? Ich? Mit ihm?« Hannahs Augen weiteten sich und ihr Finger bohrte sich in meinen Oberarm. »Niemals! Gott bewahre«, quiekte sie mit verzogenem Gesicht und stieß mich von sich, wie ein unliebsames Insekt.

»Na, danke«, sagte ich schmunzelnd. *Hallo? Was ist daran so abwegig?* Klar, sie war Mias kleine Schwester, was per se ein Ausschlusskriterium war. Trotzdem, ihre Entschlossenheit kratzte an meinem Ego. Ich setzte zu einer überzeugenden Rede an, dass ich gar kein so schlechter Fang war, als das blecherne *Ding Dong* der Türklingel mich aus dem Konzept riss.

»Ich geh schon.« Hannah hastete nach oben wie ein neugieriges Kleinkind.

Das war meine Chance. Endlich allein mit Lizzy. Ich fing ihren Blick ein und setzte mich neben sie.

»Es tut mir leid, dass ich nicht von Anfang an die Wahrheit gesagt habe. Vor allem nicht nach der Sache mit Knister-Elias.«

»Nenn ihn nicht so!« Schmollend gab sie mir mit der Rückseite ihrer Hand einen Klaps auf den Arm.

»Im Ernst, Lizzy. Ich kam her, um, na ja, um mir eine Auszeit von meinem Leben da unten zu nehmen.« Ich nickte in Richtung Tal. »Und um mich der Vergangenheit zu stellen. Was ja irgendwie geklappt hat. Wenn auch anders, als geplant. Ich ... hatte keine Ahnung, dass ich hier jemanden wie dich kennenlernen würde.«

»Jemanden wie mich?« In ihren Augen tanzten Fragezeichen.

Sie hatte wirklich keine Ahnung, was für eine besondere Frau sie war. »Ach, Felicia.« Ich nahm ihr Gesicht in die Hände, fuhr mit dem Daumen sanft die Konturen ihres Grübchens nach. »Verzeihst du mir?«

Anstelle einer Antwort bedeckte sie meinen Mund mit ihren warmen Lippen.

»Unter einer Bedingung«, wisperte sie an meinen Mund.

Oh.

»Die wäre?«, fragte ich vorsichtig.

»Keine Geheimnisse mehr.«

»Keine Geheimnisse mehr.« Ich legte all meine Kraft in den Kuss, der nun folgte. Sie musste mir einfach glauben.

Das war er, der perfekte Moment. Endlich hatte das Versteckspiel ein Ende. Blieb zu hoffen, dass Lizzy mit meiner Vergangenheit umzugehen wusste, mit all den Gefühlen, die damit einhergingen. In diesem Augenblick war ich einfach nur glücklich. Lizzy war hier, bei mir. Ihre Wärme befreite mein Herz Stück für Stück aus dem ewigen Eis, in dem es so viele Jahre gefangen gewesen war. Sie seufzte, während sie sich an mich schmiegte. Ich hätte ewig genau so verweilen können, eingehüllt in diesen friedlichen Moment. Bis …

»Surprise! Surprise!« … Hannah ins Wohnzimmer stürmte. »Eine Lieferung für die, ich zitiere: *Liebe meines Lebens*. Also nicht *meine*«, sagte sie kopfschüttelnd und deutete auf sich selbst, »Sondern *seine*.« Hannah nickte flüchtig auf den Umschlag in ihren Händen.

»Hä?« Lizzys Blick gefror. Hannah drückte ihr ein Bouquet aus zig roséfarbenen Luftballons in die Hand, die durch eine geringelte Schnur zusammengehalten wurden und an deren Ende ein rosafarbener Brief baumelte. Lizzy sagte kein Wort, starrte stattdessen weiterhin auf die im Luftzug tänzelnden Ballons.

»Nicht sein Ernst, oder?« Ich riss mich ehrlich zusammen, um nicht laut aufzulachen. »Luftballons von Knister-Elias. Wie … einfallsreich.«

»Fehlende Initiative kann man ihm jedenfalls nicht vorwerfen«, sagte Hannah und kniff im Vorbeigehen in einen der Ballons, worauf dieser mit einem lauten Knall zerplatzte.

»Scheiße, Hannah!« Erschrocken fuhr Lizzy herum.

»Ups.«

»Da waren's nur noch zwölf«, murmelte ich unbeeindruckt.

»Was?« Lizzy war eindeutig nicht bei der Sache.

»Zwölf. Jetzt sind es nur noch zwölf. Vorher waren es dreizehn.«

PENG.

»Upsi.« Theatralisch hielt sie sich die Hand vor den Mund.

»Hannah!«

KNALL.

»Hoppla, wie dumm von mir.«

»Hannah, lass das!«

Ich versuchte wirklich, nicht loszuprusten. Es gelang mir nur bedingt. Hannahs Hand hob sich erneut, doch diesmal sah Lizzy es kommen und fing ihren Arm ab.

»Wirst du das wohl lassen!«

»Was denn? Nicht einer dieser ekelhaft pinken Ballons hat es verdient, am Leben zu bleiben.«

»Rosa«, warf ich dazwischen. »Die sind rosa, nicht pink. Ist ein riesiger Unterschied, solltet ihr Frauen aber wissen.«

»Ach, halt die Klappe!«, schalt mich Hannah. »Im Ernst, verbrenn den Brief und säg den Trottel endlich ab.«

»Mach ich ja. Aber den Brief will ich vorher trotzdem lesen.«

»Tu, was du für richtig hältst.« Hannah war im Begriff von dannen zu ziehen, als sie im Vorbeigehen flink wie ein Wiesel die Finger erneut ausstreckte.

BOOM

»Oh, Pardon!«, sagte sie und lächelte unschuldig.

Lizzy

»Ich bring die hier mal runter«, sagte ich, schnappte mir die wenigen Ballons, die Hannahs Hasstirade überlebt hatten, und verfrachtete sie in mein Zimmer. Müde ließ ich mich aufs Bett plumpsen und rieb mir die Schläfen. Ich betrachtete den rosafarbenen Umschlag, den ich kurz zuvor achtlos auf die Decke geworfen hatte. Mein Name prangte in goldenen Buchstaben auf der Vorderseite. Sie schrien mich förmlich an. *Soll ich? Oder soll ich nicht?*

Meine Gefühle überschlugen sich. Der imaginäre Dia-Projektor vor meinen Augen spielte Ausschnitte aus unserem gemeinsamen Leben, zeigte Familienfeste, auf denen wir ausgiebig gelacht und getanzt hatten, und Bilder unserer Reisen. Ich sah uns auf der Brooklyn Bridge mit Selfie-Stick verliebt in die Kamera grinsen. Im krassen Kontrast dazu schoben sich aber auch die vielen einsamen Abende, die sich gegen Ende unserer Beziehung gehäuft hatten, in mein Bewusstsein. Elias vor einem sinnlosen Computerspiel und ich am Handy. Ich seufzte. Obwohl ich erst seit einer Woche hier war, schienen die Erinnerungen aus einer anderen Zeitrechnung zu stammen. Natürlich juckte es mich in den Fingern, sofort zu erfahren, was er mir zu sagen hatte. Doch Joels Kuss brannte auf meinen Lippen, hielt mich im Jetzt gefangen. Da wollte ich bleiben. Also entschied ich mich dagegen, schob den Brief unter das Kissen und somit aus meinem Sichtfeld.

Was für ein verrückter Morgen das gewesen war. Die Erinnerungen der letzten Stunden prasselten auf mich ein. Beim Gedanken an die unanständigen Sachen, die Joel und ich die halbe Nacht veranstaltet hatten, trieb es mir die Schamröte ins Gesicht. An den Stellen, an denen seine Lippen meine Haut berührt hatten, prickelte es noch immer verheißungsvoll, und ohne es zu wollen, schnellten meine Mundwinkel nach oben. Wie ein verliebter Teenager lag ich grinsend auf dem Bett, sodass ich das leise Klopfen an der Tür zuerst gar nicht wahrnahm. Dann pochte es etwas lauter und riss mich aus meinen Fantasien.

»Ja?«, fragte ich und schnellte hoch.

Unter Knarren öffnete sich die Tür einen Spaltbreit und Joel steckte seinen Kopf herein. *Wenn man vom Teufel spricht. Oder an ihn denkt.*

»Darf ich?«, fragte er und deutete in mein Zimmer.

»Klar, komm rein.« Meine Wangen glühten. Ich hoffte inständig, er würde die frappierende Ähnlichkeit zwischen meinem Kopf und einer überreifen Tomate übersehen.

»Was hast du heute noch vor?«

»Heute?« *O Mann, klar heute. Hat er doch eben gesagt.* »Ich … na ja, habe nichts geplant.«

»Wunderbar! Ich würde dich liebend gerne in mein Zimmer entführen und uns für den Rest des Tages darin einschließen.«

O Gott.

»Aber …«, fuhr er fort.

Es gab ein Aber? Bin ich jetzt enttäuscht oder beruhigt?

»Ich habe eine bessere Idee.« Er rieb die Hände aneinander.

Was konnte besser sein als Runde Nummer drei?

»Zieh dir was Warmes über. In einer halben Stunde geht es los.«

»Aber ... aber wo gehen wir denn hin?«, rief ich ihm nach. Doch er war schon zur Tür hinausgeeilt und meine Frage blieb unbeantwortet.

***

»Ach komm schon, sag mir, was du vorhast.« Nervös tänzelte ich auf der Stelle und fragte Joel zum gefühlt hundertdritten Mal nach seinen Plänen.

»Geduld, Geduld.« Er gab mir einen flüchtigen Kuss auf die Stirn.

»Habe ich nicht. Jetzt sag schon!«

Aber er verriet nichts, sondern lächelte nur. Stillschweigend schlüpfte er in seine Jacke und angelte sich Schal und Handschuhe vom Haken an der Garderobe.

In der Ferne erklangen Motorengeräusche. Sie wurden lauter, bis sie abrupt verstummten, nur um dann von wildem Gehupe abgelöst zu werden.

»Voilà, es geht los.«

Ich eilte zur Tür, öffnete sie und traute meinen Augen nicht. Ich hatte angenommen, Joel und ich würden einen Ausflug machen. Auf Skiern oder mit seinem Pick-up. Stattdessen tauchte Monas strahlendes Gesicht vor mir auf. Sofort riss sie die Arme auseinander und umarmte mich liebevoll. »Herzchen! Wie schön, dich zu sehen.«

»Hey, Mona, was machst du hier? Oder besser gesagt *ihr*.« Während Mona mir beinahe die Eingeweide zerquetschte, wanderte mein Blick ein paar Meter weiter die Einfahrt hinauf. Dort saß Kilian auf einem schwarzen Ungetüm von Schneemobil, schob das Visier seines Helmes nach oben und zwinkerte mir zu.

»Kilian! Wow, was für ein cooles Teil!«, rief ich begeistert.

»Nicht wahr? Hundertachtzig PS geballte Sexyness!« Zärtlich strich er über das Gefährt.

»Ja, ja. Gib mal nicht so an. Wer damit nicht umgehen kann, dem nützen auch die Pferdestärken nichts.« Sie zwinkerte, trottete derweil zu ihrem Schneemobil und hob schwungvoll ein Bein über den silbernen Koloss. »Lizzy, du kommst mit mir!«, rief sie. »Casanova dort fährt mit unserem Möchtegernrennfahrer.«

»Hey! Das habe ich gehört!«, motzte Kilian.

Mona verdrehte die Augen. »Männer«, sagte sie halblaut.

Ich mochte diese Frau. Wie eine Naturgewalt fegte sie durch die Gegend und schien jederzeit alles und jeden im Griff zu haben. Auf die nette Art, nicht wie ein Feldwebel oder so.

»Viel Spaahaaß«, flötete Hannah und winkte uns zu. Sie lehnte lässig im Fensterrahmen, nachdem sie einen ordentlichen Schluck Pflaumenlikör in ihrer Kaffeetasse versenkt hatte.

»Aber ich habe das noch nie gemacht«, nuschelte ich gegen das Futter des Helmes, den mir Mona übergestülpt hatte.

»Tja, das wird heute nicht deine einzige Premiere bleiben.«

»Was?« *Was meint sie damit?*

Zeit zum Nachdenken blieb mir keine. Ich schlang die Arme um Mona und krallte mich verkrampft an ihr fest. Sie sauste im Affentempo die Einfahrt hinauf, dicht gefolgt von Kilian und Joel.

Nach einigen Kilometern entspannte ich mich und genoss die Landschaft. Ich bewunderte die schneebedeckten Berge, die im Sonnenlicht funkelten wie reine Diamanten. *Ein perfekter Tag,* dachte ich. Der Himmel zeigte sich klar, es wehte lediglich eine leichte Brise. Der Neuschnee der letzten Tage türmte sich am Straßenrand und verzauberte die Gegend in ein verwunschenes Winterparadies. Die Fahrbahnen hier oben waren, trotz aller Bemühungen des hiesigen Winterdienstes, stets schneebedeckt.

Wir fuhren bereits seit einiger Zeit die Serpentinen hinunter, als wir plötzlich rechts abbogen und einem riesigen Wegweiser folgten. Auf ihm prangten mehrere Bildchen und das Wort *Skydiver* war darauf zu lesen.

Skydiver? Das sagte mir etwas. Ich erinnerte mich dunkel, davon gelesen zu haben, konnte aber beim besten Willen nicht mehr ausmachen, worum es dabei ging.

Etwas benommen durch das Kurvenfahren erreichten wir unser Ziel. Eine Art Parkplatz für Schneemobile, direkt neben einer Gondelstation. Hier also hatten die zwei die Dinger gemietet.

»Und jetzt?«, fragte ich.

»Komm mit!« Joel nahm meine Hand und zog mich hinter sich her. Er. Nahm. Meine. Hand. Sofort verstummte das ängstliche Flattern in meinem Bauch und wich einer wohligen Wärme. *Entspann dich, Lizzy. Egal, was es ist, Joel ist bei dir.* Ich wagte es nicht, Monas und Kilians Blicke zu suchen, doch ich war überzeugt, sie grinsten sich gegenseitig an. Aber das war mir egal.

Joel verschwand in dem Kassenhäuschen neben der Gondel, während wir anderen draußen warteten. Kurz darauf trat er freudestrahlend und mit vier Tickets und zwei gigantischen Rucksäcken wieder heraus.

»Es hat geklappt!«, stellte Mona fest.

»Jabb. Wie am Schnürchen.« Joel grinste geheimnisvoll.

»Ähm, hallo? Würde mich freundlicherweise mal jemand aufklären, warum wir hier sind?«

Kilian summte ein leises »Lass dich überraschen.«

Nach zwanzigminütiger Gondelfahrt mit anschließender Mini-Wanderung entlang eines schmalen Pfades, fanden wir uns an einer Aussichtsplattform wieder. Die Jungs ließen die Rucksäcke von ihren Schultern gleiten und sahen sich verschwörerisch an.

»Perfekte Bedingungen.« Joel nickte anerkennend.

»Ja, Mann. Ein Traum.«

»Ähm, Entschuldigung. Perfekte Bedingungen für was?«, wagte ich einen letzten Versuch.

Mona grinste. Joel nickte. Woraufhin Mona auf ein Informationsschild zeigte, auf dem ein junges Paar an einem Gleitschirm hing. *Halt! Was? Menschen an Gleitschirmen? Ähm, nein danke. Bestimmt nicht.*

»Wenn du mir *damit*«, ich deutete ebenfalls auf das heitere Plakat-Pärchen, »etwas anderes zeigen willst, als die perfekte Föhnfrisur nach dem Todesstoß, bin ich schneller weg, als du bis drei zählen kannst!«

»Drei.« Mona grinste.

»Vergesst es, Leute!« Allein der Gedanke daran, an einem Stück Stoff mehrere hundert Meter über dem Boden zu baumeln, verursachte eine mittelprächtige Panikattacke.

»Wir fallen ja nicht aus einem Flugzeug oder so«, beschwichtigte mich Mona.

»Tun wir nicht?« Vielleicht bestand doch noch Hoffnung.

»Nein. Wir springen dort runter und fliegen ins Tal.«
Joel nickte in Richtung der vor uns liegenden Klippe.

Okay, ich werde sterben. Keine Hoffnung für Felicia. Nicht hier. Nicht heute. *Welcher geistreiche Spruch wohl meinen Grabstein schmücken würde? 'Gestorben nach dem heißesten Sex ihres Lebens, beim Versuch, eine Klippe zu bezwingen. Sie musste es mal wieder übertreiben. R.I.P.'. Ja, das passte.*

»Ach, komm schon, es wird dir gefallen«, schlug sich Mona auf die Seite der zwei Geisteskranken.

»Gefallen? Das kann nicht euer Ernst sein.« Doch ein Blick in die Gesichter meiner Freunde zeigte, dass sie keineswegs scherzten. *War so ein Grabstein eigentlich teuer?* »Sag bloß, du hast das schon mal gemacht?«, wandte ich mich ungläubig an Mona.

»So an die fünfzig Mal.«

Ich war versucht, *Das ist ein Witz* zu rufen. Stattdessen wanderte mein rechter Zeigefinger an die Schläfe und tippte mehrmals dagegen. »Nein. Nein. Nein. Ihr spinnt total!«

Da trat Joel an mich heran. Himmel, jeden Tag versank ich tiefer in diesen Augen. Das Eisblau von vor einer Woche war einem stürmischen, dunkleren Blauton gewichen. Er ließ die eigentliche Tiefe seiner Seele erahnen.

»Felicia, sieh mich an. Ich fliege schon seit vielen Jahren. Dir wird nichts passieren.«

Ich schluckte.

»Vertraust du mir?«, fragte er.

»Ja«, hörte ich mich schließlich sagen. »Aber …«

»Kein Aber. Ab heute gibt es keine mehr.« Er nickte und ich wusste sofort, dahinter steckte weit mehr als die Einwilligung zum Gleitschirmfliegen.

***

Die letzte halbe Stunde verweilte mein Hirn in einer Art Wachkoma. Anders konnte ich mir nicht erklären, dass mein Hintern plötzlich in einem viel zu engen Sitzgurt feststeckte, der an Joels Gestell und zig hauchdünnen Seilen befestigt war.

»Und du bist sicher, dass die Dinger nicht reißen?« Sorgenvoll zwirbelte ich die lebensrettenden Schnürchen zwischen Daumen und Zeigefinger.

»Meistens nicht, nein.«

»WAS?«

»Entspann dich, Lizzy. Ich bin schon oft geflogen und es ist fast nie was passiert.«

»Fast? Was bedeutet fast?« *Der verarscht mich doch! Sobald ich mich wieder umdrehen kann, spring ich ihm an die Gurgel.*

»GO!«, schrie Joel, ohne meine Frage zu beachten. In seiner Einweisung hatte er mir erklärt, wir würden auf eine günstige Windstellung warten und dann, sobald er das Zeichen gab, losrennen. Immerhin das hatte mein Kopf, trotz des nahkomatösen Zustands, abgespeichert.

Und dann rannten wir. Und ich schrie. Wie am Spieß. Laut, schräg und panisch. Umso schriller, je näher der Abgrund rückte. Und dann, getragen von der perfekten Windböe und meinem Angstschrei, verloren wir den Boden unter den Füßen. O Gott, nein! Ich hielt den Atem an und kniff die Augen zusammen. Verkrampft umklammerte ich meinen Gurt, mit dem Wunsch, der Absturz möge schnell vonstattengehen. Doch wir stürzten nicht. Hoffnung keimte auf. Ich öffnete zuerst das eine, dann das andere Auge. Tatsächlich segelten wir nicht dem Boden entgegen, sondern der rot-gelb-gestreifte Schirm gewann zuerst an Höhe, um dann sanft zu gleiten.

Das Land unter uns wirkte ruhig und friedlich. Außer dem Rauschen des Windes in meinen Ohren war es still. In der Ferne kreisten Vögel, im Tal unter uns bewegten sich Fahrzeuge wie Spielzeugautos. Meine anfängliche Panik hatte sich vollends aufgelöst.

»Habe ich zu viel versprochen?« Joel hauchte mir einen Kuss in den Nacken.

»Das ist verrückt. Wir fliegen.« Meine Euphorie kannte keine Grenzen mehr.

In einiger Entfernung erkannte ich Mona und Kilian. Obwohl sie nach uns gestartet waren, schwebte ihr neongrüner Fallschirm bereits mehrere hundert Meter unter uns. Sie vollführten … Loopings?

Joel grinste, als ich meinen Kopf zu ihm umdrehte.

»Das ist gar nicht so schwer. Guck, wenn ich da dran ziehe, dann …«

»Denk nicht einmal im Traum daran!« Ich sah ihn ernst an. Todernst. Wenn er an der Leine reißen würde, die seine Finger da umklammerten, konnte ich für nichts mehr garantieren.

»Schon gut. Das kommt dann nächstes Mal.«

»Nächstes Mal?«

Joel zog leicht an der kleinen Schlaufe zu seiner Linken und wir glitten in einer sanften Kurve Richtung Tal, immer weiter durch dieses märchenhafte Abenteuer.

Joel

»Unfassbar! Ich kann es nicht glauben. Wir sind geflogen. Von dort oben.« Sie deutete mit dem Finger den Berg hinauf und ließ ihn dann neben ihre Füße schnellen. »Bis hier.« Ihre weit aufgerissenen Augen strahlten mit der Sonne um die Wette. Völlig aus dem Häuschen fiel sie mir um den Hals und strampelte wild mit den Beinen, als ich sie an mich drückte. Ihre kindliche Freude entlockte mir ein breites Grinsen und eine geschwollene Brust. Denn es war meine Idee, sie hierher zu bringen. Es sollte sie von Knister-Elias' Entschuldigungsversuchen ablenken, was, wie ich zufrieden feststellte, wunderbar funktioniert hat. *Sie passt viel besser zu mir als zu ihm.*

Lizzy hüpfte im Kreis und quiekte wie das Schweinchen von Nachbar Hogendobler. Sie lebte ihre Gefühle und verbarg sie nicht unter dem Deckmantel der Etikette, nach dem Motto: Das macht man aber nicht. Wenn sie vor Freude schier platzte, dann zeigte sie das und wenn sie mies gelaunt war, ebenfalls. Auch mit dieser entzückenden Eigenart hatte ich bereits Bekanntschaft gemacht.

Mona und Kilian trotteten mit dem notdürftig zusammengefalteten, neongrünen Schirm auf uns zu und Lizzy sprang mit ausgebreiteten Armen Mona entgegen. Ein wenig zu stürmisch. Der Zusammenprall beider Helme war bis zu mir zu hören. Kurz rieben sie sich die Stirn, tanzten dann, sich an den Unterarmen haltend, im Kreis.

»Und da sagen immer alle, wir Männer hätten einen Knall.« Kilian stand neben mir, hatte die Arme vor der Brust verschränkt und starrte kopfschüttelnd zu den beiden Frauen.

»So sind sie halt«, sagte ich achselzuckend und begann, den Schirm zusammenzuraffen.

»Lizzy ist echt 'ne coole Socke«, sagte Kilian.

»Ja, das ist sie.« Zufrieden sah ich zu den beiden, während ich mit dem Schirm kämpfte. Sie gaben ein herrliches Bild ab, wie sie sich abermals um die eigene Achse drehten und aufgeregt durcheinander quasselten.

»Wenn die sich weiter wie die Brummkreisel drehen, kotzt am Ende noch eine.« Kilians sorgenvoller Blick brachte mich zum Schmunzeln. Doch dann schnellten auch seine Mundwinkel nach oben und wir lachten beide über die Euphorie der Frauen.

Ich hatte Kilian vermisst. In den Jahren nach Mias Tod hatte ich die Erinnerungen an all die Abenteuer, die wir zusammen erlebt hatten, völlig verdrängt. Erst seit meiner Rückkehr sickerten die Einzelheiten peu à peu in mein Gedächtnis. Wie ein undichter Wasserhahn kehrte mit jedem Tropfen ein Erlebnis unserer Jugend in mein Bewusstsein zurück. Wie wir gemeinsam die Flugschule besucht hatten, unsere Bike-Touren im Sommer oder die warmen Nächte am Lagerfeuer.

Wie hatte ich so lange davonlaufen können? Wie hatte ich jemals glauben können, abzuhauen ohne meine Freunde einzuweihen wäre der richtige Weg damit umzugehen? Mona hatte sich seit Jahren die Zähne an mir ausgebissen. Sie hatte versucht, mir genau das klarzumachen. Viele, viele Male. Doch erst jetzt fühlte ich den Inhalt ihrer Worte. Ich hatte selbst dahinterkommen müssen. Nur weil andere mir dies und das erzählten, mir von ihren Erfahrungen berichteten, war das für mich noch lange kein Grund, dem Beachtung zu schenken. Ich zog es vor, allein auf die Nase zu fallen. Erst nach missglücktem Selbstversuch konnte ich hinter meinen Entscheidungen stehen.

Es summte in der Innenseite meiner Jacke. Umständlich fingerte ich das vibrierende Handy heraus und nahm ab.

»Bin gleich zurück«, formte ich tonlos in Kilians Richtung und entfernte mich ein paar Meter.

»Mama?«

»Junge, wo steckst du denn? Du wolltest doch heute nach Hause kommen.«

»Verdammt, das habe ich total vergessen.«

»Schaffst du es heute noch? Du solltest wirklich herkommen und dir …«

»Ich bin, genau genommen, schon in der Gegend«, grätschte ich dazwischen. »Wenn ich hier fertig bin, komme ich vorbei, okay?«

»Ist gut, mein Junge. Wir freuen uns auf dich.«

»Ach, Mama?«

»Ja?«

»Ich bringe jemanden mit.«

»Unterstützung ist immer gut. Wen denn? Mona? Sag ihr, ich habe den Marmorkuchen gebacken, den sie so gerne isst.«

»Nein, es ist nicht Mona.«

»Nicht? Wer denn dann?« Die Ratlosigkeit in ihrer Stimme war nicht zu überhören.

»Ähm … Das erkläre ich dir nachher, in Ordnung? Ich muss Schluss machen. Bis später!«, beeilte ich mich zu sagen und beendete das Gespräch. Die anderen drei kamen auf mich zugeschlendert. Lizzys Mine erstarrte in dem Moment, als ich meine Mutter verabschiedete.

»Wer war denn da dran?«, fragte Mona beiläufig, während sie sich von Helm und Gurt befreite.

»Ach, das war … Ich habe nur kurz …«

»Shit!«, schrie Kilian und stierte in den Himmel. »Ich glaube, der hat ein größeres Problem.«

Unsere Augen folgten Kilians entgleistem Blick. Tatsächlich. In wenigen hundert Metern Höhe wirbelte ein Gleitschirmflieger durch die Luft. Er hatte die Kontrolle verloren. Das Blut gefror mir in den Adern, als ich die Szenerie beobachtete. Immer schneller taumelte er dem Boden entgegen. Wir sahen, wie er hektisch an den Schlaufen riss, den Schirm trotz der Bemühungen nicht in den Griff bekam. Ich hielt den Atem an. Alle schwiegen – es war mucksmäuschenstill.

»Mann, wenn er es jetzt nicht rumreißt, dann wird das nix«, murmelte Kilian. Mona hielt sich die Hände vor den offenstehenden Mund und Lizzy erschien leichenblass.

Ich tippte bereits die Nummer der Ambulanz in mein Handy, da geschah es. Ein kräftiger Windstoß wirbelte den Gleitschirmflieger nach oben. Er drehte sich, vollführte einen Looping und … sank in kontrolliertem Sinkflug die letzten Meter, bis der Pilot sanft aufsetzte, ein paar Meter rannte, um die Landung abzufangen, und schließlich mit beiden Beinen im Schnee zum Stillstand kam.

»Meine Nerven!«, rief Mona.

Und dann verpasste mir jemand einen Schlag auf den Oberarm.

»Autsch! Wofür war das denn?«

»Du hast gesagt, Gleitschirmfliegen sei sicher. *Da kann gar nichts passieren*«, äffte Lizzy mich nach.

»Fast nichts«, antwortete ich.

Mona zog die Augenbrauen verräterisch nach oben. Sie wusste, dass Gleitschirmfliegen sehr wohl riskant sein konnte.

»Also … ein Unfall ist echt selten. Hier ist schon lange niemand mehr verunglückt«, redete ich mich um Kopf und Kragen, während Lizzys Gesicht nur noch finster dreinsah.

»Na ja. Ist Interpretationssache«, sagte Kilian. »Erst letzte Woche ist hier ein älteres Ehepaar …«

»Sei doch still!«, unterbrach Mona ihn barsch und verpasste ihm einen Seitenhieb.

»Hey, das war jetzt nicht besonders hilfreich«, schalt ich Kilian.

Abwehrend hob er die Hände. »Ich meinte ja nur.«

Lizzy schüttelte den Kopf, sagte dazu aber nichts.

»Hört mal, ich muss noch zu Hause und bei meinen Eltern vorbeischauen.« Kurz überlegte ich, ob die folgende Frage deplatziert wäre. Stellte sie dann aber einfach. »Lizzy, kommst du mit?«

Sie sah überrascht aus. *War das zu offensiv?* Sofort beschlichen mich Zweifel. Natürlich war es zu früh, sie meinen Eltern vorzustellen. Ich Idiot.

***

Als ich das Ausmaß des Brandes betrachtete, bildete sich ein schwerer Klumpen in meinem Bauch. In den Nachrichten und sogar auf den Bildern, die mir meine Mutter geschickt hatte, sah der Schaden nicht dermaßen gravierend aus, wie live und in Farbe. Die gesamte Fassade der Nordseite war von den Flammen gezeichnet. Ich hoffte inständig, dass das Feuer im Inneren nicht noch größeren Schaden angerichtet hatte.

»Was ist denn hier passiert?«, fragte Lizzy und beäugte die grau-schwarzen Rückstände am Mauerwerk.

Mein Kiefer malmte. »Marco«, murmelte ich.

»Was?«

Ich überlegte angestrengt, wie ich es Felicia erklären konnte, ohne dass sie schreiend das Weite suchte. Wir kannten uns noch nicht lange und ich wollte sie mit der Nachricht nicht verängstigen, dass es jemanden gab, der mit aller Kraft versuchte, mein Leben zu zerstören.

»Vor ein paar Tagen wurde hier versucht einzubrechen.«

»In deine Schreinerei?«

Ich nickte. »Und in das Atelier.«

»Und das da?« Lizzy zeigte auf die vom Ruß verfärbten Fensterläden.

»Kurz darauf hat jemand einen Brand gelegt.«

Ihre Stirn legte sich in Falten. »Wie furchtbar!«

»Zum Glück hat Susi es rechtzeitig bemerkt. Sie hat Schlimmeres verhindert.«

»Susi? Wohnt sie etwa hier?« Lizzys Augen weiteten sich.

»Ja, natürlich. Gleich da hinten.« Ich zeigte zum Hauseingang meiner Eltern.

Lizzy ließ die Schultern hängen und wandte den Blick ab.

»Was ist? Habe ich was Falsches gesagt?«

»Ich weiß nicht, was das soll, Joel.« Lizzys Stimme wurde leiser. Sie wirkte kraftlos. »Wieso bringst du mich her, wenn *sie* hier ist? Was erhoffst du dir? Wie kommst du nur darauf, dass ich …«

»Junge!«, schrie meine Mutter und rannte mir förmlich in die Arme. Sie umarmte mich lange, bevor sie mich von sich schob und mich von oben bis unten musterte.

»Gut siehst du aus, so frisch.«

»Danke.« Wieso fühlte ich mich plötzlich wie damals mit fünfzehn, als ich das erste Mal eine Frau mit nach Hause gebracht hatte? »Das ist Felicia«, stellte ich Lizzy vor, indem ich sie zu mir zog.

»Ach, das freut mich aber! Ich bin Susi. Joels Mutter.« Sie schüttelte Felicias Hand, als gäbe es kein Morgen, nur um sie dann doch an sich zu ziehen und ihr drei Küsschen auf die Wangen zu drücken.

»*Sie* sind Susi?«, fragte Felicia und wirkte, als hätte sie ein Gespenst gesehen. Bis sich ihre Miene urplötzlich aufhellte.

»Ja, ja. Susanne, um genau zu sein. Aber nenn mich doch Susi. Und wehe, du siezt mich nochmal. Da komm ich mir uralt vor.«

»Freut mich, Susi, Sie, ähm dich, kennenzulernen.« Jetzt war es Lizzy, die die Hände meiner Mutter in ihre nahm und sie so fest hin und her schwenkte, dass ich allein vom Zugucken Gefahr lief, ein Schleudertrauma zu erleiden. Lizzy grinste über beide Backen. Und sie kicherte. Wieso bloß?

Ich wiegelte diese Szene ab und wandte mich wieder dem Wesentlichen zu.

»Wir haben nicht viel Zeit. Wärst du so lieb?« Ich sah meine Mutter an und deutete auf den Eingang der Schreinerei.

»Ja, ja. Natürlich«, beeilte sie sich zu sagen. »Aber ich warne dich, es ist kein schöner Anblick.«

Mit einem Klick öffnete sich die Tür und wir traten hinein. Tief einatmen. Meine Mutter hatte schon am Telefon angedeutet, der Schaden sei erheblich. Es vor mir zu sehen, glich einem Tritt in die Kronjuwelen. Der Brand war rechtzeitig gelöscht worden, sodass der größte Schaden die zerstörte Fassade darstellte. Allerdings war Rauch ins Innere der Schreinerei gedrungen und hatte den gesamten Raum mit Ruß bedeckt. Ob es möglich war, die grau-schwarzen Spuren jemals vollständig zu beseitigen, war fraglich. Am schlimmsten stand es um die Skulpturen und Möbel, die im Atelier ausgestellt waren. Es würde Wochen, wenn nicht sogar Monate dauern, sie in den Urzustand zurückzusetzen. Falls das überhaupt machbar war.

»Es tut mir so leid, mein Junge.« Susi strich mir über den Rücken.

»Wer macht denn sowas?«, fragte Lizzy.

»Dieses Arschloch! Er hat das Feuer gelegt. Dieses feige Drecks ...«

»Mama!« Sie derartig fluchen zu hören, erschreckte mich.

»Stimmt doch! Ich verstehe wirklich nicht, warum du nicht zur Polizei gehst!«

»Ihr wisst, wer es war?«, wollte Lizzy wissen.

Ich schüttelte den Kopf. »Wir wissen nicht genau, ob *er* es war.« *O doch, natürlich wissen wir das.*

»Soll das ein Scherz sein?«, unterbrach mich meine Mutter. Sie redete sich in Rage. »Es war Marco, dieser widerliche Drogentyp. Und das, nachdem er dich mit hineingezogen hat.«

»Was?« Lizzy entzog mir ihre Hand und presste sie sich vor den offenstehenden Mund.

»Mama! Das ist ewig her!«

»Ewig.« Sie schnaubte. »Ewig, von wegen. Wir hätten dich fast verloren.« Meine Mutter sah mit einem Mal alt aus. Tiefe Furchen zierten ihr Gesicht, die mir bis vor fünf Minuten noch nicht aufgefallen waren.

»Das ist doch alles Schnee von gestern, längst vorbei. Ich bin hier und es geht mir gut.« Ich lächelte gequält und legte meiner Mutter tröstend die Hände auf die Schultern. Die Wut über die Tatsache, dass sie meine Vergangenheit in einem Nebensatz vor Lizzy ausgebreitet hatte, schluckte ich hastig herunter. Ich würde das später klären, jetzt war nicht der richtige Zeitpunkt.

Lizzy sah betreten zu Boden und sagte kein Wort.

»Pst!« Meine Mutter legte den Zeigefinger auf die Lippen und deutete nach draußen. Irgendwer nestelte an der Tür herum. Ich spähte durch das kleine Seitenfenster und erkannte die Heckklappe eines mir nur allzu bekannten Jeeps.

Marco, schoss es mir durch den Kopf. Ich deutete den beiden Frauen, leise zu sein. Lizzys entsetztes Gesicht beunruhigte mich, sodass ich sie kurzerhand zusammen mit meiner Mutter in den hinteren Teil der Werkstatt schob. *Was will er hier? Mitten am Tag? Reicht ihm der Schaden nicht, den er angerichtet hat?* Mit geballten Fäusten rannte ich zur Tür und riss sie mit solch einer Wucht auf, dass sie fast aus den Angeln flog. Marco setzte einen Schritt nach hinten. Er taumelte. Doch er fing sich schnell und verzog das Gesicht zu einer überheblichen Fratze.

»Ach, sieh an. Der Herr des Hauses höchstpersönlich. Wie nett«, sagte er mit schwerer Zunge. Sein glasiger Blick zeigte deutlich, in welchem Zustand er war. Ich erkannte meinen Freund nicht wieder.

»Du verfluchtes Dreckschwein!« Ich stürmte ihm entgegen, packte ihn und knallte ihn gegen das verbeulte

Metall seiner Schrottkarre. Mein Kiefer schmerzte, so fest presste ich die Zähne aufeinander.

»Wie konntest du mir das antun? Nach all den Jahren! Verpiss dich aus meinem Leben! Wenn ich dich noch einmal hier erwische, dann garantiere ich für nichts! Hast du mich verstanden?«

Marcos egozentrisches Grinsen war verschwunden. Ausdruckslos starrte er mich an, bevor er kaum merklich nickte. Er wusste haargenau, körperlich hatte er mir nichts entgegenzusetzen. In seiner Verfassung schon gar nicht. Ich zwang mich, Ruhe zu bewahren. Am liebsten hätte ich ihn so übel zugerichtet, wie meine Fäuste es zuließen. Aber das würde die Situation nur verschlimmern. Ich hatte nicht vor, mir an ihm die Finger schmutzig zu machen. Nicht mehr. Die Zeiten, in denen ich ihn einen Freund nannte, waren längst vorbei. Mit einem Ruck ließ ich ihn los. Keine Sekunde hätte ich seinen Anblick länger ertragen. Ich wandte mich zum Gehen und hörte prompt Schritte hinter mir. Schon wurde ich an der Schulter gepackt, fuhr herum und erstarrte, als ich die silberglänzende Klinge sah, die er gegen meine Brust richtete.

Ruhig bleiben. Jetzt bloß keine überstürzte Bewegung.

Wieder einmal hatte ich Marco falsch eingeschätzt. Wie vermessen von mir, zu glauben, all die gemeinsamen Jahre würden seinen Rachefeldzug rechtzeitig stoppen. Ich hob den Blick und sah in seine verschleierten Augen.

»Wir können uns einigen, Jo.« Er lallte. »Dann nehme ich die Beine in die Hand und verschwinde. Es liegt an dir.«

»Was ist nur aus dir geworden? Mach keinen Scheiß. Brandstiftung ist eine Sache, aber das hier …«

»Sag mir verdammt nochmal nicht, was ich zu tun habe!«, fauchte er. Dann drängte er mich nach hinten, bis ich die Kälte der Hausmauer in meinem Rücken spürte.

»Ich wollte das nicht. Es sollte ein Abend wie früher werden. Ohne familiären Verpflichtungsscheiß und den ganzen Kram. Aber du musstest dich ja ins Auto setzen! Das war so nicht geplant. Du solltest nur wieder ein bisschen lockerer werden.« Marco schüttelte den Kopf. Sein verzweifelter Blick ruhte auf mir. Wovon redete er?

Er nahm einen tiefen Atemzug. »Du weißt, was ich von dir will.« Sein Atem stank entsetzlich nach kaltem Rauch und billigem Fusel.

»Nur über meine Leiche. Ich werde …«

»Ja? Was wirst du? Deine Seele einmal mehr verkaufen? Zur Polizei gehen?« Er lachte höhnisch. »Mach doch. Geh und sag meinen ehemaligen Kollegen, wer das Feuer gelegt hat. Dann buchten sie mich halt ein. Und wenn schon, ich habe nichts zu verlieren.« Seine Augen verengten sich. »Du hingegen …« Er nickte zur Werkstatt. »Du schon. Ich bin gespannt, was sie von den verschollenen Polizeiakten halten, wenn ich sie ihnen feierlich überreiche. Oder was all die ach so eingeschworenen Dorfpomeranzen sagen werden, wenn sie von mir erfahren, dass Prince Charming höchstpersönlich seine Familie auf dem Gewissen hat.« Und dann beendete ein lauter Schlag seine Rede.

Marco sackte in sich zusammen und prallte mit einem dumpfen Knall zu Boden.

Lizzy

O. Mein. Gott. Fassungslos starrte ich auf den bewusstlosen Kerl vor meinen Füßen. Ich musterte die massive Schneeschaufel in meiner bebenden Hand und erinnerte mich beim besten Willen nicht daran, wie sie dort hingekommen war. Oder doch? Mein Gedächtnis meldete sich allmählich zurück. Durch das Seitenfenster hatte ich beobachtet, wie sich Joel und dieser zwielichtige Typ stritten. Als Letzterer ein Messer zog und Joel damit bedrohte, hatte mein Verstand ausgesetzt. Ich war zur Hintertür geeilt, hatte diese Schaufel entdeckt und hier lag er nun. Volltreffer, würde ich meinen.

»Scheiße!« Ich zitterte, obwohl die zahlreichen Schweißtropfen auf meiner Stirn bewiesen, mir war alles andere als kalt. »Ich habe ihn umgebracht!« Im Hintergrund jaulten schon die Polizeisirenen.

»Beruhige dich. Er ist bewusstlos, nicht tot.« Joel kniete neben ihm und fühlte seinen Puls. »Der wird wieder«, so seine Diagnose.

»Um Himmels willen! Junge, was ist hier los?« Susi stürmte aus der Werkstatt. Joel lehnte sich an die Hauswand und sank daran zu Boden. Teilnahmslos starrte er ins Leere.

Kritisch beäugte sie ihren Sohn, bevor sie zu mir hinüberspähte. »Felicia, was ist mit dir? Geht es dir gut?«

»Ich denke schon«, sagte ich. Flüchtiger Bodyscan. Alles heile.

Susis Teint ähnelte der weißen Fassade hinter ihr. Erst jetzt bemerkte ich, wie sehr ich zitterte. Ich setzte mich auf den Boden und lauschte dem immer lauter werdenden Sirenengeheul. Es war vorbei.

249

Während Joel und seine Mutter zu Protokoll gaben was in den letzten Minuten vor sich gegangen war, wurde Marco in einem Krankenwagen abtransportiert. Das schlechte Gewissen nagte an mir. Trotz der Tragik und der Überzeugung, er habe nichts anderes verdient, machte ich mir Sorgen um ihn und hoffte, er würde sich schnellstmöglich von dem Schlag erholen. Ich hatte keine Lust, wegen Totschlags vor Gericht zu landen.

»Und Sie, junge Frau«, begann ein örtlicher Polizist und wandte sich an mich, »saubere Arbeit. Sie haben Schlimmeres verhindert.« Ich hatte mit einer Anzeige gerechnet oder zumindest einem gehörigen Anschiss. War das wirklich ein ausgebildeter Polizist? Ich war versucht, die versteckte Kamera zu suchen. Ließ es dann aber bleiben.

»Ähm, gern geschehen?« Ich hatte keine Ahnung, was man sagte, nachdem man jemanden k. o. geschlagen hatte. Es fiel mir allgemein schwer, einen klaren Gedanken zu fassen.

Nachdem sich die Hektik um uns herum gelegt hatte, begann mein Hirn die Szene vor der Schneeschaufel-Attacke immer und immer wieder abzuspulen. Marcos Worte sickerten zu mir durch. Ich erschauderte. Konnte das, was er gesagt hatte, tatsächlich wahr sein? Von welchen Polizeiakten hatte er gesprochen und was hatte Joel damit zu tun? Würden die Dokumente Marcos Anschuldigung belegen? Ich konnte und wollte dem keinen Glauben schenken. Joel wäre doch niemals betrunken Auto gefahren. Überhaupt, bisher hatte ich ihn nie auch nur einen Tropfen Alkohol trinken sehen.

Es handelte sich sicher um leere Drohungen, um haltloses Geschwafel eines geistig Verwirrten. Andererseits würde es erklären, warum Joel so lange keine Polizei verständigt hatte, obwohl ihm derart übel mitgespielt worden war. Das ständige Hin und Her meiner Gedanken machte mich ganz verrückt.

Auf der Fahrt zurück zum Chalet entzog sich Joel meines Blickes und starrte aus dem Fenster. Es juckte mich in den Fingern, ich musste unbedingt herausfinden, was Marco gemeint hatte.

Wir erreichten unser Ziel und ich hielt Joel sanft am Arm fest. »Hey«, sagte ich. »Stimmt es, was er gesagt hat?«

»Hm?«

»Du weißt, was ich meine. Ist es wahr, was Marco erzählt hat? Er hat behauptet, er besäße Polizeiakten.«

Joels Blick gefror und ließ keine Schlussfolgerung auf die Gedankengänge hinter seiner steinernen Fassade zu.

»Hat dieser Typ irgendwelche Akten, von denen die Polizei nichts weiß? Er war mal Polizist, oder? Ich meine, sowas gehört zu haben.«

Joel nickte. Er legte die Hand in den Nacken und knetete ihn ungelenk. »Alles, was er gesagt hat, ist wahr. Ich trage die Schuld. An allem.«

Stille. Das war ein schlechter Traum.

»Ich … ich erkläre es dir, versprochen. Aber bitte, ich muss jetzt allein sein.« Ein flehender letzter Blick, dann verschwand er im Chalet. Die Tür fiel ins Schloss. Unfähig mich zu bewegen, starrte ich ihm hinterher. Ich traute meinen Ohren nicht. Das hier entwickelte sich anders als geplant. In eine Richtung, die mir nicht geheuer war.

Die Tür öffnete sich und Mona spähte durch den Spalt. »Was ist denn mit dem los?« Sie zeigte ins Innere des Hauses.

»Lange Geschichte«, hauchte ich kraftlos und schlich an ihr vorbei.

***

Es dämmerte bereits, als wir um den alten Holztisch in der Küche saßen. Mona und Hannah spielten Karten und kicherten dabei ausgelassen. Ich blätterte derweil in einem liegengebliebenen Klatschblatt.

Joel hatte sich in seinem Zimmer verbarrikadiert. Nicht einmal der Geruch des Käsefondues, von Hannah nach Schweizer Traditionsrezept zubereitet, lockte ihn zu uns in die Küche.

Müde verabschiedete ich mich in mein Zimmer, als hinter mir die alte Treppe knarzte. Joel trottete mit hängenden Schultern die Stufen hinauf und verharrte im Türrahmen. »Ich habe euch etwas zu sagen«, sagte er zögernd und wirkte dabei wie auf dem Weg zur Schlachtbank. Mona tätschelte aufmunternd auf den freien Platz zu ihrer Linken.

»Was ist denn bloß passiert? Du siehst aus wie der Tod auf Latschen und Lizzy schweigt sich aus.« Sie sah abwechselnd zwischen Joel und mir hin und her.

Ich wagte einen kurzen Blick zu Joel, sein Kehlkopf schob sich auf und ab. Offenbar suchte er nach den richtigen Worten. Auch Hannah hielt diesmal den Mund und wartete auf eine Antwort.

»Ich war nicht ehrlich zu euch. Die ganzen Jahre nicht.« Er starrte auf den Boden, fuhr sich mit der Hand über die dunklen Schatten seiner Bartstoppeln.

»Wie meinst du das?«, fragte Hannah und lehnte sich vor, als hätte sie Angst, auch nur ein Wort zu verpassen.

»Wie … Wo fange ich an?« Nervös trommelte er mit den Fingern auf dem Tisch. Hannah hing augenscheinlich an Joels Lippen.

»In der Nacht vor dem Unfall feierten wir den Geburtstag einer Freundin. Wir waren bei Kilian in der Bar. Mia und ich hatten eigentlich vorgehabt, nur kurz zu bleiben. Aber ihr hat es so gut gefallen. Sie hat gesagt, es wäre wahrscheinlich das letzte Fest, bevor Elena zur Welt kommen sollte.« Seine Stimme bebte.

»Elena?«, fragte ich verdutzt. »Mia war schwanger?«

»Ja«, antwortete Mona an Joels Stelle. Er selbst nickte und ich schwieg. Was sollte man darauf sagen?

»Es wurde spät und Mia wollte hier oben übernachten.« Er fixierte den Tisch vor sich. »Aber ich … fühlte mich plötzlich unwohl und wollte schnellstmöglich nach Hause. Die Straßenverhältnisse waren miserabel, es schneite schon seit Stunden.« Seine Schultern sackten zusammen. Hannah und ich hielten den Atem an.

»Ich war mir absolut sicher, noch fahren zu können. Nie, absolut niemals hätte ich Mia und das Baby absichtlich in Gefahr gebracht. Ich habe den ganzen Abend über nur ein einziges Bier getrunken! Aber irgendetwas war komisch. Ich war wie benommen, meine Sicht verschwamm von Sekunde zu Sekunde mehr.« Er nahm einen tiefen Atemzug, wappnete sich für das, was jetzt kam. Es kostete ihn schier unaufbringbare Kraft, uns all das zu offenbaren. »Wir bogen auf eine schlecht geräumte Straße ein. Es war glatt und die Verwehungen ließen den Weg nur noch erahnen.« Joel biss sich auf die Unterlippe, sein Kinn vibrierte.

»Oh, Jo.« Hannahs Wange war tränennass. Tränen der Trauer um ihre einzige Schwester.

»Ich habe die Kontrolle verloren. Das Auto schlitterte. Ich habe versucht, es zu stoppen. Aber es rutschte einfach weiter. Immer weiter.« Joel vergrub sein Gesicht in den Händen. Er zitterte, als durchlebte er die schrecklichsten Sekunden seines Lebens gerade erneut. »Wir prallten gegen einen Baum, die Beifahrerseite wurde komplett eingedrückt. Ich ... sprach noch mit ihr, bevor ... bevor sie das Bewusstsein verlor.« Jetzt brachen alle Dämme. Joel begann herzzerreißend zu schluchzen. Mona und Hannah lagen sich in den Armen. Und ich? Ich fühlte mich wie betäubt. Ich saß da, unfähig zu weinen. Unfähig überhaupt irgendwie zu reagieren.

»Sie hat es nicht geschafft. Ihre Verletzungen waren zu stark. Auch meine Tochter war sofort tot.«

Noch lange verweilten wir an dem abgenutzten Holztisch. Die Furchen in ihm prangten stellvertretend für all die kleineren und größeren Tragödien, die wir im Laufe unseres Lebens durchgemacht hatten. Manche Rillen erschienen so riesig, dass wir auseinanderzubrechen drohten, und dennoch, uns hielt ein unsichtbarer Rahmen aus Freunden und Familie zusammen.

Mit roten Augen und geschwollener Nase hob Hannah den Kopf. »Weißt du denn, was mit dir los war? Ich meine, es ist doch nicht normal, dass einem plötzlich die Sicht schwindet.«

Joel hielt inne, als überlegte er, ob er uns auch in dieses Geheimnis einweihen sollte.

»Im Krankenhaus machte man einen Drogentest – er fiel positiv aus.«

»Nein!« Hannah schüttelte den Kopf.

»Was? Du hast damals schon den Scheiß genommen?«, fragte Mona. Ihre Stimme wurde mit jedem Wort lauter, wirkte bedrohlich.

»Nein! Bitte, ihr müsst mir glauben! Ich habe nichts genommen! Das hätte ich niemals getan. Ihr kennt mich, ihr wisst, wie sehr ich mich auf das Baby gefreut habe.« Sein flehender Blick haftete an uns.

Mona war aufgesprungen und riss die Arme in die Höhe. »Wieso hat der Test dann Drogen angezeigt?«

»Ich … ich weiß es nicht. Vielleicht wurde mir was ins Getränk gekippt?«, mutmaßte er.

Hannah nickte. »Das würde auch erklären, wieso du erst nichts bemerkt hast und dir später komisch wurde.«

»Quatsch! Wir sind hier nicht in Hollywood, sowas passiert doch nur im Film.« Mona schüttelte energisch den Kopf.

»Der Test war positiv. Es muss irgendwie so passiert sein! Oder glaubt ihr mir etwa nicht?«

Stille.

»Marco!«, platzte es aus mir heraus. Alle drei starrten mich an. »Er war es! Er hat dir das Zeug verabreicht.«

»Wie kommst du darauf?«, fragte Hannah.

»Ich habe gehört, wie Marco gesagt hat, er wollte nur, dass Joel ein bisschen lockerer wird.«

Ungläubige Gesichter.

»An dem Abend der Party«, fuhr ich fort. »Und dass er ja nicht wissen konnte, dass Joel sich noch hinters Steuer setzen würde. Er muss es gewesen sein!«

»Ich wusste es!«, schrie Mona, schob ihren Stuhl geräuschvoll nach hinten und schnellte in die Höhe. »Ich wusste, dass mit dem Typen was faul ist! Joel, wo ist das Ergebnis des Tests?«

»Es ist … Er hat es verschwinden lassen. Gegen einen Deal.«

»Einen Deal? Herrgott, welchen Deal?«

»Er hat gesagt, niemand bekommt den Test zu Gesicht, wenn …, wenn ich ihn in die Firma hole … und ihm Anteile sichere.«

Hannah schlug die Hände vors Gesicht. »Wie konntest du dich darauf nur einlassen?«

»Was hätte ich denn tun sollen? Ich hatte alles verloren! Ich war am Ende. Und er war mein Freund. Ich habe ihm vertraut.« Er fuhr sich durch die Haare.

»Joel, Marco ist suspendiert worden. Er war zum Zeitpunkt eures Unfalls gar nicht mehr im Dienst!«, sagte Mona.

»Was? Nein, das kann nicht sein.«

»O doch! Ganz sicher. Die Chefetage hatte Wind von seiner Schnupferei bekommen. Daraufhin hat ihn der Hauser sofort vor die Tür gesetzt. Hast du das echt nicht mitbekommen?« Die steile Falte auf Monas Stirn wurde immer tiefer. Joel reagierte nicht, starrte stattdessen sichtlich schockiert ins Leere.

»Er hat dir das Zeug verabreicht und sich dann eine neue Existenz gesichert.« Hannah lief hochrot an. »Er hat dich belogen und erpresst und er trägt die Schuld an Mias Tod.«

»Halt, stopp!«, grätschte ich dazwischen. »Wenn er nicht mehr im Dienst war, wie konnte er dann das Testergebnis verschwinden lassen? Ich meine, so ganz ohne Befugnis und Dienstmarke und den ganzen Klimbim?« *Das war doch gar nicht möglich. Zumindest bei uns in Berlin wäre das undenkbar.*

»Ach, frag nicht! Das geht in diesem Kaff zu wie bei der Police Academy«, sagte Hannah trocken. »Mich wundert hier gar nichts mehr.«

»O Gott.« Joels Lippe zitterte. »All die Jahre habe ich mir die Schuld gegeben.«

Das war zu viel für mich. Ich brauchte jetzt seine Nähe und er brauchte meine. Hastig fiel ich ihm um den Hals und vergrub mein Gesicht an seiner Brust. Er schlang seine Arme um mich und wir hielten uns fest. Wie sehr Joel die letzten Jahre gelitten haben musste, zerriss mir schier das Herz. Meine Augen brannten. Ich war so unglaublich froh, so erleichtert, dass diese zentnerschwere Last von ihm abfiel und endlich die Wahrheit ans Licht kam.

So saßen wir bis in die Nacht hinein zusammen und trösteten einander. Joel versprach, zur Polizei zu gehen, damit Marco zur Rechenschaft gezogen werden konnte.

Wir sprachen viel über Mia und die gemeinsame Vergangenheit mit Joel, Hannah und Mona. Sie musste eine beeindruckende Frau gewesen sein.

Kapitel 8

Sonntag, 29. Dezember

Joel

»Scheiße, was ist das für ein Lärm?« Genervt vergrub ich den Kopf unter meinem Daunenkissen. Aus der Küche über uns drang markerschütterndes Rattern und erfüllte den ganzen Raum. Neidisch sah ich zu Lizzy, deren Bettdecke sich unter regelmäßigen Atemzügen hob und senkte. Wie konnte sie bei diesem Geräuschpegel seelenruhig schlafen? Wer, um alles in der Welt, veranstaltete mitten in der Nacht einen solchen Krach?

»Ich bringe sie um«, wisperte Lizzy neben mir. Aha, sie war doch wach. Das beruhigte mich.

»Hannah!«, brüllte sie in einer Lärmpause gegen die geschlossene Zimmertür. Hannah. Ja, natürlich ... Wer sonst?

»Was?«, drang die gedämpfte Stimme unserer Freundin zu uns.

»Was zur Hölle tust du? Nimmst du das Haus auseinander, oder was?«

Nur Sekunden später flog die Tür auf und knallte lautstark gegen die kleine, braune Kommode dahinter.

»Was zum Henker?« Jetzt war ich aber wirklich sauer.

»Good morning partypeople!«, trällerte Hannah in feinstem Singsang.

Lizzy setzte sich auf. »Hannah!«

»Schon gut, schon gut!« Theatralisch verdeckte sie sich die Augen mit ihrer rechten Hand. In der Linken hielt sie ein Tablett. »Ich guck ja weg. Dich habe ich eh

258

schon nackt gesehen«, sagte sie an Lizzy gerichtet. »Und dich«, ihr Zeigefinger schnellte in meine Richtung, »Nimm es nicht persönlich, aber, nein danke.«

»Wie charmant«, murmelte ich und ließ mich zurück auf die Matratze fallen.

»Raus aus den Federn! Ich habe Smoothies gemacht. Spinat-Smoothies. Mit Avocado und Datteln. Mona sagt, das gibt dem Ganzen den letzten Kick. Natürliche Süße und so.« Freudestrahlend stellte sie die würgereizauslösenden Getränke auf unsere Nachtschränkchen. »Einen für dich.« Sie tippelte ums Bett. »Und einen für dich. So, bitte schön.« Sie nickte und war, allem Anschein nach, mit sich zufrieden.

Lizzys »Danke« klang eher wie eine Frage. Mit Blicken schickte sie mir ein *Trink das bloß nicht!* entgegen.

Ich schmunzelte.

»So und jetzt hopp hopp.« Dabei klatschte sie in die Hände. »Frühstück ist gleich fertig.«

»Hm.« Lizzy ließ ihren Kopf wieder in die weichen Daunen sinken.

»Und lüftet mal, das riecht hier ja grauenhaft nach Sex!« Sie verschwand durch die Tür, während sie ein Husten unterdrückte, das verdächtig nach »Wird man ja schon vom Atmen schwanger« klang. Lizzy kicherte in ihr Kissen.

»Deine Freundin hat echt einen an der Waffel«, stellte ich fest, sobald Hannah außer Hörweite war. »Wie kann man früh am Morgen so ekelhaft wach und voller Tatendrang sein?«

Lizzy zuckte die Schultern und kuschelte sich in meine Arme. »Muss am Spinat liegen.«

Igitt. Ich würde dieses Gesöff ganz bestimmt nicht anrühren, das war so sicher wie das Amen in der

Kirche. Spinat-Smoothies, also wirklich. Wer, zum Kuckuck, dachte sich sowas aus? Das grüne Unkraut löste selbst gekocht einen diskreten Brechreiz in mir aus. Was das Zeug püriert und mit Avocado verfeinert anrichtete, vermochte ich mir überhaupt nicht vorzustellen. Gedankenverloren starrte ich an die Decke. Im Augenwinkel nahm ich wahr, wie Lizzy das Tattoo unterhalb meines Schlüsselbeins betrachtete.

»Natürlich. Jetzt weiß ich es!«

»Ach ja? Und was?«

»Mia.« Sie zog das M auf meiner Brust nach. »Und Elena«, sagte sie und fuhr sanft über das E daneben.

»Danke, Felicia. Danke für dein Verständnis.« Und dann liebten wir uns. Bis sich Hannahs mahnende Stimme, die uns in die Küche zitierte, nicht mehr ignorieren ließ.

***

Heißes Wasser prasselte auf meinen Körper ein. Wie hypnotisiert verfolgte ich die Tropfen, die von meiner Nasenspitze rannen, auf meiner Brust landeten und über das Tattoo nahe meines Herzens liefen. *M. E. unendlich.* Unzählige Male hatten meine Finger in den letzten Jahren diese Konturen nachgefahren. Wie oft hatte ich mir gewünscht, den Schmerz wegwaschen zu können. Stellte mir vor, wie er im Abfluss versickerte und einfach verschwunden wäre. Doch er blieb allgegenwärtig. Bis zum gestrigen Tag. Gestern stand für Neubeginn. Gestern hatte alles verändert. All die Jahre hatten mich Schuldgefühle und Selbstzweifel schier zerfressen. Obschon ich im Grunde wusste, dass es ein Unfall war, drang erst jetzt die beruhigende

Gewissheit in mich. Ich war frei. Ich hätte nichts davon verhindern können. Viele Jahre lang war nur eines in meinem Kopf herumgegeistert: Wären sie noch da, wenn ich nicht unter Drogeneinfluss gestanden hätte? Nun hatten das offene Gespräch, das Mitgefühl meiner Freunde und die Tränen, die wir bis in die Nacht hinein vergossen hatten, etwas gelöst. Am Ende waren es die Erinnerungen an die gemeinsamen Momente, die uns vereinten und die uns niemand nehmen konnte. Sogar Lizzy hatte sich an den Gesprächen beteiligt, obwohl sie Mia nie begegnet war. Manch einer würde meinen, es sei merkwürdig, mit einer neuen Liebe über eine Verflossene zu sprechen. Bis gestern hätte ich das so unterschrieben. Doch Lizzy belehrte mich eines Besseren. Sie überraschte mich einmal mehr.

Ich fühlte Dankbarkeit. Dankbarkeit, eine Frau wie Mia gekannt und einen Teil meines Lebens mit ihr geteilt zu haben. Dankbarkeit für all die kleinen und großen Privilegien, die ich zeit meines Lebens hatte genießen dürfen und immer noch durfte. Dankbarkeit für meine Familie und meine Freunde, auf die ich mich jederzeit verlassen konnte. Die mich schätzten und immer hinter mir standen, auch wenn ich Fehler machte. Ich war glücklich. Drei kleine Worte, die meine Gefühlslage nicht besser hätten beschreiben können – Ich war glücklich.

***

Kaum betrat ich die Küche, richteten sich prompt sechs strahlende Augen auf mich. Ich hätte es wahrlich schlechter treffen können, als mit diesen bezaubernden Ladys frühstücken zu dürfen.

»Sag mal, willst du nicht einziehen? Bist ja eh die ganze Zeit hier«, sagte ich zu Mona. Schwungvoll zog ich mir einen Stuhl heran, nahm neben ihr Platz und stibitzte eine Gabel voll Rührei von ihrem Teller.

»Nee du, lass mal. Bei dem Gestöhne kann ja kein Mensch schlafen.«

»Mona!«, rief Hannah fassungslos. »Waren wir uns nicht einig, dass wir die Turteltauben darauf nicht ansprechen?«

Lizzys Ohrläppchen glühten und sie starrte regungslos in ihre Tasse.

»Ist aber so.«

»Ihr habt euch über … Können wir vielleicht das Thema wechseln?«, fragte ich so beiläufig wie möglich und reichte Lizzy das Brotkörbchen. Hannah griff sich sofort eines der warmen Croissants. »Also, dann tue ich euch mal den Gefallen und wechsle galant und kaum merklich das Thema.«

»Danke«, murmelte Lizzy.

»You're welcome.«

»Also, der Plan für heute ist klar, oder?«, fragte Mona zwischen zwei Bissen.

Lizzy sah von ihrer Tasse auf. »Ach ja?«

Mona fischte mit ihrer Zunge einen winzigen Rest Rührei von ihrer Unterlippe, bevor sie Messer und Gabel zur Seite legte. »Heute findet das alljährliche *Jump-it* statt. Da müssen wir hin.«

»Jump-it?«, fragte Lizzy.

»Sie ist so süß!« Mona knuffte Lizzy in die Wange.

»Mach dir nichts draus.« Hannah sah zu Lizzy hinüber »Das ist ein sinnloses Event, bei dem übereifrige

Snowboarder in ein kunterbuntes Luftkissen springen und alle Herumstehenden ausflippen, als hätten sie gerade den Weltfrieden herbeigeführt«, erklärte sie, während sie Butter und Honig zu einer klebrigen Masse vermischte und auf ihr Croissant strich.

»Na hör mal. Das … Du erklärst das völlig falsch.« Mona schüttelte vehement den Kopf.

»Das einzig Gute daran ist das Frischfleisch«, erwiderte Hannah und alle Augen richteten sich auf sie.

»Das was?« Ich grinste.

»Dort gibt's jede Menge Frischfleisch. Touristen aus aller Welt. Knackige Kerle halt. Man muss sehen, wo man bleibt.« Sie zuckte unschuldig mit den Achseln und schob sich einen Bissen in den Mund.

»Also ich finde die Idee prima. Das Wetter passt auch«, sagte Lizzy und überzeugte sich mit einem flüchtigen Blick nach draußen vom strahlend blauen Himmel.

»Meinetwegen. Schüler haben wir heute keine. Zeit hätten wir also«, warf ich ein.

»Igitt! Da ist Likör drin!« Lizzy schob ihre Kaffeetasse von sich und ihr strafender Blick wanderte zu Hannah.

»So schmeckt er doch wahrlich am besten«, sagte ebendiese und nickte zufrieden. »Prost, Freunde.«

***

»Meine Oberschenkel bringen mich um«, jammerte Lizzy halblaut, als wir am Nachmittag den Weg in die Bar einschlugen. Es war ein traumhafter Tag. Der Pulverschnee bot perfekte Pistenbedingungen. Die Sonne brannte vom wolkenlosen Himmel auf uns herab und es wehte eine leichte Brise, wodurch es weder zu warm,

noch zu kalt war. Dadurch, dass sich viele Wintersportler im Jump-Park um besagtes Luftkissen tummelten,
bot sich auf den Pisten genügend Platz, um eine entspannte Abfahrt nach der anderen zu genießen. Ich
hatte diese sorglosen Skitage die letzten Jahre vermisst.
Sie waren Balsam für die Seele.

Lizzys Handy vibrierte, als wir in der Bar angekommen waren und uns an den Tresen gesetzt hatten.

»Bin gleich wieder da«, sagte sie und deutete auf ihr
Handy. »Da muss ich rangehen.« Sie gab mir einen Kuss
und ging nach draußen. Durch die Glasfront beobachtete ich, wie sich ihr Gesicht verfinsterte. Wiederholt
sah sie in meine Richtung. Hannah bestellte derweil für
uns alle, wie konnte es anders sein, Schümli-Pflümli.

Gleich nachdem Lizzy das Gespräch beendet hatte,
verschwand sie durch die Tür zu den Toiletten. Mit
Schrecken bemerkte ich, wie ihr eine hochgewachsene
Blondine folgte. Eine Frau, die in Lizzys Nähe nichts
verloren hatte.

Lizzy

»Aber ...«

»Frau König, ich brauche Sie hier. Wenn wir die fehlenden Zahlen im Hartholz-Fall nicht bis morgen Abend nachgereicht haben, verlieren wir unser Mandat. Was das für Ihren Arbeitsplatz bedeutet, können Sie sich zusammenreimen.«

»Aber ich bin in der Schweiz! Ich brauche mindestens zehn Stunden bis nach Berlin.«

»Wunderbar. Nehmen Sie den Zug. Kaufen Sie sich von mir aus ein Erste-Klasse-Ticket. Um die erste Hälfte des Berichts durchzuarbeiten, genügen zehn Stunden.«

Darauf fiel selbst mir keine Antwort ein. *Wer zum Geier verlangt denn Zahlen zwischen den Feiertagen? Denkt der echt, ich würde hier alles stehen und liegen lassen, nur um seinen Arsch zu retten? In meinem wohlverdienten Urlaub? Dem Ersten seit fast einem Jahr.*

»Aber das war Tamaras Aufgabe! Ich bin wirklich ...«

»Frau Stettler ist aber nicht da! Und sie hat die Zahlen nicht rechtzeitig geliefert. Verdammt nochmal, hören Sie denn nicht zu?«

Tamara ist nicht da? Was soll das schon wieder bedeuten? Das hat er mit keiner Silbe erwähnt. Aber wie so oft waren es wir anderen, die ihm nicht richtig zuhörten. Er hingegen, verkörperte den Ritter in glänzender Rüstung, der die Kanzlei selbstlos vor dem Untergang bewahrte. Die Wahrheit war, wo er hinfasste, hinterließ er nichts als heilloses Durcheinander, das Tamara und ich hinterher in mühevoller Kleinarbeit wieder zu richten versuchten. Jedes verdammte Mal. Ich war es so leid.

»Wo ist Tamara denn?«

»Sie ist nicht da!«

265

»Ja, das habe ich verstanden. Aber wo ist sie?«

»Sie hat gekündigt.«

»Ach du Kacke«, rutschte es mir heraus. Ich hatte noch nie vor meinem Chef geflucht.

Am anderen Ende der Leitung war Stille eingekehrt.

»Nein!«, sagte ich mit fester Stimme.

»Wie bitte?«

»Nein, Herr Käserschmidt. Ich werde meinen Urlaub nicht abbrechen.«

»Das … Ich glaube, ich habe mich verhört. Haben Sie verstanden, was ich gesagt habe?« Seine Stimme wurde im Sekundentakt lauter.

»Jedes Wort.«

»Sie werden die Kanzlei an die Wand fahren!«, brüllte er.

»Ich?« Jetzt wurde es mir aber wirklich zu bunt. Hatte er das eben echt gesagt? Zu mir, die vom vielen Scherben Zusammenkleben wunde Finger hatte? So oft habe ich ihm schon aus dem Schlamassel geholfen, ihn aus dem Hintergrund mit Zahlen, Daten und Fakten versorgt. Wenn hier jemand für das Scheitern der Kanzlei verantwortlich war, dann ja wohl er.

»Ja, Sie! Haben Sie denn gar kein Gewissen?«, blaffte Käserschmidt.

Okay, durchatmen, Felicia. Tief durchatmen. Jetzt bloß nicht überreagieren, sonst bin ich meinen Job los.

»Herr Käserschmidt, es tut mir leid, aber ich kann hier wirklich nicht weg. Sie müssen das allein geradebiegen.«

»Frau König, wenn Sie nicht sofort …«

»Ich wünsche Ihnen gutes Gelingen und einen schönen Tag.« Damit legte ich auf, bevor er etwas erwidern konnte. Ich zitterte wie Espenlaub, als ich das Telefon in der Jackentasche verschwinden ließ. Noch nie war ich meinem Chef über den Mund gefahren. Er war ein lieber Kerl, wenn auch absolut chaotisch. Ich kannte ihn lange genug, um zu wissen, sein barscher Umgangston war seiner Verzweiflung geschuldet. Dennoch, dieses Mal musste er alleine da durch. Ich konnte und wollte nicht abreisen. Mir blieben drei Tage. Zweiundsiebzig kurzweilige Stunden, in denen ich mir über einiges klar werden musste.

***

Im Waschraum benetzte ich Stirn und Nacken mit kaltem Wasser und hoffte, die letzten Zweifel an der soeben erteilten Abfuhr wegzuwaschen.

»Er liebt dich nicht.«

O Gott, hatte die mich erschreckt. Tropfend schnellte ich zu der hohen Stimme hinter mir herum. *Nicht die schon wieder.* Ich schloss für ein paar Sekunden die Augen, um mich zu sammeln. »Wenn du es sagst«, antwortete ich Fabienne kühl und trottete so gleichgültig wie irgend möglich zum Papierständer, um mir das Gesicht abzutupfen.

»Und weißt du auch warum?« Ihre Stimme hatte etwas Angsteinflößendes, wie diese Clowns in Erwachsenenfilmen.

»Nein. Obwohl es mir völlig egal ist, befürchte ich, du wirst es mir gleich auf die Nase binden.«

»Weil er nicht lieben *kann*!«, sagte sie mit Betonung auf das letzte Wort.

»Hör zu, deine Meinung interessiert mich einen feuchten Dreck, gelinde gesagt. Verschwinde einfach.«

»Das hättest du wohl gerne. Niemals. Aber du wirst in ein paar Tagen verschwunden sein. Dann gehört er wieder mir.« Sie lachte und straffte die Schultern, trat vor den Spiegel und bemalte ihre ohnehin schon knallrot leuchtenden Lippen mit einem dieser abartig teuren Markenstifte.

»Klar, weil er bisher auch wahnsinniges Interesse an dir gezeigt hat, nicht wahr?«

»Ich würde seinen Besuch bei mir definitiv als interessant bezeichnen. Wann war das doch gleich? Vor zwei Tagen etwa? Oder drei? Na, jedenfalls lange, nachdem ihr euch kennengelernt habt.« Triumphierend lächelte sie ihr eigenes Spiegelbild an und fuhr fort, ohne mich anzusehen. »Schätzchen, er ist eine Nummer zu groß für dich. Er braucht jemand Vorzeigbaren, kein null-acht-fünfzehn Mädchen.«

Obwohl ich mich für gewöhnlich als durchaus schlagfertig bezeichnete, blieb mir die passende Antwort im Halse stecken.

Hochnäsig stolzierte Fabienne aus der Damentoilette. Sie meinte, sie verlasse den Ring als Gewinnerin, doch ich würde ihr den Sieg nicht kampflos überlassen.

Die vergangenen Minuten hatten mich darin bestätigt, dass es die richtige Entscheidung gewesen war, nicht heute schon nach Berlin zurückzukehren. Ich würde ihr zeigen, wo der Frosch die Locken hatte. Mein Ehrgeiz war geweckt. Voller Elan und tief überzeugt, die richtige Entscheidung getroffen zu haben, kehrte ich zu den anderen zurück.

Sie saßen an einem der runden Tische unweit der Theke und lachten lauthals. In der Mitte standen mehrere Becher, deren Inhalt ich schon erahnte.

»Hey.« Joel schob mir den freien Stuhl neben ihm zurecht.

»Wer war am Telefon?«, wollte Hannah wissen.

»Käserschmidt«, antwortete ich einsilbig und Hannah rollte umgehend mit den Augen.

»Was will *der* denn? Kann er dich nicht einmal im Urlaub in Ruhe lassen? So ein Sacktreter!«

Ich lachte. So hatte sie ihn noch nie genannt. *Möchtegernanwalt*, *Anton ad acta* oder auch *Der Antiparagraphenreiter* waren ihre Bezeichnungen für meinen Chef. Sacktreter war neu.

»Er hat mal wieder einen Fall versemmelt und verlangt jetzt, dass ich umgehend nach Hause fahre und ihm helfe, seinen Hintern zu retten.«

»Der spinnt ja wohl.« Hannah tippte sich gegen die Schläfe. »Das hast du ihm hoffentlich gesagt?«

»So in etwa. Ein klein wenig charmanter war ich schon.« Ich grinste.

»Solange der Inhalt der gleiche war …« Sie zuckte mit den Achseln und gönnte sich einen Schluck des Kaffee-Likör-Gemischs vor ihrer Nase.

»Gute Entscheidung«, wisperte Joel und Mona nickte anerkennend.

»Ich habe ihm gesagt, er müsse das diesmal alleine ausbaden. Und dann habe ich aufgelegt.«

Mona hob ihren Becher für einen Trinkspruch. »Auf unsere mutige Lizzy.«

»Hört, hört«, echoten Hannah und Joel und stießen die Becher aneinander.

»Na ja. Mutig … Es war an der Zeit, ihm die Meinung zu geigen. Womöglich brauche ich den Job ja gar nicht mehr. Vielleicht bleibe ich hier, bei euch.« Ich lächelte zufrieden. Bis ich die Gesichter meiner Freunde bemerkte.

Stille.

Hatte ich … etwas Falsches gesagt?

»Das, ähm. Okay, das ist jetzt … also«, stammelte Joel. Mona suchte plötzlich etwas unheimlich Dringendes in ihrer Jacke.

»Was? Was ist? Ist das so abwegig?«

»Ich … muss nochmal schnell zu … Was erledigen. Habe ich ganz vergessen. Ich … bis später!«, stotterte Joel und flüchtete aus der Bar.

Hannah zog die Lippen kraus und sah mich mitleidig an.

Mona kramte weiterhin in ihrer Jackentasche, als hätte sie die Tiefe eines dieser Zauberhüte, aus der Magier den halben Hausrat hexten.

»Hast du es jetzt endlich?«, fragte ich genervt. Mir war klar, dass sie mit der kindischen Masche dieser peinlichen Situation zu entfliehen versuchte.

»Was habe ich denn Falsches gesagt?«, wollte ich von den beiden wissen, nun, da ich auch Monas Aufmerksamkeit besaß. »Ich habe doch nur gesagt, dass ich *überlege*, hierzubleiben.«

»Tja, dann kam das wohl ziemlich unerwartet für ihn.« Mona legte den Kopf schief.

Hannah zögerte. »Du hast ihn überrumpelt, Mäuschen.«

»Ach, kommt schon. Ich habe ja nicht gesagt, ich will bei ihm einziehen.«

»Überleg dir das gut, bevor du in Berlin alles stehen und liegen lässt. Du bist erst seit einer Woche hier. Auch hier ist nicht alles Gold, was glänzt.« Hannah kräuselte die Nase und ich fragte mich, was sie meinte. Redete sie von Joel? Ja, wie der nächste Satz bewies.

»Ich weiß nicht, ob Joel bereit ist, sein Leben mit dir zu teilen«, fügte Mona leise hinzu.

Autsch. Mitten in die Eingeweide.

»Versteh mich nicht falsch, ich glaube wirklich, dass er sich in dich verliebt hat. Aber nach all dem, was er in den letzten Jahren erlebt hat, würde ich es ihm nicht verübeln, wenn er Angst vor diesem Schritt hat. Oder?«, ruderte Mona zurück.

Stumm starrte ich auf den Schümli-Pflümli in meiner Hand.

»Verstehst du, was ich sagen will?« Monas Hand legte sich tröstend auf meine.

»Ich glaube schon.« Eine bleierne Müdigkeit überkam mich. Schlagartig wünschte ich mich in meine bescheidene Berliner Wohnung zurück, in den anonymen Trubel der Großstadt. Obwohl ich noch vor wenigen Minuten genau das Gegenteil im Sinn gehabt hatte. »Ich brauche Zeit für mich. Wenn es euch nichts ausmacht, fahre ich schon mal ins Chalet.« Ich schnappte mir meine Jacke und verließ die Bar. Gesenkten Blickes und auf kürzestem Weg fuhr ich in unser Holzhaus.

Ich zwang mich, keine Gedanken an Joels Reaktion zu verschwenden, wohl wissend, dass dabei nichts Brauchbares herauskommen würde. Stattdessen ließ ich mich erschöpft aufs Bett fallen.

Der Brief!

Meine Hand griff eilig unter das Kopfkissen und holte den rosafarbenen Umschlag hervor. Den hatte ich total vergessen. Ehe meine Gedanken in eine ganz bestimmte Richtung abdriften konnten, öffnete ich ihn und las.

»O nein!«, entfuhr es mir kurz darauf und ich schnellte in die Höhe. *O nein! O nein! O nein! Hätte ich den verflixten Brief doch gestern geöffnet!*

Joel

Wie von der Tarantel gestochen jagte ich seit Stunden die Pisten rauf und runter. Durchgeschwitzt und mit brennenden Oberschenkeln, gönnte ich mir eine Verschnaufpause. In dieser Ecke unseres Hausberges war ich selten unterwegs. Kritisch musterte ich die kleine Bar vor mir. *Stand die damals auch schon da? Bin ich überhaupt schon einmal hier gewesen?* Ich war mir nicht sicher. Instinktiv hatte mich eine innere Eingebung weit weg von allem Vertrauten gelotst. Hier würde ich niemandem über den Weg laufen, den ich kannte und Zeit zum Nachdenken gewinnen.

Die letzten Stunden hatte ich wie in Trance verbracht, unfähig, einen klaren Gedanken zu fassen. Das Einzige, dass ich wahrgenommen hatte, waren die schrillenden Alarmglocken in meinem Kopf. Seit Lizzy ihren Plan offenbart hatte, übertönten sie alles andere. Mir waren die Sicherungen durchgebrannt, als sie locker lässig verkündet hatte, hierbleiben zu wollen. Wir kannten uns doch erst seit einer Woche. Okay, die Vorzeichen waren eindeutig und der Gedanke daran, Lizzy in ein paar Tagen ziehen lassen zu müssen, verursachte mir höllische Bauchschmerzen. Dennoch ... Wie konnte sie, ohne jegliche Zweifel alles auf eine Karte setzen? Was, wenn ihr Plan nicht aufging? Wenn ich nicht bereit dazu war? Wir hatten nie darüber gesprochen. Was, wenn sie es im Nachhinein bereute?

***

»Meine Güte, da bist du ja!«

Ich blinzelte und schirmte meine Augen mit den Händen vor der Sonne ab, um Mona auszumachen. Ihre Stimme hatte ich längst erkannt.

»Ich habe dich überall gesucht. Wo warst du denn die ganze Zeit?«

»Im anderen Tal drüben.«

Mona zog die Stirn in Falten. »Wie geht es dir? Ich dachte …«

»Mona, hör zu. Ich ahne, was du sagen willst. Nur ist mir gerade echt nicht nach reden zumute. Nach Smalltalk schon gar nicht.«

»Kein Smalltalk? Perfekt, ist eh nicht mein Ding. Dann eben Klartext. Joel, ich weiß, was in deinem Kopf vorgeht und ich kann das sogar nachvollziehen, wirklich. Aber bevor du voreilige Schlüsse ziehst, solltest du dir die letzten Tage vor Augen halten.«

»Du kannst überhaupt nichts nachvollziehen, Mona! Hast du eine Ahnung, wie es ist, seine Familie zu verlieren? Was es bedeutet, plötzlich allein dazustehen? Nein, hast du nicht. Also komm mir gefälligst nicht so!«

»Hey, jetzt wirst du unfair. Natürlich weiß ich es nicht direkt, aber ich habe hautnah mitbekommen, wie scheiße es dir ging. Ich bin dir nämlich zur Seite gestanden.«

Trotzig blickte ich auf meine Schuhe.

»Ich war bei dir. Tag für Tag. Ich konnte dir den Schmerz nicht abnehmen, das ist leider wahr. Aber ich habe alles in meiner Macht Stehende unternommen, um dir die Situation ein wenig zu erleichtern. Also fahr mich gefälligst nicht so an, hörst du?«

»Ich will nicht darüber reden.«

»Aber *ich* will darüber reden. Und zwar hier und jetzt. All die Jahre habe ich mir meinen Arsch für dich aufgerissen, war immer an deiner Seite. Habe dich unterstützt, so gut ich konnte, und deine Launen verteidigt. Es wird Zeit, etwas zurückzugeben, mein Lieber!«

Ihre harschen Worte überraschten mich. Nein, sie schockierten mich regelrecht. Wie kam sie dazu, Forderungen zu stellen?

»Ich habe dich nicht gebeten, mir zu helfen. Gezwungen habe ich dich schon gar nicht. Ich habe meine Frau verloren und …«

»Und dein Baby. Ich weiß. Ich weiß es nur zu gut. Ich habe mitbekommen, wie beschissen weh dir das getan hat, wie es dir den Boden unter den Füßen weggerissen hat. Weil ich nämlich dabei war. Du bist nicht der Einzige, dem jemand genommen wurde, weißt du? Ich habe meine Freundin verloren, Hannah ihre Schwester und Simon und Denise sogar ihre Tochter. Stell dir vor, nicht nur dein Leben änderte sich mit Mias Tod. Mir nun vorwerfen zu lassen, dass ich dir geholfen habe, das tut ganz schön weh, Joel.«

Wortlos starrte ich sie an. Ich wollte etwas erwidern, aber mein Mund öffnete und schloss sich, ohne dass auch nur ein einziger Laut meine Lippen verließ.

»Trotzdem. Das Leben geht weiter, Jo. Hannah hat in Berlin neu angefangen und sogar Mias Eltern haben sich aus ihrem Loch gehievt. Nur *du* trampelst an Ort und Stelle und badest seit Jahren im Selbstmitleid. Es wird Zeit, den Stöpsel zu ziehen, die Mitleidssuppe abzulassen und wieder am Leben teilzunehmen!«

Und gerade als ich dachte, sie wäre fertig, schob sie ein »Ich kann es nicht mehr ertragen!« hinterher.

»Was, wenn das mit Lizzy und mir schiefgeht? Ich bin nicht bereit, diese Verantwortung zu übernehmen.« Ich sah Mona an und sprach meine größte Angst offen aus. »Was, wenn ich den Stöpsel nicht ziehen *kann*?«

»Sie ist erwachsen. Du musst für niemanden die Verantwortung übernehmen, außer für dich selbst. Was kann schon passieren? Wenn das mit euch nicht hält, geht sie eben zurück nach Berlin. Wo ist das Problem? Ihr sollt ja nicht gleich heiraten oder Kinder in die Welt setzen.« Sie schüttelte den Kopf. »Gib euch eine Chance und tu mir einen Gefallen: Steig endlich aus dieser gottverdammten Badewanne aus!«

Ich atmete tief ein, meine Augen suchten die in der Sonne glänzenden Berggipfel. »Ich kann nicht.«

»Dann, mein Freund, lass sie gehen. Das hat Lizzy nicht verdient.«

Das erste Mal in all der Zeit, schien Mona die Seiten zu wechseln. Sie hatte recht. Jedes einzelne Wort stimmte. Sie hatte immer hinter mir gestanden, egal, wie ich mich verhalten hatte. Doch diesmal war es anders, und in dem Moment, als sie aufstand und sich umdrehte, hatte ich das Gefühl, ein weiteres Mal verlassen zu werden. Mona war weg.

Müde machte ich mich auf den Weg ins Chalet. Warum sabotierte ich mein eigenes Glück? Wie sollte ich vorwärtsgehen? Wie konnte ich? Als hielt meine Trauer Mia am Leben, wagte ich nicht, den nächsten Schritt zu gehen. Es klang paradox, war aber genau das, wonach es sich anfühlte.

***

Ein heftiger Schlag von hinten ließ meine Beine die Bodenhaftung verlieren. Meine Füße wurden aus der Bindung gerissen. Wie in Zeitlupe wirbelten Skier und Stöcke durch die Luft. Ich schlitterte in eine Kurve, und so fest ich meine Füße auch in den Schnee rammte, es gelang mir nicht zu bremsen. Die neongelbe Hangsicherung kam immer näher. Ich raste auf sie zu. Viel zu schnell. Und dann knallte es. Es war das Scheppern meines Helmes auf dem harten, eisigen Boden, bevor es still um mich wurde.

»Sind Sie verletzt?«, durchbrach eine raue Stimme die Ruhe.

Shit. Ich blinzelte gegen das Sonnenlicht. Dann hob ich den Kopf, um meinen Körper zu begutachten. Mein rechtes Bein lag merkwürdig verdreht auf dem Boden. Scheiße, ich war verletzt. »Was ist passiert?«

Der hilfsbereite Typ neben mir sah besorgt den Hang hinauf. Dort lag, soweit ich das erkennen konnte, ebenfalls eine Person am Boden. Um sie hatte sich eine Traube von Menschen gebildet. Ich versuchte mich aufzurappeln, doch mein rechtes Knie hielt der Belastung nicht stand und knickte unter dem Gewicht meines Körpers zusammen. Gefühlte tausend Messerstiche durchzogen mein Bein. Mir wurde schwindelig, alles drehte sich. Die beruhigende, friedliche Dunkelheit holte mich abermals ein.

Lizzy

»Geh schon ran«, beschwor ich ihn durchs Telefon. »Los, nimm ab.« Nichts. Das konnte doch nicht wahr sein. Tagelang stellte er mir in feinster Stalker-Manier nach und jetzt erreichte ich Elias nicht. Auch fünf verzweifelte Versuche später blieben meine Anrufe unbeantwortet. Wo steckte dieser Kerl? Ich ärgerte mich darüber, seinen Brief nicht eher gelesen zu haben, dann hätte ich womöglich das Allerschlimmste verhindern können.

Nervös lief ich wie ein Tiger im Käfig durchs Zimmer. Auf und ab, immer wieder, während ich weiterhin versuchte, Elias ans Telefon zu kriegen. Wie zuvor, erbarmte sich auch dieses Mal lediglich seine Mailbox.

»Herrgott!«, fluchte ich und ließ das Handy sinken. *Denk nach.* Womöglich hatte er den Brief im Affekt verfasst und die als Mitteilung getarnte Drohung gar nicht ernst gemeint. Vielleicht war er einfach verzweifelt, weil ich nicht mit ihm hatte reden wollen. Dabei waren leere Versprechungen untypisch für Elias. Wenn er einmal etwas versicherte, konnte man zu neunundneunzig Prozent davon ausgehen, dass er Wort hielt. Wer hätte gedacht, dass mir seine Verlässlichkeit einmal zum Verhängnis werden würde?

Trick siebzehn kam mir in den Sinn. Social Media. Natürlich! Dass mir der Gedanke nicht schon früher gekommen war. Ein herrlich anonymer Ort, um Leute unbemerkt auszuspionieren. Wie eine Undercover-Spionin öffnete ich *Instagram* und suchte Elias' Namen. Er hatte mich weder als Freundin entfernt noch blockiert, was mir in die Hände spielte. Blöd nur, dass er seit Wochen keinen einzigen Post abgesetzt hatte und mir dadurch null brauchbare Informationen lieferte. Stattdessen strahlte mir mein werter Herr Bruder entgegen, als ich mich durch die neuesten Beiträge scrollte. Vor etwas mehr als zwei Stunden hatte er ein Bild gepostet, auf dem er mit Sonnenbrille auf der Nase und Sandwich in der Hand an einer Zapfsäule lehnte und breit in die Kamera grinste.

»Jonas. Mist!« Den hatte ich völlig vergessen. Ich hätte ihn schon längst zurückrufen sollen. Wieso hatte er nicht noch einmal versucht, mich zu erreichen oder wenigstens eine *WhatsApp* geschickt? Das sah ihm gar nicht ähnlich.

Meine Finger flogen über das Display meines Smartphones und durchsuchten die Anrufliste. Ich tippte auf seinen Namen und betätigte den grünen Hörer. Mailbox. Klar, was sonst.

»Herrgott! Wo sind denn heute alle? Den ganzen Tag am Handy hängen, aber wenn man sie braucht, sind sie wie vom Erdboden verschluckt«, jammerte ich. Ich würde es später noch einmal versuchen. Jetzt hatte ich größere Probleme. Ich beruhigte mich, indem ich mir immer wieder sagte, Elias wäre zu feige, um das durchzuziehen. Zu bequem. Zu faul. Es klingelte an der Tür und mein Herz setzte für einen Moment aus. Unsicheren Schrittes strauchelte ich die Treppen empor. Der Weg bis zur Haustür kam mir länger vor als heute Morgen. Meine Hand wanderte zur Türklinke und drückte sie vorsichtig nach unten.

»Wieso hältst du dir denn die Augen zu?«

»Hannah! Gott sei Dank«, rief ich und umarmte sie überschwänglich.

»Okay. Ich habe dich auch lieb. Also? Was sollte das?«
Sie deutete auf mein bis vor wenigen Sekunden verdecktes Gesicht. »Alles okay?«

»Ja. Nein. Es ist nur … Ach, ich erkläre es dir später.«

»Ich habe meinen Schlüssel vergessen.« Zum Beweis zog sie das Innenfutter ihrer Jackentasche nach außen. »Und ich wollte nach dir sehen.«

»Nach mir sehen?«

»Weil du vorhin so schnell verschwunden bist …«

»Mir geht's gut. Ich war nur ein wenig überfordert.«

»Willst du mitkommen? Wir könnten bei Kilian rumhängen.«

»Das ist lieb, aber ich wäre jetzt gern für mich.«

Doch Hannah stand, wo sie stand, machte keine Anstalten zu gehen, als versuchte sie herauszufinden, ob sie mich alleine lassen konnte.

»Ich spring schon nicht vom Balkon. Alles gut. Und nun kusch, kusch, geh wieder auf die Piste.«

Sie umarmte mich noch einmal und verabschiedete sich mit einem »Du weißt ja, wo du mich findest, falls du es dir anders überlegst.«

Ich streckte den Daumen in die Luft und schloss die Tür.

So cool ich mich Hannah gegenüber gegeben hatte, so wild wütete ein Wirbelsturm aller nur denkbaren Gefühle in mir. Ich schnappte mir den derzeit gehypten Liebesroman *Liebeschaos in London* und kuschelte mich auf die weiche Couch. Ich würde sie vermissen. Mein unbequemes Ausziehsofa zu Hause stank dagegen gehörig ab.

Als ich erwachte war die Sonne hinter den Bergspitzen verschwunden und stülpte der Landschaft einen violetten Schleier über. Im Haus herrschte gespenstische Stille. Wo waren denn alle? Schmerzlich kam mir die letzte Begegnung mit Joel in den Sinn. Und Elias. Wieder übermannten mich die alten Gefühle. Zu schade, dass man Probleme nicht wegschlafen konnte.

Völlig durcheinander taumelte ich in die Küche und sah dem rettenden Elixier dabei zu, wie es in meine Tasse träufelte. Verstohlen sah ich mich um. Ich war allein, keine stillen Zeugen in Sicht. Also nahm ich den Pflaumenlikör aus dem Kühlschrank und versenkte ein Schlückchen davon in meinem Kaffee. Huch, jetzt war ein stattlicher Schluck daraus geworden – what a pity.

Eingehüllt in eine dicke Daunenjacke trat ich vor das Haus, hinaus an die frische Luft. Ich musste einen kühlen Kopf bekommen und die Gedanken ordnen. Tief nahm ich die kalte Brise in meine Lungen auf. Der köstlich heiße Kaffee rann meine Kehle herunter, als ich mitten in der Bewegung innehielt.

Die Gardine. Sie bewegte sich. Diesmal war ich sicher, mir das nicht eingebildet zu haben. In dem alten Holzhaus gegenüber war es stockdunkel, nirgends brannte Licht. Auch Schuhe, Skier oder sonstige Anzeichen menschlichen Lebens gab es nicht. Ich starrte regungslos auf das ominöse Stück Stoff. Doch nichts geschah. Vielleicht ein Voyeur? Mir grauste bei dem Gedanken und ich beschloss, lieber wieder ins Haus zurückzukehren.

»Warum so nachdenklich, junge Dame?«, erklang eine weiche Stimme hinter meinem Rücken.

Erschrocken fuhr ich herum und verschüttete prompt eine beachtliche Menge des Energiespenders auf meine Jacke. »Gott, haben Sie mich erschreckt!« Mein Herz klopfte, als würde es jeden Moment aus meiner Brust galoppieren. Die Alte sah anders aus als bei unserer letzten Begegnung. Irgendwie älter, noch verbrauchter, seniler.

»Du siehst bedrückt aus«, riss sie mich aus meinen Gedanken.

»Es war ein langer, komplizierter Tag. Nichts Besonderes.« Schulterzuckend sah ich zu ihr auf. Das Fenster, in dessen Rahmen die Alte lehnte, befand sich schräg über mir. Ich spürte ihre warmen Augen auf mir ruhen.

»Sollten sie das nicht sein?«

»Wie bitte?« Ich verstand nicht.

»Die Tage. Sollten sie nicht besonders sein? Einmalig, jeder Einzelne?«

Ihre Stimme war klar. Die Worte auch. Dennoch wurde ich das Gefühl nicht los, dass mehr zwischen den Zeilen lag, als sie ausgesprochen hatte. Was versuchte sie mir zu sagen?

»Das … so läuft es eben nicht immer. Ich versuche es ja. Aber das ist nicht einfach. Manche Tage sind ziemlich beschissen. Die letzte Woche war ein einziges Auf und Ab.« Meine Stimme wurde lauter, dabei hatte ich gewiss nicht im Sinn, die grauhaarige Nachbarin anzuschreien. Sie hatte nicht Unrecht, vielmehr traf sie einen Nerv. Ich wollte jeden Tag als etwas Besonderes, als ein Geschenk ansehen, das wollte ich wirklich. Nur war das in Anbetracht der harten Tatsachen nicht so leicht.

»Es ist immer eine Sache des Blickwinkels«, sinnierte sie.

»Ach ja? Aus welchem Blickwinkel soll ich betrachten, dass mein Ex-Freund mich betrogen hat? Und dass mitten in diesem Gefühlschaos dieser unglaubliche Mann auftaucht und mir immer wieder das Gefühl gibt, mich gern zu haben. Aber dann, sobald ich mich annähere, haut er ab. Ohne Vorwarnung. Aus welcher Perspektive soll ich das sehen?«, fragte ich leicht gereizt. Sie kannte mich nicht, wie kam sie dazu, mich mit ihren Glückskeks-Weisheiten zu behelligen?

»Wärst du denn hier, hätte er dich nicht betrogen?«

»Vermutlich nicht«, sagte ich und zog die Stirn in Falten. Was tat das zur Sache?

»Bist du denn gerne hier?«

»Doch schon, aber ich …«

»Bereust du, hierhergekommen zu sein? Würdest du die Zeit zurückdrehen, wenn du könntest?«, unterbrach sie mich.

»Nein, ich … ich glaube nicht.«

»Könnte es sein, dass das hier«, sie vollführte eine ausladende Handbewegung und deutete auf mich und das Chalet hinter mir »eine wichtige Station auf deiner Reise ist? Dass alles so gekommen ist, wie es kommen musste?«

»Ich … ich weiß es nicht. Schon möglich.« All diese Fragen, mein Kopf schmerzte.

»Dann, junge Dame, ist der Blickwinkel ein ganz anderer. Du solltest dich nicht davor scheuen, die Situation genau zu betrachten«, sagte sie und sah mir dabei fest in die Augen.

»Ich bin durcheinander«, vertraute ich der Alten an. »Sollte ich nicht in mein Kopfkissen heulen, weil Elias mich betrogen hat? Nein, was mache ich? Ich verliebe mich in den nächstbesten Skilehrer.«

»Das Herz hat seine Gründe. Manchmal scheinen sie rätselhaft. Aber glaube mir, es täuscht sich selten. Du bist nicht zufällig hier. Das alles ist nicht einfach so passiert.«

Jetzt wurde es mystisch. Entweder die Alte hatte gehörig einen an der Klatsche oder sie war die weiseste Frau, der ich je begegnet war. So genau konnte ich das nicht einschätzen.

»Das Geschehene hat ihn geprägt. Sein Rucksack ist schwer. Lass ihm Zeit und hör auf dein Herz.«

»Das ist schwierig«, klagte ich.

»Ich weiß, mein Kind. Das weiß ich nur zu gut. Vor vielen, vielen Jahren, da gab es diesen liebevollen Mann, der mein Innerstes so berührt hat, wie keiner vor ihm. Ich war unsterblich verliebt. Nie hätte ich gedacht, dass es jemand schaffen könnte, uns auseinanderzubringen.« Sie lachte bitter. »Aber wir waren jung, so beeinflussbar. Es waren andere Zeiten. Damals haben die Eltern entschieden, wer gut genug war und wer nicht. Tja, er war es nicht. Ich habe ihn verlassen, entgegen der Stimme meines Herzens. Es blutet noch heute. Das Einzige, was mir geblieben ist, ist die Hälfte unseres hölzernen Herzanhängers.« Abwesend strich sie über das kostbare Stück in ihren Händen, bevor sie es fixierte. »Das eingeschnitzte *P* ist kaum noch zu erkennen, so oft sind meine Finger die Konturen nachgefahren. Was wohl aus ihm geworden ist? Ich habe ihn nie wieder gesehen.« Traurig schaute sie in die Ferne. »Paul, das war sein Name.« Sie wirkte urplötzlich müde und kraftlos, ihre Wangen eingefallen. »Mach es besser und lass dein Herz entscheiden«, sagte sie und betrachtete erneut den Anhänger in ihren zittrigen Händen. Bedrückt sah ich zu Boden, während ihre Weisheiten in mir nachhallten. »Aber wie ...« Ich verstummte. Als ich zum Fenster aufblickte, war die Alte verschwunden. *Warum habe ich nicht gehört, wie sie das Fenster geschlossen hat?*

»Lizzy! Lizzy!« Hannah und Mona stürmten auf mich zu. »Joel ist im Krankenhaus!«

Kapitel 9

Montag, 30. Dezember

Joel

Langsam öffnete ich die Augen. Das Gefühl dabei erinnerte mich an durchzechte Nächte. Die Lider dick geschwollen, die Schläfen pochten schmerzhaft. Ein metallischer Geschmack nistete in meinem Mund und meine ausgetrockneten Lippen drohten an den Seiten einzureißen.

Gestern Abend war ich orientierungslos im sexy Pünktchenkleid erwacht. Ich hatte keine Ahnung, wo ich mich befand oder wie ich hierhergekommen war. Meine Erinnerung endete, als ich nach dem Sturz auf dem Boden lag und mein, in der Hangsicherung verheddertes, schmerzendes Bein betrachtete.

Blut und Unfälle im Allgemeinen lösten Unbehagen in mir aus. Sogar dann, wenn die Szenerie nur gespielt war. In Filmen zum Beispiel. Wenn dort operiert wurde, richteten sich meine Nackenhaare auf. Ich wäre kein guter Arzt.

Wie ich erfahren hatte, war ich von einer Skischülerin umgenietet worden. Sie hat das Ganze glücklicherweise unbeschadet überstanden, was man von mir nicht unbedingt behaupten konnte. Nachdem man mich mit dem Krankenwagen ins nächstgelegene Krankenhaus eingeliefert hatte, stellten die Ärzte eine Gehirnerschütterung und einen Bänderriss fest. Es hieß, ich müsste mindestens einen Tag bleiben, alles Weitere würde mir der behandelnde Mediziner bei der Morgenvisite berichten. Anschließend hatte man mir eine gewaltige Ration Schmerzmittel eingeflößt und trotzdem hatte sich die Nacht kurz und unruhig gezeigt. Dementsprechend gerädert war ich an diesem grauen Tag in aller Herrgottsfrühe aufgewacht.

Ich angelte mir die Wasserflasche zu meiner Linken und öffnete sie. Dann suchte ich nach meinem Handy, das die nette Nachtschwester auf dem Tisch neben dem Bett deponiert hatte. Wie zuvorkommend. Die Uhrzeit war das Letzte, was ich sah, bevor sich der Bildschirm verdunkelte und mir das langsam verblassende Symbolbild verdeutlichte, was Sache war. Akku alle. Na wunderbar. Es war noch mitten in der Nacht, ich würde Stunden auf die Visite warten müssen.

Ohne jegliche Ablenkung fiel es mir schwer, nicht über Lizzy und die gestrige Situation nachzudenken. Dabei war es genau das, was ich zu vermeiden versuchte. Grübeln. Es war ohnehin sinnlos. Es führte zu nichts. Ich musste in Ruhe mit ihr reden. Wenn ich zurück war, würde ich ihr klarmachen, dass ich für einen solchen Schritt nicht bereit war.

Noch nicht.

Ich hatte mich in sie verliebt, aber warum so plötzlich alles auf eine Karte setzen? *Stopp!* Nicht nachzudenken klappte ja hervorragend.

Schließlich döste ich doch noch ein und fand ein wenig Schlaf. Bis … die Tür aufflog und eine schrille Stimme den Raum flutete.

»Guten Morgeeeen, Herr Walseeeer!«, trällerte eine korpulente ältere Dame in feinstem Singsang. Und im hohen C. Mein Kopf. Erbarmen!

»Hat der junge Mann denn gut geschlafen?«, fragte sie in meine Richtung und schob direkt ein »Ich lass mal frische Luft herein, das tut ihm sicher gut« hinterher.

Wieso sprach sie in der dritten Person mit mir? Solche Leute waren mir suspekt.

Ehe ich ein Wort erwidern konnte, entzog sie mir das Kissen, legte es quer über ihr Knie und klopfte darauf, dass ihre Oberarme nur so wackelten. Danach quetschte Schwester Margarethe, das stand zumindest auf ihrem quietschgrünen Namensschild, es mir in den Rücken, tätschelte mir den Arm und lächelte breit.

»Na, das wird schon. Wenn er heiratet, ist alles wieder gut.« Sie zwinkerte verschwörerisch.

Heiraten.

Sehr witzig.

Trotz ihrer Bemühungen, Schwester Margarethe war mir ein klitzekleines bisschen unheimlich. Nachdem sie mir die morgendliche Schmerzmittelration in den Rachen geworfen hatte, verabschiedete sie sich mit einem »Der Herr Doktor ist dann auch gleich bei ihm. Bis spääääter!«

Rums.

Die Tür fiel krachend ins Schloss und ich war wieder allein. Langsam ließ ich mich in die plastifizierte, knisternde Matratze sinken. Ich hasste Krankenhäuser. In jeder Ritze nistete der abscheuliche Geruch von Desinfektionsmitteln, damit man auch ja nicht vergaß, wo man sich befand.

Kurz nach einem spärlichen Frühstück betrat ein Arzt mein Zimmer. Ihm auf den Fuß folgten drei junge Männer und eine Frau, die allesamt noch aussahen wie Kinder.

»Guten Morgen, Herr Walser«, begrüßte mich Dr. Kempinski kühl. »Patient, männlich, fünfunddreißig ...«

»Vierunddreißig.«

»Hm?«

»Ich bin vierunddreißig. Noch.«

»Ja«, sagte er und zog das Wort unnatürlich in die Länge. »Wie dem auch sei. Eingeliefert gestern Abend, kurz nach sechs. Commotio cerebri. Bandruptur rechts. Welches weitere Vorgehen schlagen Sie vor, Assistenzarzt Möri?« Er deutete mit dem Kugelschreiber auf einen blassen Mittzwanziger.

»Konservatives Management. Nutzung einer Kniestütze, um das Risiko einer Meniskusruptur zu senken. Später Physiotherapie«, antwortete dieser wie aus der Pistole geschossen und wurde mit dezentem Nicken belohnt.

Ich unterdrückte ein Lachen. War ich versehentlich am Set von *Grey's Anatomy* gelandet?

»Ausgezeichnet. Therapiebericht folgt«, ließ der Oberguru verlauten und wandte sich mit seiner Gefolgschaft zum Gehen.

»Ähm, Entschuldigung?«, fragte ich.

»Ja?«

»Was bedeutet das jetzt genau?«

Sein Blick verriet das Unverständnis darüber, dass Menschen existierten, die des Fachchinesischen nicht mächtig waren. Er erbarmte sich meiner und übersetzte die Diagnose.

»Sie haben eine leichte Gehirnerschütterung. Nichts Dramatisches. Außerdem haben Sie sich das rechte Kreuzband gerissen. Es bedarf keiner Operation, aber einer Kniestütze, Entlastung und Physiotherapie. Bitte warten Sie das Austrittsgespräch mit dem Herrn Kollegen ab, dann dürfen Sie nach Hause. Aber schonen Sie sich nach Möglichkeit.«

Damit verschwand er aus dem Zimmer. Schwester Margarethe ließ mich netterweise das Stationstelefon benutzen, also rief ich Mona an, um ihr alles zu erklären und sie darum zu bitten, mich abzuholen. Ich hätte genauso gut nach Hause fahren können, denn Skifahren konnte ich für die nächste Zeit vergessen. Aber ich wollte ins Chalet. Ich musste zu Lizzy. Nur, was genau wollte ich ihr eigentlich sagen? Der Gedanke an das bevorstehende Gespräch ließ meine Handflächen feucht werden. Um mich abzulenken, blätterte ich in einer Zeitschrift, die ich in der Rückseite des kleinen, grauen Allround-Tisch-Schränkchens gefunden hatte.

Es klopfte an der Tür und nur unter Aufbietung all meiner Willenskraft brachte ich ein »Ja?« zustande. Noch so ein Quatschkopf-Ärzteteam war mehr als ich ertragen konnte. Die Tür öffnete sich und Lizzys besorgte Miene schob sich herein.

»Darf ich?«, fragte sie mit gedämpfter Stimme.

Ich richtete mich auf und hoffte, sie hörte mein Herz nicht schlagen »Klar. Komm rein.«

Sie stellte ihre Tasche auf den kleinen Beistelltisch und trat zu mir ans Bett. Zärtlich fuhr sie mit der Hand über meine Schiene. »Wie geht es dir?«

»Den Umständen entsprechend, würde ich sagen. Ich habe mich schick gemacht«, witzelte ich und strich über mein denkwürdiges, gepunktetes Outfit. »Und sie haben hier hervorragende Schmerzmittel.« Ich lächelte tapfer. *Wie ist es möglich, dass sie mit jedem Tag schöner wird?*

»Was ist denn passiert?« Sie wickelte ihren Schal vom Hals und formte ihn zu einer weichen Kugel.

»Ich hatte einen kleinen Unfall.«

»Schon wieder? Sollten Skilehrer das nicht besser im Griff haben?« Ihre Mundwinkel zuckten.

»Ha, ha. Ich konnte nichts dafür, ich wurde umgefahren. Außerdem, das letztens war kein Unfall. Da bin ich nur, na ja, den Abhang runtergerutscht.« Jetzt musste ich selbst lachen. Das klang in der Tat überhaupt nicht nach einem Skilehrer. Wie peinlich. »Nach dem Zusammenstoß bin ich geschlittert, in die Absperrung geknallt und dann hier aufgewacht. Das ist die Kurzfassung.«

Sie nickte und schwieg. Diese unangenehme Stille, schon wieder. In letzter Zeit hatte ich meine liebe Mühe damit, sie auszuhalten. Das schallende Ticken der schwarz-weißen Uhr an der Wand vor mir verhöhnte mich geradezu. Lizzy trommelte mit den Fingern auf ihren Knien und biss sich auf die Unterlippe. Sie wartete ganz offensichtlich, dass *ich* das Gespräch eröffnete. Ein richtiges Gespräch. Aber wo fing ich an? Ich suchte nach erklärenden Worten für meinen gestrigen Abgang. Es gab so viel, was ich ihr hätte sagen sollen, doch mein Hirn war leer. Es sträubte sich dagegen, gefühlsbetonte, tiefgründige Sätze zu kreieren. Das war einfach nicht mein Ding, ich bin nie gut darin gewesen.

»Hör zu, gestern das …«, durchbrach sie das Schweigen, stoppte dann aber.

Ich nahm meinen ganzen Mut zusammen. »Es tut mir leid, wie ich reagiert habe. Es kam alles so plötzlich. Deine Aussage, hierzubleiben, hat mich überrumpelt.«

Sie nickte. Den Blick auf ihre Füße gerichtet massierte sie sich die Schläfen. »Es war ja nicht so, dass ich lang darüber nachgedacht hätte. Nach diesem verwirrenden Gespräch mit meinem Chef kam mir halt der Gedanke. Ich habe das nicht durchdacht, es war ein spontaner Einfall.« Sie ließ die Schultern hängen. »Es fühlte sich in dem Moment irgendwie richtig an.«

Ich wusste, was sie jetzt von mir erwartete, was jeder Mensch jetzt erwartet hätte. Ich sollte sie in den Arm nehmen, ihr sagen, dass das schon okay wäre und ihr klar und deutlich mitteilen, wie ich mich dabei fühlte. Doch ich konnte nicht. Ich war blockiert. Irgendetwas hemmte mich. Ich gab mir wirklich Mühe, sie nicht zu verletzen, doch ich fand die verdammten Worte nicht.

Dann straffte sie sich und sah mir in die Augen. »Joel, mein Urlaub endet in zwei Tagen. Wie geht das mit uns weiter?«

BAM!

Obwohl klar war, diese Frage musste bald gestellt werden, hatte ich doch gehofft, es geschähe weniger offensiv. Jetzt lag ich hier und meine Gedanken überschlugen sich, kamen aber zu keinem Entschluss.

»Lizzy, ich weiß nicht. Ich … es tut mir leid.«

»Ich verstehe«, sagte sie und schulterte ihre Tasche.

»Nein, warte. Es ist anders, als du denkst. Es ist kompliziert.«

Die knarrende Tür ließ unsere Köpfe herumschnellen.

»Das glaub ich jetzt nicht«, entfuhr es mir.

»Wow. Ernsthaft?«, hörte ich Lizzy sagen.

Fabienne setzte ein engelsgleiches Lächeln auf, überhörte unsere Worte. Sie huschte herein und streckte mir ein beachtliches Blumenbouquet entgegen.

»Ich wollte gute Besserung wünschen und *hallo* sagen.«

Angewidert betrachtete ich die Blumen und machte keine Anstalten, sie entgegenzunehmen.

»O Mann, Fabienne. Du kapierst es nicht, oder? Ich. Will. Dich. Nicht. Sehen! Ich will auch nichts von dir hören oder lesen, keine Anrufe, Nachrichten, nicht mal Rauchzeichen will ich.«

»Aber Joel, ich dachte, wir könnten …«

»Nichts können wir. Verschwinde endlich. Ich will dich nicht! Ich habe mich in Lizzy verliebt!«

Stille.

»Tu uns einen Gefallen und geh«, sagte ich nun etwas leiser.

Für einen Moment stand sie da wie zur Salzsäule erstarrt. Lediglich das sich ansammelnde Wasser in ihren Augenwinkeln ließ eine Gefühlsregung erahnen.

»Dann nimm ihn doch! Ich bin raus«, zischte sie Lizzy scharf entgegen und knallte den Blumenstrauß auf den Boden. Sie straffte die Schultern und stöckelte aus dem Zimmer. Die Tür fiel lautstark ins Schloss und ich sank erschöpft zurück ins Kissen. *Wie in einem schlechten Film.* Fahrig strich ich mir übers Gesicht. Warum nur war plötzlich alles so furchtbar kompliziert?

Lizzys Blick brannte auf mir. Sie trat näher an mein Bett und sah mich an. Sie schüttelte leicht den Kopf. »Du hast dich in mich verliebt?«

»Lizzy, du weißt, was ich …«

»Nein, Joel, stimmt es? Ist es wirklich wahr?«

»Ja, Lizzy. Ich habe mich in dich verliebt.«

Ihre Züge wurden weicher, dennoch umhüllte sie ein Hauch Skepsis. »Wieso ist dann die Idee, dass ich hierbleibe, so abwegig?«

»Ich … Lizzy ich kann das nicht. Ich brauche Zeit.«

»Und ich kann keine Fernbeziehung führen. Ich habe mich in dich verliebt, Joel. Außerdem gefällt es mir hier. Aber wenn das dein letztes Wort ist …«

Ich wollte etwas erwidern. Etwas Beschwichtigendes, etwas Gefühlvolles, aber ich blieb stumm.

Ihre Schultern sackten nach unten und ihr Blick schwenkte erneut zu Boden. Wie gern hätte ich sie jetzt in den Arm genommen, meiner Sehnsucht nach ihrer Nähe nachgegeben. Aber das wäre nicht richtig gewesen. *»Lass sie gehen, das hat sie nicht verdient«,* hallte Monas Stimme in meinem Kopf. Und das tat ich. Noch während ich über die Worte sinnierte, verließ Lizzy nahezu geräuschlos das Zimmer. Mir war klar, ich hatte soeben einen riesigen Fehler begangen und trotzdem hielt ich sie nicht auf.

Lizzy

Wie hatte ich nur so naiv sein können, zu glauben, mein vermaledeites Herz würde mich diesmal nicht täuschen? Meine Menschenkenntnis ließ anscheinend zu wünschen übrig. Dabei hatte es sich dieses Mal so richtig angefühlt.

Mit tränenverschleiertem Blick manövrierte ich Hannahs Wagen die Serpentinen hinauf. Zu schnell, wie ich in einer scharfen Linkskurve erschrocken feststellte. *Ruhe bewahren, Lizzy.* Ich zwang mich zu ein paar tiefen Atemzügen und setzte die Fahrt langsamer fort, bis ich das Chalet am Ende der kleinen Zufahrtsstraße erreichte. Hannah öffnete die Tür, kaum hatte ich den Motor ausgestellt.

»Und? Wie geht es ihm?«, wollte sie wissen.

»Viel zu gut!«, entfuhr es mir. Im Nachhinein betrachtet, hatte das ziemlich gemein geklungen. Doch Hannah kannte mich, sie wusste meine Laune einzuordnen.

»Er hat seine Meinung nicht geändert, hm?« Sie empfing mich mit ausgebreiteten Armen. Beruhigend strich sie mir über den Rücken, während meine Tränen ihren Pullover benetzten. »So ein Esel«, sagte sie.

»Nein, hat er nicht. Und weißt du was?«

»Was denn?«

»Das ist auch besser so. Er hat recht.«

»Er hat was?« Hannah musterte mich verdutzt.

»Es würde nicht funktionieren. Ich gehöre nicht hierher. Es waren ein paar tolle Tage, zugegeben …« Ich fuhr mir mit dem Ärmel der Jacke über mein verheultes Gesicht und fühlte mich trotz der kleinkindlichen Geste unglaublich erwachsen. »… aber ich bin einfach keine von euch.«

»Wie meinst du das?«

»Ich gehöre nicht hierher. Ich werde nach Hause fahren«, offenbarte ich meiner Freundin den Entschluss, den ich bereits kurz nach Verlassen des Krankenhauses getroffen hatte.

»Ja, übermorgen«, sagte Hannah. »Wir sind gemeinsam hier, schon vergessen?«

»Nein, heute. Ich fahre heute.«

»Ach, Lizzy. Meine Eltern sind im Anflug, ich kann jetzt nicht gehen.« Sie schüttelte vehement den Kopf.

»Ich weiß.« Mit hängenden Schultern steuerte ich mein Zimmer an und Hannah folgte mir.

»Wie willst du nach Berlin kommen?«, hörte ich sie dumpf fragen, während ich meinen leeren Koffer unter dem Bett hervorzog, ihn auf die Matratze warf und wahllos Sachen aus dem Schrank riss. Als ich nicht antwortete, packte sie mich bei den Schultern. »Lizzy, sieh mich an. Wie kommst du nach Berlin?«

»Zug. Ich fahre mit dem Zug. Der nächste fährt schon in zwei Stunden.«

»Damit bist du ewig unterwegs. Ich werde eher daheim sein als du.«

»Mir egal. Hauptsache weg von hier!«

Hannah sah mich ratlos an. »Ich fahre dich ins Tal«, sagte Hannah ohne zusätzliche Worte.

Ich nickte und Hannah verließ mein Zimmer. Am geöffneten Fenster schloss ich die Augen und atmete die kalte Bergluft tief in meine Lungen. Mein Blick fiel auf das Nachbarchalet, in dem die geheimnisvolle Alte lebte. Die Geschichte um ihre unerfüllte Liebe flatterte in meinem Kopf umher wie ein verirrter Vogel, der in einem Netz gefangen war und den Ausgang nicht fand. Das Bild, wie sie dagestanden und wehmütig über das

P auf dem Anhänger gestrichen hatte, hatte sich fest eingenistet. Sie tat mir leid. Eine Horrorvorstellung, ein Leben lang unglücklich verliebt zu sein und jemanden derart zu vermissen. Wo auf dieser Welt mochte das Gegenstück sein? Abermals atmete ich tief ein und versuchte beim Ausatmen, all die fremden Eindrücke loszuwerden. Ich hatte genug eigene Probleme.

Ich starrte auf den vollgepackten Koffer vor meinen Füßen. Beim kläglichen Versuch, ihn zu schließen, bog er sich bedrohlich nach außen. Manches war doch beim Alten geblieben, was ich auf eine reichlich seltsame, verschrobene Art beruhigend fand. Der Reißverschluss spielte gegen mich. So wie der Rest der Welt. Ein Déjà-vu von vor einer Woche holte mich ein. Selbstmitleid war meine Paradedisziplin.

Nachdem es mir gelungen war, das geschichtsträchtige, ordnungsgemäß geschlossene Ding die Treppen hinaufzuwuchten, gesellte ich mich zu Hannah und Mona. Sie saßen auf dem Balkon und hielten die Gesichter den letzten Sonnenstrahlen entgegen. Der Himmel begann sich langsam zuzuziehen.

»Hey«, begrüßte mich Mona. »Du willst wirklich abreisen?«

Ich nickte.

Sekunden vergingen, in denen ihr nichtssagender Blick auf mir lag. »Ihr seid Idioten. Alle beide.« Sie verschränkte die Arme und legte ein Bein lässig aufs Geländer.

»Bitte was?«

»Du hast mich schon verstanden«, sagte Mona ohne jeden Anflug von Emotionen und nippte an ihrem Kaffee. Da war sicher eine ordentliche Ration Likör drin.

Wieso sonst würde sie mir in dieser Situation so etwas an den Kopf knallen?

»Jeder Blinde sieht, wie verschossen ihr ineinander seid. Ich verstehe das Theater nicht. Aber das ist eure Sache. Bleibt doch beide unglücklich. Mir egal. Ihr seid erwachsen, macht was ihr wollt.«

»Was? Na, hör mal. Ich kann nichts dafür!«

»Du handelst überstürzt. Erst willst du in Berlin alles an den Nagel hängen. Dann haust du ab. Und Joel …« Mona schnaubte, »… der suhlt sich lieber im Selbstmitleid, als über seinen Schatten zu springen. Ihr seid beide bekloppt.« Sie trank ihre Tasse in einem Zug leer, knallte sie auf den Tisch und verschwand ohne ein Wort der Versöhnung durch die Terrassentür nach drinnen.

Mit offenem Mund suchte ich Hannahs Blick. Diese wiederum richtete ihre Augen starr auf den Vogelschiss am Geländer.

»Das. Also …«, stotterte ich. »Das ist ja wohl eine Frechheit!«

»Wir sollten uns auf den Weg machen. Dein Zug.« Ohne mich anzusehen, stand sie auf und verschwand ebenfalls ins Innere des Chalets. Wunderbar. Ich schien heute jeden Menschen in unmittelbarer Umgebung zu enttäuschen. Na, immerhin hatte ich eine zehnstündige Zugfahrt vor mir. Zeit genug, um meine Wunden zu lecken.

Nachdem ich die restlichen Sachen zusammengesucht hatte und wir uns darüber einig waren, dass Hannah Clap und Nancy in ihrem Transportkäfig mit dem Auto nach Hause bringen würde, standen wir im Flur unseres Zuhauses auf Zeit. Ich drückte gerade die

Klinke der Eingangstür nach unten, als das Geräusch zuknallender Autotüren zu uns hineindrang.

Schritte.

»Autsch!«, brüllte jemand von draußen. »Na, warte. Das kriegst du zurück!«

Mona, Hannah und ich sahen uns entgeistert an. Das Schauspiel spielte sich direkt vor der Haustür ab. Mich beschlich eine leise Vorahnung.

»Ha! Anfänger!«, schallte es durch die Auffahrt.

»Jonas!«, rief Hannah freudestrahlend und rannte zur Tür. Sie öffnete sie schwungvoll und riss sie beinahe aus den Angeln. Ich folgte ihr und erkannte meinen Bruder, der mit Schneebällen um sich warf, als müsste er sein Leben verteidigen. Dahinter stand ein Schneemann, dessen dunkelbraune Augen, soweit man das durch die eisige Gesichtsmaske erkennen konnte, verdächtige Ähnlichkeit mit denen von Elias hatten.

»Was macht *ihr* denn hier?« Meine Stimme überschlug sich und ich wagte nicht zu blinzeln. O Gott, nein. Elias hatte seine Drohung wahrgemacht ...

»Was guckst du denn so entsetzt? Freust du dich nicht, mich zu sehen?«, fragte Jonas.

»Ich ... doch schon, aber ...«, stammelte ich. »Herrgott, sag doch auch mal was!«, forderte ich Hannah auf, indem ich ihr einen Seitenhieb verpasste.

»Schön, dass du da bist, Jonas«, sagte sie. In ihren Augen blitzten Sternchen.

»Und du? Was willst du hier?« Bissig funkelte ich Elias an. Um Jonas würde ich mich später kümmern. Mein Ex befreite sich von den Schneeresten, die sein Gesicht zierten und schritt auf mich zu.

»Du hast weder auf meine Anrufe, noch auf den Brief reagiert. Irgendwas musste ich doch unternehmen.« Er hob die Hände und mir kam das Bild dieser WhatsApp-Männchen, die ich so gerne benutzte, in den Sinn. Ungläubig schüttelte ich den Kopf. Das war doch wohl ein Scherz.

»Du hast ihn einfach mitgenommen? Du Verräter, du!« Mein Zeigefinger schnellte auf Jonas. Ich ließ ihn bedrohlich kreisen, das verlieh der Geste mehr Ausdruck. Dachte ich zumindest. Doch Jonas wäre nicht Jonas, wenn er keine Erklärung in petto gehabt hätte.

»Er hat gesagt, er übernimmt die Benzinkosten«, antwortete er wenig schuldbewusst und ging direkt dazu über, meine Freundinnen zu begrüßen.

»Schon mal darüber nachgedacht, dass ich nicht mit dir sprechen *will*?« Es war Zeit, meinem Ex die Meinung zu geigen. »Und sehen will ich dich erst recht nicht!« *Ich drehe gleich durch.*

»Schatz, bitte …« Er nahm meine Hand in seine. Meinen Reflexen zum Dank entriss ich sie ihm sofort und stemmte sie in die Hüften.

»Schatz? Du spinnst ja. Ich bin nicht mehr dein Schatz! Nicht, nachdem deine Zunge sich im Mund geirrt hat.« Ich spuckte ihm die Worte entgegen.

»Jetzt kommt doch erst einmal rein, wir besprechen das am besten drinnen«, grätschte Mona dazwischen, die an der offenen Tür erschienen war.

»Was? Nein! Ihr geht wieder. Sofort!« Ich ballte die Hände zu Fäusten, stampfte auf den Boden und nickte zur Untermauerung. Wenn schon niemand auf meiner Seite war, würde ich eben umso bestimmter auftreten.

»Wir haben fast tausend Kilometer hinter uns. Also *ich* fahre heute nirgendwo mehr hin.« Mit hochgezogener Augenbraue verschwand Jonas durch die Eingangstür und Hannah folgte ihm auf dem Fuße. Mona und Elias blieben zurück und musterten mich.

»Komm schon, wir können sie nach der langen Reise schlecht wieder wegschicken. Außerdem«, sagte sie und blickte am hervorstehenden Dach vorbei Richtung Himmel, »fängt es gleich an zu schneien. Wir besprechen das und dann sehen wir weiter.« Sie winkte auch Elias herein. Schnaubend zerrte ich meinen Koffer zurück in den Flur und steuerte schnurstracks den Pflaumenlikörvorrat in der Küche an. Man konnte den auch wunderbar ohne Kaffee trinken. War gar nicht übel und beruhigte die Nerven.

»Ihr!«, deutete ich auf die beiden Neuzugänge »Ihr ruht euch besser aus. Denn morgen früh geht es wieder nach Hause. Und ihr nehmt mich mit. Nur damit das klar ist!«

Mona saß, neutral wie die Schweiz, zwischen den beiden Verrätern und Hannah hatte den Kopf auf die gefalteten Hände gestützt, während sie Jonas anschmachtete. Missmutig dachte ich an das klärende Gespräch, das ich diesbezüglich schon lange mit ihr hätte führen sollen. Ich habe es bisher nicht übers Herz gebracht, ihr die Wahrheit über Jonas zu offenbaren.

Im Hintergrund knackte es verdächtig. Alle Köpfe wandten sich gen Flur, in Richtung meines Koffers. Da. Wieder dieses Knacken. Oder war es ein Klacken? Dann versagte der angerostete Reißverschluss seinen Dienst, mein schwarzer Trolley explodierte und die Unterwäsche darin flog filmreif und im hohen Bogen durch den Flur. Ein BH blieb baumelnd am Zeitungsständer hängen und verspottete mich. Mein hässlichster. Der ausgewaschene mit dem verbogenen Bügel.

Die Erde möge sich auftun. Hochroten Kopfes angelte ich mir das abgetragene Stück Stoff und stapfte in mein Zimmer, wo ich den Rest des Tages vor mich hin schmollte.

Kapitel 10

Dienstag, 31. Dezember

Joel

Entgegen der Worte des ehrfürchtigen Herrn Doktor, wartete ich auf seinen Kollegen und mein Austrittsgespräch bisher vergebens. Eine weitere Nacht im Krankenhaus lag nun hinter mir und besäße ich ein Genervtheits-Barometer – es hätte seinen Höhepunkt längst erreicht.

Jedes Mal, wenn sich die Tür öffnete, schnellte ich erwartungsvoll in die Höhe, nur um dann doch wieder unverrichteter Dinge ins Kissen zu sinken. Entweder war es die Reinigungskraft oder Schwester Margarethe. Ich wusste um meine Wirkung auf die alte Dame. Sie fand Gefallen an mir. Das, oder sie war die übereifrigste Krankenschwester, der ich je begegnet war. Halbstündlich flatterte sie ins Zimmer, um meinen Blutdruck zu messen oder mir zum hundertdritten Mal das Kissen aufzuschütteln. Mangelnde Arbeitsmoral konnte man ihr wahrlich nicht vorwerfen. Ihr Zeugnis würde glänzen. Wenn sie denn überhaupt noch eines brauchte. Vermutlich stand sie kurz vor der Rente.

Seit Lizzy am Vortag mein Krankenzimmer verlassen hatte, wuchsen meine Zweifel. Ich grübelte mich um Kopf und Kragen und obwohl mein dummes Herz sich nicht dazu durchringen konnte, ins kalte Wasser zu springen, war mir eines klar: Sie gehen zu lassen, war keine Option. Wenn sie abreiste, würde ich sie nie mehr wieder sehen. Sie würde in Berlin jemanden

302

kennenlernen. Würde sich in irgendeinen spießigen Typen verlieben. In einen Mann, der nicht zu feige war, sich für sie zu entscheiden, der mit ihr zusammenziehen und sie heiraten würde. Sie würden Kinder bekommen und all die Sachen zusammen machen, die ich mit ihr erleben wollte. Das alles, weil ich ein gottverdammter Feigling war. Ich würde am Ende der Saison allein zurückkehren, in meinem Haus versauern und im Selbstmitleid ertrinken, wie Mona es prophezeit hatte. Auf dem Hof meiner Eltern. Wie erbärmlich. Außer der Schreinerei hatte ich nicht das Geringste vorzuweisen und seit Jahren nichts, aber auch wirklich gar nichts auf die Reihe bekommen. Mir kam die Galle hoch. Ich musste zu ihr, bevor es zu spät war. Ich musste hier raus. Jetzt!

Ich riss die Decke zur Seite. Fertig gewartet. Wenn sich in diesem Krankenhaus niemand erbarmte, würde ich mich selbst entlassen. Umständlich stieg ich in meine Klamotten und montierte die Schiene, so gut ich es hinkriegte. Die wenigen Habseligkeiten packte ich zusammen, schnappte mir meine Jacke und humpelte zur Tür.

Am Zimmer der Stationsschwester machte ich Halt und warf Margarethe ein flüchtiges »Ich bin dann mal weg« zu. Sie rief mir noch irgendetwas hinterher, doch ich hörte sie kaum. Fokussiert verfolgte ich nur ein Ziel: Ich würde mir mein Mädchen zurückholen. Eilig steuerte ich den Lift an. Als er sich nach einer gefühlten Ewigkeit durch ein lautes PING ankündigte, hastete ich hinein und …

»Autsch!« … stieß mit Mona zusammen.

Sie rieb sich die Stirn und musterte mich von oben bis unten. »Mann, siehst du scheiße aus.«

»Ha, ha«, brummte ich mit der Euphorie einer bevorstehenden Wurzelbehandlung.

»Wieso hast du so lange gebraucht? Ich habe dich vor über zwei Stunden angerufen!«, sagte ich gereizt.

»Schau mal aus dem Fenster. Es schneit. Vorsicht ist bekanntlich die Mutter der Porzellankiste, nicht wahr, Herr Walser? Ich will schließlich nicht so enden wie du.« Sie tippte mir auf die Nase und lächelte breit.

Monas gute Laune brachte mich zur Weißglut. Auch nach über dreißig Jahren verspürte ich gelegentlich den Drang, ihr den Hals umzudrehen.

Am Ausgang des Krankenhauses holte uns Schwester Margarethe ein. »Herr Walser! Herr Walser!«, rief sie, während ihr üppiger Busen mit jedem Schritt bedrohlich hin und her schwenkte.

»Sie Schlingel, Sie. Ich brauche noch eine Unterschrift«, japste sie und rang nach Luft. »Einfach so abzuhauen, Sie sind mir einer!« Sie schüttelte den Kopf und schnalzte missbilligend mit der Zunge. Immerhin hatte sie gelernt, mich direkt anzusprechen und nicht wie einen unbegleiteten Minderjährigen zu behandeln. Ich unterschrieb, mich auf eigene Verantwortung selbst zu entlassen und gab ihr das Klemmbrett zurück. Im Gegenzug dafür reichte sie mir meine Akte. »Und nun gehen Sie. Schnell, bevor der Herr Doktor von Ihrer Flucht erfährt.«

***

»Hey, Brummbär, wieso so griesgrämig?«, fragte Mona, nachdem wir eine Weile unterwegs waren.

»Schon mal in einem Krankenhaus übernachtet?«

»Ähm, nö.«

»Tja, Glück für dich. Mit Schlafen ist da nämlich nicht viel. Ständig will jemand was von dir. Und überall piepst und klingelt es. Zum Davonlaufen.«

»Bist du ja auch«, sagte sie lachend und wiegelte so mein Gejammer ab.

»Joel, bevor wir am Chalet ankommen, muss ich dir noch was beichten.«

Nein, bitte nicht. Keine Hiobsbotschaften mehr.

»Und zwar?«, fragte ich.

»Wir haben Besuch.«

»Besuch? Sind Simon und Denise angekommen?« Beim Gedanken an meine ehemaligen Schwiegereltern verkrampfte sich mein Magen.

»Nein. Und wir wissen auch nicht, ob sie überhaupt kommen können. Der Wetterbericht sieht alles andere als rosig aus. Bis heute Abend melden sie über einen halben Meter Neuschnee und Hannahs Eltern landen erst am Nachmittag.«

»Okay, wer ist es dann?«

»Hm?«

»Der Besuch. Wer ist es?«

»Ja, also …«

»Mona, jetzt sag schon!«

»Jonas.«

»Lizzys Bruder?«

»Ja. Aber er ist nicht alleine gekommen.«

»Und? Herrgott Mona, lass dir doch nicht alles aus der Nase ziehen!««

»Elias«, flüsterte sie.

»Ha! Ich habe es geahnt! Na, der hat Nerven.« Wut stieg in mir auf. Ich trommelte mit den Fingern auf meinem Oberschenkel, als könnte ich damit die Fahrt beschleunigen.

Mona räusperte sich. »Hör zu, er ist kein schlechter Kerl …«

»Kein schlechter Kerl? Sag mal, spinnst du? Der Typ hat sie verarscht, das sagt doch alles!«

»Ja, ich kenne die Geschichte. Doch bevor du ihm eine überbrätst, solltest du dich entscheiden, in welchem Team du spielst.«

»Hä?«

»Na, Team Lizzy oder Team einsamer Wolf.«

»Wovon redest du?«

»Du hast Lizzy den Laufpass gegeben. Erst gestern, erinnerst du dich? Ich habe keinen blassen Schimmer warum. Genau genommen finde ich, das war eine ziemlich bescheuerte Entscheidung. Aber glaub mir, ich hege keinerlei Ambitionen mehr, das zu hinterfragen. Also halt dich aus dem Privatleben von Lizzy und Elias raus. Die beiden müssen das selbst klären.«

»Ich habe ihr nicht den Laufpass gegeben. Ich habe lediglich gesagt, dass ich nicht bereit bin für … um …«

»Um fest mit ihr zusammen zu sein? Genau. Laufpass, sag ich doch. Jedenfalls hast du damit das Recht verspielt, dich in ihre Beziehungsangelegenheiten einzumischen. Wenn du mich fragst.«

»Ich habe dich aber nicht gefragt!«, schnauzte ich sie an. Allem Anschein nach hatte sie die Seiten gewechselt. »Er soll einfach verschwinden.«

»Tut er, zusammen mit Lizzy und Jonas.«

»Was? Wann?«

Hannah spähte auf die Uhr. »In diesem Moment.«

»Wie bitte? Das ist nicht dein Ernst, oder?«, schrie ich.

»Na hör mal! Du hast kein Recht, dich so aufzuregen.«

»Oh doch, habe ich! Ich liebe sie.«

»Das spielt keine Rolle mehr.« Sie schüttelte den Kopf. »Nicht, seitdem du dir das Dress von *Team einsamer Wolf* übergestülpt hast.«

»Hab' meine Meinung geändert«, brummte ich und verschränkte trotzig die Arme vor der Brust.

»Wie meinst du das?«

»Na, ich habe mich halt umentschieden. Ich lasse sie nicht ziehen. Und erst recht nicht in die Hände von *ihm*! Also, könntest du bitte Gas geben?«

Mona sagte kein Wort mehr, doch ich erkannte deutlich das schmale Lächeln auf ihren geschlossenen Lippen, als sie das Gaspedal fest durchdrückte.

Lizzy

Das wiederkehrende Krachen von aufeinandertreffendem Holz riss mich unsanft aus dem Schlaf.

»Was zum ...« Erschrocken fuhr ich hoch, mein Herzschlag ging unregelmäßig. Nach ein paar bangen Sekunden erkannte ich, woher der Krach rührte und beruhigte mich allmählich. Die Fensterläden. Langsam schlich ich aus dem Bett und stolperte prompt über diesen dämlich hochstehenden Rand des Teppichvorlegers.

»Herrgott! Doofer, saublöder Kackteppich!«, fluchte ich in die Dunkelheit. Durch die Ritzen der geschlossenen Fensterläden drang heute nur wenig Tageslicht. Kaum hatte ich die erste Seite geöffnet, wurde mir schlagartig klar, warum.

»Nicht schon wieder!« Das war jetzt ... der wievielte Schneesturm innerhalb einer Woche? Neidvoll sinnierte ich über Postkartenmotive, auf denen sich Menschen mit spiegelnden Sonnenbrillen in Schneebars tummelten und lächelnd in die Kamera schielten. Unter strahlend blauem Himmel!

Mit aller Kraft lehnte ich mich gegen die Scheibe, um sie wieder zu schließen. Der Wind peitschte eisig, in Windstärke zweihundertachtzehn, mindestens. Riesige Schneeflocken rasten vom Himmel, hatten die Einfahrt mit einer eindrucksvollen Menge Neuschnee bedeckt. Wie sollten wir *so* nach Hause fahren? Wir würden ewig unterwegs sein. Missmutig plumpste ich zurück auf mein Bett. Das lief alles so gar nicht nach Plan. O nein, wahrlich nicht.

Trotz der gestrigen Geschehnisse war die Nacht erstaunlich erholsam und vor allem lang gewesen, wie ich nach einem flüchtigen Blick auf meine Uhr feststellte. Bis jetzt war es mir erfolgreich gelungen, mich vor Elias zu drücken. Mir stand nach wie vor nicht der Sinn danach, mit ihm zu reden. Entweder er hatte das akzeptiert, oder Hannah stand vor meiner Tür Schmiere. Denn bisher hatte er jegliche Kontaktaufnahme unterlassen. Das würde hoffentlich so bleiben. Spätestens während der Autofahrt würde er seine Chance bekommen. Bis dahin konnte ich getrost auf Konversation verzichten.

Mein Magen knurrte. Gestern hatte ich unter Aufbringung höchster Contenance auf das Abendessen verzichtet. Frühstück. Ich brauchte etwas zwischen die Kiemen und zwar schnell. Hunger war guter Laune alles andere als zuträglich.

Was war das? Ich hielt in der Bewegung inne. Da waren Stimmen. Wütende, dunkle Männerstimmen, die mir nach Öffnen der Zimmertür umso lauter entgegenschlugen.

Zwei an der Zahl.

»Ist mir sowas von scheißegal, wer du bist!« *Heiliger Strohsack! Das ist Joel.* Mein Herz rutschte in die Hose.

»Wow, schon okay, Kumpel. Mach nicht so 'ne Welle.« *Und Elias. Mist. Mist. Mist. Die beiden zusammen in einem Raum. Das ist nicht gut. Gar nicht gut.* Auf Zehenspitzen schlich ich zum Treppenaufgang, gerade so weit, dass sie mich nicht sehen, ich sie aber besser verstehen konnte.

»Ich bin nicht dein Kumpel, klar? Und jetzt zisch ab. Ich will zu ihr«, sagte Joel.

»Was willst du von Lizzy?«

»Mach das nicht. Stell dich mir nicht in den Weg.« Joel zischte die Worte, sie klangen bedrohlich.

»Jungs, Jungs. Easy. Immer schön locker durch die Hose atmen«, funkte Hannah dazwischen. Sie hielt ihre flache Hand in die Höhe. »Jetzt kommen wir alle wieder runter und beruhigen uns.«

Ich hielt den Atem an.

»Soll ich Popcorn holen?«, wisperte mir jemand von hinten ins Ohr und ein Schrei entwich meiner Kehle.

»Jesses Maria! Mona, spinnst du?« Ich fasste mir an die Brust. »Ich glaube, ich habe einen Herzinfarkt.«

Sie grinste achselzuckend, es sah aus, als wollte sie etwas erwidern, da kam Joel ungelenk die Treppe nach unten gehumpelt. Dicht gefolgt von Hannah. Und Elias. Ich war geliefert.

Alle drei stockten und sahen Mona und mich an.

»Ja, jetzt haben wir den Salat.« Hannah klang vorwurfsvoll.

»Lizzy, ich muss mit dir reden.« Joel griff nach meiner Hand.

»Ich aber auch«, sagte Elias. »Ich war zuerst hier!«

Und da war sie, die Situation, in die ich nie hatte geraten wollen. Ein Albtraum. Während ich auf der Treppe kauerte, und um mich herum ausnahmslos jeder stand und auf mich hinabsah, kam ich mir winzig klein vor. Was für eine Metapher. Ich fühlte mich sofort zurückversetzt in die Neunziger, in eine Zeit, in der man mich als introvertiert und unsicher beschrieben hatte. Ich wünschte mir meine Mama her. Aber die musste ja unbedingt in der Weltgeschichte herumtingeln.

»Du kannst als Erstes mal einen Schritt zurückgehen und aufhören, mir in den Nacken zu atmen!« Joel ließ meine Hand los, drehte sich zu Elias um und baute sich vor ihm auf wie ein Grizzly. Machte offenbar Eindruck. Denn der wich sofort einen Meter nach hinten.

»Irgendwie spüre ich hier negative Schwingungen im Raum«, frotzelte Hannah.

»Was du nicht sagst«, meinte Mona, ging an mir vorbei und zog ihren besten Freund hinter sich her. Raus aus der Gefahrenzone. Schlaues Ding.

Ich erhob mich aus meiner Kauerstellung und folgte den beiden ins Wohnzimmer. Hier traf die lustige Gesellschaft dann wieder zusammen. Das Ganze war mehr als unangenehm. Wenn der Ex und der — was auch immer Joel für mich war, Urlaubsflirt? Affäre? Trostpflaster? Liebe des Lebens? — aufeinandertrafen, konnte das nur desaströs enden.

»Lizzy, können wir reden?« Joel sah sich um. »Unter vier Augen?«

»Ich wüsste nicht worüber. Du hast gestern alles gesagt.« Ein wenig verloren stand ich da, mitten im Raum und umgeben von vielen Menschen. Da war er wieder, der Beweis, dass man sich in Gesellschaft anderer durchaus einsam fühlen konnte. Verlegen strich ich mir über die Arme.

»Hä? Was geht denn hier ab?« Elias stand stirnrunzelnd zwischen Mona und Hannah.

»Lizzy, bitte. Ich habe einen Fehler gemacht. Lass es mich erklären.«

Doch ich blieb stumm und starrte trotzig aus dem Fenster. Gestern hatte ich mein Innerstes nach außen gekehrt, mich gefühlsmäßig entblößt. Doch Joel war nicht bereit gewesen, unbekanntes Terrain zu betreten. Noch einmal würde ich diese Schmach nicht über mich ergehen lassen. Denn genau *das* war es gewesen. Ein Seelenstriptease vor blindem Publikum.

311

»Hat er dich etwa angemacht?« Elias preschte hervor und stand nun dicht neben mir.

»Angemacht, ja genau«, kicherte Hannah. Mona boxte ihr in die Seite.

Elias kehrte mir den Rücken zu und funkelte Joel an. »Hast du dich etwa an meine Freundin rangemacht?« Er hob die Hände, um sie an Joels Schultern zu legen, als wollte er ihn nach hinten schubsen. Doch dieser reagierte blitzschnell, schlug seine Arme weg und fixierte ihn nicht weniger wütend.

»Deine Freundin? Ernsthaft?«

»Natürlich meine Freundin! Seit drei Jahren schon.«

»Das war einmal! Es wird Zeit, dass sie mit jemandem zusammen ist, der sie zu schätzen weiß.«

»Amen, Bruder«, wisperte Hannah. Ich ermahnte sie still, doch das störte sie nicht im Geringsten. Natürlich nicht, sie war ja Hannah.

Was hatte Joel da eben gesagt?

»Komm Schatz, nimm deine Sachen. Wir fahren nach Hause«, hörte ich Elias sagen und schon ergriff er mein Handgelenk und zog mich mit sich. Mit einem Ruck entriss ich ihm meine Hand.

»Hast du eigentlich eine Ahnung, was du angerichtet hast?« Endlich fand ich den Mut, zu sagen, was mir seit der verhängnisvollen WhatsApp-Nachricht auf der Seele brannte. Elias hielt in der Bewegung inne und fixierte mich. »Schatz, ich habe mich doch schon mehrmals entschuldigt.«

»Und damit ist alles vergeben und vergessen, oder wie? Sag mal, hörst du dir eigentlich zu?« Mein Herz klopfte. Ich hatte weiß Gott nicht vorgehabt, unsere Probleme vor der hier versammelten Mannschaft zu besprechen. Aber hey, das war jetzt auch egal, *here we go.*

»Wie konntest du nur? Was habe ich getan, dass du mich nach all den gemeinsamen Jahren so verletzt?« Tränen sammelten sich in meinen Augenwinkeln. Tränen der Trauer und der Wut. »Nach allem, was wir durchgemacht haben, ziehst du los und knallst eine Andere? Wofür, Elias? Wofür? Sag schon! Für ein paar heiße Stunden?«

Ein Schatten huschte über sein Gesicht. Es wirkte grau und fahl. »Es ist einfach passiert. Es tut mir leid. Sie bedeutet mir nichts. Ich liebe dich, Felicia. Ich will nur dich. Das war schon immer so.«

»Wenn er jetzt vor ihr auf die Knie fällt, kotze ich ihm auf die Füße«, murmelte Hannah.

Ich schüttelte den Kopf. »Ich könnte dir nie wieder vertrauen.« Die Stimme tränenerstickt. Es war das Ende eines Lebensabschnitts.

Erschrocken stellte ich fest, dass es nicht Elias war, dem ich hier nachweinte, sondern der trügerischen Sicherheit, in der ich mich gewogen hatte. Ich vermisste sie schon jetzt. Sicherheit war komfortabel und berechenbar. Meine Zukunft war es nicht.

»Du hast unsere Beziehung verraten, Elias. Ich will dich nicht mehr sehen. Bitte geh.«

Mein Blick flog zu Joel. Er stand neben Mona, die ihren Arm um ihn gelegt hatte. Beide starrten mich an. Dann knarzten die Treppenstufen und alle Köpfe schnellten herum.

»Was ist denn das für ein Lärm?« Jonas stand in Boxershorts und zerknittert wie ein chinesischer Faltenhund auf der letzten Stufe und fuhr sich gähnend durch die zerzausten Locken. Elias verdrehte die Augen.

Und plötzlich war alles zu viel. Zu viel Drama, zu viel Ungewissheit, zu viele Emotionen. Ich kämpfte gegen die aufsteigenden Tränen an, schluckte sie herunter. »Wisst ihr ... ich ... ich kann das nicht. Elias, es gibt kein Zurück mehr. Und Joel, es tut mir leid. Ich bin durcheinander.«

Wie ging es jetzt weiter? Ich wünschte mich weit, weit weg, doch alles, was mir blieb, war das kleine, spärlich eingerichtete Zimmer im Untergeschoss in einem Chalet, irgendwo in den Schweizer Alpen.

Joel

Lizzy so zu sehen, riss mir das Herz aus der Brust. Mit letzter Kraft versuchte sie die Fassade aufrechtzuerhalten, sprach mit erstickter Stimme und tränenverschleiertem Blick. Ich spürte ihren Schmerz, fühlte, wie sie litt.

Kaum hatte sie die Tür ins Schloss geworfen, machte ich mich daran ihr zu folgen. Ich musste zu ihr. Doch Mona umfasste meine Hand und hielt sie fest.

»Lass ihr Zeit.«

Ich beugte mich nah zu ihr. Nicht alle Anwesenden sollten mitbekommen, was ich zu sagen hatte. »Ich habe keine Zeit. Sie wird gehen. Heute noch. Und dann ist sie für immer weg.«

Mona sah zu mir hinauf. Eine tiefe Zufriedenheit umhüllte ihre Züge. »Du liebst sie.«

Ich nickte.

»Das Glück ist auf deiner Seite.« Monas Blick huschte zum Fenster und anschließend auf ihr Handy. Sie grinste breit und wisperte mir ins Ohr: »Die gehen heute nirgendwo mehr hin.« Sie nickte siegessicher und hielt mir eine Wetter-App unter die Nase. Heiliger …

»Das sieht übel aus«, sagte ich.

Mehrere Sturmwarnungen waren in den letzten Minuten eingetrudelt. Sie rieten eindringlich davon ab, gegen Abend einen Fuß vor die Tür zu setzen. Rote Dreiecke mit weißen Schneeflocken hüpften blinkend über das Display. *Bleiben Sie Zuhause bei Ihren Liebsten, beobachten Sie das Spektakel vom Fenster aus und rutschen Sie gesund ins neue Jahr*, las ich die Schlagzeile darunter.

»Ja, wunderbar!«, schnaubte Elias. »Und jetzt? Wie kommen wir denn nach Hause? Ich habe keine Lust, hierzubleiben. Nicht unter diesen Umständen!«

Jonas hatte sich inzwischen ein T-Shirt übergezogen, für eine Hose hatte es nach wie vor nicht gereicht. »Ist doch nett hier.« Er hatte es sich auf der Couch bequem gemacht, die Arme lässig auf der Lehne platziert und die Füße auf dem Beistelltisch geparkt. Sein Blick schweifte durchs Chalet. »Ist ein gemütliches Häuschen«, stellte er fest. »Ich glaube, ich bleibe noch ein bisschen.«

»Was?« Elias' Augen weiteten sich.

»Toll!«, befand Hannah. Und sie meinte es auch so. Seit Jonas aufgetaucht war, klebte sie an ihm, wie der neue SuperGlue-Kleber aus dem Baumarkt.

Das Unwetter gewährte mir einen Aufschub von mindestens einem Tag. Die Kehrseite der Medaille war: Wir saßen hier fest. Meine verrückten Freundinnen, Lizzys Ex und ich. Ob alle lebend aus dieser Sache herauskämen, würde sich zeigen. Ich konnte diesen Typen nicht ausstehen und glaubte nicht, dass er Lizzys Abfuhr auf sich beruhen lassen würde.

»Lasst uns das Beste daraus machen, ihr Lieben. Ich meine, was bleibt uns anderes übrig? Wir haben keine Wahl.« Mona übernahm die Motivationsrolle.

»Sie hat recht. Rücken wir halt ein bisschen zusammen«, pflichtete Hannah ihr bei und blickte in die Runde. So richtig zufriedenstellend war das für keinen von uns. Allen voran für mich nicht. Ich wollte bei Lizzy sein, so wie in den Nächten zuvor. Ohne ein Haus voller Menschen. Ihre Nähe besänftigte mich. Seit sie hier bei mir war, gehörten diese grässlichen

Albträume der Vergangenheit an. Sie beruhigte meinen Geist und tröstete meine verwundete Seele.

»Ich hole uns jetzt erst einmal eine leckere Nervenberuhigung.« Hannah klatschte sich auf die Oberschenkel. Sie umrundete den kleinen Couchtisch, um dann mitten in der Bewegung innezuhalten. »O nein!«

»Was?«, wollte ich wissen.

»O nein, o nein, o nein!« Mit starren Augen fixierte sie den Käfig der Meerschweine.

Und dann sah auch ich es. »Shit. Das wird ihr nicht gefallen.«

»Was denn?«, fragte Elias.

Hannahs Hand knallte vor ihre Stirn. »Ich wollte sie nur mal streicheln! Dann habt ihr mit dem Theater angefangen und … da habe ich wohl vergessen, den Käfig zuzumachen.«

»O Mann.« Elias winkte ab. »Die Viecher machen nur Ärger. Ich meine, bin ich echt der Einzige, der Meerschweine sinnlos findet?«

Schnell schloss Mona das kleine Eisentürchen. Eines der Tiere, das Dickere von beiden, lag schlummernd in der hinteren Ecke des Käfigs. Das andere hatte die Chance beim Schopf gepackt und das Weite gesucht.

»Schnell, alle helfen mit. Wir müssen es finden, sonst dreht Lizzy vollends durch«, übernahm Mona die Führung unseres heiteren Suchtrupps.

»Sie!«, korrigierte Hannah.

Mona kratzte sich am Kopf. »Hä?«

»Es ist eine Sie. Nancy. Das Meerschwein.«

»Ist doch egal. Los jetzt, beweg dich!«, trieb Mona Hannah an.

Gemeinsam klapperten wir eine gefühlte Ewigkeit lang alle potenziellen Verstecke ab. Wir durchkämmten jeden möglichen Unterschlupf, doch Nancy blieb verschwunden. Resigniert ließ sich einer nach dem anderen auf die Couch fallen.

Das wurde immer besser. Noch am Morgen hätte ich meinen Arsch darauf verwettet, dieser Tag konnte nicht beschissener werden. Doch wieder einmal hatte sich ein altes Sprichwort bewahrheitet: Man sollte den Tag nicht vor dem Abend loben.

»Ich muss mal an die frische Luft«, sagte ich und schlüpfte in meine Stiefel vor der Balkontür bis plötzlich …

»Ähm, Leute?«, fragte ich.

»Ja?«, schallte es im Chor.

»Steht das Vieh auf Schweißfüße?«

»Das Meerschwein?«, fragte Elias.

»Nein, das Elefantenbaby, das wir die ganze Zeit suchen. Natürlich das Meerschwein!« O Mann, dieser Typ.

Verächtliches Schnauben. Freunde würden wir nicht werden.

Hannah und Mona stürmten zu mir. Zusammen betrachteten wir das kleine Fellknäuel. Friedlich zusammengerollt schlief es tief und fest in meinem umgekippten Stiefel. Vom Wirrwarr unserer Stimmen erwachte es, öffnete ein Auge, nur einen winzigen Spalt breit und schloss es gleich wieder.

»Nancy! Meine Nerven.« Behutsam nahm Hannah das Tier an sich und presste es an ihre Brust, streichelte es und küsste anschließend seinen Kopf. Dann steckte sie es zu seinem Bruder in den Käfig und vergewisserte sich mehrmals, dass das Gitter diesmal fest verschlossen war.

DING-DONG.

Es klingelte an der Tür. Schon wieder. *Ist ja wie auf dem Bahnhof. Wer wandert denn, bitte schön, bei dem Wetter da draußen herum?* Ich schleppte mich zur Tür und schwor mir, wenn das jetzt Fabienne wäre, würde ich tief in den Wald hineinlaufen und mich einer Biberfamilie anschließen.

»Oh, ein Schneemann«, entfuhr es mir, nachdem ich die Tür geöffnet hatte. Entwarnung.

»Sehr witzig. Olaf friert dich gleich ein, wenn du ihn nicht reinlässt.« Kilian schob mich unsanft zur Seite und watschelte in den Flur. Schnell schloss ich die Tür, damit der Sturm das kalte Nass nicht hineinwehte. Kilian wischte sich den Schnee von den Schultern und der Mütze und ... na ja, von überall eben. Es schneite, wie schon lange nicht mehr.

»Das war doch die mit den blonden Haaren«, sagte ich.

»Was?«

»Na die, die mit ihren Zauberkräften alles einfrieren konnte. Das war nicht der Schneemann, das war die Blonde. Ella? Erna? Elsa? Ja genau, das ist es! Elsa, die Eiskönigin.«

»Was zum ...? Keine Ahnung. Seit wann bist du Disney-Fan?« Kopfschüttelnd musterte er mich.

»Was man halt hier und da so mitbekommt«, sagte ich entschuldigend.

Er folgte mir in die Küche, wo Hannah und Mona gerade kochendes Wasser in Teetassen schütteten.

»Überraschung«, pries ich Kilian an.

Die beiden fielen ihm um den Hals. Er war ein Frauen-magnet, seit Anbeginn der Zeitrechnung.

»Was machst *du* denn hier?«, fragte Mona.

»Schön, dass du da bist. Bleibst du zum Essen?«, gackerte Hannah.

»Also, wenn ihr mich so lieb bittet.« Kilian lachte und hob beschwichtigend die Arme. »Das kann ich euch doch nicht abschlagen.«

Ich schmunzelte. »Ist klar.« So ein verrückter Tag. Zeit für einen Drink. Es war schon später Nachmittag und hier würde heute keiner mehr wegkommen.

»Cheers!«, sagte ich und reichte Kilian ein Bier. Es schmeckte köstlich. Ich hatte Jahre kein Bier mehr angerührt. »Was ist mit der Bar? Keine Party heute Abend?«, fragte ich.

Er winkte ab. »Ach hör bloß auf. Die haben schon wieder den Betrieb eingestellt. Diese Unwetter in letzter Zeit gehen mir langsam echt auf die Eier!«

»Na, umso besser, dann bleibst du hier!«

In den nächsten Minuten schmiedeten Hannah und Mona Pläne für den Abend. Zur Feier des Tages, als Silvester-Menü, sollte es Fondue geben. Über goldene, aufblasbare Zahlen zum Schmücken des Chalets und Spielchen wie *Bleigießen* oder *Wer bin ich?* wurde diskutiert.

Aus dem Wohnzimmer drangen Stimmen zu uns nach oben. Kilian sah mich fragend an.

»Lizzys Bruder und ihr Ex sind auch da«, übernahm Hannah die Erklärung. »Seit gestern.«

»Oha, ist das nicht irgendwie … schräg?« Sein Blick wanderte zu mir.

»Frag nicht. Keine Ahnung, wie ich den Abend überstehe.« Ich winkte ab.

Jonas betrat die Küche.

»Hey! Wo bleibt denn der …« Er stockte. Ich folgte seinem Blick, der an Kilian hängen blieb. Sekunden vergingen. Auch Kilian beäugte Jonas. Niemand sagte ein Wort. Hä? Was war denn jetzt schon wieder los?

»Jonas, das ist Kilian. Kilian, das ist Lizzys Bruder Jonas«, stellte Hannah die beiden einander vor. Noch immer sagten sie nichts, starrten sich stattdessen reglos an.

»Auch ein Bier, Jonas?«, versuchte ich die skurrile Situation aufzulockern. Er nickte kaum merklich. Verdutzt öffnete ich den Kühlschrank und holte ein Weiteres heraus.

»Hey, ich bin Jonas.« Endlich erwachte er.

Hannah nuschelte etwas wie »Fangt schon mal ohne mich an«, und verschwand nach unten.

Lizzy

»Lizzy! Lizzy! Ich muss mit dir reden!« Hannahs Stimme drang durch die verschlossene Zimmertür, die sich gleich darauf schwungvoll öffnete.

»Klar, komm doch rein.« Meine Worte trieften vor Sarkasmus, den Hannah, wie konnte es anders sein, gekonnt ignorierte. Umständlich rutschte ich am Kopfteil meines Bettes nach oben, sodass ich halbwegs aufrecht saß. Dabei war es gerade so bequem gewesen.

»Hör zu Hannah, ich mag jetzt wirklich nicht darüber sprechen. Es ändert ja doch nichts«, sagte ich prompt. Es war alles gesagt worden, was hatte gesagt werden müssen. Damit war das Thema für mich erledigt, zumindest für heute Abend.

Einen Moment lang schien sie sich zu sammeln. Dann atmete sie hörbar aus und ihre nervöse Angespanntheit von eben wich hängenden Schultern.

»Nein, nein. Deswegen bin ich nicht hier. Es ist …« Sie sah zu Boden und schüttelte den Kopf.

»Was ist denn?« Ich klopfte auf die freie Stelle neben mir. Hannah verharrte kurz, ließ sich dann aber lustlos auf die Laken plumpsen.

»Kilian. Er ist auch hier.«

»Oh. Wird langsam voll hier.«

»Ja. Genau. Voll.« Hannah stierte an die Decke. Sie hatte die Arme im Nacken verschränkt und tat nichts, außer die Holzdielen über uns anzustarren. Was hatte sie denn?

»Mäuschen, was ist los? Was ist da oben passiert?«

Wieder ein hörbar tiefer Atemzug. »Jonas kam zu uns in die Küche. Zu Mona, Joel, mir und … Kilian. Und dann … dann blieb irgendwie die Zeit stehen. Dein Bruder glotzte Kilian an. Kilian fixierte Jonas. Niemand hat etwas gesagt. Das war total freaky, das hättest du sehen sollen!« Wieder wiegelte sie den Kopf. »So hat Jonas mich noch nie angeguckt.«

O nein. Ich ahnte, was jetzt kommen würde. Lange hatte ich das längst fällige, klärende Gespräch vor mir hergeschoben. Nun kam ich nicht mehr drum herum.

»Lizzy.« Hannah setzte sich auf. »Bitte sag, dass Jonas nicht schwul ist.«

Ich schwieg für einen Moment. Die flehenden Augen meiner Freundin jagten mir einen Schauer über den Rücken. Ich wollte, dass sie glücklich war. Sie so zu sehen, bereitete mir Schmerzen.

»Süße, es tut mir so leid. Ich hätte es dir schon lange sagen sollen.«

Hannah ließ sich wieder nach hinten fallen und legte die Arme aufs Gesicht. »Ja, das wäre nett gewesen. Seit wann weißt du es?«

»Er ist mein Bruder. Ich glaube, es war mir klar, bevor er es wahrhaben wollte.« Ich lächelte gequält.

»Aber, seine Freundin? Also Ex-Freundin, meine ich. Sie haben sich doch eben erst getrennt?«

»Seine Ex? Die hieß Benni«, sagte ich zögernd.

»O Mann. Ich bin echt so bescheuert.«

»Was? Nein. Bist du nicht. Es tut mir leid. Ich hatte wirklich vor, es dir zu sagen. Ich habe ja gesehen, wie du ihn anhimmelst. Aber ich durfte nicht. Er wollte sich selbst outen und hat es mir verboten.« Ich spürte die spitzen Zähne meines Gewissens. Sie bohrten sich in mein Fleisch und nagten an mir. Dass Hannah für meinen Bruder schwärmte, war in den letzten Wochen immer deutlicher geworden. Wie gern hätte ich ihr reinen Wein eingeschenkt. Dann aber hätte ich das Versprechen gebrochen, das mir mein Bruder vor langer

Zeit abgenommen hatte. Er wollte derjenige sein, von dem die Leute erfuhren, dass er auf Männer stand. Ich legte mich neben Hannah und so verharrten wir eine Weile still, während jede ihren Gedanken nachhing. Wie es aussah, würde niemand das bekommen, was er wollte. Außer Jonas und Kilian vielleicht, wenn man den Schilderungen meiner Freundin Glauben schenken konnte.

»Ich hätte nicht gedacht, dass Kilian schwul ist«, vertraute ich ihr an. Er kam bei den Mädels gut an. Sie standen auf sein gepflegtes Erscheinungsbild und seine charmant-ehrliche Art, das war mir in den wenigen Tagen mehrmals aufgefallen. Ich dachte an all die Frauen, die ihn vergebens anbaggerten. Arme Dinger. Aber des einen Leid war ja bekanntlich des anderen Freud.

»Es sind immer die Hübschesten.« Hannah blies die Backen auf. Dann drehte sie den Kopf zu mir. »Und wie geht es mit euch weiter?«

»Hm?« Die Königin der rasanten Themenwechsel war wieder am Werk.

»Mit dir und Joel?«

»Ich will nicht darüber reden, schon vergessen?«

»Ach, komm. Jetzt sei nicht so stur.« Hannah rollte sich auf die Seite. Ihre Augen blitzten vor grenzenloser Neugier.

Ich zuckte die Achseln. »Keine Ahnung. Wir reisen morgen ab …«

»Und dann? Aus und vorbei?« Hannah zog die Stirn in Falten. »Das kann nicht euer Ernst sein!«

»Ist besser so«, sagte ich und meinte es doch völlig anders. Ganz anders. Mein Herz schrie seinen Namen und wehrte sich vehement dagegen, einfach abzureisen.

Mein Magen zog sich jedes Mal schmerzlich zusammen, wenn mir in den Sinn kam, dass die letzten Stunden in Joels Nähe angebrochen waren.

»Ihr habt 'ne Meise. Echt. Und weißt du was? Ich denke, ihr werdet es bereuen. Alle beide. So richtig.«

»Nicht schon wieder. Ich wollte nicht darüber reden, erinnerst du dich?«

»Klar, aber es interessiert mich nicht.«

Ich lachte laut auf. »Natürlich nicht.«

»Lizzy, ich habe Augen im Kopf! Seit dem Tod meiner Schwester habe ich ihn nie mehr so glücklich gesehen. Er ist verliebt bis über beide Ohren. In dich, du doofe Nuss. Und du bist in ihn verknallt. Das sieht jeder!«

»Aber er will nicht, das hast du doch gehört.«

»Wenn Männer immer nur das machen dürften, was sie wollen …« Sie winkte ab. »Außerdem hat sich das vorhin anders angehört. Komm, wir gehen hoch und schauen, was der Abend bringt.«

»Du solltest Motivationscoach werden.«

»Ich werde es mir überlegen«, sagte Hannah mit einem Lächeln auf den Lippen. »Los jetzt, es ist Silvester, da sitzt man nicht herum und heult Männern nach, da feiert man!«

Ich war gar nicht in Feierlaune, aber sie hatte recht. Den letzten Abend des Jahres verbrachte man nicht allein. Schwerfällig erhob ich mich und schüttelte meine unordentlichen Locken. Mehr war nicht rauszuholen aus dem Wirrwarr auf meinem Kopf.

»Bereit?«, fragte Hannah.

»Nicht wirklich«, sagte ich und kaum hatten die zwei Wörtchen meinen Mund verlassen, packte Hannah meine Hand und zog mich sanft aus dem Zimmer.

Auf dem Weg nach oben hörten wir die Türklingel.

»Sag mal, gibt's hier heute irgendetwas gratis?«, murmelte Hannah.

»Man könnte es meinen. Ganz schön was los bei uns. Und das bei dem Wetter«, fügte ich hinzu und warf einen besorgten Blick aus dem Fenster. Der gewaltige Schneesturm fegte nach wie vor über die Dächer hinweg und hinterließ nichts als Schnee, Schnee und nochmal Schnee.

Wir spitzten die Ohren. Eine glockenhelle Stimme flutete das Chalet.

»Mama!«, schrie Hannah und rannte nach oben. Gemächlich folgte ich ihr. Als ich die letzte Treppenstufe erreichte, sah ich Hannah in den Armen einer zierlichen Frau mit graumeliertem Haar. Sie war Hannahs Ebenbild. Ihre spitzen Fingernägel leuchteten in den verschiedensten Rottönen und harmonierten bestens mit dem rot gesprenkelten Tuch in ihren Haaren und der wallenden kupferroten Tunika, die bis auf den Boden reichte. *Was für eine Erscheinung.* Der bloße Anblick dieser Frau entfachte in mir Aufschwung und verlieh mir Energie. Neben ihr stand ein schlaksiger, älterer Herr mit weißblonden Haaren. Er trug etliche hölzerne Medaillons um den Hals. Eines von ihnen hielt er fest in der Hand und rieb kontinuierlich mit dem Daumen darüber. *Ein Mann wie ein Baum.* Auf seinen Lippen lag ein zufriedenes Lächeln und er strahlte eine beneidenswerte Ruhe aus.

»Wie seid ihr denn hierhergekommen? Ich dachte, der Flieger könne nicht landen?«

»Deine Mutter hat Petrus so lange bequatscht, bis er eine Sturmpause eingelegt hat.« Hannahs Vater lachte laut.

»Typisch Mama!«, rief Hannah und Denise zuckte unschuldig mit den Achseln. »Ach, ist das schön. Jetzt rutsche ich mit all meinen Liebsten ins neue Jahr.« Hannah kuschelte sich in die Arme ihrer Eltern, bevor sie sich von ihnen löste und uns einander vorstellte.

»Mama, Papa, das ist Lizzy, meine allerbeste Freundin aus Berlin. Lizzy, das sind Denise und Simon, meine Eltern.«

Ich reichte Hannahs Mutter die Hand, die meine höfliche Geste gekonnt ignorierte, mich bei den Armen fasste und fest an ihre Brust zog. Ich grinste Hannah über meine Schulter hinweg an.

»Endlich lernen wir dich einmal kennen. Hannah hat schon viel von dir erzählt.«

»Ach echt? Nur Gutes hoffentlich«, sagte ich und lächelte.

»Na ja, eigentlich …«

Ich erschrak. Wie bitte?

»War ein Witz, Kindchen. Entspann dich«, kicherte sie und zog mich abermals an sich.

Simon zwinkerte mir zu. Dann machte Hannah die anderen miteinander bekannt, bis nur noch Joel übrigblieb. Die Situation setzte ihm augenscheinlich zu. Gespannt wartete ich auf das Zusammentreffen.

Langsam ging Denise auf ihn zu. »Joel«, hörte ich sie sagen, während sie seine Hände in ihre nahm. Ihr liebevoller Blick streifte ihn. »Wie schön, dich zu sehen. Wie lange haben wir uns nicht gesehen?«, fragte sie.

»Fast vier Jahre.« Er dachte keine Sekunde darüber nach.

»Komm her!«

Sie umarmten sich lange. Ich glaubte gesehen zu haben, wie sie ihm etwas ins Ohr flüsterte, wonach er sich entspannte. Simon und Joel begrüßten sich mit einem Handschlag und kurzem Nicken. Hannahs Vater schien der gefühlsmäßig Verhaltenere von den beiden zu sein.

»Was ist das hier für eine lahme Party?« Denise schnalzte mit der Zunge und sah von einem zum anderen. »Na ja, nichts, was man nicht richten könnte.« Sie warf einen Blick auf die Uhr und klatschte in die Hände. »Müssen erst die Senioren kommen, damit Stimmung in die Bude kommt? Ist doch immer das Gleiche.« Sie schüttelte den Kopf. »Du, du und du, mitkommen«, befahl sie Elias, Jonas und Kilian. Sie sprangen sofort auf und folgten ihr. »Auf dem Dachboden findet ihr Stühle und Dekoration. Von beidem brauchen wir heute Abend reichlich.« Die drei gehorchten und verschwanden nach oben. Mit offenem Mund bestaunte ich das Geschehen. Ich würde sie später um ein paar Feldwebel-Tipps bitten.

»Hanni, Mona, es gibt Fondue, richtig?« Beide nickten synchron. »Wunderprächtig. Das haben wir das letzte Mal vor unserer Abreise nach Oblojo gegessen.«

»Oblojo?« Ich hatte keinen blassen Schimmer, wo das war.

»Das ist ein kleines Küstendorf in Ghana. Wir haben dort an verschiedenen Projekten mitgearbeitet, die auf Missstände wie Kindersklaverei und Zwangsheirat aufmerksam machen.« Sie winkte ab. »Erzähl ich dir später, Kindchen. Wir haben eine Party vorzubereiten!« Wieder klatschte sie in die Hände, als wollte sie sich und alle im Raum Anwesenden zur Höchstform anregen.

»Hanni, Mona, ihr kümmert euch ums Essen, einverstanden?«

»Aye aye, Kapitän!«, salutierte Hannah, gab ihrer Mutter einen Kuss auf die Wange und verschwand zusammen mit Mona in der Küche.

Lediglich Joel und ich blieben übrig. Die unmittelbare Konfrontation nahte und mein Bauch kribbelte verdächtig.

»Und ihr zwei Hübschen dürft euch im Keller vergnügen!«, sagte Denise. Ihre Worte schwebten zweideutig durch den Raum. Ich erstarrte.

»Gefällt mir«, sagte Joel trocken.

Denise strafte ihn mit strengem Blick. »Contenance, mein Lieber!«, mahnte sie und verpasste ihm einen Klaps. »Im Keller lagern haufenweise Spiele. *Scharade, Kniffel, Activity*. Wenn mich nicht alles täuscht, müsste sogar noch *Twister* dort unten herumliegen. Das wird ein Spaß!«

Fragend deutete ich auf Joels Bein, das nach wie vor in einer Schiene steckte.

»Ach, das geht schon. Sonst dreht er halt die Scheibe.«

Zusammen begaben wir uns auf die Suche nach besagten Partykrachern. Sein Blick brannte in meinem Rücken, als ich die Stufen hinabstieg. Unten angekommen suchte ich den Lichtschalter. Meine Augen taten sich schwer, im Halbdunkeln etwas zu erkennen. Tastend fuhren meine Finger die Wand entlang. Wo war nur dieser doofe Schalter? Ein Schritt und Joel war dicht hinter mir. Ich fuhr herum und hielt den Atem an. Sein Anblick bohrte sich tief in meine Seele. Ich würde ihn nie wieder vergessen. Die kalte Steinwand in meinem Rücken stand im krassen Gegensatz zu der Hitze zwischen uns. Er hob den Arm, führte ihn an meinem

Kopf vorbei, bis seine Finger die Wand berührten und ein kaum hörbares Klicken verriet, was er vorhatte.

»Der Lichtschalter. Hier ist er«, hauchte er, ohne seinen Blick von mir zu lösen.

»O ... Okay. Danke.« Stotternd blinzelte ich gegen das grelle Licht der Neonröhren. Nun, da Helligkeit den Raum flutete, hätte er sich aus dieser knisternden Nähe lösen können. Doch er tat es nicht. Wie hypnotisiert versank ich in den Tiefen seiner eisblauen Iris. Helle Sprenkel tanzten in ihr, als hätten sich winzige Eisschollen gelöst, die nun im arktischen Ozean trieben. Sandelholz und der Duft von Ursprünglichkeit fluteten meine Nase. Es war der Geruch, der mich an die gemeinsame Nacht mit ihm erinnerte und der all meine Sehnsüchte weckte. Der Geruch, der mich meine Zweifel vergessen ließ.

Joel

Das Herz schlug mir bis zum Hals. Unauffällig wischte ich die linke Hand an meiner Jeans ab, während die Andere nur Zentimeter neben Lizzys Gesicht an der nasskalten Hauswand ruhte. Noch nie hatten meine Knie vor einem Kuss gezittert. Noch nie stand so viel auf dem Spiel. Ich hatte sie vor mir, die Frau, mit der ich es wagen wollte. Die Frau, die meine Wunden heilte und es nicht einmal ahnte. Die Frau, die so weit gereist war, damit ich ihr begegnen konnte.

Lizzys Atem streifte meine Wange. Behutsam benetzte sie die Lippen, schloss die Augen. Mein Körper verselbstständigte sich, wusste, was zu tun war. Meine Hände umfassten ihr Gesicht, als …

»Liz! Liz! Du wirst es nicht glauben, ich habe …« Atemlos stürmte Hannah die Treppe hinunter und bremste gerade noch rechtzeitig. Ein paar Zentimeter weiter und sie hätte mich umgenietet wie ein ICE auf der Durchfahrt. *Wahnsinns-Timing.* Meine Arme sanken nach unten, langsam wandte ich mich Hannah zu. Ihr fragender Blick wanderte von meiner Wenigkeit zu Lizzy und wieder zurück zu mir. Dann schnellte ihre Hand nach oben und klatschte vor ihren Mund.

»Oh, sorry! Ich … ähm. Bin schon weg.« Lautlos schlich sie die Stufen hinauf. Als sie außer Sichtweite war, steckte sie noch einmal den Kopf durch die Tür und rief: »Weitermachen!«

»Typisch Hannah«, murmelte Lizzy schmunzelnd.

»Typisch Hannah.«

Wie gern hätte ich dort weitergemacht, wo wir vor der Unterbrechung aufgehört hatten. Doch etwas hatte sich verändert. Als wollte sie diesem intimen Moment entfliehen, flogen Lizzys Augen suchend im Raum umher.

»Da! Da ist sie, die Kiste.« Eilig entzog sie sich meiner Nähe und hastete zu einem schwarzen Regal. Es reichte bis unter die Decke und beherbergte jede Menge brauner Pappkisten. Auf einer von ihnen prangte mit dunkler Schrift das Wort *Gesellschaftsspiele*. Sie zog die Box aus dem Gestell und hielt sie mir demonstrativ unter die Nase.

»Da sind viele Spiele drin. Wirklich viele Spiele.«

»Lizzy …«

»Wir sollten sie hochbringen. Denise wartet auf uns.« Schon rannte sie die Stufen hinauf. Verdutzt sah ich ihr hinterher und machte mich daran, ebenfalls nach oben zu humpeln.

Hatte ich etwas falsch gemacht? Bevor Hannah uns unterbrochen hatte, war da wieder diese Anziehungskraft, der wir uns kaum widersetzen konnten. Sie hatte es auch gespürt, ich habe es in ihren Augen gesehen. Das zwischen uns war stärker und größer als die Angst vor einer ungewissen Zukunft. Ich würde sie davon überzeugen. Mir war nur noch nicht klar, wie.

Während die anderen mit Kochen, Dekorieren oder Herumalbern beschäftigt waren, zeigte mir Denise die zahlreichen Bilder ihrer Tour quer durch Afrika. Da waren Fotos, auf denen sie mit Einheimischen vor alten Jeeps posierte oder auf Felsen kauerte, während sich hinter ihr eine Elefantenherde im Schlamm suhlte. Bilder, auf denen Simon und sie eine riesige rote Schleife mit einer noch gigantischeren Schere durchtrennten. Es zeigte die Eröffnung einer Schule, an deren Bau sie beteiligt gewesen waren.

»Wow, das muss eine einmalige Erfahrung gewesen sein«, sagte ich.

»Ja, das war es. Durch die Projekte dort unten hatten wir endlich wieder eine Aufgabe. Als ich die Not und das Leid sah, habe ich erkannt, wir sind nicht die Einzigen, die schwere Zeiten durchleben.« Mit einer Mischung aus Wehmut und tiefer Zufriedenheit strich sie über ihr Handy. »Das mindert den Schmerz zwar nicht, aber man fühlt sich weniger allein. Weißt du, das Leben ist zu kurz, um unglücklich zu sein.« Ihr warmer Blick ruhte auf mir.

Ich nickte.

»Trauern ist in Ordnung. Das muss sein und ist richtig so. Aber irgendwann sollten Dankbarkeit und Zuversicht wieder überwiegen.«

Das Display ihres Smartphones wurde dunkel.

»Wie geht es dir?«, fragte sie.

»Es war und ist eine schwere Zeit«, antwortete ich wahrheitsgemäß. »Aber ich denke, ich sehe Licht am Ende des Tunnels.« Ein schwaches Lächeln schlich sich auf meine Lippen. Denn es war genau das, was ich sah: Licht.

Verstohlen fiel ihr Blick auf Lizzy, die neben ihrem Bruder auf der Couch saß. Sie zeigten immer wieder auf Jonas' Telefon und kringelten sich vor Lachen. »Tolles Mädchen. Gute Wahl«, wisperte sie und knuffte mich in die Seite.

»Hm? Nein, also … Es ist anders, als du denkst.«

»Was denke ich denn?«

»Na ja, dass Lizzy und ich …«

»Ja?«

»Also, dass wir …«

»Um Himmels willen Joel, seit wann bist du denn so verklemmt? Ich war keine zwei Minuten in einem Raum mit euch, da musste ich mich durch einen Hechtsprung vor den umherfliegenden Blitzen retten. Mir kannst du keinen Bären aufbinden!«

»Shhh! Nicht so laut!« *Herrgott, wieso schreit sie denn so?*

»Was ist? Weiß sie noch nichts davon, oder warum darf ich nicht darüber reden?«

»Sehr witzig! Nein, das ist es nicht.«

»Was ist dann das Problem?«

»Es gab da ein paar kleine Unstimmigkeiten.« In Gedanken ohrfeigte ich mich. Das war ja wohl die Untertreibung des Jahrhunderts. Ich hatte es so richtig vermasselt. Diese unglaubliche Frau war bereit, ihr gewohntes Umfeld zu verlassen, um mit mir zusammen zu sein. Aber ich habe den Schwanz eingezogen. So sah es aus. Das Hannahs Mutter zu erklären, wäre zu weit gegangen.

»Unstimmigkeiten?«

»Jetzt muss ich sie davon überzeugen, dass ich es ernst meine. Und zwar *bevor* sie abreist. Mir bleiben also schätzungsweise … zwölf Stunden.«

Denise nickte nachdenklich, während ihre Zunge an einem Paper entlangfuhr, das sie zuvor mit Tabak befüllt hatte. Mit Tabak und … Moment, was roch hier so süßlich?

»Sag mal, kiffst du?«, fragte ich, zeigte auf die Zigarette zwischen ihren Fingern und versuchte, meine Gesichtszüge wieder an Ort und Stelle zu schieben.

»Zwölf Stunden, verstehe«, murmelte sie, anstatt meine Frage zu beantworten. Das wurde ja immer besser. Da stand die Mutter meiner verstorbenen Ehefrau vor mir, drehte sich einen Joint und beglückwünschte mich zur Wahl meiner neuen Flamme. Na, wenn das kein Bestseller-Potential hatte.

»Sag ihr, was in dir vorgeht. Offenbare ihr deine Gefühle.«

»Als ob das so einfach wäre«, sagte ich.

»Das ist es.«

»Ich habe schon lange nicht mehr so etwas für eine Frau empfunden. Seit … damals.« In Anwesenheit von Denise war es mir kaum möglich, es auszusprechen.

»Seit unsere Mia verstorben ist. Ich weiß.« Sie tätschelte meine Hand. »Hör auf dein Herz und sei gewiss, du hast das Recht, glücklich zu sein. Das haben wir alle.« Sie klopfte mir auf die Schulter und nahm einen kräftigen Zug.

Mir war klar, dass ich ihren Segen nicht brauchte und dennoch gaben mir ihre Worte den letzten Anstoß. Ich würde mir Lizzy zurückholen. Komme, was wolle.

Lizzy

Seit geschlagenen zwanzig Minuten starrte ich auf die unbeantworteten Anrufe, die wie Mahnmale vor mir aufblinkten. Vier an der Zahl. Ich würde zu Kreuze kriechen müssen, um nicht hochkant aus der Kanzlei zu fliegen. Womöglich lag meine Kündigung sogar schon ausgedruckt, unterschrieben und fein säuberlich gefaltet auf meinem Schreibtisch. *Was für ein phänomenaler Start ins neue Jahr. Allein und jetzt auch noch arbeitslos.* Stöhnend rutschte ich tiefer in die weichen Couchpolster.

»Hey.«

Überrascht fuhr ich zusammen, als sich Joel neben mich auf die Couch fallen ließ.

»Hey«, erwiderte ich.

»Das muss ja wahnsinnig spannend sein.«

»Hm?«

Er deutete auf mein Handy.

»Ach, es ist nur ... mein Chef. Er hat angerufen.«

»Schon wieder?«

»Viermal.« Kopfschüttelnd entsperrte ich mein Smartphone und drehte es in Joels Richtung. Er musterte das Display. Dann schnappte er es sich blitzschnell und tippte darauf herum.

»Joel! Was soll das?«

Er hielt sich das Handy ans Ohr. *Was tut er da? Er wird doch nicht ... Nein, bestimmt nicht. Niemals! Oder?* Leise vernahm ich das Freizeichen und sprang auf. Joel humpelte um den kleinen Beistelltisch, vorbei am Käfig von Clap und Nancy und hüpfte auf einem Bein die Treppe zur Küche hinauf. Wie ein übermütiger Teenager jagte ich ihm hinterher, aber er war echt schnell. Trotz der sperrigen Schiene. Oben angekommen umrundete er den Esstisch, hinkte im Affentempo zurück ins Wohnzimmer, ließ sich aufs Sofa fallen und streckte mir sein verletztes Bein entgegen. Er hielt mich damit auf Abstand. Das durfte ja wohl nicht wahr sein! Wie alt war dieser Mann? Zwölf? Mir entwich ein Lacher. Wenn ich nicht die Hauptakteurin gewesen wäre, hätte ich mich köstlich amüsiert. Unsere kleine Kabbelei trug zur allgemeinen Belustigung bei. Hannah und Denise verfolgten sie mit wachsendem Interesse, Mona grinste zufrieden und Kilian und Jonas jubelten lautstark und feuerten Joel an. Lediglich Elias nuschelte etwas vor sich hin, schüttelte den Kopf und verschwand in Richtung der Schlafzimmer.

Joel stoppte abrupt und ich mit ihm. »Ah, schön, dass ich Sie erreiche, Herr …?« Suchend blickte er mir in die Augen. *Das macht er doch jetzt nicht wirklich, oder?* Ehe ich etwas sagen konnte, fuhr er fort. »Ach, ist ja auch egal, wie Sie heißen. Ich rufe an, um Ihnen mitzuteilen, dass Sie künftig auf Felicias Anwesenheit verzichten müssen.«

Schockstarre.

Was zur Hölle? Ich versuchte, mein Telefon zurückzuerobern, noch energischer als vor einer Minute, doch es gelang mir nicht. Immer wieder drehte er sich so von mir weg, dass ich es nicht zu fassen bekam. Unterdessen war das Stimmenwirrwarr um uns herum erloschen. Alle beobachteten gespannt, wie das hier ausgehen würde.

»Jetzt dreht er durch.« Hannah schüttelte den Kopf.

»Wow, der hat Eier!«, ließ Jonas verlauten.

Kilian klatschte und Denise nickte anerkennend.

»Wer ich bin?« Joel sah mir tief in die Augen. »Ich bin ihr Freund. Also, der feste Freund. Ich liebe sie! Und sie bleibt hier bei mir!«

Ruhe.

Niemand gab einen Ton von sich. Im Chalet herrschte Totenstille. Nur das Pfeifen des Windes war zu hören.

Was hat er da gesagt? Mein Herz hüpfte wild in meiner Brust, als würde es jeden Augenblick herausspringen. Joel sah mir tief in die Augen. Er tastete nach meinen Fingern, nahm meine Hand behutsam in seine. Das Telefon, in dem mein Chef vor sich hinbrabbelte, warf er achtlos auf die Couch.

»Du liebst mich?« Meine Stimme war kaum mehr als ein Hauchen. Für den Augenblick eines Wimpernschlages stand die Welt still. Ich wagte nicht zu blinzeln. Zu groß war die Angst, alles wäre nur ein Traum, der jeden Moment zerplatzen könnte wie eine winzige Seifenblase.

»O Felicia, mehr als du dir vorstellen kannst.«

»Aber ...«

»Nein, hör mir zu. Ich war ein Riesenidiot! Schon als ich deinen Handschuh aus der Gondel geworfen habe, war es um mich geschehen.«

»Das war Absicht?«

»Shhh. Lass mich ausreden. Du hast mich von der ersten Minute an verzaubert. Seit du bei mir bist, bin ich wieder ich selbst. Du hast mich gerettet und mir mein Lachen zurückgebracht. Ich bin dir unendlich dankbar und habe nicht vor, dich je wieder gehen zu lassen.«

Ich traute meinen Ohren nicht. Tränen benetzten meine Augen. Tränen der Erleichterung. Tränen, die ausdrückten, wie tief mich Joels Worte berührten. Ich wusste, wie schwer es für ihn war, über diese Hürde zu springen, nach allem, was er erlebt hatte. Dieser unglaubliche Mann hatte mir soeben seine Liebe gestanden. Er gab unserer gemeinsamen Zukunft eine Chance. Mein Herz quoll über vor Glück. Lachend und weinend warf ich mich in seine Arme. Beides gleichzeitig. Es war verrückt. So verrückt, wie die letzten zehn Tage.

Als wäre ich so leicht wie eine Feder, hob er mich hoch und drehte sich unbeholfen im Kreis. Doch egal wie holprig und voller Umwege unsere Reise begonnen hatte, ab jetzt würde es nur noch aufwärtsgehen.

»Ich liebe dich auch«, hauchte ich ihm ins Ohr und besiegelte damit sein Versprechen. Das Versprechen an ein gemeinsames Leben, hoch oben in den Schweizer Bergen.

Hannah

»Frau König! Frau Kööönig! Das geht so nicht!« Hä? Ich spitzte die Ohren auf der Suche nach dem Ursprung des Gebrabbels. Wie ein Hund auf Trüffelsuche schlich ich der Stimme nach. *Aha! Lizzys Telefon.* Irgendwer war auf die Lautsprechertaste gekommen. Kurzerhand krallte ich es mir und hielt es ans Ohr. »Ciao«, sagte ich heiter. Der Schümli-Pflümli in meiner Hand hatte die Zunge gelockert.

»Frau König! Ich will Frau König sprechen!«

»Hm.« Ich schaute zu meiner knutschenden Freundin hinüber. »Ist momentan eher unpassend.«

»Wie bitte?«

»Sie kann jetzt nicht.«

»Wieso nicht? Ich muss dringend mit ihr reden!«

»Na ja.« Ich seufzte. »Weil sie gerade ein ziemlich gutaussehender junger Herr aus dem Wohnzimmer, den Gang hinunter ins Schlafzimmer führt, wo er mit großer Wahrscheinlichkeit bald seine Rakete zünden wird.«

»Bitte?«

»Seine Rakete«, wiederholte ich deutlicher.

»Rakete? Wegen Silvester?«

Für einen Moment herrschte Schweigen am anderen Ende der Leitung, bis mein Gesprächspartner entnervt fortfuhr. »Hören Sie, junge Dame. Ich weiß nicht, wer Sie sind, aber hier geht es drunter und drüber und wenn Sie mir nicht sofort Frau König ans Telefon holen, dann können Sie ihr ausrichten, dass sie gefeuert ist!« Lizzys Chef atmete hörbar laut aus.

»Wenn es doch so sehr drunter und drüber geht, möchten Sie bestimmt nicht riskieren, dass sie eine qualifizierte Fachkraft verlieren, oder?«, antwortete ich.

»Ganz zu schweigen davon ist doch heute Silvester. Entspannen Sie sich, legen Sie die Beine hoch und gönnen Sie sich ein Gläschen Schümli-Pflümli.«

»Ein Gläschen was?«

O Mann.

»Wissen Sie was? Ich werde es ihr ausrichten und bin mir sicher, dass sie sich nach den Feiertagen bei Ihnen melden wird.«

»Nicht *nach* den Feiertagen! Ich verlange …«

»Feiern Sie gut und rutschen Sie nicht aus. Auf Wiederhören.« Damit tippte ich auf den roten Hörer und beförderte Lizzys Telefon anschließend in den Tiefschlaf. Sie würde heute sowieso keinen Gedanken mehr an jemand anderen als an Joel verschwenden. Recht hatte sie. Ich meine, bis die zwei zueinandergefunden hatten, das war eine Geburt! Mit Saugglocke und Dammriss und so. Dabei stand von Anfang an fest, die zwei gehörten zusammen.

∗∗∗

Unsere kleine Party war ein voller Erfolg. Ausnahmslos jeder amüsierte sich prächtig. Mona und Denise tanzten in Dauerschleife den Macarena, während Simon und Elias über die Architektur des Chalets fachsimpelten. Die Turteltauben Kilian und Jonas verbrachten den Jahreswechsel größtenteils außerhalb unseres Häuschens. Knutschend, unter dem Vordach, was ein echt seltsames Bild war. Denn eigentlich war ich es, die diese Art von Nähe mit Jonas erleben sollte. Zumindest in meiner Fantasie und bis vor wenigen Stunden. Aber so war das nun mal. *Leben ist das, was passiert, während du eifrig dabei bist, andere Pläne zu schmieden.* John Lennon hätte es nicht treffender formulieren können. So schob ich meinen gekränkten Stolz zur Seite und was kam zum Vorschein? Zwei Menschen, die glücklicher nicht hätten sein können. Nein, eigentlich sogar vier. Denn auch Lizzy und Joel strahlten vor Glück mit dem Feuerwerk punkt null Uhr um die Wette.

***

Am Nachmittag des ersten Januars beluden wir meinen kleinen orangen Flitzer. Er ächzte unter der Last unseres Gepäcks, der Meerschweine und Lizzys schwerem Herzen.

»Jetzt mach nicht so ein Gesicht.« Theatralisch tanzten meine Augen, während ich die letzte Tasche in den rappelvollen Kofferraum stopfte. »Man könnte meinen, die Welt ginge unter.«

Sie schniefte. »Tut sie ja auch!«

»Ja, für eine Woche.« So eine Dramaqueen.

»Das sind sieben Tage zu viel«, wisperte Joel und legte ihr von hinten zärtlich die Arme um die Schultern. »Ich kann es kaum erwarten, bis du wieder da bist. Hier, bei mir, wo du hingehörst.«

Die beiden hatten bis in die frühen Morgenstunden Pläne über ihre gemeinsame Zukunft hier in den Bergen geschmiedet. Ich gönnte es ihnen von Herzen. Auch, wenn ich meine beste Freundin in Berlin schmerzlich vermissen würde.

»Das gibt es doch nicht.«

Lizzy hielt sich die Hand vor den Mund, ihre Miene gefror. Langsam ging sie in die Knie und hob etwas

Rot-Bräunliches vom Schneehügel neben dem Eingang auf. »Der hölzerne Herzanhänger«, flüsterte sie.

»Was?« *Wovon redet sie?*

Lizzy drehte das Stück Holz in ihren Händen. »O mein Gott. Das ist *seiner*! Das muss seine Hälfte des Herzanhängers sein. Da steht kein *P*, sondern ein *A*!«

»Mausi, ich habe keinen blassen Schimmer, wovon du sprichst«, sagte ich.

»Wie heißt die Frau, die dort wohnt?« Lizzys Finger schnellte hinüber zu dem angrenzenden Chalet.

»Früher hat dort Joels Oma gelebt«, sagte ich und Joel nickte zur Bestätigung. »Anneli Walser. Aber das ist ewig her. Das Chalet steht leer, schon seit vielen, vielen Jahren …«

ENDE

Nachwort

Hey! Du hast es bis hierher geschafft. Du kannst stolz auf dich sein. (Ich bin auch ein klitzekleines bisschen stolz auf mich, dass du meine Geschichte zu-ende-lesenswert fandest.) Ich hoffe, du hattest beim Lesen meines Debütromans genauso viel Freude, wie ich beim Schreiben. Die Meinungen meiner Leserinnen und Leser sind mir sehr wichtig. Und da ja bekanntlich noch kein Meister vom Himmel gefallen ist und ich mich weiterentwickeln und noch viel dazulernen möchte, freue ich mich riesig über Anregungen, konstruktive Kritik und den Austausch mit dir. Außerdem hilfst du mir durch eine Bewertung auf amazon.de, lovelybooks.de und allen gängigen Rezensionsportalen, weitere Interessierte auf Lizzy und Joel aufmerksam zu machen. Denn wem nützt das beste Buch, wenn es keiner kennt? Richtig, niemandem. Also besuche mich auf Instagram, maile mir oder hinterlasse eine Rezension. Das wäre wirklich flott :)

Vielleicht fragst du dich, wie es in den Bergen weitergeht? Denkst du, Lizzy wird sich an das Leben dort oben gewöhnen? Was wird aus der Liebelei zwischen Kilian und Jonas? Taucht endlich jemand auf, der das Herz der immer lächelnden Mona gefangen nimmt? Und vor allem: Wie zum Geier soll Hannah den Groß-stadtdschungel ohne Schümli-Pflümli und ihre beste Freundin bezwingen? All das wirst du in der Fortsetzung erfahren. Also abonniere mich auf Instagram, um über die Veröffentlichung von Band 2 auf dem Laufenden zu sein.

Ich freue mich, von dir zu hören!

Alles Liebe

Deine Romana

 romanastauffer-autorin@gmx.de

 romana.stauffer.autorin

Hannahs Favourite:
Schümli-Pflümli

<u>Zutaten</u>
150 ml Kaffee (heiß und stark)
4 cl Pflaumenlikör (Pflümli)
2 TL Zucker
Schlagrahm nach Belieben
1 Prise Schokoladenpulver

<u>Zubereitung</u>
Ein leeres Stielglas erwärmen (am besten in der Mikrowelle). Den Zucker ins Glas geben und den Pflaumenlikör dazu gießen. Anschließend mit dem heißen Kaffee auffüllen.
Mit Schlagrahm dekorieren und mit etwas Schokoladenpulver bestreuen. Das Getränk mit einem Löffel servieren. Ich empfehle noch leckere Kekse dazu.

Danksagung

Das ist der Teil, vor dem ich mich bis zuletzt gedrückt habe. Warum? Weil es so unglaublich schwierig ist, den Menschen, die mir auf dem Weg zu diesem Roman zur Seite standen, den gebührenden Dank auszusprechen. Als ich am Neujahrstag 2021 den Geistesblitz hatte, ein eigenes Buch zu schreiben, hätte ich jeden für verrückt erklärt, der mir gesagt hätte, ich würde meine Geschichte noch im gleichen Jahr in den Händen halten. Aber genau so war es. Und zwar wegen der vielen kleinen und großen Helferlein hinter den Kulissen.

Allem voran ist da mein wundervoller Ehemann, der seit nunmehr 11 Jahren meine verrückten Spontaneinfälle unterstützt, egal wie unwahrscheinlich deren Erfolg auf den ersten Blick auch erscheint. Er vertraut mir blind, immer. Schatz, du bist erstaunlich. Ich verneige mich vor dir, du bist mein Fels in der Brandung und ich liebe dich heute noch mehr als vor 11 Jahren.

Deborah Tschickardt, meine Lektorin und Mentorin. Ohne dich, deine Romanschule und die zahllosen Tipps, Tricks, Kniffe und Hilfestellungen würde es dieses Buch nicht geben. Du hast an mich und mein Vorhaben geglaubt, obwohl wir uns vorher gar nicht kannten. Woher auch immer du das Vertrauen genommen hast, ich danke dir von ganzem Herzen. Du hast mir Selbstvertrauen und Zuversicht für dieses Projekt gegeben. Danke für deine Hilfe beim Plotten (auch wenn deine Klischee-Vorwürfe manchmal echt genervt haben :D), für das Lehren des Handwerks, dein offenes

Ohr und dein geduldiges Ertragen meiner Jammertiraden. Du bist eine Wucht!

Fran C. Stuart, was könnte ich sagen, um meinen Dank auch nur annähernd auszudrücken? Am liebsten würde ich hier ein paar aussagekräftige GIFs reinpacken, aber das erlaubt das Format leider nicht. Fran, du bist mir Inspiration und Wegweiser (und auch irgendwie Mutti). Ohne dich wäre so manche Schreibstunde öde und grau gewesen, die Dialoge wären lahm, Hannah wäre zu ausgeflippt und ganz allgemein würde der Story der Pepp fehlen. Du bist ein bedeutender Ton von Liebe, Schnee & Pflaumenlikör. Ich bin dankbar, dass du mich auf meinem Weg begleitet hast. Ich habe dich echt gern.

Ich danke meinen phänomenalen Alpha-Testleserinnen Melanie Buchelt und Vanessa Balassa für eure Geduld, das Fingerspitzengefühl für die Story, eure Ehrlichkeit und das Mitfiebern. Ich durfte viel von euch lernen und bin euch auf ewig dankbar dafür.

Außerdem danke ich meinen Beta-Testleserinnen und Testlesern Nadine Lüdke, Dantè Danyel, Cornelia Hättenschwiler, Catherine Bouvier und auch Lorena Hostettler. Jeder Einzelne von euch hat ein Stück zu diesem Roman beigetragen. Danke. Merci. Gracias.

Ganz großer Dank gilt meiner Korrektorin Barbara Schäfer, meiner lieben Coverdesignerin Florin von 100Covers4you und der Familie Ries vom Restaurant Nussbüel in Braunwald (Schweiz), die das wunderschöne Schümli-Pflümli-Foto zur Verfügung gestellt hat.

Buchempfehlungen

Fran C. Stuart
Plötzlich verlobt - Liebeschaos in London

Die 29-jährige Sue Watson könnte das perfekte Leben führen. Sie arbeitet in einem kleinen Londoner Verlag und ist frisch mit ihrem Freund Lance ins angesagte Chelsea gezogen. Doch als sie erfährt, wer ihr neuer Chef ist, trifft sie der Schlag: Rupert ist nicht nur das personifizierte Übel ihrer Kindheit, sondern auch Sues unerwiderte und unglückliche Liebe. Aber warum kommen dennoch vergessen geglaubte Gefühle wieder hoch? Um sich vor Rupert zu beweisen, erfindet Sue kurzerhand eine Verlobung mit Lance – und steckt damit knietief in Vorbereitungen für eine Hochzeit, von der Lance selbst gar nichts weiß. Als sich dann auch noch Rupert in die Hochzeitsplanung einmischt, droht Sue die ganze Lüge über den Kopf zu wachsen. Ob es für sie einen Weg aus diesem Gefühlschaos gibt?

ISBN 978-3-96817-690-1

Deborah N. May
Der letzte Bus nach Talmey

Wyoming, der einsamste Bundesstaat der USA. Die siebzehnjährige Rhea steht am Flughafen. Von ihrem Großvater Pavel keine Spur, stattdessen wartet ein fremder Mann auf sie. Rhea hat keine Wahl, als »Mike« zu vertrauen. Auf Pavels Pferdefarm beobachtet Rhea, dass der hübsche Fremde nicht mit offenen Karten spielt. Doch sie schweigt, es gibt kein Zurück in ihr altes Leben. Die Abgelegenheit des Ortes, Heimlichtuereien und wachsende Gefühle für einen vergebenen Mann bringen ungeahnte Ereignisse ins Rollen. Ein Drama auf der Farm stellt Rhea vor die Entscheidung, in ihr altes Leben zurück zu taumeln oder herauszufinden, wessen Idylle sie gestört hat. Alles riskieren oder umkehren und verlieren? Was würdest du tun, am Ende der Welt?

ISBN 978-3-7448-8555-3

Deborah N. May
Das HonigHurenHaus

Ein unvorstellbares Verbrechen hat Bern 1938 erschüttert: Eine Mutter tötete alle ihre Kinder und richtete danach sich selbst. Was sie nicht geplant hatte: ein Kind hat die Tragödie überlebt. Achtzig Jahre später zieht die junge Malerin Jessica in das Nachbarhaus der sogenannten "Honighure" ein, an welchem die Vergangenheit zu haften scheint. Der Schauspieler William Lewelling, den sie eben noch im TV sah, steht auf einmal in ihrem Garten. Dreht der gerade einen neuen Film? Was tut er hier und was hat er mit dem Haus zu tun? Eine Reise in die Vergangenheit, das seltsame Verhalten ihrer Familie und die Aussicht auf die große Liebe, ziehen Jessica in einen Strudel aus Emotionen.

ISBN 978-3-7526-4835-5

Mila Marten
Moments like Snowflakes

Jenna hält sich mit einem Kellner-Job über Wasser, während sie versucht, sich als Drehbuchautorin einen Namen zu machen. Bisher ohne Erfolg. Doch dann will einer der bedeutendsten Regisseure Hollywoods sie für seinen Film engagieren. Der Cast steht schon fest, die männliche Hauptrolle wird Hollywood-Superstar Ryan Williams spielen. Hin- und hergerissen zwischen purem Glück und der Sorge, ihrer Aufgabe nicht gewachsen zu sein, reist Jenna ins tief verschneite Kanada. Als sie auf Ryan trifft, merkt sie schnell, dass er nicht nur im Film eine Rolle spielt. Sie fühlt sich zu dem Mann hingezogen, doch Ryan ist vergeben ... Oder?

ISBN B08NCX6N9T

Mila Marten
Moments like Stars

Für einen kurzen Moment ist das gemeinsame Glück für Jenna und Ryan zum Greifen nah. Doch in der Welt des Superstars dreht sich alles darum, den Schein zu wahren – und der erlaubt es nicht, dass Jenna an Ryans Seite bleibt. Mit gebrochenem Herzen kehrt sie nach Abschluss der Dreharbeiten allein nach L.A. zurück und versucht, sich ein neues Leben aufzubauen. Aber wie hält man durch, wenn das Wichtigste fehlt? Jenna sehnt sich zurück zu Ryan, sie kann ihn einfach nicht vergessen. Traut sie sich, nochmal nach den Sternen zu greifen? Und findet Ryan den Mut, aus den Zwängen der Scheinwelt auszubrechen? Lässt Hollywood am Ende doch noch Träume wahrwerden?

ISBN B08NCHHGG5